백룸

백룸

이선희와 천희란

작가
정신

소
설

잇   다

이 책에 대하여

'소설, 잇다'는 최초의 근대 여성 작가 김명순이 데뷔한 지 한 세기가 지난 지금, 근대 여성 작가와 현대 여성 작가의 만남을 통해 한국 문학의 근원과 현재, 그리고 미래를 바라보자는 취지에서 기획한 시리즈입니다.

이 시리즈의 큰 특징은 강경애, 나혜석, 백신애, 지하련, 이선희 등 활발한 작품 활동을 이어나갔으나 충분히 회자되지 못한 대표 근대 여성 작가들의 주요 작품을 오늘날 사랑받는 현대 작가들을 통해 새롭게 바라본다는 것입니다. '소설, 잇다'는 해당 작품들의 의의를 다시 확인하고, 풍요로운 결을 지닌 현대 작가들의 소설과 함께 읽는 재미까지 더하고자 합니다.

도시적 감수성을 지닌 모더니스트로 평가받는 이선희는 1930년대 식민지 조선을 살아가는 여성의 삶을 섬세한 심리 묘사와 감각적 문체를 통해 그려온 작가입니다. 근대화와 자본주의, 가부장제와 식민지 체제가 얽혀들어 간 가정과 가정 '바깥'의 공간을 배경으로 하는 그의 소설은 여학생, 신여성, 마담, 점원 등으로 주조되는 인물들을 통해 여성의 지위 변화와 몰락을 보여줍니다. 천희란은 내면의 혼란과 삶과 죽음에 대한 사유를 정교한 서사와 언어로 구축해왔습니다. 그가 일깨워온 부재하는 듯 보이지만 반드시 존재하는 것들에 대한 각성은 우리 사회의 주변부로 밀려난 소수자에 대한 감각과 여성의 정체성 탐구와도 맞닿아 있습니다.

이선희와 천희란은 자신들의 글쓰기를 통해 불합리와 모순으로 가득 찬 현실을 타개하고자 움직임을 멈추지 않는 여성들을 그려나갑니다. 좌절과 파멸이, 때론 죽음이 예정되어 있다는 사실을 알면서도 기꺼이 걸어들어 가 그 '지옥'을 맞닥뜨리는 담대함과 용기에 관해서이기도 합니다. 외부 세계로부터 야기된 혼돈과 분열 속에서도 잃지 않는 정체성은 무엇이며, 또 그러한 정체성을 규정하는 틀은 무엇인지 천희란은 탐색해왔습니다. 자신을 에워싼 이중 삼중의 억압과 착취의 정체를 캐묻고 거리를 방황하면서 욕망에 대한 자각을 놓지 않았던 이선희의 모습이 겹쳐 보이는 것도 그 때문일 것입니다.

시대를 달리하고도 계속해서 이어지는 미궁 속, 그들이 마련해둔 출구는 어디인지, 또 우리는 그 속에서 어떻게 오롯이 나 자신으로 존재할 수 있는지 생각해보는 시간이 되기를 바랍니다.

편집부

차례

일러두기

* 모든 작품은 발표 당시의 것(신문, 잡지 연재본)을, 연재 미확인 작품은 출판사 발행 초판본을 저본으로 삼았고 출처는 본문의 마지막에 명기하였다. 또한 발표 연대별로 작품을 수록하였다.

* 본문은 현행 한글맞춤법과 외래어표기법에 따랐으나, 작품 분위기에 영향을 주는 구어체 표현, 방언, 일본어, 의성어, 의태어 등은 최대한 원문을 살렸다.

* 원문의 문장 표기는 현행 표기에 맞게 고쳤다. 대화나 인용은 " ", 생각이나 강조는 ' ', 책 제목은 『 』, 글 제목은 「 」, 잡지나 신문의 이름은 《 》, 영화, 연극, 노래 등은 〈 〉로 통일하였다.

* 원문의 한자는 가급적 한글로 바꾸었고, 작품 이해를 위해 필요한 경우에는 한자를 병기했다.

* 원문에서 판독할 수 없는 부분은 □로 표시하였다.

이선희

스스로 "도회의 딸"이라고 명명했던 모더니스트 이선희. "이효석과 견줄 만한 서정성과 예술성을 지닌, 1930년대 자신만의 독특한 세계를 이룩"(서정자, 『한국근대여성소설 연구』)했다는 평가를 받은 이선희는 '감각적이고 아름다운 문체는 당대 문인 중 최고'라는 찬사를 받았다. 1937년 12월 12일자 《조선일보》에서는 「여인 명령」의 연재 소식을 알리면서, 그를 "청신한 촉감과 섬세한 관찰, 화려한 필치가 한데 어울리는 작가"로 소개하기도 했다.

어린 시절, 이선희는 어머니를 여의고 역사와 글써에 능하고, 수학과 물리의 수재였던 아버지로부터 많은 영향을 받으며 자랐다. 당시로는 드문 지식인 가정에서 근대적·개방적 사고를 접한 것은 문학적 토양이 되었다. 십 대 후반 서울로 상경한 이후 기자로 일하며 문단에 데뷔했지만 인생은 그리 순탄하지 않았다. 잡지사를 그만두고 《조선일보》에 입사하기 전 한때 카바레 종업원으로 일하기도 했고, 유명 극작가인 박영호와 재취로 결혼했으나 전처와의 갈등으로 고생을 했다고 전해진다.

그러한 여파에서였는지, 이선희의 작품 속 여주인공들은 늘 불행한 삶을 사는 것으로 그려진다. 단편 「계산서」에서 일인칭 화자인 '나'는 다리 절단 사고로 남편과의 관계가 소원해지자 '목숨값'을 요구한다. 여성의 자아 확립, 남성우월주의에 대한 비판의식 등이 두드러지게 나타난 작품으로, 당시 비평계로부터 큰 주목을 받았다. 장편소설 「여인 명령」은 여대생, 백화점 점원, 술집 여성 등으로 주인공의 지위가 변화를 거듭하고, 여성의 주된 체험 공간인 '가정'을 벗어난다는 점에서, 1930년대 여성의 보편적인 인식과 행동과도 상당한 거리를 유지하고 있다. 소설은 고통과 비애를 견디지 못하고 파멸의 길로 전락하는 여성의 불행을 집중적으로 다루는 대신 현실로부터 과감히 탈피함으로써 당시로서는 큰 도전을 꾀했으며 능동적인 의식을 보인다.

"제가 무슨 활빈당을 꾸미고 있던지 그저 웃고 보아주십시오." 「여인 명령」의 '작가의 말'에서 이선희는 이렇게 말했다. 근대화의 산물인 자유연애와 결혼제도가 또 한번 여성을 옭아매는 굴레로 작동한다는 점을 간파했던 그는 개인의 욕망과 엄혹한 현실 사이에서 끊임없이 갈등하면서도, 그 사실을 폭로하는 데서 나아가 여성으로서의 자의식을 자각하고자 노력했다. "제가 거는 씨름, (⋯) 저는 이 씨름에 한사코 이길 뱃속입니다"라는 이선희의 다짐이, 100년에 가까운 시간이 지나 우리에게 제시된 '목숨값'으로서의 '계산서'가 여전히 빛을 잃지 않는 이유다.

소설

*

계산서 計算書

어플사✱, 또 밤이 오나 보다. 바람이 모래알을
몰아다가 내 방문 창호지 위에 탁— 뿜고 내뺀다.

나는 밤이 무서워 견딜 수 없다. 문틈으로 흉악
한 눈이 엿보는 것만 같아서 보자기를 쳐놓았건만
마음이 놓이지 않는다.

내가 집을 떠난 지가 벌서 일곱째의 밤— 앞으
로 몇 조각의 밤을 더 누릴 목숨인지 모르거니와
밤의 펄럭이는 휘장 속에서 불길한 까마귀와 같이
떨고 있다.

✱

내가 시방 와 있는 이 땅의 이름은 무엇이라고 하
노? 아마 지도를 펴놓고 보면 어디이고 한 점 찍어

놓았으련만 지금 내게는 그런 것이 대수가 아니다.

두만강을 끼고 며칠이고 왔다. 두만강의 돌들은 검은 개흙을 뒤집어쓰고 누런 강물 밑에 말없이 엎드려 있었다. 강을 건너면 거기는 오랑캐의 땅으로 산은 민펀펀**이요 흙은 고약과 같이 겸누르다.

나는 이 검누른 벌판으로 호로*** 마차를 달린다. 짚을 깔아 자리를 만든 마차 속에서 호인 차부****의 혼자 중얼거리는 소리를 들을 때 나는 세상에 살아 있는가 싶지 않았다. 대체 사람의 두뇌란 어떻게 옹졸한 것인지— 서울의 다가茶街를 헤엄치며 이 광야의 바람 소리를 곁들여 들을 수 있는 것은 오직 천재의 요술일 뿐이다.

하늘을 뚜껑으로 삼고 서글픈 바람만이 몸부림치는 이 광대무변한 들을 도심의 향락을 주무르며 생각할 수 있기엔 우리의 뇌장*****이 너무도 적다.

---

*   아뿔사.

**   '평평하고 넓다'는 뜻.

***   북방의 소수 민족. 또는 '외국인'을 낮잡아 부르는 말로도 쓰임.

****   마차나 우차 따위를 부리는 사람. 여기서는 만주 사람으로 등장함.

*****   '뇌척수액'의 전 용어.

　나는 이 땅 위에 끝이 없이 마차바퀴 자죽을 내
며 갔다. 이것은 정녕 꿈이 아니요, 현실인 것이 가
끔 가다가 노정표가 엄연히 꽂혀 있어 이것도 한
낮의 완전한 국토인 것을 말하는 것이다.

　오 리를 가다가 혹 십 리를 지나서 몇 채씩 호인
의 집들이 있다. 집들은 크고 육중한데 창문은 하
나나 혹 둘이 그 넓은 벽에 조그맣게 뚫렸다. 마적
과 바람을 막기엔 적당하다고 생각했다. 어둡고
우중충한 그 속은 아편 냄새와 도야지 기름과 수
박씨가 있을 것이다.

　아직도 원시 형태를 그대로 뒤집어쓰고 있는 호
인들은 전혀 진때*투성이다. 소매 긴 검은 손이 진
때로 번들번들하게 결어서 가죽처럼 뻣뻣해서 좀
처럼 해어질 것 같지 않다.

　호인의 부락에 이르면 옥수수와 감자가 산더미
같이 쌓여 있고 조 이삭이 허리를 두르고도 남을
만치 길다. 울타리도 없는 마당에 베개통만큼 한
감자를 도야지떼들이 파먹고 돌아간다.

　대륙의 태양은 동아줄 같은 광선을 쏟는다. 내

---

　* 오랫동안 계속해서 묻어 찌든 때.

가 마신 두어 종지의 멀건 좁쌀 미음물이 사오일 동안의 영양 가치를 가지지 못했다는 것보다도 마음의 썩어들어 가는 암종이 내 육체를 넘어뜨리고 말았다.

나와 동행하는 그 마나님과 그 아들은 내 좋은 길동무였다. 나는 내 아버지를 찾아가는 길이라고 엉터리로 꾸며댔으나 그들은 한번 귓속으로 굴러 들어간 말은 다시 의심할 줄 모르는 듯이 그대로 믿어주었다.

사람들의 말에 의지하면 나를 마차 속에서 안아 내릴 때 같아서는 다시 희생될 것 같지 않더라고 한다.

머리가 횅뎅그렁한 것이 맴을 돌고 난 것 같다. 차차 의식이 회복되어 가는 모양이다. 나는 내 이 몽롱한 의식 속에 오히려 더 강하게 두드러진 기억의 줄을 더듬으면 능히 일곱 밤 전에 이야기를 주울 수 있는 것을 심히 다행으로 생각한다.

내가 그 친절한 노파의 주선으로 이 부락에 머무른 것도 벌써 하룻밤 하룻낮이다. 나는 여기가 어디인지 알 턱이 없다. 지금 내게 지리적 상식이 무슨 의미를 가질 것이랴. 오직 이 황막한 벌판에 암흑이 가로누워 있으면 그것만으로 족하다.

이 부락엔 대다수의 호인과 약간의 우리 동포들이 살고 있고 그 가운데 어디서 흘러왔는지 모르는 두어 가족의 백계노인白系露人*이 있다.

나는 이왕이면 좀 더 여러 가지의 생활을 씹어보려고 그중에 빵장사 하는 백계노인의 집에 유숙하기로 했다.

내 방은 삼면이 흙벽으로 되고 바닥은 마루를 깔지 않고 맨봉당**으로 되었다. 그리고 앞문에는 휘장을 치고 드나들게 되었다.

카―챠 차이콥스키― 또네치카― 내 신세와 같이 영원한 거지들이다. 어깨와 몸이 한데 꼭 달라붙은 호박 같은 마나님은 검은 숄을 두르고 머리엔 찻빛***의 수건을 썼다.

벌써 램프에 기름을 두 번이나 넣었는데 또 거의 졸아든 모양이다. 벽에 대어놓은 나무침대 위

---

* 1917년 러시아 혁명을 반대한 러시아인의 한 파派로 백계 러시아인.
** 아무것도 깔지 않은 봉당. 봉당은 안방과 건넛방 사이에 마루를 놓지 않고 흙바닥 그대로 둔 곳.
*** 호박색.

에 헌 담요가 너무도 초라하여 영하 이십 도의 한
기를 막아줄 성싶지 않다.

스토브 위에 사모바르*가 끓는다. 맞은편 벽에
어떤 제정시대 장교의 초상화가 거미줄 속에 궁기
가 끼어 매달려 있다. 나는 어서 내 의무인 긴― 이
야기를 쓰기로 하자.

나는 내 남편이 자동차에 치이거나 혹여 뜀박질
하는 말발굽에 채여서라도 다리 하나가 없어지기
를 바랐다.

그 이유란 지금으로부터 일곱 달 전에 나는 다
리 하나를 잃고 훌륭히 절름발이란 이름을 가지고
들어앉게 된 까닭이다.

나는 다리가 하나인데 만일 내 남편은 다리가
둘이 되면 필경 우리 사이에 균형은 허물어지고
말 것이다. 균형을 잃은 것은 언제든지 완전한 것
이 아니다.

* 러시아 주전자.

✻

　나와 내 남편이 살던 집의 동네 이름과 번지수
를 아는 사람은 우리들의 많은 지기와 친구 사이
에 하나도 없었다.

　문 앞에 명함 한 장이 붙어 있지마는 일곱 간 집
에서도 우리 방은 옆으로 꼭 박힌 구석방이었다.

　우리의 식구로는 내 남편과 나와 그리고 인형까
지 도합 세 식구였다. 내 남편은 김이라고 하고 나
는 봉이라고 하고, 또 인형은 앨리스라고 하고 이
렇게 우리들은 세 개의 성과 세 개의 이름을 가지
고 한 가족을 이루었다. 우리들의 살림살이는 그
두부의 모와 같은 구석방에서 어릿광대와 같이 유
쾌했다.

　나는 대단히 헤프고 미욱한 주부였다. 쌀값보다
과자값이 더 많고 일상 사들인다는 물건은 쓸 만
한 것보다 장난감이 더 많은 형편이었다.

　그러므로 우리들은 우리들의 가정을 가리켜 자
칭 모조가정模造家庭 혹은 소형가정小型家庭이라고
불렀다.

　그러나 세월은 오래지 않아 우리에게 별다른 약

속을 가져왔다. 그것이란 얼마만 있으면 내가 조그만 애기의 엄마가 된다는 것이다.

나는 이 엄마가 된다는 새로운 사실을 하느님이 베푸신 이적이라고 생각한 일도 없고 우리들의 생을 무한히 연장시키는 것이라고 해석한 적도 없다.

다만 우리는 좀 더 바쁘고 좀 더 부지런해졌다. 우선 집부터 넓은 데로 옮기고 도배를 하고 못을 박고 간장 고추장을 담그고 마늘장아찌 조기젓들을 절이고 홑이불을 빨고 남치마 주름을 잡고 버선볼을 받아서 차곡차곡 쌓아두었다.

그는 서방님 나는 아씨— 우리는 더 뜨내기 장난꾼들이 아니고 틀지고 점잖은 양주*요, 사무에 충실한 월급쟁이요, 허리띠를 졸라매고 돈을 저축하는 무던하고 든든한 살림꾼들이었다.

여기까지 써놓고 보니 이것은 혹 우리 이야기의 서문이 되는지도 모르겠다. 어쨌든 그 후에 우리는 우리가 생각했던 것보다 엄청나게 다른 운명을 맞고야 말았다.

그 엄청나게 다른 운명이란 내가 조그만 애기의

---

* 바깥주인과 안주인이라는 뜻으로, '부부'를 이르는 말.

엄마가 되는 대신에 한쪽 다리를 잃은 절름발이가 되었다는 것이다.

의사의 손에 쥐인 가위와 집게와 침으로 애기를 꺼내고 나는 취후에 고통과 함께 정신을 잃고 말았다.

내가 다시 눈을 뜨고 그리고 눈알을 옆으로 굴려서 희미하게나마 곁에 사람의 얼굴을 알아보기까지는 실로 두 달이란 세월이 흘렀다.

고슴도치처럼 수염이 무성한 남편은 내 눈알이 좌우로 구르는 것을 보자 외마디 소리를 지르며 내 이불자락에 얼굴을 대고 마구 비볐다. 미상불 기뻤던 것이다.

나는 날마다 친의*를 거두고 내 왼쪽 다리를 만져보았다. 탄력을 잃고 흐느적흐느적해진 것을 넓적다리에서부터 발끝까지 쭉— 훑어보고 그리고 그 발랄하던 생명이 어디로 빠져 달아났나 찾아보았다.

침울한 날이 흘렀다.

다락 속에선 쥐들이 덜그럭거린다.

* 츤의. '솜이불'의 방언.

　내 손끝에서 길이 들고 기름기가 돌던 방세간이
며 마루에 놓인 것은 부옇게 먼지를 뒤집어쓰고
청승을 떨었다.

　지금 내가 있는 이 방은 너무 덩그렇고 컴컴해
서 운동이 부족한 내게는 견딜 수 없이 춥고 불친
절하다.

　나는 아랫목에 친의를 두르고 앉아서 하루 종일
을 보냈다. 어떤 때는 하도 심심해서 식모를 불러
들여 하다못해 옛날이야기라도 하라고 졸랐다.

　이 식모는 내 좋은 반려伴侶였다. 내가 공연히 짜
증을 내고 화풀이를 하면 그는 가만히 내 눈물을
씻기고 길게 한숨을 쉬었다.

　나는 날마다 내 나들이옷을 꺼내보는 것이 큰일
이었다. 다리미에 불을 담아달라고 해서 다시 다려
서는 쭉— 내걸어놓았다가는 다시 개켜놓고 했다.

　나는 점점 성미가 고약해갔다. 내가 앉은 맞은
편 벽의 도배지 무늬를 보기 싫어 거기에다가 검
은 휘장을 쳤다. 그뿐만 아니라 방 안을 온통 도깨
비 사당을 만들어놓았다.

　그림이란 그림은 모조리 갖다가 벽이 보이지 않
게 붙여놓고 기둥마다엔 조각 인형, 거울 같은 바

이올린, 나중에는 고무로 만든 개까지 달아 매놓았다.

이렇게 요란스럽게 꾸며놓았다가도 금시로 죄다 치워달라고 야단을 했다. 식모는 아주 익숙해져서 내 말이 떨어지기가 무섭게 제꺽제꺽 해놓은 품이 훌륭한 내 조수다.

이렇게 수선을 피우고 난 다음에는 나는 반드시 울었다. 눈을 딱 감고 누웠으면 감은 눈 밑으로 눈물이 샘솟듯했다. 사람에게 눈물이 이렇게 많아서 품절이 되지 않는 것은 아주 다행한 일이다.

어느 날 밤 밖에서 돌아온 남편은 내게 외투 한 벌을 사다주었다. 이것은 작년 겨울부터 한번 장만하려고 나는 조르고 그는 애를 쓰던 것이다.

외투를 내 앞에 펴놓을 때 나는 오래간만에 마음이 움씰해지고 좋았다. 이 새로운 물품이 풍기는 코 안이 싸―한 신선한 냄새도 좋았거니와 내 병치레에 저금한 것은 물론 있는 것은 모조리 없애버린 옹색한 처지에 그래도 그 한 벌을 사들고 들어온 그의 정성이 나를 다소간 기쁘게 했던 것이다.

전 같으면야 기다릴 새도 없이 입어보고 맘에

드느니 안 드느니 하고 수다를 떨었을 것이나 그러한 것은 지나간 이야기고 지금은 아니다.

그는 나를 부축해가며 겨우 외투를 내 몸에 끼웠다. 그리고 우리는 거울 앞으로 갔다. 두 사람의 모양이 거울 속에 박혔을 때 두 사람은 함께 놀랐다.

너무도 초췌한 내 모양과 너무도 두드러지게 완전한 그의 모양이 두 사람 가슴에 똑같이 비수를 박는 것처럼 선뜻한 아픔을 주었다.

나는 거울 속을 한참 노리고 서서 내 무섭게 커진 눈과 광대뼈가 내비친 노란 얼굴을 바라보다가 외투 소매를 부드득하고 물어뜯었다. 나는 성난 짐승과 같이 내 등 뒤에 붙어 서 있는 그를 떼밀고 외투를 벗어 방바닥에 동댕이쳤다.

"죽는 것보다는 낫지 않소?"

남편은 이 말을 입버릇처럼 내세워가지고 나를 달래려 들었다. 그러나 지금 내게 어디가 죽은 것보다 나은 데가 있는지 나는 알지 못했다.

'죽는 것보다 낫지 않소?'는 결국 나를 속이는 엄청난 사기술이었다.

나는 날로 말이 없어져갔다. 하루 종일 말 한마디 없이 친의를 두르고 앉아 있기도 했다.

너무도 큰 실망과 큰 괴로움은 내 불구된 육체를 타고 파선한 배와 같이 밑으로 가라앉으려고만 했다. 이리하여 말이란 마음의 표현을 거절했던 것이다.

나는 내 몸에서 다리 하나를 잃고 보니 도시* 마음에 버텨나갈 아무것도 없었다. 공연히 의붓자식처럼 눈치만 보이고 기운이 줄어들었다.

나는 오랫동안 화장하기를 잊었다. 뿐만 아니라 그 여러 가지 화장품이 어느 구석에 흐트러져 있는지도 알기가 귀찮았다.

나는 내 화장품을 남에게 보이기를 아주 싫어하는 성미였다. 그리고 화장품에 쓰는 돈이 제일 아깝지 않고, 마음에 흐뭇했다.

어느 날 이웃집 복희라는 철나지 않은 계집애가 놀러왔다가 내 화장품 한 개를 집어갔다고 식모가 야단이다. 아마 떠드는 말을 들어보니 내가 마지막으로 사들인 '코티' 입술연지를 가져간 모양이다.

나는 파랗게 질리는 대신에 앉았던 자리에서 벽에 머리를 기대고 길—게 하품을 했다.

* 아무리 해도.

내가 내 화장품을 무시한다는 것은 내 적은 인생을 통틀어 초개시한다*는 것이나 다름없다— 이쯤 해두더라도 과히 어그러지지 않는 한낱 부녀자의 철학이 됨 직도 하다.

남편은 여전히 저녁이면 빈대떡을 사들고 들어오는 극히 선량하고 친절한 가장이었다. 그는 이렇게 불쌍하게 병신이 된 나라도 결코 한평생 아내로 두기를 주저하지 않을 것이다. 나는 그런 것쯤이야 믿고 안 믿고의 여부도 없다고 생각했다.

어느 날 밤— 열두 시도 넘어서 꽤 이슥한 때였다. 나는 자리옷**을 바꿔 입다 말고 남편에게 어리광 비슷이 이렇게 말했다.

"우리 밖에 좀 나갔다 올까? 나 찻집에 가본 지두 참 오래네."

이것은 정말 내가 나가자는 것이 아니고 하도 심심하니까 그저 해보는 소리였다.

그런데 남편은 이것을 예상 이외로 너무 진실하게 대답을 해버렸다. 그리고 대단히 서글픈 웃음

---

* 보잘것없는 것으로 여기다.
** 잠옷.

을 보여주었다.

"지금이 어느 때라고 나가오? 그리고 나간댔자 괜히 몸만 괴로웠지 소용 있소?"

말이야 옳은 말이니 내가 그 말을 탄하는* 게 아니라, 그 말을 할 때 남편의 입가로 실뱀같이 지나간 그 웃음이었다.

'그러면 남편도 내가 다리 하나 병신 된 것을 슬퍼하나?'

나는 내 남편이 나를 위해서 내가 병신 된 것을 슬퍼하는 줄만 알았지 자기 자신을 위해서 슬퍼하리라고는 정말 생각지 못했다.

이러한 것을 눈치라고 하나 부다.

하면―.

나는 날마다 남편에 대한 눈치가 늘어갔다고나 할까.

제비같이 쏘다니던 그 좋은 바깥세상은 어디로 갔노. 제비같이 쏘다니던 그 좋은 바깥세상을 잃었어도 나는 아직도 고독을 모르고 또 내가 앉은

* 탓하여 나무라다.

자리가 좁다고 불편을 느껴보지 못했다.

그것은 모든 것을 삼켜버린 내 마음의 바다 위에 오직 하나의 섬이 있었으니―.

혹 영원히 적의 침략을 받지 아니할 피난처― 느긋한 해초의 향기를 풍기는 햇빛의 복지― 길들지 않은 남양의 새와 같은 내가 마음껏 재주를 부릴 수 있는 무인도―.

이러한 섬이 곧 나의 남편이라고 생각했다. 이섬에서 내가 다리 하나쯤을 잃었다고 그 자유로운영토가 줄어들 리가 있을까. 타조와 같이 활발한내 즐거운 장난을 거절할 이유가 될 것인가.

우리들의 마음 가운데는 똑같이 어둠이 왔다. 그 어둠은 도적과 같이 왔다. 이러한 것은 눈으로보아서 아는 것이 아니라 눈치로 올개미질해서* 잡는 것이다.

그와 나는 이 도적과 같이 임한 어둠을 가운데두고, 오랫동안 술래잡기를 했다. 진실로 우리의 애정은 완전한 것이 아니다. 단히** 싱거운 수작 같으

---

* '올가미질하다'의 방언. 함정에 걸려들게 꾀를 부린다는 뜻.
** 대단히.

나 이것을 몸소 찍어 맛을 본 남자나 여자에게 있
어서는 실로 깜짝 놀라고야 말 진리가 될 것이다.

나는 차차 남편에게 미안을 느꼈다. 그리고 늘
상 빚을 진 것같이 마음이 무겁고 께름칙했다.

남편은 여전히 나를 위무하기에 애를 썼으나 피
차에 어림없는 실패였다.

"다리 하나가 무슨 상관이오. 아직 우리에게는
세 개의 다리가 더 있지 않소?"

그러나 이것은 멀쩡한 거짓말이다. 세 개의 다
리는 늘 네 개의 다리보다 못하다는 것은 나보다
도 그 자신이 먼저 깨달은 바이리라. 되풀이하거
니와—.

나는 날마다 그가 자동차에 치이거나 혹여 뜀박
질하는 말발굽에 채여서라도 다리 하나가 없어지
기를 바랐다.

우리는 가끔 모조가정 시대를 회상하고 그리고
그때에 쓰던 말들을 복습해보았다. 이 말이란 우
리의 날개 돋친 생각을 끌고 다니던 짓궂은 장난
꾼이었다.

첫째, 우리에게는 우리가 아닌 다른 사람으로서

통여 무슨 소린지 알아먹을 수 없는 야릇한 단골
말이 많았다. 그중에도 내게 대한 여러 가지 애칭
은 실로 장황한 설명을 요한다.

있쩐짜이, 뽀르대, 곰이, 애그맹이, 빼뚤이, 강아
지 등등이다.

"있쩐짜이(일 전짜리)."

— 이것은 우리가 어느 시골 정거장을 지나다가
지은 이름이다. 그적에 차를 기다리던 손님이 우
리서껀* 도합 사오 인밖에 안되었는데 조그마한
대합실 바깥벽에 아침 햇빛이 또아리를 틀고 있고
그 옆에는 사과장수 늙은 할미가 과일 함지박을
놓고 우들우들 떨고 앉았다.

그 사과 중에 맨 꼭대기에 놓인 사과 한 알이 가
장 작고, 한편 모서리가 찌부러지고 빨갛고 보삭한
얼굴을 반짝 쳐들고 우리를 말끄러미 쳐다본다.

"형— 저 쬐꼬만 애기능금이 재없이** 당신 모습
을 닮았구려."

우리는 즐겁게 웃었다. 그리고 노파 앞으로 다

---

* 우리와 함께. '~서껀'은 '~와 함께'라는 뜻.
** 근거는 없으나 틀림없이.

가서며 흥정을 붙였다.

"일 전을 냅세."

노파의 희망대로 일 전 한 푼을 주고 그 작고, 귀
엽고, 가엽고, 꼼꼼하고 영리해 보이는 애기능금
을 샀다. 이때부터 나는 '있쩐짜이'가 된 것이다.

뽀르대— 이것은 우리가 어느 항구에서 배를 기
다리고 있노라니 산더미같이 육중한 기선이 커다
란 몸뚱이를 천길 바닷속에 철렁 박고 앉은 그 옆
으로 쪽박같이 작은 뽀르대— 똑딱선이 꼬리를 흔
들며 기선의 겨드랑이를 간지르며 돌아다니는 꼴
을 보고 그가 지어준 이름이다.

곰이. 이것은 우리가 모조가정의 신접살이를 차
리던 그해 봄 어느 공일날 동물원에 놀러갔다가
철창 속에서 염체없이* 뒹구는 곰의 그 유들유
들하고 뱃심 좋은 모양을 보고 지어준 이름이다.

미상불 이름을 붙이자면 바로 옆댕이 쇠그물 속
에서 제비처럼 팔랑거리는 구모사루(거미원숭이)
해당하련만두 하필 동에도 서에도 닿지 않는 곰에
게다 나를 겨눈단 말인가? 나중에 알고 보니깐 네

* 염치없이.

성미가 너무 팔랑대는 축인즉 그 곰 뿐*으로 마음
이 너그럽고 호탕하고 무게 있으라는 교훈 애칭이
었다.

이렇게 그는 어떠한 사물을 대하든지 그중에서
가장 구염성스럽고 재롱스럽고 얌전하고 알뜰한
것을 발견할 때마다 다짜고짜 거기다 나를 비교하
는 버릇이 있었다.

이렇게 나는 그로부터 새록새록이 수많은 새 이
름을 지어봤을 때마다 그가 진심으로 나를 아껴주
는 고마움을 감사했다.

이러한 애칭이야말로 우리들에게 있어 가장 쓸
모 있고 보람 있는 끔찍한 재물일 거요. 두 사람 사
이에 손때 묻은 장난감과 같이 앙그러진 살림살이
를 낱낱이 적어놓은 기념비일 것이다.

그러나 이러한 되풀이는 우리의 사이를 더한층
어색하게 만들었고 뚜렷한 거리를 보여주었다.

* '본추'의 방언.

✽

　남편과 새 넥타이―.

　나는 아직도 이 '남편과 새 넥타이'에 대해서는 확실한 증거를 잡지 못했거니와 어쨌든 그 새 넥타이는 우리의 마지막 운명을 두 개로 뻐개는 좋은 쐐―기였다.

　그 불길한 넥타이의 복잡한 빛깔과 무늬는 지금도 내 눈에 박혀 있어 나를 괴롭게 하는데 이렇듯 무서운 넥타이를 내 손으로 장만했다는 것은 세상에 비극이 있다는 증거일 것이다.

　내 몸이 아직 성했을 때 그 넥타이를 사들이고는 아직 한 번도 매어보지 못하고 그냥 갑 속에 들어 있는 채 잊어버리고 말았다. 내가 앓느라고 집안이 뒤집히는 통에 언제 그런 것을 생각할 여지가 있으랴.

　어느 날 밤 나는 오래간만에 마음에 주름을 펴고 제법 곁에 사람과 웃으며 이야기도 하고 또 우리 집 살림꾼 식모가 장 보러 갈 때 낄 헌 장갑을 깁고 앉아서 그가 돌아오기를 기다렸다.

　조금 늦게야 남편은 돌아왔다. 전처럼 손에 사

과 봉지도 들지 않았거니와 잡담 제하고 건넌방에
가서 그 새 넥타이를 매고 있는 것이다.

내 칼날같이 파란 눈초리는 그 새 넥타이와 그
새 넥타이를 매고 있는 두 개의 손길을 훑었다. 어
쩐지 가슴이 덜컥 내려앉고 불길한 예감이 떠올랐
던 것이다.

'밤에 남편이 새 넥타이를 맨다? 무슨 까닭일까.
그리고 왜 그다지 정신 나간 사람처럼 황급히 서
두를까. 들어올 때만 해도 구두 한 짝이 잘 빠지지
않는다고 그냥 털어서 마당 한복판에 팽개치지 않
았는가. 그처럼 눈을 내려깔고 내 얼굴을 꺼리는
것은 무슨 곡절일까. 누구에게 보이려고 저 야단
일까. 별다른 대상이 없어가지고는 저와 같은 몸
치장이 되지 않는 법인데!'

각막과 수정체로 된 우리의 두 개의 눈이란 얼
마나 무디고 둔한 무기인지 내 눈은 기어이 그 넥
타이 매는 손이 가지고 있을 듯한 비밀을 찾을 길
이 없었다. 나는 괴로웠다.

의심은 도둑고양이와 같다. 이 도둑고양이가 쫓
아다니는 한 우리의 애정은 완전한 것이 아니다.

그 새 넥타이를 맨 남편이 이 밤에 내가 아닌 다

른 여인에게 좀 더 많은 호감을 사려고 온갖 지혜를 짜내지 않으리라고 누가 보장할 것인가.

그는 두어 마디 다녀온다는 말을 마치고 전에 없이 급하게 나가버렸다. 나는 나도 모르게 벌떡 일어나려고 했으나 다리가 말을 듣지 않아 그냥 벽에다 몸을 기대버렸다.

도둑고양이와 같은 의심은 내 모든 것을 무시하고 나를 미치게 했다. 내 모든 교양이 애써 쌓아오던 자존심과 체면 그리고 그와 나 사이에 굳게 받들던 믿음을 무시하고 끝끝내 이러한 결론을 만들고야 말았다.

'남편은 새 넥타이를 매고 두 다리가 성한 계집을 찾아갔다.'

얼마나 비밀하고 우스운 생각이랴. 그러나 나는 그 밤에 그렇게 생각지 않고는 마지않았으며 지금도 오히려 이것을 믿고 남음이 있는 바다.

나는 외투를 입고 바깥에 나섰다. 눈이 푹푹 빠지는 밤이다. 흥분으로 말미암아 아무것도 몰랐으나 노파의 걱정하는 소리가 어설프게 들렸다.

"아이, 큰일나셨네. 눈이 이렇게 오시는데 저 지경을 하고 어디로 가신담."

나는 행길에 나서서 쏜살같이 달리고 싶었으나 절룩거리는 내 다리는 나를 여지없이 학대했다. 실상 이러한 것은 내게 다시 구할 수 없는 실망과 슬픔을 더했고 또 내 마지막 날을 분명히 선고한 것이다.

나는 길바닥을 거의 톱질하듯 걷다가 가로수 등거리를 두 손으로 붙잡고 숨을 돌렸다. 일찍이 그처럼 유쾌히 헤엄치던 이 거리를 지금 나는 무디게 톱질하는 것이다.

나는 집으로 돌아가기를 생각했다. 너무도 무모한 내 꼴을 두 번 다시 생각하기도 싫었다. 분노가 사라진 뒤 재와 같이 싸늘하게 식었다. 집에 이르렀을 때는 온몸이 땀에 떴으면서도* 아래윗니를 딱딱 마주치며 떨었다.

나는 오랫동안 방바닥을 덮어버리고 앉아 있었다. 내 길지 않은 인생에서 나는 언제나 가장 교만했다. 내가 제일 이쁘고 내가 제일 귀염을 받고 내가 제일 재주가 많고 그러나 지금은 싸우기도 전에 져버리고 마는 나이다. 내 한쪽 다리가 내 몸뚱

* 젖었으면서도.

이를 받칠 수 없는 것과 같이 내 마음에도 버티어 나갈 아무것도 없다.

이쯤 되고 보면 내 목숨 또는 우리의 생활은 파산인 것이다. 나는 어떤 의미로나 이 이상 더 견디어나갈 도리가 없다.

하면 나는 인제 우리 생활의 총결산을 가장 정직하게 계산하지 않으면 아니 될 것이다.

무릇 한 개의 부부생활이 해소되는 때는 그 아내 된 자가 그 남편 된 자에게 변상해서 받아야 할 것이 있다.

혹 어떤 아내는 위자료 이천 원을 청구하면 재판소에서는 훨씬 깎아서 오백 원의 판결을 내린다.

나는 무엇을 받아야 할까. 이것은 내게 불구자란 약점이 생길 때부터 생각해온 문제다.

나는 내 남편도 나와 같이 다리 하나가 병신 되기를 바랐다. 남편의 다리 하나—그러나 다시 생각해보면 다리 하나쯤으로는 엄청나게 부족하다. 내가 받아야 할 것은 그의 목숨 그것뿐이라고 생각한다. 생명을 받아야 겨우 수지가 맞을 것 같다. 이것은 내 계산서뿐만 아니라 모든 아내 된 자의 계산서일 것이다.

*

밤이 어지간히 깊어진 모양이다. 스토브에 불이
꺼진 지 오래여서 추워서 견딜 수 없다. 아무리 잠
이 아니 와도 저 나무침대 속으로 들어가야 할까
보다. 집을 떠나 일곱의 밤을 뜬눈으로 새워도 조
금도 피로를 모르겠다. 기적이란 아마 이따위겠지.

나는 아직 살인을 하지 않은 채 이곳으로 왔다.
받을 것을 다 못 받고 그대로 주저앉는 것이 모든
아내 된 자의 약점이요, 애교인 모양이다.

나는 얼마 동안 이곳에 더 머무를 것이다. 내 계
산서를 완전히 청산할 때까지 이 땅에 더 있을 것
이다.

이 땅은 마적이 있어서 좋고 돼지가 죽은 아이
시체를 물고 뜯어 먹는다는 이야기가 있어서 좋고
죽음 같은 고독이 있어서 좋다.

《조광》, 1937년 3월

소설

*

여인 명령 女人命令

난도卵島

타악 터진 바다— 밀려드는 파도 위에 동그랗게 떠 있는 난도는 그 한쪽 모서리가 가늘게 뭍과 연해 있다.

늙다리 사공의 무시무시한 전설이 묻어 있는 곳— 항상 가난하다.

*

양지짝 바위 위에 누어놓은 개똥이 언 것처럼 뽀얗게 굳어 있다. 첫 겨울날이 아무리 따스하다 해도 벌써 이른 저녁때가 지났으니 산산하고 추운 바람이 목덜미로 기어들지 않을 수 없다.

이 섬에는 오늘 이상스런 사람들이 오고 마을
애들이 큰일이나 난 것처럼 한 놈 두 놈 모여들어
야단이다.

그 이상스런 사람들이란 양녀처럼 차린 여편네
하나와 한 오십 되어 보이는 막벌이꾼 같은 사내
가 두어 살쯤 된 어린애를 천업의*에 푹 파묻고 한
손엔 커다란 가방을 들었다.

그들은 마을에 접어들자 길 옆 울타리도 없는
초가집 툇마루 위에다 짐들을 내려놓고 그 앞에서
서성거리는데 보아하니 그 젊은 여자는 무엇인지
수심에 싸인 사람 같다.

"얘들아, 너희들 누가 이 가방을 저기까지 좀 들
어다 주련? 그럼 내 돈을 줄게."

애 녀석들이 큰 구경났다고 모여섰다가 이 하이
칼라 여자가 말을 거는 통에 모두 어이없는 듯이
마주 보고 익살맞게 웃는다.

그런데 인중 앞에 두 줄기 콧자리가 허옇게 말
라붙은 어린놈들은 원체 웬 영문인지도 모르는 모
양이나 그중에 대가리 큰놈 몇은 돈이란 말에 그

* '아기 포대기'로 추정.

래도 입맛이 당기는 모양이다.

"내가 어디 들고 가볼까. 거 무거워요? 너무 무거우면 우리 아부지가 욕해요."

"하하!…… 저 녀석이 마구 히야까시*를 올리네. 돈을 준다는데 잔소리가 무슨 잔소리여."

"음. 좀 무겁다. 너희 둘이서 여기까지 모두 들어다 주렴."

그는 가방을 애들한테 들리우고 어린애 업은 영감쟁이를 앞세워놓고 자기도 그 뒤를 따라가는데 구경꾼 애들까지 쭉 늘어서서 가는 품이 무슨 말광대패나 지나가는 것 같다.

마을에선 벌써 저녁밥들을 짓는지 부엌에서 뽀얀 김이 나와서 부엌 뒷벽에 매달아놓은 무잎 시래기 위에 서리운다.

"저게 무슨 계집이오? 양인 사람은 아니고 죄선 사람은 죄선 사람인데 저러고 어디로 가는 모양인가. 저 신발 뒤축을 좀 봅세. 넘어지는 날엔 발목이 분질러지지 않겠음, 쯧쯧."

"하하…… 아즈바이는 원 별걱정을 다 하오. 발

* '희롱하다', '놀리다'라는 뜻의 일본어.

목이 부러지는 기사 어찌 됐든지, 모양을 내사겠
스니 그렇지비. 그나저나 여름 같으면 맥(목욕) 감
으러 나온다고 지금 여기를 무스거 하러* 올까."

"아무튼지 양지(얼굴)는 과연 잘생겼다이. 아주
온 동리가 다 환한걸. 그런데 저 어린애는 제가 낳
은 걸까. 원, 한 줌만 한 허리하고 그 속에 어디 애
가 나올 성싶은가."

"윗집의 작은아바지는 상기두 의뭉스런 소리만
하신다니. 그러게 작은어마이는 한평생 속을 썩였
다지."

"자기는 뭐 벨소릴 다 한다. 내 무스거 어쨌니.
너— 작은에미가 들으문 또 나를 잡아먹자고 하겠
다."

숙채는 이렇게 마을 사람들이 조롱 겸 지껄이는
소리를 귀담아 들으며 여전히 걸었다.

워낙 여기 집이란 울타리라고 제법 할 만한 것
이 별로 없고 그저 깨어진 배 조각이나 낡은 그물
로 약간 얽어놓았으니 마당이자 또 길이므로 모두
한데 집들이다.

* 무엇 하러.

　그리하여 숙채 일행은 남의 집 마당 같은 데로 이리저리 돌아나가는데 마을 중턱쯤 지났을 때는 그 뒤에 따르는 구경꾼이 어지간히 많았다.

　이 통에 제일 계면쩍어하는 것은 어린 아기를 업고 오는 막벌이꾼 사내다. 그는 돈푼이나 단단히 생기는 바람에 사내자식이 어린 애기를 업고 사십 리 길을 오기는 왔지만 남의 눈에 쑥스럽기 짝이 없다.

　"야, 이 간나 새끼들아 무슨 구경이 났니. 어째 이렇게 떼밀고 지랄이냐."

　그는 참다못해 이렇게 애들을 윽박질러 놓았으나 기실 자기가 생각해도 이런 것이 큰 구경이 아니면 무엇이랴고 생각했다.

　젊은 여자는 얼굴이 하얗게 되어서 한눈팔지도 않고 걷는데 이 동네가 퍽 익숙한 모양이다. 그러기에 남에게 한마디 묻지도 않고 바로 큰 버드나무 집으로 쑥 들어간다.

*

이 버드나무 집은 이 섬에선 갑부라고 하는데 기역 자로 지은 집이 제법 번듯하게 크고 뒷간 옆에 돼지우리엔 큰 돼지 두 마리가 엎드려 있다.

"저— 안에 누가 계세요?"

부엌문이 왈칵 열리며 얼굴이 새까만 여편네가 나왔다.

"뉘 집을 찾소?"

"여기가 저— 총각이네 집이지요?"

"총각이네요? 아니 우리 아—는 조앙돌이오. 아, 그 총각이네 말이로구만. 그 집은 벌써 떠나서 아주 먼 데로 이사를 갔는데 벌써 여섯 핸가 일곱 해가 됐다이. 그런데 그 집은 어째 찾소?"

"아니 저— 벌써 떠났나요?"

그는 갑자기 얼굴을 흐리며 사뭇 울상이 되어버린다. 벌써 날이 저물어서 울타리 밑에 쌓여 있는 굴 껍데기 위에 넘어가는 햇빛이 비치어 조개껍질 안쪽은 오색이 영롱하다.

"그나저나 어디서 오신 손님이오?"

"저요? 서울서 왔어요."

"앙이＊, 서울이 여기서 어디메라구 저런 끔찍한 일이 있소. 그래 총각이네하고는 무슨 일가뻘이 되오. 그 집이 그렇게 된 줄인지 모르구 왔겠지비. 저 노릇을 어쩌겠소. 아무래두 인제는 되돌아서 가지는 못하오. 우리 집이 더럽지만 좀 들어오."

"네."

숙채는 그 개중에도 주인댁의 친절을 고맙게 생각해서 그의 얼굴을 다시 한번 쳐다보고 들어오라는 대로 정지간으로 들어갔다.

이 간량통의 넓은 정지간은 노존＊＊이란 갈 껍데기＊＊＊로 짠 자리를 깔았는데 때가 어찌 올랐는지 손으로 만져보면 꺼끌꺼끌하다.

부뚜막 옆엔 머리가 중의 송낙을 쓴 것처럼 타부＊＊＊＊를 한 원숭인지 사람인지 분간할 수 없는 할머니가 헌 누더기를 두르고 앉아 숙채를 빤히 쳐다보고 있다.

숙채는 애기를 안고 윗목에 가 쪼그리고 앉아서

＊　아니.
＊＊　삿자리. 갈대를 엮어서 만든 자리.
＊＊＊　갈대 껍질.
＊＊＊＊　터번. 이슬람교도나 인도인이 머리에 두르는 수건.

될 수 있는 대로 이 할머니의 눈을 피하여 딴 데를 바라보고 있는데 그래도 뜨뜻한 집 속에 들어와 앉으니 행결* 사지가 풀리고 애기도 좋아한다.

여기 집은 안방과 부엌 사이에 벽이 없고 한군데 맞붙었는데 이것을 정지라 한다. 솥이 바로 구들 위에 걸려 있고 아궁이는 사람 한 길이나 되게 높다.

주인댁이 저녁밥을 푸려고 큰 가마뚜껑을 척 열어젖히고 들어앉아서 놋박죽으로 밥을 푼다.

혹 불면 날아갈 듯한 조밥에 팟**을 둔 것을 놋주발에 수북이 담아서는 손에 물을 묻혀가지고 척척 눌러서 복개***를 덮어 내어놓는다.

집안 식구 상들을 다 내어가고 주인댁은 숙채 때문에 큰 걱정이 난 모양이다.

"저 애기 어마이 무스거 자시겠슴. 이런 데야 어디 사람 사는 데라구."

그는 지어놓은 저녁이라 집안 식구는 먼저 상들을 받게 하고 부리나케 바가지를 들고 광으로 들

---

* 한결.
** '팥'의 방언.
*** 덮개 또는 뚜껑.

어가더니 그래도 부잣집이라 어느 구석에 쌀 한 되 감추어두었던 것을 한 복개 떠 들고 북어 한 마리를 빼어가지고 부엌으로 들어온다. 숙채 저녁밥을 따로 짓자는 눈치다.

"밥을 왜 따로 지으세요? 댁에서 잡수시는 대로 한술 뜨면 그만인데요. 아이, 이러시면 안 돼요. 그 쌀을 도루 갖다 넣으세요."

숙채는 주인댁과 한참 실랑이를 하다가 생각하니 차에서 변또* 하나를 샀다가 먹지 않고 그냥 가지고 온 것이 생각나서 보따리를 찾아 변또를 꺼냈다.

"여기에도 밥이 있는데 그럼 이걸 먹지요."

주인댁이 보니 나그네가 가지고 온 밥이 이밥(쌀밥)이고 반찬도 보지 못하던 훌륭한 것들이라 자기가 짓는대야 그만 아주 못할 테니 숙채 말대로 하기로 했다.

"그게 다 무시기냐. 맛이 있겠구나."

이때까지 말 한마디 없던 늙은 할머니가 쪼그라 붙은 눈으로 변또를 들여다보며 몹시 자시고 싶은

* 도시락.

모양으로 나무등거리* 같은 손을 내밀어 빨갛게
물들인 '가마보꾸**' 하나를 냉큼 집는다.

"할마이, 이건 저 애기 어마이 자실 게요."

손주며느리인 주인댁은 민망한 듯이 늙은이의
절벽 같은 귀에다 대고 이렇게 소리를 지르니 늙
은이는 알아들었는지 말았는지 내밀던 손을 도로
포대기 속에다 넣는다.

숙채는 하도 어이가 없어서 얼른 변또를 들어
그 할머니 앞에다 놓으려니 주인댁이 손살을 내저
으며 질색을 한다.

"애기 어마이 자시오. 이 할마이는 영 아무것도
모르신당이."

"글쎄 이러지 말고 저 할머니께 드려요. 저 할머
니가 계신데 이게 내 목으로 넘어가겠어요. 어서
내 맘이 편하게 그렇게 하셔요."

변또를 앞에 갖다 놓으니 숟가락을 잡은 손이
부들부들 떨리는데 그래도 밥을 술목이 부러지게
떠서 넣고 고깃점을 집어서 이라고는 한 대도 없

* '나뭇등걸'의 방언.
** 무늬가 있는 일본 어묵의 일종.

는 잇몸에 대고 문질러서 정신없이 자신다.

숙채는 길게 한숨을 쉬고 얼른 애기를 끌어다 안았다.

✽

숙채는 어젯밤 너무 피곤해서 그냥 그 집 윗목에서 새우잠이나 자고 이튿날 아침에 일어나니 행결 머리가 깨끗하고 몸도 개운해졌다.

주인댁은 벌써 새벽 조반을 해치우고 씨암탉처럼 아기작거리며 앞뒤로 돌아다니는데 여편네가 말과 일에 막힌 데가 없고 엽엽하고* 싹싹해서 뜻밖에 버릴 것이 없이 다부지게 됐다. 사람이 워낙 됨됨이가 그렇기 때문에 숙채에게도 언제 정든 것은 아니래도 끔찍이 고맙게 굴었다.

숙채는 지금 이 처지에 이러한 사람을 만난 것이 다시없이 고맙고 마음이 든든했다.

"그래, 저 애기 어마이 총각이네를 어떻게 아오.

---

* '엽렵하다'의 방언. '슬기롭고 민첩하다', '분별 있고 의젓하다'는 뜻.

그게 별일이 아니오. 서울 사는 사람이 이런 데 틀어박혀 사는 총각이네를 아는 기 참 벨일이오. 여기에 사는 것들이야 말이 사람이지 어디 사람이라구. 나부터라두 그렇지비."

"총각이네가 그렇게 떠난 지 오래요? 그래 지금 어디 사는지 통 모르나요?"

"그거 어떻게 알겠소. 아마 식구가 산지사방으로 흩어졌다니까 어디메 갔는지 뉘가 아오."

"그때 내가 왔을 땐 그다지 그런 것 같지 않더니."

"그럼 그 집이 아주 갑자기 망한 셈이지비. 아들 형제가 한 달 건너로 죽고 그 집 아바이는 화가 난다고 술만 자시고 배를 타지 못하니 고기는커녕 어디 가 그물 한번 쳐봤겠음. 그러니 많은 식솔에 어떻게 살겠소. 그나저나 서울 애기 어마이 일이 큰일이오. 서울서 여기가 어디라고 그 집을 바라고 왔다가 젊으나 젊은이가 어떻게 하겠소."

"아니, 뭐 그 집을 바라고 온 것은 아니에요. 총각이네와 무슨 친척이 되는 것도 아니고 전—에 한번 여기에 왔다 간 일이 있는데 그때 알았어요. 그래 이번에 내가 여기에 와서 얼마 동안 있으려는데 사실 서울서는 그 집을 바라고 온 셈이지만 댁에서라도 방 하나 세로 주시면 그만 아니에요. 그런데 저 사랑방은 지금 쓰시나요. 저 방에 있었으면 좋겠는데.”

“글쎄 그럼 그렇지. 총각이네하고 무슨 일가뻘 될 일이야 없겠지비. 앙이 그러믄야 우리 집에 같이 있지비 무슨 걱정이 있소. 그런데 그 방보다 저 뜰아랫방이 좀 나은데. 거기에 있으면 좋잖아요. 그리고 세가 무슨 세요. 내 언제 집세를 받아먹고 살았다구 아에 그런 말은 하지도 마오.”

숙채는 그 사랑방이란 것을 들여다보며 끔찍이 그 방에 있게 된 것을 좋아하는 모양이다. 만일 그렇지 않았더라면 숙채는 이 섬으로 온 걸음이 절반이나 허사가 되고 말 것이 아니냐. 숙채는 매캐한 흙냄새가 풍기는 방 안으로 머리를 들이밀고 또 한번 휘 살펴보았다.

“글쎄, 그래도 셈을 하고 있어야 나두 마음을 놓지 않아요. 그럼 우리 이렇게 합시다. 나도 밥을 먹어야겠으니까 댁에서 함께 먹기로 하고……”

숙채는 뛰어 들어가 핸드백을 들고 나온다.

“이게 약소하지만 받아두세요. 그리고 댁에서

잡숫는 대로 조밥이 아주 좋으니까요. 꼭 내 말대로 해주세요."

"이게 무시기요. 그러구 이게 얼마요."

주인댁은 십 원짜리 한 장 오 원짜리 한 장 모두 십오 원을 손에 쥐었다가 숙채 앞으로 얼른 내어놓으며 질색을 한다.

"앙이, 이런 무서운 일이 있소. 돈이 일흔닷 냥이면 부재하나요. 동네에서라도 이런 줄을 알면 나를 아주 도적년이라고 앙이 하겠소."

숙채는 바람 난 사람처럼 부들부들 떠는 주인댁의 손에 돈을 쥐어주고 아무 말도 말라고 다져놓았다.

"나 비하구 걸레하구 좀 주세요. 인제 내 방이 됐으니 훔치고 세간을 들여놓아야지."

"그 방에 먼지가 오죽할까. 어쨌든지 그 방을 쓰지 않은 지가 십 년은 된다이. 아 너루* 나오 내 쓸게."

"아니, 괜찮아요. 천장에 거미줄은 싸리비로 훔쳐내야겠는데."

* '넓은 데'로 추정.

대체 이 방은 어느 태고 삼한 적에 발랐는지 도 배종이가 까맣게 글고＊ 해어져서 아주 폭 골았다.＊＊

숙채는 두 팔을 걷어붙이고 우선 비로 초벌 먼지는 쓸어내고 다시 천장을 훔치다가 아랫목 짝에 누더기처럼 더덕더덕 기워놓은 데를 물끄러미 쳐다보고 있다.

그는 무슨 생각이 났는지 부리나케 밖으로 나가더니 마당 구석에 놓인 사다리를 들고 방으로 들어온다.

사다리를 천장에 대어놓고 숙채는 그리로 기어 올라가더니 그 누더기처럼 기워놓은 가운데 희끄무레한 종잇조각을 얼이 빠져서 들여다보는데 그것은 원고용지 절반 자른 것에 이런 것이 쓰여 있다.

'아직 건강이 회복되지 못해서.'

"무스거 그리 들여다보오. 방을 쓰지 않으니까 전에 있던 사람들이 바른 대로 그냥 두었당이."

"댁에서 바른 게 아니라구요? 그럼 십 년 전 총

＊　그을고.
＊＊　'곯다'의 옛말.

각이네가 있을 때 바른 게 분명하군요."

"그럼, 우리사 그 방에 손 한 번 댔다구. 여기에 서야 종이 한 장 구경하기가 오직* 힘들어야지."

"십 년 전— 그의 필적이다. 그가 이 방에 있을 때— 내가 왔던 날 손수 발랐다는 종이가 분명하다.

*

숙채는 사다리 위에 올라앉은 채 손으로 그 기운 종잇조각을 어루만져 보았다. 껄끄스름한 감촉 외엔 아무것도 잡히는 것이 없다.

오랫동안 문을 닫아두었다가 어두운 이 방 속에 이 매캐하고 수더분한 냄새는 혹시 십 년 전 그때 그가 호흡하던 그 공기가 아닌지도 모르겠다. 이 방 속에 이 어두움— 그때 그의 몸을 싸고 있던 어둠이 십 년 동안 갇혀 있다가 지금 다시 숙채의 눈에 밟히는 것이 아닌지도 모르겠다.

숙채는 방 속에 풍기어 있는 냄새를 콧구멍을 넓혀가지고 맡아보았다. 그러다가 빗자루를 쥔 채

* '오죽'의 방언.

문턱에 걸터앉아 먼 뒷일 생각하노라고 눈은 울타리 밖 허공을 헤매고 마음은 사뭇 매를 맞듯이 아픈 것을 보니 감상이란 우리의 이지로 떼어버리기는 불가능한 병이라고 생각했다. 숙채는 이 방 이 천장 그리고 이 냄새— 이것들은 그때의 이야기를 그대로 써놓은 증서와 같아서 지나간 날을 다시 되풀이하지 않을 수 없음을 슬퍼했다.

십 년 전 그때— 숙채는 단 한 번 이 섬에 다녀간 일이 있다. 그가 병으로 약을 한 짐 짊어지고 이 섬을 왔을 때다. 숙채는 어머니를 졸라서 객지에 온 동무에게 가져간다고 속이고 장조림 한 단지와 고추장 한 단지를 볶아서 가지고 사십 리 길을 걸어서 이 섬으로 그를 찾아왔다.

지금도 또렷이 떠오르는 그때의 숙채 모양은 검정 치마에 흰 적삼을 받쳐 입고 흰 운동화를 신었다. 그리고 큰 책보에 항아리 두 개를 잘 끈을 싸서 머리에 이고 바쁜 걸음을 하던 것이 눈에 떠오른다.

한낮이 지나서야 여기에 이르렀을 때 얼굴이 불같이 달아 감히 들어오지 못하고 바로 저 버드나무 뒤에 숨어 서서 행여 누구의 눈에 뜨일까 겁을 집어먹고 서 있었다.

얼마를 지난 뒤에야 마실 갔던 총각 어머니가 보고 달려 들어가서 그에게 무에라고 수군거린 모양이다.

그때 이 방 속에 벌떡 드러누워 천장만 쳐다보고 있던 그가 노파의 말에 놀란 말처럼 화다닥 뛰어나와 한참 동안은 어안이 벙벙해서 두 손길을 마주 잡은 채 장승같이 서 있었다.

"여기엘 어떻게…… 들어오십시오."

그가 숙채를 알기는 숙채가 아직 열세 살 때—두 사람이 서로 알기는 숙채가 열여덟 살 때— 이렇게 오랜 세월이 두 사람 사이에 흘렀으나 아직 이 두 사람은 한마디 말도 완전히 끝을 맺지 못하고 몇 번이나 토막을 치는 수줍은 사이였다.

방에 들어가—바로 이 방이다—장조림 항아리를 사이에 놓고 마주앉았으나 역시 적당한 말을 찾지 못하여 옹송그리고 있을 때 마침 천장에서 쥐란 놈이 장난을 친다.

"저런 놈의 쥐— 가뜩이나 낡은 천장지를 죄다 뚫어놓아서 오늘 아침에도 여기엘 이렇게 발랐습니다."

그때 그가 원고지를 찢어서 발랐다는 것이 십

넌 후인 지금 숙채가 쳐다보고 있는 저 희끄무레한 것이다.

"무슨 생각을 그리 하고 있소― 이 방에다는 저기 새 노존이 있으니 그거 깔아야지. 이 가방도 지금 여기에 들여놓을까?"

"네."

"참 사람의 일이라는 건 모를 기라니. 십 년 전에 애기 어머니 얼라(어린애) 적에 여기에 왔다 갔겠능기 지금 또다시 올 줄을 어찌 알았겠소. 그래 그 때는 무슨 일로 왔다 갔소?"

"네? 네― 난 또 깜짝 놀랐군요. 저― 오라버니가 병 고치러 여기에 왔었는데 그때 바로 총각이 네 집에 있더군요. 그래서 한번 다녀갔지요."

숙채는 무망중 오라버니라고 해놓고도 그 오라버니라는 오라버니를 또다시 쓰게 되는 것을 생각할 때 실로 감개무량하다.

십 년 전 그때에도 총각이 어머니한테 오라버니라고 했었는데 그때는 그렇게 거짓말을 꾸며내지 않을 수 없는 경우였으나 지금은 무슨 까닭으로 이러한 거짓말을 하지 않으면 아니 될 것이랴.

"앙이, 그래서 여기를 아는구만. 글쎄 그런 일이

나 있었기에 왔다 갔지. 그렇잖으면 무시래 오겠소. 그런데 무슨 병인지 어째서 좋다는 대처에서 고치지 않구 이런 사람 못 살 데 와서 무슨 병을 고치겠소."

"그래도 이런 데 와서 바다 공기도 마시고 햇빛도 쏘이고 하면 낫는대은."

"저거 좀 보겠소. 바닷바람을 쏘이면 병이 낫는다이. 그래 그런지 이런 데 사람은 좀해서 병이 나는 법이 업당이. 하기사 언제 병치레까지 하고는 살아갈 수가 있어야지. 생전 약 한 첩 앙이 먹고 죽은 사람이 많지비."

*

밤이 되니 마을 여편네들이 숙채 구경을 하려고 애들을 안고 모여들었다.

"앙이 증손 에미랑 오는구만. 어서 들어옵세."

"이 집 성님은 서울서 나그네랑 와서 좋겠소. 우리두 서울 얘기나 얻어들을까 하고 왔당이."

그들은 정지간 넓은 구들이 무너지게 모여 앉아서 저마다 어린 애기에게 젖꼭지를 물리고 앉아

이야기 장단을 펴놓는다.

빤—한 등잔불의 심지가 까부러지는 대로 에미네(여편네)들 얼굴이 밝았다 어두웠다 하는데 큰솥에다 되호박을 쪄서 구수한 냄새가 코를 찌른다.

"그래, 애기 어마이 지금 나이 몇이오?"

"스물일곱이에요."

"세상— 스물일곱인 게 저렇게 얼라 같당이. 우리는 대즉해야 스무남 살로 봤는데."

"그래 애기 아바지는 어디메 있소?"

"돌아갔어요."

"에구— 저 일을 어찌겠소. 언제 그렇게 됐소?"

"한 일 년 반 됐어요."

"저런 꽃 같은 댁네를 두어두고 어찌 눈을 감았소. 그래서 애기 어마이 도시 수심에 싸인 사람 같군."

"어째 앙이 그렇겠소. 에미네한테야 과부 되는 게 마지막 일인데."

동네 여편네들의 그 순박한 얼굴들엔 갑자기 서글픈 빛이 떠오른다.

숙채는 그 부인들이 모처럼 서울 이야기를 들으러 왔다가 그만 이런 이야기로 재미없이 되는 것이 안되었다.

그래서 무슨 좋은 서울 이야기를 끌러보나 좋은 것이 생각나지 않고 또 사실 말할 경황도 없었다.

'진고개 이애길 할까. 화신상회 이애길 할까. 동물원 이애길 할까.' 숙채는 가까스로 그들이 좋아할 듯한 것을 말해주니 그제서야 제각기 질문이 야단이다.

"서울에는 웃틔(옷)감이 그리 싸다지. 한번 고운 웃틔를 실컷 입어보고 죽었으믄 좋겠당이."

"저 성님은 이제 고운 웃틔를 입고 시집을 가겠소."

그들은 모두 간간대소를 한다.

"동물원에는 원숭이도 있고 사자도 있다던데 그게 정말이오?"

"가래골집 조카가 그러는데 그 전차라는 거 타문 질(길)로 걸어다니는 사람은 모두 거지 같아 보인다지?"

"거지라는 게 무시게요?"

"유궐이를 거지라고 앙이 하오."

"쯧쯧! 걸어댕기는 기라고 무시래 유궐이 같겠소. 말이 그러지비."

그들은 이렇게 떠들다가 밤이 이슥해서 돌아갔다.

숙채도 겨우 틈을 얻어 자기 방으로 와서 자는 애기를 아랫목에 누이고 램프에 불을 켰다.

시계를 가지지 않았으니 몇 시인지 알 수 없거니와 짐작건대 아마 열한 시는 됐을 성싶다.

열한 시면 아직 초저녁이나 다름없건만 이 섬의 사람들은 벌써 잠든 지 오래다.

"쿠룩쿠룩 푸—푸."

옆의 방에서 코 고는 소리가 야단이다.

보지 않아도 그들은 헌 누더기를 차 내던지고 베개에서 떨어져서 네 활개를 퍼더버리고 꿀같이 잘 것이다.

숙채는 이불을 잡아당겨 쌕쌕 잠이 든 애기를 꼭 덮어주었다. 사과와 같이 붉은 뺨 위에 기다란 속눈썹이 부챗살처럼 덮여 그늘을 지웠는데 작은 콧구멍은 가벼운 숨을 마시고 있다.

숙채는 가만히 애기의 뺨에 볼기짝에 발바닥에 함부로 입을 맞췄다. 핍박과 고난 속에 순교자가 성자의 발에 입을 맞추어 구원을 얻듯이 숙채는 이 아기의 발에 입을 맞추어 새 생명을 찾는다.

쾅쾅 �솨솨— 파도 소리가 바로 울타리 밑에 들

린다. 오늘 밤은 폭풍은 아니건만 바다는 시커먼 하늘과 끝을 맞대고 미친 듯 뒤집히고 두터운 안개는 모든 섬을 삼켜버렸다.

휘—휘 물귀신의 울음소리 같은 바람이 뒤에 몽당솔*밭 사이로 달리는데 아마 오늘 밤도 어느 바다 위에 난파선은 있을 것이다.

이런 섬의 밤이란 아프리카 해안 원시인의 부락처럼 그저 암흑이 있고 무서움이 있을 뿐이다.

마을엔 지금 한창 도둑고양이가 부뚜막을 넘어다닐 때— 바로 곁에 정지간에선 이 집 늙은 할머니의 코에서 참 야릇한 소리가 난다.

"끄륵 끄륵 끄르르륵—."

아흔두 살이라는 이 할머니는 인제는 사람과 원숭이의 중간 동물로서 이 섬의 '직힘이**'다. 그의 희미하고 뽀얗게 쪼그라붙은 눈동자 속에는 이 섬의 오랜 역사가 역력히 쓰여 있는 것이다.

"우리가 시집올 때는 뵈***겹저고리를 입고 왔지만 지금보다 고기야 몇 갑절을 잡았지."

---

* 키가 작고 몽톡한 소나무.
** '지킴이'로 추정.
*** '배'의 옛말.

그가 아직 팔십 줄에 있을 때만 해도 이런 이야기를 곧잘 했지만 지금은 세상만사가 모두 아득하여 오십 년 전에 바다에 나갔다가 다시 돌아오지 않는 남편이며 여름에 맥 감으러 나갔다가 빠져 죽은 아들의 생각이며를 다 잊어버리고 말았다.

숙채는 밤이 깊어갈수록 그 늙은이가 앙상한 백골이 되어서 사잇문을 밀고 들어오는 것만 같아서 그 문만 노려보고 있자니 웬일인지 문짝이 정말 움찔움찔하는 것 같다.

*

이렇게 하루이틀 지나는 동안에 차차 얼굴이 익고 정이 들어 인제는 숙채가 길에 나가도 숭한 말로 조롱하는 사람도 덜했다.

숙채도 할 수 있는 대로 이곳 사람들의 눈과 비위에 거슬리지 않으려고 애를 썼다.

"대야가 어디 있어요?"

"저 외양간 옆에 있당이."

숙채는 우그러진 양철대야에 물을 떠가지고 자기 방으로 들어왔다.

그리고 단발같이 짧게 자르고 전기로 곱게 물결을 지워 지진 머리에다 물을 찍어 발러서 참빗으로 싹싹 빗었다.

숙채는 거울을 들여다보며 가르마를 이마 한복판에 똑바로 타가지고 빤안빤안히* 머리를 쪽졌다.

왜 그런고 하니 숙채가 이 동네에 처음 들어왔을 때 이곳 사람들이 제일 야릇하게 생각하고 마뜩잖게 본 것은 이 머리를 지진 것이다.

숙채는 본시 살결이 희고 맑은 바탕에 눈, 코, 입이 모두 조각을 해놓은 것처럼 정돈되고 더구나 그 입술은 주홍을 찍어놓은 것처럼 붉다. 그래서 아무렇게 차려놓아도 남의 눈에 드러나게 화려한 인상을 주는 그러한 얼굴과 몸을 가졌다.

만일 누가 지금 이 섬에 와서 본다면 때 묻지 않은 자연을 배경으로 한 그 속에 숙채는 한 개의 황홀한 존재가 아닐 수 없을 것이다.

숙채는 이 섬에 온 후 크림을 한번 바르지 않았고 또 그러한 것이 필요치도 않아서 필요치 않은 화장품과 물건은 모두 걷어 싸두었다.

* '반듯하게'로 추정.

"그래, 애기 어마이 정말 여기에 한 달이나 있겠소?"

"그럼요. 또 웬만하면 한평생 여기에 있을지 알아요."

"애구, 저런 거짓부렁이를 좀 보오. 애기 어마이 무시기 답답해서 이런 데서 한뉘*를 살겠소."

숙채는 방바닥에 흩어진 머리카락을 거두며 길게 한숨을 쉬었다.

오늘은 희한히 맑고 따스한 날이다. 숙채는 섬 맨 끝에다 지어놓은 성황당 있는 곳으로 왔다.

사면을 돌아보아야 야청빛으로 푸른 남빛의 바다와 빛나는 흰 모래뿐으로 아무러한 눈도 숙채를 지키는 이 없으매 숙채는 마음 놓고 우두커니 성황당 앞에 서 있었다.

성황당 앞에 달아맨 노랗고 밝은 색헝겊들이 바닷바람에 펄럭이고 숙채가 머리를 쑥— 그 안으로 디밀고 보니 울긋불긋 그려놓은 화상 앞에 흰밥이며 북어 쪽이며 콩나물들이 수북이 쌓여 있는데 그 냄새를 맡고 까마귀 두어 마리가 날아와서 성황당

* 일평생.

69

옆에 동배나무 가지에서 까악까악 울고 있다.

숙채는 갑자기 무서운 생각이 나서 저만치 달아났다가 다시 그 성황당 뒤에 높이 솟은 바위를 바라보았다.

숙채는 그 바위 위로 기어올라 갔다. 이 바위는 바다로 향한 쪽은 아득한 절벽인데 그 밑에 시퍼런 물이 용솟음을 친다.

올라가서 보니 바위 꼭대기는 작은 방 한 간만하게 넙죽하고 평평하게 되었다.

숙채는 그 위에 올라가 앉아서 멀리 바다 저편에 늘어서 있는 항구를 바라보았다.

"저기 저쯤에 그의 집이 있을 것이다."

숙채는 눈으로 지도를 그리면서 그 사람이 사는 곳을 찾아서 헤맸다.

"그리고 들어가는 첫 어귀에 담뱃가게가 있고 그 뒤에는 바로 장터가 있는데 돼짓국을 끓여서 국밥을 말아 파는 할머니들이 왼손 편으로 쭉 늘어앉았다."

숙채는 십 년 전 그와 함께 다니던 길을 지금 다시 눈앞에 또렷이 그려가지고 그 길을 따라 이리저리 돌아다닌다.

"그이를 만나야 할 텐데. 어서 만나야 일이 될 텐데."

숙채는 또다시 멀―리 바다 건너 항구를 바라보았다.

그 후 숙채는 이 섬에 있는 날까지 매일 이 바위에 나와 앉아 항구를 바라보았다는 것은 그 후 어떤 사공의 입에서 나와서 퍼졌다. 그 밖에도 여러 사공이 흰옷 입은 여자가 그 바위 위에 우뚝하게 앉아 있는 것을 보았다고 한다.

별리別離

쾅쾅 자르르―.

그 마지막 계집아이가 벌거벗은 몸뚱이를 무대 옆으로 감추자 야단스러운 제금 소리와 함께 무거운 막이 주춤주춤 내리워진다.

숙채도 와― 하고 무너져 쏟아지는 사람들에 끼어 천막 밖으로 나왔다.

구경 올 때는 오후 세 시인 대낮에 왔건만 구경을 다 하고 나오니 낮을 밤으로 만들고 새파란 가스불 밑에서 노름을 놀던 그 천막 안의 세계의 연장인 듯 박 같은 입이 캄캄하게 어둡고 서울 거리의 지붕들은 구슬 같은 불방울*로 뿔을 돋쳤다.

숙채는 네거리에 나서서 잠시 망설이다가 그냥 걷기로 하고 휘적휘적 걸었다. 전차를 탈 것으로 되 타는 것보다 그냥 바둑판처럼 네모진 무늬가 돋친 포도 위를 걸어보는 것이 훨씬 더 유쾌할 것 같은 것이었다.

밤공기가 무척 부드럽고 검은 약과 같은 하늘엔 별들을 찾을 수 없으나 여기는 사막이 아니니 아무도 슬퍼할 이 없다.

숙채는 하부다이** 치맛자락이 아랫도리에 착착 감기도록 날쌔게 걸으나 머릿속에는 지금 구경하고 나온 곡마단 노름이 그대로 벌어져 재연을 하고 있다.

인형처럼 그린 두 눈, 빨갛게 물들인 입, 금가루를 뿌린 짧은 치마 아래엔 포동포동한 다리가 분가루를 폭 뒤집어쓰고 줄 위에서 재주를 부린다.

숙채는 어느 취인소*** 고층 건물의 창 옆을 지

* 불티.
** 일본에서 생산된 견직물의 일종.
*** '거래소'의 옛말.

나며 자못 황홀한 경지에 빠졌다.

밤이 되고 또 그 밤의 바다 위에 무수히 떠 있는 등대 뒤에는 필경 숙채가 알지 못하는 요사스런 세계가 강렬한 향기를 뿜고 있을 것만 같다.

"너무 늦었다. 그새 편지가 왔을 텐데."

이렇게 후회하며 삥—하게* 냅다 걸어서 겨우 하숙집 근처까지 왔을 때는 양편 뺨이 홧홧거리고 이맛전엔 땀이 촉촉이 내쏟아졌다.

"그새나 편지가 왔을까? 웬 게 열흘 동안이나 오지 않은 편지가 그새 왔을라구."

사실 오늘 곡마단 구경을 동무도 없이 혼자서 달아난 것은 구경보다도 그 편지 배달 시간을 기다리기가 어려워서 그런 것이다.

일요일이 되어서 학교에도 안 가고 하니 아침 늦게 일어나 조반을 먹고 빨래를 좀 하라고 하나 손에 붙지 않는다.

그래서 하숙방 아랫목에서 굴면서 오후의 배달 시간을 기다리자면 적어도 다섯 시간은 더 있어야 겠는데 이 다섯 시간이라는 시간이 기다리는 사람

* 쌩하게.

의 척도尺度에 따라 몇천 년으로 계산할 수도 있는 긴 시간이므로 도저히 그때까지 기다리고 있을 수가 없었던 까닭이다.

숙채는 문 앞에 이르자 마구 달려서 안으로 들어가는데 벌써 각 방에서는 먹고 물린 밥상이 까만 콩자반을 그대로 놓은 채 나오고 있다.

"얘가 어디루 혼자만 빠져 다녀?"

은희가 배를 찬 방바닥에 철썩 붙이고 엎드려서 무슨 잡지를 뒤적이다가 숙채가 들어오는 것을 눈귀가 샐쭉해서 쳐다본다.

"너 종일 집에 있었구나. 그런데 편지 안 왔니?"

"밤낮 그 편지 편지 소리 듣기 싫어 사람 죽겠다. 편지는 안 왔어도 사람은 왔더라. 네가 그 편지처럼 기다리는 사람인지 어쩐지는 몰라도…… 그런데 내가 곧 온댔는데 왜 좀 기다리지 않고 어딜 혼자서만 다니니?"

"용서해라. 곡마단 구경을 갔었다. 너두 없구 어디 빈방에 혼자 있겠든? 그런데 어떤 사람이 찾아왔던, 올 사람이 없는데. 몇 시쯤 해서 왔디?"

"아까 나 혼자 있는데 다섯 시쯤 해서 웬 사람이 와서 너를 찾더라. 그래 아마 구경을 간 게라고 하니까 한참 섰다 갔다.”

숙채는 유원이가 온 것을 직각했다.

“쟨, 구경은 왜 갔다고 했니. 그래, 또 온단 말은
없디?”

“응, 저녁 일곱 시쯤 해서 다시 온다구. 그런데
무슨 사람이게 구경을 갔다면 안 되니?”

“아—니, 글쎄 안 될 건 없지만⋯⋯”

숙채는 누가 찾아왔었다는 말에 그만 머릿속이
아찔해진다.

‘그가 올 까닭이 없는데, 그가 오자면 아직도 한
달하고 닷새는 남았는데. 그러나 열흘씩 편지가
없었던 것을 보면 그동안 무슨 변동이 생겼음 직
도 하고⋯⋯’

＊

은희는 납작한 얼굴이 아직도 혼자 있는 노염이
잘 풀리지 아니하여 새침해 있다.

“어떻게 생긴 사람인지 봤니? 올 사람이 없는
데.”

“그럼, 나가서 말까지 했는데 눈을 가지고 안 보

니?"

"어떻게 생긴 사람이디?"

"어떻게 생겼더냐구. 그런데 사람이 좀 이상하더라. 그 사람이 네게 날마다 편지하는 사람이냐? 그런데 그 옷 입은 모양이 왜 그러냐, 호호……"

"뭐? 옷 입은 모양이 어때서?"

"얘, 난 우스워서 혼났다. 그 사람 키가 좀 크고 얼굴이 어딘가 날카로운 인상을 주는 사람이지? 맞았니? 그런데 그 사람이 말이다, 번들번들하게 다듬은 흰 광목 두루마기를 입었는데 짧기는 왜 그리 짧은지 무릎으로 올라가더구나. 호호……"

"얘, 웃긴 그게 그렇게 우스우냐. 네겐 모던 뽀이가 제일이니까 그 사람이 네 눈에 좋게 보이는 사람이라면 나는 벌써 경멸했을 게다."

"얘, 그렇게 악의로 들을 것이 아니다. 그 두루마기를 네가 보지 못했으니 그렇지 너두 보면 우스울라, 호호……"

"체— 그가 너 같은 애 화제에 오른다는 것이 피차의 불명예다."

숙채는 윗목으로 돌아앉아 양말을 벗어 책상 밑으로 홱드리터리고는* 두 무릎을 알퀴 세우고**

벽에 기대앉았다.

'왜 왔을까. 구경을 가지 말고 조금만 집에 더 있을걸.'

"너 그래 그렇게 토라지기냐? 광목 두루마기를 입었다고 했기 망정이지 부대 조각 두루마기를 입었다고 했다면 큰일 날 뻔했구나. 도대체 그게 누구게 네가 그렇게 눈이 뒤집혀 역성을 드니, 네 오빠는 아니지? 요런 깜찍한 것."

"아이, 꼬집지 마라 아프다. 너 저녁 먹었니? 난 배고파 죽겠다. 그런데 정말 일곱 시에 온다구 했니?"

"말은 분명히 그러더라만 올지 안 올지는 단 삼십오 분 후의 문제다."

은희는 손목시계를 들여다보며 아직도 여섯 시 이십오 분이라고 일러주었다. 그리고 오늘따라 숙채가 너무 긴장해서 덤비는 바람에 자기는 웬만해서 한 손 늦추어주리라고 생각했는데 그것은 평소 그들의 좋은 우정의 결과일 것이다.

* '흐트러뜨리고는'으로 추정.
** '일으켜 세우고'로 추정.

이러한 은희의 양보로 다 같이 풀어져서 제법 낮에 사 온 캬라멜 껍데기를 벗기고 있을 때 누가 밖에서 숙채를 찾는 소리가 난다.

"왔다 왔어. 낮에 왔던 그 사람이 옳다. 어서 나 가보려무나. 왜 이렇게 정신 빠진 애 같다니?"

"응—."

숙채는 얼굴이 빨개져서 선 자리에 꼼짝도 못 하고 있더니 얼른 거울 앞으로 가서 세수수건을 벗겨가지고 얼굴을 함부로 문지른다.

"은희야 미안하지만 네가 나가서 잠깐 기다리시 라고 하고 나 물 좀 떠다 주렴. 이거 어떡하니."

"야, 이제 언제 화장을 다시 하고 나가니. 그대로 예쁘니 어서 나가봐라."

"아이 화장을 다시 하는 게 다 뭐냐. 이거 분 바 른 거랑 좀 지우고야 나가지. 그이 앞엔 화장을 하 고는 못 나간다."

숙채는 은희가 나가서 무에라고 말하는 동안에 마침 책상 밑에 자릿귀*를 떠다 놓은 것이 있기에 거기에다가 수건을 적시어서 다시 얼굴을 아무렇

---

* 잠자리의 머리맡에 두는 물인 '자리끼'의 오기로 추정.

게나 문지르고 밖으로 나갔다.

"어떻게 오셨어요?"

"네, 그저…… 저리로 같이 가실까요?"

두 사람은 어두운 골목길로 들어서서 걸었다.

"그새 편지가 도무지 없어서 퍽 걱정했어요."

"그러실 줄 알았습니다. 늘 아프시다더니 좀 어떠세요? 이번에 내가 저기서 용한 의원을 하나 만나서 약을 지어 가져놓고 그만 못 가지고 왔는데…… 그동안 시골 댁엔 별일 없으신 모양이지요? 그리고 학교에도 여전히 통학하시구요."

"네―."

그들은 별말이 없이 그 긴― 골목을 다 걷고 또 다른 골목으로 들어섰다.

숙채는 문득 아까 은희와 말다툼하던 것을 생각하고 그가 입은 그 문제의 두루마기를 자세히 보았다.

"이건 어디서 얻어 입으셨어요?"

숙채는 자기가 말을 해놓고 제 말에 놀랐다. '어디서 지어 입었냐'는 소리를 그만 어디서 얻어 입었느냐고 물었던 것이다.

"네? 이 두루마기요, 고물상에서 샀습니다. 잘

맞습니까?"

*

두 사람은 더 두루마기 이야기를 하지 않고 골목 막다른 데 있는 큰 기와집 앞까지 왔다.

그 집은 큰 포목상을 경영한다는 사람들이 산다는데 이십여 간 되는 기와집이 으리으리하다. 숙채와 유원이가 찾아오는 집은 그 안집이 아니고 그 집 행랑채에 들어 있는 허 서방 있는 데다. 대문 앞에 이르자 그는 큰 대문을 삐국 하고 열더니 숙채더러 먼저 들어가라는 뜻을 보인다.

"어서 들어가십시다. 어디 첨 오시는 데라고……"

"방에 아무도 없어요?"

"있으면 어떤가요, 그들은 절대 우리 편이니까. 어서 들어가세요."

유원이가 먼저 대문 안으로 성큼 들어서니 숙채도 그 뒤를 따라 들어갔다.

기침 소리를 내며 행랑 방문을 열었을 때 그 안은 지금 한창 저녁참이다.

"아이, 학생 아씨 오시네. 어서 들어오세요. 원

이런 델 서방님이 계시니 오시지. 오시라고 빌면
오실까. 여보, 이것 저리 좀 치워놓우."

"어서 저녁들 잡수시지요. 우린 한쪽에 있을 테
니……"

숙채는 방을 들여다보니 어디 발을 들여놓을 자
리가 있을 성싶지 않아 그대로 주춤거리고 섰다가
혹시 방이 더러워서 들어가지 않나 생각할까 보아
기어이 밥그릇을 가로타며 들어가서 윗목에 가 쪼
그리고 앉았다.

"나는 좀 시장한데 우리도 여기에서 함께 먹었
으면 좋겠군요. 용연 어머니 무슨 맛있는 찬이라
도 있거든 다 내놓으시지요."

"에그머니, 숭해라. 여기서 어떻게 같이 잡수신
다고 그러세요. 우리 인제 다 먹었는데 상을 따로
차려야지. 원, 이런 진질 서방님은 잡수신다고 아
씨야 어찌 잡수신담."

"글쎄, 아씨고 서방님이고 그런 말은 쓰지 마시
래두. 자꾸 잊어버리시는 모양이군. 학교 안 댕기
기 잘했지, 댕기기만 했다면 밤낮 낙제만 할 뻔했
소. 안 그러냐 용연아."

"그저 우스운 소리는 잘하셔. 아이 녀석아, 어서

먹고 아저씨 상 채려드리자."

이 집 식구는 오십 되는 주인사내와 마흔 살 되는 마누라와 여남은 살 되는 막내둥이 아들과 도합 세 식구다.

저녁을 먹노라고 세 식구가 둘러앉아 가운데 소반 하나를 놓고 영감과 아들이 겸상을 받고 마누라는 밥그릇을 방바닥에 놓고 김치는 상 위의 것을 집어먹는다.

좁은 방 안에 사람이 꽉 들어앉아 게다가 김치 냄새며 찌개 냄새며가 합하여 이상하게 메스꺼운 냄새가 되는 것은 우리 음식의 특징이라고 할 것이다.

숙채는 윗목에 찌개 냄비 곁에 그 냄비보다 몇 배나 더 크고 흰 사기 요강이 유난스레 눈에 띄는 것을 본다.

그 요강은 이 집 안 세간 중에 아마 제일 크고 훌륭한 것인 모양인데 다른 것은 못 장만해도 이 요강만은 이렇게 크고 훌륭한 것을 장만하는 까닭은 무슨 사치거리거나 호사로 그러는 것은 아니고 대단히 필요한 조건이 있으므로 그런 것이다.

서울 집에 행랑채는 큰 대문 안에 바로 있고 그

담에 또 중문이 있고 이 중문 안에 워낙 원채가 있
는 것이다.

그런데 변소는 안채에 딸려 짓는 것은 물론이
다. 행랑이란 방 한 칸뿐이니 변소가 있을 리 없다.

안채에선 초저녁만 되면 특별한 일 외에는 중문
을 꼭 잠가버린다.

그러니 만일 밤에 이 행랑채 사람들이 뒤보는
일이 있으면 이런 변이 있을 데가 없다.

그러나 행랑채 사람들이라고 밤에 뒤보러 가지
말라는 법은 없으니 이러한 때에 이 요강이 필요
한 것이다.

그리하여 하룻밤을 새우게 될 때 이 요강 안엔
이 집 식구의 여러 가지 배설물이 가득히 담기는
데 때로는 대변 같은 것을 누어놓은 때는 알뜰한
주인마누라가 신문지 부스러기라도 그 위에 엎어
놓는다.

숙채는 그 요강을 멍하니 바라보며 속으로 이렇
게 생각했다.

'지금 저 요강 안의 오줌에서는 암모니아 가스
가 성히 발산하리라'고.

*

주인마누라가 안으로 들락날락하는데 눈치를 보아하니 안댁에서 무슨 찬을 좀 가지고 나오는 모양인데 얻어 가지고 나오는지 은근히 훔쳐 가지고 나오는지 그건 알 수 없거니와 어쨌든 사발이며 양재기에다 무엇을 담아서 들고 나온다.

그는 윗목에 앉은 두 사람의 눈치를 슬금슬금 보면서 가지고 온 것을 상에다 채려놓는다.

"어서 진지들 잡수시우. 오죽 시장하실까. 낮에 점심도 안 잡숫구."

"여보 영감, 어느새 졸기는 왜 졸우? 안에선 지금 바빠서 부지깽이까정 뛰는데. 오늘 저녁 고사를 잡수시노라고 시루 열둘을 들여벽이고* 쪄내는데 불 땔 사람도 없고 물도 더 길어와야겠고 이러구 앉았으면 어찌우? 나도 어서 들어가봐야겠지만."

"소리는 왜 이리 초풍을 하게 질러? 깜짝 놀랐네. 물은 무슨 물을 또 가져오래? 오늘 몇 번 가져

* '들여놓고'로 추정.

왔는지 알기나 하고 그래. 새벽부터 서른두 지게
나 가져왔어. 젠—장."

"글쎄, 암만 가져왔어도 모자라는 걸 어찌하우.
백 지게라도 가져오라면 가져왔지 별수가 있소."

"인제는 허리가 아파서 더 못 가져와. 사람이 살
구야 볼 일이지."

"에구, 인젠 임자두 귀신이 다 됐수. 그까짓 것
긴구 저렇게 운신을 못 하는 걸 보니 더 바스러져
서 저 모양이지."

"이건 뉘길 악담을 하나. 나 살 때까지만 살아
봐."

영감 마누라가 한참 동안 옥신각신하더니 영감
은 할 수 없이 일어나 안으로 들어갔다.

그렇게 바쁘다고 영감을 담배 한 대 못 피우게
휘몰아들여 쫓고 자기는 되려 늘어져 앉았다.

"에구, 엎어진 김에 쉬어 간다고 나도 좀 앉았다
가야지. 오늘은 첫새벽부터 꼬박 섰더니 장단지의
힘줄이 팽팽키여서 죽을 지경이구먼. 그만해도 나
일 먹어서 이 지경이지."

"무슨 일이 밤에 또 있나요? 어서 좀 쉬세요."

"그런데 그 숭늉이 다 식어서 어디 됐어요. 내 안

에 들어가 잠깐 데워가지고 나올게. 천천히들 잡
수세요."

"하— 이러지 말구 여기 좀 이렇게 앉아겝시오."

"그럼 못 이기는 체하고 조금만 더 앉았다 들어
갈까. 주인마님이 또 선 자리에서 팔팔 뛰시게. 마
님 성미가 어찌 매서운지 그 눈총을 맞아 당장 거
꾸러질 것 같은데 그래도 아직까정 목숨이 붙어
있군그래. 그러구두 작년 섣달 명일에 세찬*을 주
신다구 버선 한 켤레를 차악 내놓았구만. 그러게
사람에두 천층만층 구만층이 있다드니 그 말이 옳
아요. 아차 잊었군. 대문 앞에 황토를 펴라던 걸.
고삿날이 돼서 사람을 기하니까."

마누라가 잠깐 나갔다가 또 안으로 안 들어가고
다시 들어와서 이야기를 계속한다.

"그런데 나도 인젠 사십이 넘어 오십 줄에 들지
만 내 평생에 이 서방님 같으신 어른은 첨 봤어요.
서울 오실 때마다 우릴 주고 가시는 돈으로 여관
집에 드셨으면 아주 진짓상으로 잘 잡숫고 편히
계실걸. 하필 우리 집에 오셔서 이 고생을 하신다

* 연말에 선물하는 물건.

니까요. 작년 여름에두 우리 영감이 죽을병에 들어서 꼭 죽게 된 것을 이 서방님이 살렸습죠. 돈을 수태 쓰신 건 말 말구두. 글쎄, 손수 영감 입에 미음을 떠넣는다, 생선을 구워 가시를 발라서 집어넣어준다, 무슨 주사를 놓는다, 약을 쓴다, 이렇게 병구완을 해줬지요.

우리 같은 사람이 당장 거꾸러진다면 누가 본체나 하겠어요. 더구나 이런 행랑채라도 집주인은 제집 용마루 밑에서 사람 죽는 게 싫다고 숨 떨어지는 사람을 업고 나가라고 야단하는 세상인데요. 재작년 우리 용범이가 죽을 때 이야기를 하면 귀신도 곡을 하고 산천초목도 서러워하지요. 그게 재작년 바로 추석날 밤이에요. 한 일 년 동안이나 시름시름 앓다가 죽기 한 달 전쯤 해서 제 혼자 어디 가 진찰을 해보니 폐병이란 게라군요. 젊은 애 병이니 그저 낫겠지 하고 있었는데 점점 병이 심상치 않게 되어가니 저 아버지와 내가 아무리 애를 쓴들 무슨 소용이 있어야지. 그러다가 바로 추석날 밤엔 아주 일이 글러가는군요. 그런데 안에서는 송편을 빚느라고 야단인데 내가 빠지면 되겠어요. 그래도 마님께 자식 놈이 죽게 됐으니 나가

보겠단 말을 못 하고 그냥 그 일을 하려니 내 오장
이 어떻게 됐겠어요. 그것도 숨기고 싶어 숨긴 게
아니라 바른대로 말하면 필경 행랑채라두 자기 집
에서 죽는 것을 싫어할 것 같아서 그랬지요. 어디
송편을 빚자니 손이 떨려서 빚을 수가 있어야죠.
그래 두어 개 빚다가 슬그머니 나와 보니 벌써 아
래턱이 다 떨어졌어요."

그는 말을 하다 말고 목이 매어 흐느낀다.

*

마누라는 빨갛게 된 코끝을 앞치마로 문지르며
다시 아들 죽던 이야기를 계속한다.

"내가 제 귀에다 대고 용범아 용범아 하고 불렀
더니 다 꺼진 눈을 한 번 뜨는 것 같더니 또 그대
로 아무 소리도 없군요. 그런데 마침 안에서 또 부
르기에 할 수 없이 들어가 마님께 사실대로 여쭈
었지요. 그랬더니 아니나 다를까 영감마님께서 펄
펄 뛰시며 행랑방에서는 운명을 못 시킬 테니 업
고 나가라고 야단입니다. 스무 살이나 멕인 자식
이 죽느라고 껄떡거리는데 이걸 업고 나가라니 밤

중에 어딜 업고 간단 말이요.

'마님, 저희가 입때* 댁의 덕분에 살아가다가 이런 일을 당해서 댁의 신세를 지지 않으면 어찌합니까.'

'아니 왜 다 죽게 된 사람을 감춰두구 잔뜩 있다가 내 집에서 초상을 치게 한단 말인가. 안 되네, 안 돼. 어서 업고 나가서 운명을 시키게.'

나는 저를 일으켜 세우려고 등 밑으로 팔을 넣어 조금 들었더니 목이 뒤로 척 늘어지고 사지가 두어진 것이 어디 들겠습디까. 제가 어미 배 밖에 나면서부터 고생을 해서 죽는 날까지 배부른 밥을 못 먹다가 이제 조금만 더 있으면 숨을 끊겠는데 그새에 어디 편안히 뉘일 데가 없어 이 지경이니 부모 된 사람의 맘이 어떻겠어요. 할 수 없이 저 아부지가 이불에 싸서 업고 사직공원으로 갔습지요. 그날 밤 달은 어찌 그리 밝던지—추석날 밤이었으니까요. 뉘일 자리를 찾으니 어디다 뉘이겠어요. 그래 그 나무걸상에다 뉘이려니 걸상 길이가 짧아서 다리가 축 땅으로 늘어지는군요. 그러니 죽는

* 지금까지. 아직까지.

전들 얼마나 괴로웠겠어요. 이러다가 새벽 두어 시쯤 해서 제가 아주 숨을 끊으니 나는 그만 칼로 내 배를 갈라서 그 속에 있는 창자를 죄다 꺼내서 온 땅 위에 뿌려놓고 죽을려고 했지요. 그런 생각 을 하면 이 서방님께는 머리를 베어 신을 삼아 드 려도 그 은혜를 다 못 갚지요. 그런데 서방님은 대 학교두 졸업하시구 시골 댁도 부자라면서 무슨 액 운이 뻗쳐서 이 고생을 하고 다니시는지 옛날 같 으면 무슨 암행어사나 되셨다구 할까. 원, 나 같은 게 알 수가 있어야지. 그저 어서 이런 아씨와 혼례 식을 하고 살림을 하셨으면 그땐 세상 없어도 우 리 늙은이들이 따라가서 한평생 의지할 텐데.”

“아주머니 인제 그만— 그 콧물이나 싹 닦고 그 리고 아주머니 시집오던 날 이야기나 또 하슈. 초 례청에서 신랑이 키가 작아서 어떻게 했어요? 허 허……”

“지금도 키가 저렇게 작은 게 그때야 오죽했다 구, 히히……”

“여보 마누라— 저게 정신이 온전한가 원, 뭘 하 구 있는 게여? 마님 분통이 터져서 병원에 가시게 됐어. 저런 제—기.”

"좀 가만 계시우. 어련히 들어갈라구."

이렇게 이들이 서로 시비를 하며 안으로 들어가
노라고 중문 소리가 여무지게 삐―걱 난 다음 한
간도 못 되는 방이나마 갑자기 휑뎅그레하게 헤넓
어졌다.

유원이는 신문지로 바른 궤짝에 기대여 앉았고
그와 정면으로 아랫목에 숙채가 앉았다가 불시로
호젓해진 분위기에 두 사람은 똑같이 방 안에 공
기가 자기네 가슴을 압박하는 것 같은 고통을 느
끼었다.

이 방 안은 광대무변한 광야― 그리고 이 두 사
람은 감시인의 눈을 벗어난 포로― 어쩐지 한없이
큰 자유를 얻어쥔 것처럼 즐거우면서도 또 한편
두렵고 초조했다.

이러한 때 숙채는 눈을 떨어뜨려 자기의 무릎만
지키고 있는데 유원이는 사나이의 못된 버릇으로
눈을 들어 숙채의 얼굴을 도적해봤다.

"거 얼굴에 무에 모두 묻었습니다."

"네? 무에 묻었어요?"

"허허…… 왜 얼굴에다 환을 그리고 다니십니
까. 먹 장난을 하신 게군요."

"어디 묻었어요?"

숙채는 수건을 꺼내가지고 씻으려고 하나 어디에 묻었는지 제 얼굴을 볼 수가 있어야지. 그렇다고 이 집에 거울이 있을 리는 없고.

"어디 묻었는지 가르쳐주세요. 씻게."

"그 이마와 눈과 눈썹 사이에 온통 먹이 묻었는데요."

숙채는 제 손으로 씻느라고 해도 잘 씻어질 리가 없다. 그리하여 유원이가 여러 가지 손짓으로 벙어리 가리키듯 해서 겨우 씻었다.

그 먹이라는 것을 사실 어린애처럼 먹 장난을 하다가 묻힌 것이 아니라 요즘으로 버쩍 열심히 배우는 화장술로 눈썹을 그렸던 것이 아까 곡마단 구경을 갔다 와서 그대로 있다가 유원이가 오는 바람에 질겁을 해서 물 묻은 수건으로 문댔던 것이다.

그렇게 덤비며 문지르는 통에 눈썹먹이 이마며 눈꺼풀에 퍼져서 환을 그렸던 것이다.

"왜 숙채 씨는 거울도 안 보고 다니십니까. 요즘 길에 나가보면 거 여자들이 얼굴에다 무얼 모두 그리고 칠하구 다니던데 숙채 씬 아직 그런 재간을 못 배우신 게군요. 허허……"

유원이는 자기의 숙채가 이렇게 얼굴 꾸미는 재
간을 모른다는 것이 한없이 미쁘고* 사랑스럽고
또 고마웠다.

그러나 숙채는 이미 이러한 칭찬을 듣기는 죄
많은 몸이라 얼굴이 빨개지지 않을 수 없었다.

*

바람이 들창문 문풍지를 간지럽혀 바스락바스
락하는 작은 소리가 두 사람의 귀에 커다랗게 들
리도록 방 안은 다시 조용해졌다.

이때 유원이가 움죽 일어나더니 자기가 가지고
온 주먹만 한 보따리를 끄르는데 그 보따리 속에
는 십 전짜리밖에 아니 될 누리끼한 세수수건 하
나와 허름한 내의 한 벌과 영신환 몇 봉지와 봉투
한 축이 들어 있다.

유원이가 그 속에서 무엇을 꺼내서 숙채 앞에
내어놓는데 그것은 누런 금시계인데 순금 줄과 메

___

* 믿음직스럽고.

달까지 달린 커다란 금시계였다.

이 시계는 유원이가 재작년 봄에 공과대학 전기과를 수석으로 졸업할 때 그의 아버지가 졸업 기념으로 준 것이다.

"이걸 이번 댁으로 내려가실 때 가지고 가주십시오. 내게는 도모지 필요치 않고 거추장스러운 물건이니까요."

"아버님께서 주신 걸 그렇게 해서 어떻게 해요."

"아버지가 주신 거라도 내게 필요치 않을 때는 달리 처리하는 수밖에 없지요. 아버지가 주신 시계뿐만 아니라 때로는 아버지 그 자신도 그렇지요."

숙채는 얼핀* 이런 예수의 교훈이 머리에 떠올랐다.

"나를 따라오려거든 부모나 처자를 버리고 따르라."

대개 현재에서 만족치 않고 그 현재를 넘어서 좀 더 높은 진리를 찾으려는 사람에게 있어서는 늘상 이러한 무정無情이 있는 것인가 하고 생각했다.

* 얼른.

숙채는 산뜻한 금속의 감촉을 손끝에 받으며 그 시계를 집어서 자기 핸드백 속에 집어넣었다.

옆집에서 늙은이의 해소 기침 소리가 쿨렁쿨렁 들리는데 무에 대문을 왈칵 열며 큰 소리로 떠든다.

"이리 오너라."

방 안에 있던 두 사람은 깜짝 놀랐다. 그중에도 유원이는 대단히 놀란 모양인지 눈에 뜨이게 기분이 좋지 못해졌다.

유원이는 늘 마음을 턱 놓고 사지를 쭉 펴고 사는 사람이 아니었다. 항상 초조하고 항상 바쁘고 항상 긴장했다.

그러나 이번 걸음에처럼 잘 놀라고 깊은 생각에 잠기고 슬퍼하고 또 술에 취하듯 정열에 취해서 들뜬 것을 숙채가 다 알아보지 못했겠으나 어쨌든 숙채 눈에도 현저히 보일 만했다.

"숙채 씨―."

유원이는 한참 말이 없다가 고개를 번쩍 들면서 이렇게 불러놓았다. 그러고는 숙채를 뚫어져라 하고 바라보다가 또다시 머리를 기대고 앉은 궤짝 위에 털썩 내던졌다.

"숙채 씨―."

"네? 말씀하세요."

"우리 이번에 집에 내려가거든 아버님께 졸라서 약혼을 합시다. 반대십니까? 이것은 오랫동안 우리 사이에 준비되었던 말이 인제야 우리의 혀끝에서 해방되나 봅니다. 그렇지 않습니까. 숙채 씨의 입으로 옮겨보십시오."

숙채는 이 말을 듣자 머릿속이 아뜩해서 혼도 할 것 같았다. 그것은 자기가 이때까지 자라는 세계에서 다른 세계로 들어가는 한 계단을 넘어서는 그러한 일인 까닭에 약혼한다는 일이 그렇게 어렵고 또 이상한 일과 같이 생각되었던 까닭이다.

"그런데 아버지께서 반대하시지 않으실까. 박사 사위만 구하는 어른에게 나 같은 사람이 합당할까. 내가 하다못해 전문학교 선생님이라도 되었다면 아버님 비위를 그다지 거슬리지 않겠지만 이런 하잘것없는 사람이 됐으니 좋다고 하실지 모르지요."

"왜 전문학교 선생 자격이 없으신가요. 하시지 않으니깐 그렇지."

"글쎄 어쨌든 죽이 되나 밥이 되나 내려가 담판을 해봅시다. 정 듣지 않거든 영감님을 우리 둘이서 그 왜 참외를 따서 넣는 망태가 있지요. 그 망태에다 홀랑 집어넣어서 갖다 팽개치지요. 하하……"

유원이는 대단히 유쾌한 모양인데 그 눈은 사슴을 따르는 포수와 같이 희망과 열심으로 차 있다.

"그런데 우스운 일이 하나 있지요. 우리 어머니가 내가 여남은 살 될 때부터 내가 장가를 가게 되면 그 규수한테 예단으로 쓴다고 명주며 모시를 아주 많이 장만해두셨지요. 그리구 해마다 몇 번씩 꺼내서 거풍을 시킬 때면 나도 많이 구경했지요. 더구나 그 가락지는 굉장히 크더군요. 똑 말굴레만 한 게 이만은 해요. 그걸 숙채 씨가 끼시겠습니까. 허허…… 부인들은 옛날 부부인이나 지금 부인이나 다름이 없나 봐요. 옛날 부인들은 말굴레 같은 은가락지를 사랑했고 지금 부인들은 다이아가 박힌 백금 반지를 좋아하구요. 그런데 숙채 씬 무얼 좋아하십니까. 어디 좀 말씀해보십시오."

이때 그 중문이 아주 조용히 달그닥 하며 열리는 모양이다.

*

"아이, 무슨 얘기를 그리 재미나게 하셔요. 두 분
이 그러고 앉은 것을 보니 아주 꼭 맞는 천생배필
이십니다. 우린 세상에 났다가 저런 재미 한번 못
보고 인제 다 늙었지."

두 사람은 사는 데 수고로움밖에 모르는 이 마
나님—혹 그가 시집오던 날이나 혹 첫아들을 낳
았을 때 하루해를 다 못 넘기는 짧은 즐거움을 가
졌을지 모르나 그 평생이 수고롭고 슬픈 마나님의
넙죽한 얼굴을 쳐다보았다.

"우리 이렇게 앉았는데 퍽 좋아 보여요?"

"좋아만 보여요. 아주 인간의 꽃송이들이시죠.
두 분이야 이제 세상에 부러운 게 없이 오죽 잘들
하고 사실까. 저렇게 얌전하신 아씨에 서방님도
인제 암행어사도 행차나 다 치르고 나시면 고래등
같은 기와집에서…… 그땐 세상없어도 내가 따라
갈 텝니다."

"암행어사는 무슨 암행어사예요. 내가 이도령인
줄 아시우. 그럼 숙채 썬 춘양이시로군."

세 사람은 일제히 큰 소리를 내어 웃도록 그들

은 진실로 이런 말을 하고 이런 말을 듣는 것을 즐거워했다.

"어서 떡이 식기 전에 좀들 떼셔요. 떡고물이 좀 간간해졌군요. 마님이 또 들볶는 통에 그만 손이 떨려서 내가 소금을 넣은 게 그 지경이죠. 요즘 서방님 음식이 변변치 않아 궁진하실 텐데 어서 좀 잡수세요."

마나님이 안으로 들어간 다음 두 사람은 수북하게 담은 떡 한 그릇을 다 먹도록 별말이 없었다. 가끔 떡을 베어 물다가도 떡덩이를 넘어 두 사람의 눈이 부딪칠 때 두 사람은 웃었다.

"우리 이번에 집에 가거든 알섬(난도卵鳥)으로 한번 가볼까요? 현대인에게 향수鄕愁란 것이 없으나 알섬은 우리에게 영원한 땅이지요. 그때 내가 가 있을 때 숙채 씨 꼭 한 번 오셨다 가셨죠. 그게 벌써 몇 해나 됩니까. 삼 년 전이군요. 그 우물이 지금도 있는지─. 그날 숙채 씨가 몇 번이나 그 우물에 가서 물을 자셨지요. 물빛도 몹시 누렇고 물맛이 찝질하더니. 그 누런 물빛만 생각해도 곧 그 섬의 냄새가 코로 스며드는 것 같군요. 그런데 그 섬에선 해가 지려면 동이 같은 불덩이가 바로 그 원

두막 뒤로 까무러져 들지요. 그럴 때면 이 섬은 인간 세상이 아니고 한 개의 전설의 마을이지요. 바다 이야기를 하면 나는 언제나 해적이 되고서 금화와 보석 상자를 실은 서반아 해적선의 선장이 되고 싶군요. 하하. 그런데 아무리 아름다운 땅이라도 거기 먹을 것이 없으면 기름이 마른 등잔불과 같아서 빛을 낼 수가 없어요. 알섬도 그만치 아름다운 땅이면 『이낙 아든』*의 이야기와 같은 로맨스쯤은 있을 것 같으나 결국 살아갈 방도가 없는 사람들에게는 로맨스나 전설이 빚어질 경황이 어디 있어야죠."

*

이 알섬에서 사십 리 길을 가면 북어와 고등어가 산더미같이 가리어 있고 돼지고기와 술집이 많은 한 작은 항구가 있으니 그 항구는 유원이와 숙채를 길러낸 옛 마을이다.

유원이는 재작년 봄에 대학을 졸업하고 평양 어

---

* 앨프리드 테니슨의 장편 서사시 『이녹 아든』.

느 공장에 기사로 있었고 숙채는 지금 시내 모 여
자전문학교에 학적을 둔 여자전문 학생이다.

유원이가 평양 가 있게 된 지 일 년 반 되던 작년
구월에 갑자기 유원이가 직장 일을 그만두었다는
간단한 편지가 숙채에게 왔다.

유원이는 머지않은 장래에 공학박사의 학위를
얻으리라는 여러 사람의 기대를 물리치고 지금은
어디서 무엇을 하고 있는지 아는 사람이 없었다.

유원이가 이렇게 된 뒤 숙채에겐 사흘에 한 번
씩 편지가 오고 또 한 달에 한 번씩 서울로 오는 것
이다.

유원이가 이렇게 한 달에 한 번씩 서울로 온다
는 것은 두 사람에게 있어서 말하자면 모든 연인
과 마찬가지로 가장 큰 기쁨이 아닐 수 없다.

"아무 날 아무 시 어디로 가 있겠습니다."

하는 편지를 숙채가 받고 그 시를 시계를 들어
앉아 분을 다투어 가보면 꼭 그 시 장소에 유원이
가 나타나 있는 것이다.

칠 개월 동안 그들의 약속은 분초의 틀림도 없
이 정확했다.

숙채는 유원이에게 단 한마디 말도 묻지 아니했

다. 이것은 어느 틈에 그들 사이에 철칙처럼 되었고 그 대신 숙채는 단 한 가지의 무기인 그의 호수 같은 두 눈으로 유원의 얼굴과 몸과 그리고 머리에서 무엇을 찾아 알려고 했다.

그러한데 제일 먼저 숙채의 눈에 띈 것은 아무도 몰라보리만치 달라진 유원의 차림새다.

그는 본래 모양을 내는 일이 결코 없으나 그의 타고난 품이 어딘가 '로미오'를 생각게 하는 아름다움과 우아한 풍모를 가졌고 그 위에 과학자로서 단정한 복장을 갖추어 한 개의 완전한 신사였다.

그러던 것이 이렇게 서울로 다니면서부터 그는 은희란 여학생이 그처럼 조롱을 하리만치 짧은 광목 두루마기를 고물상에서 사 입고 있었다는 것이다.

*

그리고 또 한 가지 이상한 것은 유원이가 이렇게 다니면서부터 언제나 열한 시—밤 열한 시에 대해서 이상한 관심을 가지는 것이다.

밤 열한 시만 되면 그의 눈의 동자가 더 커지는 것 같고 얼굴의 근육은 팽팽하게 긴장이 되는 것 같고 그리고 그 행랑방 길로 향한 벽에 뚫린 작은 들창으로 수없이 내다보는 것이다.

이렇게 수없이 내다보다가 그의 눈이 어둠 가운데서 무엇을 발견했는지 그때는 행길로 나가는 것이다.

이러할 때면 그는 의례히 숙채를 그때가 이르기 전에 먼저 하숙으로 돌려보내 놓고 그리고 같이 있는 용연 어머니나 용연 아버지에게도 어떤 핑계를 만들어서든지 그 자리를 피하게 한다.

두 사람은 그 팥고물이 짜다는 떡을 엄참이* 먹고 나니 냉수 한 사발을 서로 또 다 먹었다.

"지금 몇 시나 되었어요?"

숙채는 자기의 손목시계도 있건만 어쩐지 그것은 보지 않고 핸드백 속에 들어 있는 유원의 시계를 꺼냈다. 금사슬을 주르르 달고 나온 시계 뚜껑을 열고 보니 꼭 아홉 시다.

"아홉 시예요."

"네— 그럼 그동안 우리 산보나 할까요?"

두 사람은 문 앞을 나서서 어둡고 긴— 골목을

---

* '한참' 또는 '많이'로 추정.

나와 다시 전차 정류장에까지 이르렀을 때 어디로 갈지 몰라 잠시 머뭇거렸다.

"어디로 갈까요?"

"어디든지 둥그런 창窓이 많은 거리로 가십시다."

두 사람은 웃었다.

"둥그런 창 있는 거리—."

"그럼 둥그런 창 있는 거리로 가십시다."

겨울이 지나고 아직 봄이 이르기 전— 밤이 무척 유순한데 바람은 비단 목도리처럼 목에 사붓이 감겨든다.

"좋은 밤이지요?"

유원의 말은 극히 만족했다.

"네— 좋은 밤입니다."

"밤은 한 개의 예술이오, 또 모든 예술은 밤에 나오지요."

유원이는 숙채의 말에 잠자코 웃었다.

두 사람은 발은 서울 거리에 익숙한지라 아무 골목이나 들어갔고 아무 모퉁이라도 돌아서 밤거리를 걸었다.

그러다가 그들은 정거장 근처에 이르렀을 때 문

득 어느 조그만 오뎅집 유리창 너머로 삶은 계란
을 수북이 가리워 놓고 그 위에 소금을 슬슬 뿌려
놓은 것이 보였다.

"우리 이 집에 들어가서 잠깐 쉬어 가실까? 아무
도 없군요."

"이게 술집이 아녜요?"

"왜 안 되세요? 제가 있는데 괜찮죠. 들어가십시
다."

두 사람은 문 앞에 '오뎅'이라고 써 붙인 헝겊 자
락을 쳐들고 안으로 썩— 들어섰다.

마침 객은 하나도 없고 늙수그레한 오까미상*
이 오뎅 가마 옆에 낡은 교의에 앉아 끄덱끄덱 졸
다가 문 여는 소리에 깜짝 놀라 입술에 붙었던 "이
랏샤이마세(어서오세요)"를 재바르게 내어놓는다.

두 사람은 다른 객이 없는 것이 썩 다행해서 꺼
멓게 때가 앉은 소나무 테이블을 가운데 두고 마
주 앉았다.

"오늘 밤은 이국異國의 거리를 걸으면서 서투른
풍경을 보는 것 같아서 마음이 이상하군요. 무슨

---

  * 여관, 술집 등의 여주인.

새로운 경이驚異가 오는 것 같아요."

"좋습니다. 숙채 씬 워낙 꿈이 많으시니까요. 그러나 한 삼십 분만 이 나무걸상에 앉아 계시면 곧 이 풍경에 익숙해지고 그 대신 또 다른 세상이 서툴러질 겁니다."

두 사람이 이런 이야기를 주고받는데 오까미상은 쓴 엽차를 사기 찻종 두 개에다 따라놓고 무슨 음식을 청하시느냐고 손끝을 싹싹 부비며 묻는다.

"난 오늘 저녁에 술을 좀 먹었으면 좋겠는데 허락하십니까?"

"네, 좋습니다."

"아버님이 아시면 댓바람 나를 잡아다 초달을 치실 거야! 숙채 씰 모시고 이런 데 와서 술을 먹었다고…… 하하."

"체— 아버지는 뭐 술을 안 잡수신다구……"

"그럼 내가 몇 잔 이렇게 먹었다고 해도 용서하실까요. 만일 책망을 듣게 되거든 그땐 숙채 씨가 변명해주셔야 합니다."

숙채는 소독저 두 개를 집어서 하나를 유원에게 주고 하나는 자기가 종이를 벗기었다.

이리하는 동안 주문한 음식이 오는데 우동 한

그릇과 오뎅 한 접시는 유원의 아래 받아놓았다.

"삶은 계란을 좋아하신단 말을 전에 어머님께 들었는데…… 생각이 계시면……"

숙채는 그 큰 눈에 웃음을 담아가지고 유원을 쳐다봤다. 그리고 고개를 끄덕끄덕해서 먹겠다는 뜻을 표했다.

유원이는 오까미상에게 삶은 닭알을 있는 대로 가져오라고 하는 것을 숙채가 말려서 스무 개만 가져오라고 했다.

*

오까미상은 다 늙어 기름이 빠진 껍데기에 못된 분을 발라서 얼굴이 차마 볼 수 없이 밉건만 그래도 심부름을 하는 데는 다시없이 친절했다.

그는 주문한 음식을 두 사람 앞에 가져다놓고 곁눈질을 살금살금 하며 다시 제자리인 오뎅 가마 옆에 가 앉는다.

여느 때 같으면 비록 늙기는 했을망정 하던 솜씨라 유원의 곁에 와서 농지거리도 했겠고 구수한 이야기도 몇 마디 해야 옳은 것이로되 그는 이렇게 잠자코 제자리에 가서 고양이처럼 앉았는 것이다.

그것은 그가 첫눈에 벌써 이 두 손님에게는 자기는 도무지 필요치 않은 존재라는 것과 그러므로 이러한 경우엔 잠자코 있는 것이 도리어 더 좋은 서비스가 된다는 것을 잘 아는 까닭이다.

오까미상이 제자리에 돌아가서 흥을 잃고 앉았는데 방 안은 여전히 컴컴하고 오뎅 가마에선 더운 김이 무럭무럭 솟아서 들큰하고 구수한 냄새가 코에 밴다.

유원이는 본래 술을 먹을 줄 모르는 편이나 오늘 밤만은 이렇게 한 컵이 철철 넘게 들어 마시는 것이다.

"어떻습니까. 술 먹는 것이 고약하게 보이지 않습니까. 숙채 씨도 한잔하실까요?"

"아규, 숭한 말씀두……"

"왜요. 자— 어디 대담하게 한잔 들어보시죠. 우리에겐 극히 대담한 것이 필요할 때가 올 것입니다."

"술 먹는 게 무에 대담한 건가요."

"술 먹는 게 대담한 것이 아니라 이때까지 하지 않던 새로운 일 한 가지를 하려면 거기는 최대한

도의 대담성과 굳센 의지가 필요한 것입니다. 숙
채 씬 어느마한 대담성과 의지를 가지셨는지 그걸
아직 나는 모르지요."

"……"

숙채는 눈을 내리깐 채 닭알 껍데기를 까서 소
금을 찍는다.

"그런데 숙채 씨에게 한 가지 묻고 싶은 말씀이
있는걸요!"

"무슨 말씀이세요?"

유원이는 잠깐 머리를 뒤로 젖혀 천장을 쳐다보
더니 다시 말을 계속한다.

"제가 말이죠. 전처럼 한 개의 전기기사로 회
사 일에나 골똘하는 게 아니라 이렇게 나와 다니
는 데 대해서 숙채 씬 혹 불만을 가지시지는 않는
지…… 말입니다."

"아니에요."

숙채는 고개를 흔들어 단연코 부정하는 뜻을 보
였다. 그러나 그다음 순간 그는 뻔—히 유원이를
쳐다보고 있다.

"글쎄요, 전 암만 생각해봐도 제가 선생님을 신
앙信仰하는 것밖에는 아무것도 없는 것 같아요. 신

앙한다는 것은 아는 것은 아니니까요. 그래요, 전
선생님을 아는 것이 아니에요."

"그럴 리가 있습니까. 숙채 씬 나를 최대한도로
이해하십니다."

"그야 이해는 합니다. 그러나 이해쯤으로 되겠
습니까. 제게 있어서는 그 곡마단 계집애가 빨간
부채를 들고 춤을 추는 것이나 또 선생님이 이렇
게 고물상에서 사 온 짧은 두루마기를 입고 목로
방잠을 자서 머리에 이가 들끓고 또 열한 시를 기
다리시는 것이나 그 어느 것도 한 개의 생활이 아
니라 그저 꿈인 것 같습니다."

"꿈이라니요. 천만의 말씀이지요. 대체 그 곡마
단 계집애가 춤추는 것이나 내가 이렇게 십 전짜
리 보따리를 들고 다니는 것이나 모두 분명한 생
활이요, 꿈이 아닙니다."

"글쎄요. 차차 알아질 때가 오겠지요. 어쨌든 저
는 선생님이 만일 그 곡마단의 사나이처럼 흰말을
타고 '백마의 왕자'라고 하면 저는 그 빨간 부채를
들고 춤추는 계집애가 될 것 같고 또 선생님이 이
렇게 십 전짜리 보따리를 들고 다니시면 저도 그
와 같은 일을 할 것 같은데 이러한 생각이 잘못일

까요?"

유원이는 눈을 감고 앉아 숙채의 이야기를 들었
다. 대체 이 총명하고도 미련한 처녀를 어떻게 해
야 바로 인도할까 하는 생각에 갑자기 겁이 났다.

숙채는 지금 유원이가 하는 대로 몸짓 손짓을
함부로 흉내내는 작은 공상가다. 그러나 숙채의
이러한 태도를 비난할 수 없는 것은 무릇 모든 여
인은 남자의 그림자인 까닭에 그 그림자에 따라
여러 가지 모양으로 되는 것이다. 숙채는 지금 유
원이라는 커다란 배를 타고 아무러한 폭풍 경고도
두려워하지 않는 치마 두른 용사다. 이 이상 다른
것을 그가 알지 못했고 또 알릴 필요도 없다. 이것
은 모든 여인이 행복하는 오직 한 가지 길인 까닭
이다.

술잔에 따라놓은 술이 노―란 원형을 그리고 있
은 지 오랜데 숙채가 닭알 하나를 소독 젓가락 끝
에 꾹 꿰어서 유원의 앞에 내밀었다.

*

어딘가 제 맘대로 하기를 좋아하는 숙채―. 조

각처럼 정돈된 흰 얼굴이 지금 반쯤 옆으로 돌리고 있다.

유원이는 그 얼굴을 보고 또 보고— 이리하는 동안 그는 무한히 행복했다.

술 냄새와 간장 냄새가 풍기는 방 안은 여전히 아늑하고 바깥은 여전히 희고 맑은 밤이다.

유원이는 숙채의 얼굴에서 눈을 떼지 않은 채 깊은 생각에 잠겼다.

'저러한 숙채를 만일 내가 없이 이 세상에 하루라도 두게 된다면…… 내가 없을 때에도 숙채가 능히 혼자 서서 나갈 수가 있을까……'

유원이는 머리를 흔들었다.

'곡마단의 사나이와 나를 구별하지 못하는 숙채— 그러면서도 내가 하는 일에 절대의 신앙을 가지는 숙채— 또 사실에 있어서 이러한 것이 한 여인의 참된 행복이 될 수 있도록 마련이 된 지금의 경우—'

유원이는 생각할수록 위험했다.

"우리 이 주장酒場의 오늘 밤을 기억하는 것이 과히 마음의 사치는 아니지요?"

"아, 그야 사치는 사치지요."

숙채의 야무진 말소리에 유원이는 차라리 놀라서 이렇게 대답했다.

"그런데 숙채 씨— 아까 꿈과 생활을 구별할 수 없다고 하신 거 말입니다. 그것은 때가 이르면 숙채 씨 스스로 이해하실 것이요, 체험하실 것이요, 또 실천하실 것이리라고 생각합니다."

"……"

"그리고 이번에 우리 내려가거든 전에도 말씀한 바와 같이 약혼을 정식으로 해야겠습니다. 방학이 인제 며칠 남았어요?"

"한 일주일밖에 안 남았을걸요."

"그리고 이번에 다녀오시거든 그 선생님 소리 제발 좀 그만두어 주십시오. 숙채 씨 선생님은 인제 사면합니다."

두 사람은 웃었다.

그들이 자기네 이야기에 골똘해 있는 동안 여기에 다른 손님 하나가 들어왔다.

그는 짧고 통통한 다리에 각반을 올려치고 지까다비*를 신은 수염 많은 사나이다.

---

* 버섯 모양의 노동자용 일본 작업화.

아까부터 오뎅 가마 옆에 앉아 술과 '곤야꾸*'를 어찌나 주워 먹었는지 벌써 대취가 되어 그리도 무료해하던 오까미상을 상대로 곧잘 떠들고 논다.

두 사람은 아까부터 그들의 노는 꼴에 전혀 주의를 하지 않은 것은 아니나 할 수 있는 대로 모른 체하였다.

"그럼 이번엔 저하고 같이 집에 가세요?"

"네— 아마 그렇게 될 것 같습니다."

"아라 이야다요 오마에상**—."

오까미상의 냅다 지르는 소리에 깜짝 놀라 두 사람이 일시에 머리를 돌리니 별일이 아니라 그 수염 많은 사내가 오까미상의 꺼멓게 마른 손목을 잡아끄는 때문이다.

그래도 오까미상은 여편네라고 싫다고 손을 뿌리치며 그처럼 포달을 부리는데 사내는 여전히 좋은지 끼득끼득 웃는 것이다.

"숙채 씨께 이러한 장면을 보여드려서 안됐습니다. 그러나 이러한 여러 가지 세상을 보아두시는

---

* 곤약.

** '아이, 싫어요. 당신'이라는 뜻.

것도 좋으니까요."

"우리 인제는 가볼까요?"

"네, 갑시다. 그런데 지금 몇 시나 됐을까요?"

유원이는 시간 이야기를 하며 문득 또 긴장해지는 것이다.

"열한 시 십오 분 전이에요."

"어서 가십시다."

유원이가 오까미상에게 돈을 치러주는 동안 숙채는 다시 한번 이 정다운 방 안을 휘둘러보고 그리고 그 방 안이 가지고 있는 이야기를 눈여겨보았다.

마침내 두 사람이 이 집 문을 나설 때 그들이 마주 앉아 즐기던 테이블 위에는 아직도 유쾌한 스무 개의 닭알 껍데기가 흩어져 있을 뿐이다.

"오늘 밤은 숙채 씰 바래다드리지 못하겠는데 혼자 가십시오."

"네, 전 괜찮아요."

"저기 전차가 오는군요. 바로 됐습니다. 저걸 타셔요."

"걸어갔으면 좋겠는데……"

"아니 안 됩니다. 너무 늦었으니까요. 지금은 숙

채 씨가 거리를 걸을 시간이 아니라 주무실 시간입니다."

숙채는 입귀가 약간 실룩해지면서 웃었다.

"그럼 선생님은 어디……"

숙채가 이렇게 말을 하다가 즘즛하고* 전차를 타고 간 다음 유원이는 혼자 바쁘게 전찻길을 건넜다.

        *

유원이가 서울 온 지 이미 여드레— 실로 여드레란 동안이 이제 유원이와 숙채 사이에 흘렀다.

그동안 유원이는 여전히 그 행랑방— 동이 같은 흰 사기 요강에서 '암모니아 가스'가 쉴 새 없이 방산되고 맏아들이 추석날 밤 달빛을 안고 공원 나무걸상에서 운명하던 이야기를 쉴 새 없이 지껄이는 마나님이 있는 그러한 방에서 또 쉴 새 없이 그 네모진 들창 구멍으로 바깥을 내다보았다. 그리고 또 숙채는 숙채대로 학교에 다니고 요사이는 일

* 멈칫하고.

학기 시험을 치르기에 얼굴까지 핼쑥하게 되고 그
리고 오늘 시험이 끝나기를 기다려서 그는 하숙에
와서 보름 동안 방학에 집으로 돌아갈 짐을 꾸리
고 오후엔 집으로 가지고 갈 선사품을 사려 진고
개를 싸대고 했다.

　숙채는 저녁을 먹고 바로 유원이 있는 데로 찾
아갔다. 다른 식구들은 안에 들어가서 아직도 저
녁들을 치르고 있는지 유원이 혼자서 언제나 마찬
가지로 그 신문지로 바른 궤짝에 기대앉아서 무슨
생각에 잠겨 있다가 숙채가 인기척을 하고 문을
열었건만 유원이는 몹시 놀란 모양이다.

　"왜 놀라셨어요? 제가 밖에서 선생님 계세요, 하
고 들어왔는데……"

　"아니 변명을 안 하셔도 숙채 씨께 허물이 없습
니다. 또 제가 좀 놀랬으면 어떱니까."

　숙채는 자기가 문을 열었을 때 유원이가 어떻게
날카로운 표정을 하는 것을 생각하고 불안했다.
일찍이 유원의 그 우아한 얼굴에서 그처럼 겁을
집어먹은 무서운 눈을 본 일이 없는 까닭이다.

　"오늘 시험이 다 끝났어요?"

　"네— 그리고 오늘로 방학을 했어요."

유원이는 자기도 모르게 길게 한숨을 쉬고 다시 그 궤짝에 기대앉아서 말이 없다. 이따금 숙채가 헬끔헬끔 유원의 얼굴에서 무엇을 찾으려고 도적질해보는 눈과 마주치면 그는 빙긋이 웃을 뿐이다. 이렇게 두 사람이 말이 없는 방 안엔 불빛만 유난스레 환하고 두 사람의 그림자가 벽에 드리워져서 이따금 약간 흔들릴 뿐이다.

"숙채 씨 너무 심심하시죠? 그럼 내 이야기 하나 할까요?"

"무슨 얘긴데요?"

"만일에 말입니다. 내가 오늘 밤이나 내일 밤 갑자기 죽는다면 그때 숙채 씬 어떻게 하시겠습니까?"

"⋯⋯?"

숙채는 눈이 퀭―해서 유원이를 바라보고 있는데 그 눈이 어떻게 크고 슬픈지 유원이는 그만 골살을 찌푸렸다.

"아니 무슨 갑자기 감상적인 공상을 만들어서 숙채 씰 괴롭게 하려는 게 아니라⋯⋯ 만일 뜻하지 않은 때 지극히 어려운 일을 당한다고 하면 그러할 때 숙채 씨의 태도― 그게 염려된다는 말씀입니다."

"글쎄요, 지극히 어려운 일— 그런 일을 당한대도 저는 넉넉히 이기고 나갈 자신이 있는데요."

"고맙군요. 그럼, 그래야 하지요. 우선 어떤 일을 당하든지 너무 절망에 빠지거나 너무 슬퍼만 할 것이 아니라 그 당한 일에서 가장 좋은 방법으로 이를 해결해야 하는 것입니다. 알아들으셨습니까."

"네—."

"그런데 내 생각에는 숙채 씨가 오늘 밤으로 먼저 댁에 내려가셨으면 좋겠는데……"

"왜요? 선생님은 안 가시구요!"

"저는 한 이틀 후에 갔으면 좋겠어요."

"그럼 저도 이틀 후에 함께 가실까요?"

"아니, 안 됩니다. 숙채 씬 오늘 밤으로 꼭 떠나십시오. 방학이 며칠 안 되니까 뭐 가지고 가실 짐은 없겠군요."

"그래도 조금 있는데요."

"그동안에 뭘 또 꾸려가지고 가십니까."

유원이는 숙채를 나무라듯이 흘겨보며 웃는다.

"그럼 아무래도 하숙엘 또 갔다 오셔야겠군요.

아직 시간이 넉넉하니까 곧 가서 짐을 가지고 오
십시오."

숙채는 마음이 내키지 않으나 유원이가 하는 말
이나 일엔 무조건하고 복종하는 버릇은 장차 현모
양처가 될 준비가 아니라 좀 더 다른 의미에서다.

숙채는 유원의 성화같은 재촉에 하숙으로 짐을
가지러 장달음을 쳤다.

＊

숙채가 짐을 가지고 다시 왔을 때는 온 집안 식
구가 방으로 그득히 모여 앉아 수선쟁이 낙천가인
그 집 마나님이 한창 웃음판을 퍼트리고 있었다.

유원이와 숙채도 아까보다는 훨씬 가벼운 마음
으로 그들의 떠드는 입을 바라보았다.

그런데 유원이가 윗목에서 신문지에 싼 커다란
뭉치를 가운데 내어놓고 끄르는데 보니까 노랗게
구운 빵이다.

"이것들을 잡수십시오. 숙채 씨가 좋아하는 것
이기에 가다가 시장하실까 봐 사 왔어요."

"에구, 저렇게 알뜰히 아씨 생각을 하시는 서방

님이 이 세상에 어디 또 있을꼬."

유원이는 얼굴이 약간 벌게서 히죽이 웃는다.

새로 구워서 말신말신한 빵을 다섯 조각에 내었
다. 그 집 식구 세 사람과 유원이와 숙채를 합하면
다섯 사람이기에 그 떡을 다섯 조각으로 내었다.

빵에다 '버터'를 찍어서 막 먹으려고 할 때에 문
득 숙채가 이런 말을 했다.

"라스트 써퍼(최후의 만찬)―."

유원이가 이 말을 듣더니 머리를 번쩍 들어 숙
채를 뻔히 본다.

"라스트 써퍼―."

유원이는 그대로 다시 한번 옮겨보며 여전히 숙
채를 본다.

"왜 그런 말씀을 하십니까. 라스트 써퍼―라니
요."

여자의 입이란 자고로 요망스런 것이라 한다.
숙채가 부지중에 새여놓은 한마디가 그들의 앞날
을 점치는 불길한 주문呪文이 될 줄은 아무도 몰랐
던 것이다.

"왜 무슨 좋지 못한 예감이라도 드십니까?"

유원이의 얼굴은 확실히 슬픔과 근심이 지어 있다.

"전 아무렇지도 않게 그런 말을 했는데요……"

숙채는 무망중 그런 말을 해놓고도 마음이 좀 안됐는데 더구나 유원이가 그 말을 언짢게 생각하는 걸 보니 미안하지 않을 수가 없었다.

그러나 이틀 후면 다시 못 만날 그들— 여기에서 여덟 시간 동안만 기차를 타고 가면 돼지고기와 술집이 많은 항구— 저들의 고향에서 늙은 어머니가 오랫동안 의롱 속에 감추어두었던 말굴레 같은 은가락지를 꺼내놓고 약혼식을 한 그들— 그들에게 어찌 영원한 별리를 생각게 하는 슬픔이 있을 것이랴.

다만 '주사위'를 굴려서 나오듯 그렇게 우연한 말이 숙채의 입에 나온 것인데 그러한 주사위가 어떤 운명을 맞히듯이 숙채의 이 말도 그들의 앞날 운명을 잘도 맞힌 것이다.

"그럼 서방님은 한 이틀 뒤떨어져 가시고 아씨는 오늘 밤에 먼저 가시누먼요?"

"네—."

이럭저럭 밤이 아홉 시가 되었을 때 인제 숙채는 정거장으로 나가지 않으면 안 되게 되었다.

숙채가 정거장으로 나가려고 일어서니까 모여

앉았던 식구들이 우시시 일어들 나서 대문간까지 쫓아 나온다.

그렇게 쫓아 나오는 그 집 식구들을 돌려보내고 유원이와 숙채만 그 길고 어두운 골목을 나오는데 그 골목엔 오직 하나의 창문에 지극히 약한 불빛이 비쳐 있을 뿐으로 전혀 어둡고 캄캄하다.

"그럼 이틀 후엔 꼭 오세요?"

"네, 이틀 후엔 가겠습니다."

"밤차로 오시겠어요?"

"네—."

"그럼 제가 정거장으로 나갈까요?"

"아—니, 나오지 마십시오."

유원이는 한쪽 손에 가방을 들고 걷다가 갑자기 우뚝 선다.

"숙채 씨— 이틀 후엔 갑니다. 기다려주십시오."

유원이는 어둠 속을 더듬어서 숙채의 어깨를 안아다 자기의 가슴에 대었다.

전대 속같이 길고 어두운 이 골목 위에는 검은 하늘이 뚜껑을 하고 모든 창들은 눈을 감은 이 골목이 지금 한창 축복되어 있다.

그런데 이것은 그들의 최초의 포옹인 동시에 또

최후의 포옹이다. 이것이 그들의 최초인 포옹인
것은 두 사람이 다 아는 바나 이것이 그들의 최후
의 포옹이 될 것은 두 사람이 다 몰랐다.

　두 사람이 전차 정류장까지 와서 돌 위에 섰으
나 서로 얼굴 대하기가 거북해서 전차 오는 쪽만
바라보고 외면을 하고 있었다.

　그러나 막상 타고 갈 방향의 전차가 오고 또 그
전차 위에 숙채가 올라탔을 때 두 사람의 눈동자
는 좀 더 농도濃度의 색채를 담았다.

　전차의 몸뚱이가 움질움질 기기 시작한다. 그러
더니 갑자기 빨리 달아난다. 드디어 그들이 당황
해할 사이도 없이 그들의 맞닿았던 시선이 어둠
속에서 탁— 끊어지고 말았다.

　그러한데 그들의 이 맞닿은 시선이 끊어지는 그
찰나 그때야말로 숙채와 유원이가 영원한 별리를
짓는 꼭 그 마지막 점이다.

*

　숙채가 집에 들어와 있은 지 오늘이 벌써 닷새
째다. 처음에 와서 한 이틀은 별스럽게 좋아하더

니 그다음부터는 늘 말이 없고 무엇을 근심하는
사람 같다.

종일 제 방 속에 들어앉아 있지 않으면 뒤꼍을
거니는데 그 뒤꼍엔 큰 돌배나무 하나가 서 있다.

숙채는 흔히 저녁때만 되면 이 돌배나무 밑에
나와 그 아름드리 몸뚱이에 의지해서 멍하니 하늘
을 쳐다보고 서 있는 것이다.

돌배나무의 우둘투둘한 늙은 껍데기가 등허리
를 따갑게 하는 것도 잊고 섰노라면 흔히 숙채 어
머니가 딸이 보고 싶어 그 밑으로 쫓아 나온다.

"얘야, 너는 오래간만에 집에 왔으면 에미하고
이야기도 하고 하지. 어째 밤낮 그러구만 있니?"

숙채 어머니는 숙채가 외딸인 데다가 늘 공부하
러 다니노라고 그립고 보고 싶다가 이렇게 방학이
되어 집으로 돌아오면 어떻게 해서든지 딸의 곁에
붙어 있어서 떨어지기를 싫어한다.

더구나 인제는 숙채가 스물한 살이나 먹어 다 자
라놓으니 딸을 의지하는 마음이 나고 딸이 없을 동
안 남편한테 노엽던 일이나 어려운 일은 죄다 가지
고 있다가는 숙채가 오면 하소를 하는 것이다.

그럴 때면 숙채는 의례히 어머니의 편역을 들고

또 좋도록 위로를 해드리기 때문에 어머니에게 있어서는 숙채가 다시없는 힘이다. 그래서 남편한테 노엽고 분한 일이라도 웬만해 참아두었다가 딸이 오면 저저이* 일러바치는 것이다.

그러던 것이 이번엔 숙채가 할 수 있는 대로 혼자만 있고 간혹에 어머니가 곁에 와서 너무 긴 이야기라도 하면 귀찮아서 콧살을 찡기는 것을 본다.

그리고 더구나 이상스런 것은 밤마다 숙채가 어디 갔다가 열두 시가 넘어서 들어오는데 얼굴이 하이얗게 질리고 심상치 않은 거동이 걱정을 놓지 못하는 어머니는 지금도 돌배나무 밑에 쫓아 나와 무에라고 말을 붙이는 것이다.

"애, 너 나하고 이모 댁에 안 가련? 방학이 돼서 왔으니 인사도 할 겸……"

"안 가겠어요."

어머닌 물론 숙채가 싫다고 할 줄을 알면서 해본 말이라 별로 여러 말을 해서 딸의 성미를 거스를 수가 없어 그냥 잠자코 있었다.

"어머닌 들어가세요. 나두 조금 있다 들어갈게."

* 낱낱이.

"응, 들어가마. 그런데…… 난 암만 해두 이상하다."

"무에 이상해요?"

"네가 전과는 다르니까 말이다. 신색이 다 좋지 못한 게……"

어머닌 처음엔 숙채가 이렇게 하는 것을 그저 그러거니 했다가 문득 한 가지 생각이 번개같이 머리에 떠오르자 어떻게 해서든지 말에 기맥을 떠보고 싶었다.

그 번개같이 떠오르는 생각이란 딸이 무슨 시집 갈 궁리나 하지 않았나 하는 것이다.

그도 신식엔 '연애'라는 걸 해서 시집가고 장가간다는 소리를 들었고 또 막연히 자기 딸도 무슨 그런 짓을 할 것 같은데 자기로서는 그것을 막을 생각은 없었다.

어머니는 이러한 생각을 하며 보지도 못한 '사위'의 모양이 눈에 보이는 것 같고 무슨 경사가 쉬날 것 같아서 은근히 기쁘기도 했다.

"야— 그나저나 내 네게 물어볼 말이 있는데 방으로 들어가자꾸나."

숙채는 잠자코 어머니를 따라 안방으로 들어갔다.

어머니는 딸을 아랫목에 앉혀놓고 얼굴을 이리 저리 돌리며 거북하게 말을 꺼낸다.

"너 에미한테 무슨 못할 말이 있니. 그러니 속에 있는 말을 다 해봐라. 사람이 무슨 근심을 속에다 만 넣어두면 병이 되는 법이다."

"내가 뭘 근심하는 것 같아 뵈우?"

숙채는 사실 서울서 온 후에 유원이가 이틀 후 엔 올 줄 알았다. 그러던 것이 벌써 오늘이 닷새째 나 되어도 오지 않는다.

보통 같으면 이틀 후에 오겠다던 사람이 닷새 후나 한 주일 후에 온대도 그리 큰일 날 것은 없지 만 유원이의 경우는 그렇지 않은 것이다.

온다는 날짜와 시간을 어긴다는 것은 반드시 그 이상의 무서운 중대성을 가지고 있기 때문이다.

더구나 그 근심하던 얼굴— 숙채는 생각할수록 혼자 온 것을 후회했다. 이러노라니 자연 어머니 눈에도 이상하게 보였던 것이다.

"그런데 네가 벌써 사흘 밤이나 어디 갔다가 그 렇게 늦게 오디?"

숙채는 눈을 지긋하고 있다가 어머니를 불렀다.

*

"어머니, 오늘 밤에 나하구 어디 좀 가십시다."

"어디루?"

어머니는 인제야 딸이 밤늦게 다니는 데를 알 것 같아서 반색을 하며 달려들었다.

"저— 정거장으로 갈 텐데……"

"정거장에는? 누가 오니?"

"네—."

"어디서?"

"서울서요."

"서울서 누가 와…… 그건 누구냐?"

어머니는 더욱 자기 생각이 들어맞는 것 같아서 딸의 눈치만 살폈다. 웬만한 사람이 온다면 딸이 저다지 안달을 하지 않을 텐데 아마도 무슨 일은 있는 모양이다.

아무튼지 오늘 밤 저를 따라 가보면 알겠지 하고 생각했다.

"글쎄 누가 오든지 어머닌 그저 잠자코 계세요. 자꾸 잔소릴 하시면 안 데리고 갈 테요."

"기앤— 내가 어찌니."

숙채는 어머니의 잔소리가 만만치 않을 줄 알고
미리 이렇게 윽박질러 놓았더니 아니나 다를까,
어머닌 딸의 기색만 살필 뿐이지 지지리 캐거나
그러지는 못한다.

그래도 속으로야 노엽지 않을 리가 없다.

'망할 년— 무슨 일이 있으면 내게 의논하는 게
아니라 저 혼자만 끙끙대고……'

"그럼 몇 시 차에 오니?"

"열한 시 차로 와요."

"열한 시…… 그런데 넌 어째 그리 늦게 다녔니?
정거장에 갔다 오면야 대즉해야 한 반 시간밖에
더 걸리겠니?"

"아니, 여기 정거장에 가는 게 아니에요. 저— ××
정거장을 가요."

"엉?"

어머니는 실로 깜짝 놀랐다. ××정거장이라면
여기 정거장에서 두 역이나 지나서 있는 촌 정거
장이다.

여기서 그리로 걸어가자면 못 해도 십 리 길은
될 게고 그러노라면 갔다 왔다 내왕엔 이십 리 길
이 잘 되는 터이다.

"웬 사람인지 하필 그런 데 와서 내리니? 여기 좋다는 정거장을 두구……"

"글쎄 거기에 내려야 하겠기에 그러는 거 아니우. 어머닌 암만 그래두 모르신다니까…… 내 이제 다 이야기하지 않으리."

"이얘길 하겠어? 글쎄 그래야 나도 속이 좀 시원하지 무슨 심속인지 나는 모르겠다."

원 어머닌 딸이 이얘길 한댔으니까 그때까지는 입을 꼭 다물고 있으리라고 생각했다.

"얘— 그런데 그 온다는 사람은 여편네냐 사내냐?"

어머닌 참겠다고 큰맘을 먹었다가 또 이렇게 물었다.

"……"

숙채는 어머니의 속을 뻔히 아는지라 어머니를 들여다보고 그저 웃었다.

*

이럭저럭 밤이 아홉 시나 되었을 때 숙채와 숙채 어머닌 다른 식구 몰래 갈 차비*를 했다.

"야— 넌 저고리나 하나 더 껴입으렴. 아직도 밤
엔 산산하게 춥더라."

"저고리를 둘을 껴입어요? 그건 통통하게 뭘 입
어요."

"모양 볼 게 있니? 밤중에 오겠는데 그럼 어떡하
니?"

숙채는 어머니를 재촉해서 겨우 대문 밖에 나
섰다.

"그런데 몹시 어둡겠지? 거기가 맨 벌인데 웬 불
이 있겠니? 무얼 좀 가지고 갔으면 좋겠구나."

"글쎄— 우리 집엔 '덴찌**' 없어요?"

"불 켜는 거 말이냐? 그걸 누가 빌려 가더니 가
져오질 않는구나. 저기에 초롱이 있는데 그거라두
가지고 가자."

어머닌 어느 옛날에 다락 속에 처박아두었던 초
롱과 초 한 자루를 꺼내서 불을 다려서 들고 나섰다.

"초롱은 내가 들 테니 어머닌 어서 앞서시우."

"이리 내라, 내가 들 테니 너나 어서 조심해 걸어

* '채비'의 원말.
** '전지電池'를 뜻하는 일본어.

라."

두 모녀가 시가지를 지나 벌판에 이르렀을 때 서투른 길을 허덕지덕 따라오는 어머니를 숙채는 마음의 눈을 딱― 감고 보지 않으려 했다. 그러나 덧저고리를 입은 어머니의 구부정한 등허리가 눈결에 자꾸 보인다.

"그런데 너 이런 길을 어떻게 혼자서 다녔니? 왜 진작 나하고 같이 다니지 않고…… 이런 끔찍한 일이 있니? 여기가 어디라고 장정도 못 다니겠는 델 밤중에 혼자 다닌단 말이냐?"

어머닌 생각할수록 모골이 송연하고 애가 미치지 않았나 하고 생각할 지경이다.

두 사람은 사면이 끝이 없이 넓은 벌판인데 그 사이로 큰길이 훤―히 트인 데로 초롱불을 들고 걸었다.

주먹만 한 초롱불이 대롱대롱 매달려 땅 위에 동그란 불빛을 비칠 뿐으로 사방은 암흑으로 꽉 차 있었다.

숙채는 어머니의 한쪽 팔을 붙들고 걷는데 이 넓은 벌판에 오직 하나의 인가인 채소 장사하는 중국 사람 집이 어둠 가운데 보인다.

그 중국 사람 집을 지나서 또 한참 배추밭 사이로 걷는데 멀리 조그만 정거장이 보이고 그 정거장에는 벌써 열한 시 차가 들이닿는 소리가 난다.

*

'저 차엔 유원이가 온다.'

숙채는 어머니를 버리고 배추밭 샛길을 막 뛰어서 정거장에 들어갔다.

차는 벌써 와 닿았다.

숙채가 숨이 턱에 닿아서 '플랫폼'에 나갔을 때 벌써 이 정거장에 내릴 사람은 다 내린 모양인데 유원이는 오지 않았다.

문마다 덧문을 내린 기차는 여기에서 오 분밖에 정거하지 않는 동안 두어 사람의 승객을 내리우고 또 두어 사람의 승객을 태운 후 망연히 서 있는 숙채를 남기고 이내 떠나버리고 말았다.

촌사람 둘이서 어린애 업은 아낙네와 함께 보따리들을 이고 지고 나오는데 숙채도 하릴없이 그 뒤를 따라 나왔다.

검정 복장을 한 역부는 문을 잠가버리고 수하물

실로 들어가버렸다.

　이제 이 조그만 정거장엔 아무러한 남은 일도 없고 숙직하는 역부가 교대 시간을 기다리는 동안 잠깐 책상머리에 이마를 대고 조는 것밖에 없다.

　"왜 온다던 사람은 안 왔니?"

　"네—."

　숙채는 암말도 않고 앞서서 걸었다.

　횡—한 벌판 가운데 궤짝 같은 정거장— 그 속에 가물거리는 약간의 불빛과 유리창 너머로 흔들리는 두어 사람 역원의 얼굴— 이러한 것들을 뒤에 두고 숙채와 어머니는 그 배추밭 고랑을 빠져서 다시 행길에 나섰다.

　"어머니 다리 아프시지 않아요?"

　"난 괜찮다. 그런데 원 무슨 사람이 벌써 온다는 지가 언젠데 아직 안 오니?"

　어머니는 무슨 일인지 알지 못하거니와 숙채가 이렇게 밤길을 걷는 것이 가슴이 아프지 않을 수 없다.

　숙채는 길을 걷는 동안 여러 가지로 생각해보았다.

　'유원이가 왜 안 올까?'

그러나 이것은 숙채가 손을 댈 수 있는 수수께
끼는 아니다. 사실 숙채는 아무것도 모르니까 어
렴풋한 짐작조차 나서지 않는 것이다.

중국 사람 채소밭 울타리를 다시 지나고 왼편으
로 늘어선 소나무들을 거치는 동안 숙채는 한마디
의 말도 하지 않았다.

다만 부옇게 뚫어진 어둠 속에 유원이의 얼굴이
둥둥 떴다 가라앉고 떴다 가라앉고 할 뿐이다.

밤길 십 리를 되돌아서 모녀가 정신없는 걸음을
해서 집 근처까지 왔을 때는 벌써 이른 닭이 울었다.

숙채는 어머니를 안방으로 들여보내고 자기는
제 방으로 돌아와 깔아놓은 요 밑에 손을 집어넣
고 벽을 향해 언제까지나 앉아 있었다.

그러나 깊은 밤은 바보와 같이 미련해서 숙채에
게 아무런 좋은 생각도 주지 않고 눈앞을 맴을 도
는 것처럼 뱅뱅 돌아 어지럽다.

숙채는 하릴없이 자리에 누웠으나 아무래도 잠
은 오지 않고 생각만 길어서 또다시 일어났다.

"옳다, 가보자. 인제 오기는 틀린 사람인데……"

숙채는 단연 밝는 날 첫차로 서울로 가기를 작
정했다.

"왜 진작 그런 생각을 못 했을까. 여덟 시간 동안
만 가면 만날 것을……"

숙채는 여기 있어 이렇게 조바심을 하느니보다
여덟 시간 동안만 기차로 가면 그가 있는 서울이
나서고 또 그가 있는 행랑채— 그 약간 실그러진
네모난 살문을 펀쩍 열면 거기엔 유원의 침통한
얼굴이 분명히 나타날 터인데 왜 진작 가지 않았
던가 생각하니 잠시도 더 지체할 수가 없다.

숙채는 안방 어머니 있는 데로 갔다. 어머니는
아랫목에 옷을 입은 채 그냥 누워 잠이 들었다가
숙채가 문을 여는 소리에 깜짝 놀라 깨었다.

"너 어째 아직 안 잤니?"

"자다가 왔어……"

숙채는 잠깐 말하기가 미안해서 어물거리다가
어머니 얼굴은 보지 않고 말을 꺼냈다.

"어머니— 나 아침 차로 서울 좀 갔다 오겠수."

"응? 서울은 왜?"

"글쎄, 갔다가 올 일이 있는데 꼭 하루만 있으면
와요."

"아니, 며칠 안 있으면 학교 갈 때가 되는데 그때
아주 가지 뭘 하러 그동안 또 가니? 아무리 지금

세상이기루 서울을 이웃집 말*— 가듯 한단 말이
냐 원."

어머니는 아주 못마땅한 듯이 쓴 입맛만 다시는
모양이 여간해서는 말을 들을 것 같지 않다.

"그래, 어머니 날 못 가게 하시겠수?"

"그럼, 못 가지 않구. 커다란 계집애가 무엇 하러
싸다닌단 말이냐? 밤중에 몇십 리씩 걸어서 정거
장엘 다니지 않나. 난 지금 생각해두 머리칼이 하
늘로 뻗친다. 원, 그런 무서운 델 어쩌면 혼자서 그
렇게 다닌담. 도담스럽기두** 하지."

"그럼 정 못 가게 하시겠수?"

숙채는 갖은 말로 어머니를 달래서 다시 서울로
가기로 했다. 몇 시간 뒤— 정작 차를 탔을 때는 몸
에 날개라도 돋친 것 같았다.

*

숙채가 남대문역에 내렸을 때는 오후 네 시 십

---

*   '마을'의 방언.
**   보기에 야무지고 당찬 데가 있다.

오 분이었다.

아무 짐도 없고 핸드백 하나만 든 가뜬한 몸이라 여러 사람 틈을 비집고 먼저 출구로 나왔다.

유원이가 몸담아 있는 서울의 얼굴 무척 반갑다. 숙채는 정거장 앞 광장을 건너는 동안 혓바닥이 겨자를 먹는 것처럼 맵고 아리아리하도록 흥분해서 저도 모르게 어깨를 몇 번이나 가볍게 흔들어 가슴의 동요를 진정하려고 했다.

숙채는 동대문행 전차를 기다려 탔다. 오후 네 시의 거리를 유리창 너머로 내다보매 숙채의 기쁨은 만만히 멈출 줄을 모른다.

'인제 십 분 후면 유원이를 만난다. 지금도 그 신문지로 바른 궤짝에 기대앉았을 게다.'

숙채는 숨을 깊숙이 들이마셨다가 싸— 하고 다문 잇새로 내뿜었다.

전차 안에 자리가 얼마든지 있는데도 앉지 않고 그냥 대롱대롱 매달려 발끝을 오물오물했다. 도무지 넙죽하게 앉아 있을 마음새가 못 되는 까닭이다.

이윽고 전차는 숙채가 내릴 장소에까지 왔다. 숙채는 바쁘게 내려서 그 골목을 향해서 걸었다.

숙채가 그 골목에 들어서 한참 걸었을 때 저만치

벌써 그 행랑채 옆으로 난 네모진 들창이 보인다.

저 네모진 들창으론 늘 유원이가 무엇을 내다보았다. 지금도 내다보다가 숙채가 이렇게 들어오는 것을 보지나 않을까.

숙채는 큰 대문을 왈칵 밀고 안으로 들어갔다. 그리고 정말 그 실그러진 살문을 펄쩍 열었다.

"……?"

숙채는 문을 열어 쥔 채 잠시 우두커니 서서 방속만 들여다보았다.

'아무도 없다.'

거무스레한 회색빛이 떠도는 이 방 속엔 아무도 없다. 숙채는 마음이 뜨끔—했으나 우선 신을 벗고 방으로 들어갔다.

'응, 어디 나갔군. 글쎄, 그러면 그렇겠지……'

그것은 아랫목 구석진 데로 유원이의 두루마기와 모자가 여전히 걸려 있고 궤짝 옆에는 그 작은 보따리가 여전히 놓여 있는 까닭이다.

모자와 두루마기가 있는 것을 보니까 유원이가 있기는 있는데 아마 변소로 갔든지 그렇지 않으면 이 근처로 잠깐 나간 게라고 생각했다.

숙채는 사람은 없어도 모자와 두루마기를 보니

반가워서 한쪽으로 축 늘어진 두루마기를 다시 두 쪽 겨드랑이를 착 맞춰서 걸어놓고 방 안에서 서성거리며 유원이 들어오기를 기다렸다.

그러나 십 분— 이십 분— 삼십 분을 기다려도 유원이가 들어오지 않을 뿐만 아니라 이 집 식구도 하나 눈에 보이지 않는다.

숙채는 차차 가슴이 답답해와서 공연히 바깥만 자꾸 내다보나 유원이는 고사하고 하다못해 이 집 식구라도 어서 좀 만났으면 좋겠다.

'변소엔 안 간 모양인데…… 아직도 안 오는 걸 보니……'

숙채는 견디다 못해 한 번도 들어가본 일이 없는 그 집 안채로 들어갔다.

중문을 밀고 안마당에 들어서 부엌 쪽을 들여다보며 용연 어머니를 불렀다.

"어디서 오셨어요?"

주인아씨가 마루 끝에 나서서 묻는다.

"용연 어머니 어디 갔어요?"

주인아씨는 어떤 말쑥한 아가씨가 황황히 자기집 어멈을 찾는 것이 약간 이상스러웠으나 부엌을 향해 소리를 친다.

"어멈—."

"네—."

열댓 살 되는 계집애가 나온다.

"어멈이 지금 마님 심부름을 간걸요."

"응, 그래?"

"어멈이 마침 심부름을 갔다는군요."

"네— 그럼 들어오거든 저 행랑으로 좀 나와달
라고 해주십시오."

숙채는 미끄러지듯 중문을 빠져나왔다.

'빌어먹을— 어디 가서 이렇게 안 와? 용연 어머
닌 또 어디로 가고……'

숙채는 속이 상하고 조바심이 나서 방 한가운데
펄썩 주저앉았다.

이때다. 마침 밖에 용연 어머니가 온 모양이다.

"에구, 아씨 오셨네."

*

숙채는 용연 어머니만 보아도 눈이 번쩍 뜨였
다. 용연 어머니는 고무신짝을 아무렇게나 벗어
팽개치고는 방으로 들어서며 숙채 얼굴을 본다.

"언제 오셨어요?"

"지금 막 오는 길이에요. 그런데 선생님 어디 가셨어요?"

"아―니, 시골 댁으로 안 가셨습디까?"

"시골 댁으로라니? 언제 집으로 내려가신다고 했어요?"

"허―참, 별일두 다 많아."

용연 어머니는 수심 띤 얼굴에 혼잣말처럼 이렇게 중얼거린다.

"글쎄, 벌―써 어디루 가셨는데……"

"가시다니 언제 가셨어요? 여기 두루마기랑 모자랑 다 있는데?"

"글쎄, 그러기에 이상하다는 거예요."

"그런데 언제 나가셨어요?"

숙채는 혀를 내밀어 마른 입술을 축이며 물었다.

"아씨 가신 바로 그 이튿날 밤에 나가셨는데 저렇게 두루마기랑 모자랑 두시고 그냥 그저 나가시기에 우리야 전처럼 또 어디 다녀오시겠거니 했죠. 그런데 밤이 한 시 두 시가 돼도 안 들어오셔― 그담엔 날이 밝아도 안 들어오시죠. 그래서 이날 이때까지 혹 무슨 소식이 있을까 하는데 이렇게

깜깜부지군요. 우린 혹 시골 댁으로 내려가셨나
했는데 거기도 안 가셨다니 일이 맹랑하지 않아
요?"

"내가 떠난 바로 다음 날 밤에 나가셨어요? 몇
시쯤 돼서요?"

"아마 열한 시나 됐을걸요."

"열한 시—."

'기어이 그 열한 시가 일을 저질렀구나—' 하고
숙채는 정신 나간 사람처럼 턱을 쳐들고 앉아 있
었다. 벌써 다시 어찌할 수 없는 절망인 것이다.

"우린 그래도 댁으로 내려가셨거니만 했는데.
그때 아씨 계실 때 이틀 후면 가신다고 안 했어요?
어쨌든 하도 근심스러워서 편지라도 좀 해볼까 했
지만 누가 쓸 사람도 없고 또 어디 계신지 통 호수
를 알아야지."

숙채는 그저 기가 막혔다. 귓속에서 무에 잉잉
우는 것 같다.

그리고 자기가 떠난 다음 단 하루라도 더 유원
이의 얼굴을 보고 그 말소리를 들은 마나님이 몹
시 행복스러워 보였다. 왜 자기가 그 자리를 대신
하지 못했는가 생각했다.

"그럼 나가신 지 오늘이 엿새째군요?"

"그렇지요."

숙채는 가슴이 답답해왔다. 어디 가서 물어야 알며 어디 가서 찾아야 할지 도무지 생각의 끝을 붙일 아무런 재료도 없다.

다만 이 목격자― 그가 마지막으로 이 방을 나가던 때를 목격한 이 목격자를 붙들고 껍데기가 닳도록 묻고 캐는 수밖에 별도리가 없었다.

그러나 이 목격자는 너무 무지하다. 그 단순한 관찰력에 유원이의 심각한 고뇌와 행동이 몇 푼어치나 담겨 있을 것이랴.

마나님의 눈, 코, 입, 손― 어느 것이나 숙채는 함부로 달려들어 쥐어뜯고 싶었다. 좀 더 정확하고 시원한 말을 해주지 못하는 그 눈― 그 입―.

"내가 간 담에 누가 찾아온 사람은 없어요?"

"없어요."

"그동안 몇 번이나 밖에 나가십디까?"

"내내 들어앉아 계시다 그날 밤에 첨으로 나가셨죠."

"꼭 열한 시에 나가셨어요?"

"아마 그랬지요."

"여기 계시는 동안 무슨 이야기를 하신 것 없어요? 혹 어디 딴 곳으로 가시겠다고는 안 합디까?"

마나님은 잠깐 무엇을 생각하더니 빙긋이 웃었다.

"이야기라야 그저 아씨 말씀뿐이죠. 아씨가 열세 살 적부터 자기는 꼭 아씨한테만 장가를 가겠다고 맘을 자셨는데 그동안 서로 공부를 하시노라고 이때까지 정혼도 못하고 계셨지만 이번엔 내려가시면 사주단자를 보내신다구요. 그래 내가 사주단자를 보내실 때 쓰실 '함'은 서울서 가지고 가시라고 했더니 허허…… 하고 웃으시더군요."

숙채는 손가락 끝을 자근자근 씹으면서 이러한 말들을 다 듣고 있었다.

"어멈―."

총알 같은 소리가 안으로부터 굴러 나온다. 용연 어머니가 안으로 들어간다. 숙채는 빈 방 가운데 우뚝 서서 벽에 걸린 두루마기를 빤히 바라다보았다.

"두루마기는 있건만……"

숙채는 왈칵 달려가 두루마기를 두 손으로 움켜쥐었다. 그리고 그것을 제 얼굴에 대었다.

향긋한 냄새가 그 두루마기에서 난다. 이것은

필경 유원의 체취일 것이다.

숙채는 무슨 생각이 들었는지 그 두루마기를 제가 입어보았다.

커다란 사내 두루마기라 입은 숙채의 우스운 모양이 아무런 구경꾼도 없이 이 방 한가운데 서 있는 것이다.

숙채는 제 몸을 내려다보며 혼자 웃었다. 그러나 그다음 순간 그 두루마기 자락으로 얼굴을 싸고 울었다.

＊

이튿날 아침 숙채가 그 행랑방에서 눈을 떴을 때 네모진 들창 그을음이 앉은 종이 위로 아침 햇볕 두어 오리가 빨갛게 들여 쏜다.

숙채는 몸을 가누어 일어날 힘이 없는 듯이 멀거니 드러누운 채 그 햇빛의 오리오리를 보았다.

"오늘은 어제와 같은 날이 아니다."

숙채는 오늘이란 오늘이 왜 이리 싱거운지 모른다. 유원이를 만날 수 없는 이날이 왜 이리 빛같이 허옇게 바래 보이는지 모른다.

"용연 어머니— 그이가 하던 말은 죄다 빼놓지 말고 이야기해보세요. 인젠 정말 더 없어요? 어디 꼼꼼히 더 생각해보면 있을 텐데……"

"글쎄— 더 생각이 나지 않는군요. 참 이런 말은 한번 하셨죠. 인천에 혹 친척이 있느냐구요."

"인천에 친척이 있느냐구요?"

"네—."

"인천? 인천?"

숙채는 머리로 피가 갑자기 모이는 것 같았다.

'그럼 인천으로 갔을까?'

그러나 설사 인천으로 갔다 쳐도 인천 어디로 갔는지 알 턱이 없다.

인천이란 땅은 숙채가 삼 년 전에 학교에서 원족* 가는 데 따라갔던 일밖에 없는 극히 생소한 고장이다.

숙채는 '가마니'를 산더미같이 쌓아놓았던 그 부두에 구더기 끓듯 하는 날품팔이 노동자의 떼를 기억한다.

'그가 혹 그런 데나 가 있지 않을까?'

* 소풍.

숙채는 당장 인천으로 내려가서 부두로 달려나가려고 생각했다.

'옳다. 꼭 거기에 갔을 것이다.'

그러나 숙채가 벌떡 일어나 갈 차비를 하는 동안 숙채의 모험심은 잦아들고 말았다.

한 가지 생각을 꽉 붙들고 실행하기는 모든 사세가 너무 꿈같고 숙채가 너무 어리기 때문이다.

그럭저럭 점심때나 되었을 때 용연 어머니의 끔찍한 정성과 권으로 밥을 한술 뜨고 숙채는 아주 그 집을 하직하고 나왔다.

"그럼 저녁차로 가세요?"

"더 있어야 소용없겠으니까 내려가야죠. 그동안 혹시 자기 집으로 갔는지도 모르고 또 우리 어머니가 몹시 기다리실 테니까요. 그런데 내가 간 후에라도 무슨 소식이 있거든 이 주소로 곧 좀 알려주세요."

"알기만 하면야 여부 있나요. 그런데 몇 시 차로 가세요?"

"세 시 차가 있어요."

숙채는 전차도 타지 않고 뻥하게 걸어서 남대문 옆을 지나 정거장으로 향했다. 걸음을 걸으면서 속으론 집으로 가는 북행차를 탈지 인천으로 가는 차를 탈지 생각이 오락가락해서 어느 것을 점쳐야 바로 들어맞을지 몰랐다. 그러나 마음속엔 벌써 이러한 여러 가지 계획보다 더 큰 실망이 누르고 있어 숙채의 자신 없는 용기를 꺾었다.

마침 이때다. 수그린 고개 옆으로 휙 지나가는 사람이 있다. 숙채는 가슴이 뜨끔한 채 그냥 몇 걸음 더 걷다가 뒤를 돌아다보았다.

숙채의 시선이 떨어지는 두어 간 되는 곳에 웬 젊은 사내 사람이 커다란 키에 짧은 흰 두루마기를 입고 휠휠 가는 것이다.

숙채는 그 뒷맵시를 멍하니 보다가 그것이 아무래도 '유원'이와 같은 생각이 들어서 그냥 그 뒤로다 쫓아갔다.

그 사내가 어찌 빨리 걷는지 '하이힐'을 신은 숙채가 따라갈 수가 없다.

'분명 유원이다.'

그러나 멀건 대낮에 행길에서 달음박질할 수도 없고 그렇다고 꽥꽥 소리쳐 부를 수도 없고 숙채는 죽을힘을 다해서 따라갔다. 그러나 도무지 붙잡을 수 없다.

그러다가 그 사내가 조선은행 앞에 이르렀을 때 잠깐 옆으로 머리를 돌리는 것을 보니 이건 백판 딴 사람이 아니냐.

'내가 미쳤구나. 그이는 두루마기를 입지 않았을 텐데……'

숙채는 제 손에 든 작은 보따리를 보았다. 그 속에는 유원이의 두루마기와 모자가 들어 있는 것이다.

그런데 숙채는 자꾸 흰 두루마기 입은 사람만 쫓아갔다. 사십오 도 각도로 나가자빠진 백화점 육 층 건물의 그림자가 사뭇 '초콜릿' 향기를 뿜는다. 숙채는 이러한 도심을 고아와 같이 걸었다.

이윽고 정거장 아래 이르렀을 때 숙채는 거의 자기도 모르게 사방을 휘— 살펴보고 대합실에 들어가 한쪽 걸상에 쪼그리고 앉았다.

그러나 숙채보다 한 십 분 먼저 이 정거장으로 나와 이등 대합실 쪽으로 간 사람이 있었다.

*

삼등 대합실은 언제나 장터와 같이 분주하고 여러 가지 사투리를 쓰는 사람들의 가난한 보따리가 그 기다란 벤치에 늘어놓여 낮잠을 잔다.

숙채는 한쪽 다리를 들어 걸고 몸은 어느덧 보따리에 탁— 의지해서 평안히 앉아 있었다. 점점 보따리가 한쪽으로 씰그러져 몸이 사뭇 드러누워지는 판이나 숙채는 그런 것도 잊고 눈은 그대로 수없이 들끓는 사람들의 얼굴을 물색했다. 모두 다 눈, 코, 입을 갖춘 얼굴들이로되 그 어느 것도 숙채가 찾는 얼굴은 아니어서 헛되이 눈꺼풀만 무거워온다.

숙채는 까맣게 때가 오른 그 나무걸상에 그대로 누워 잠깐 눈을 붙였으면 꽤 고수—하게 잠을 이룰 것 같다. 그러나 이렇게 피곤하고 풀어지는 육체와 반대로 마음은 갈피갈피 멍이 든 것처럼 아프다. 숙채는 뽀—얗게 담배 연기가 피어오른 대합실의 불결한 공기를 마셔가며 그대로 몇 분 더 앉아 차 시간을 기다리는 수밖에 없다.

'집으로 가나? 인천으로 가나?'

아직 차표도 사지 않은 숙채는 세 시에서 몇 분 남지 않은 시계만 쳐다보며 미간을 찡겼다. 인천으로 가나 집으로 가나 그 어느 한쪽에도 숙채는 자신을 가지지 못하고 그저 앞이 캄캄하고 막연한 것밖에 없다.

'다시 유원이가 사는 하늘— 그러한 하늘이 이 세상에 있을 성싶지 않다.'

숙채가 이처럼 실의를 하게 되는 것은 이번 유원이의 모든 행동으로 보아 거의 움직일 수 없이 어떤 불행이 온 것을 직각했기 때문이다.

"이거 더 큰일났구나. 내레 낡은 고무신을 안 개지구 왔구나."

"오마니레 개지구 온댔다. 와 안 개지구 왔노."

이렇게 지껄이는 소리에 정신이 들어 숙채는 발딱 일어나 표 파는 데로 갔다.

집으로 가는 표를 샀다. 표를 사서 손에 꼭 쥐고 나니 행결 마음이 가벼워져서 어정어정 돌아다니며 아무 데나 기웃거렸다.

이윽고 시간이 되어 숙채도 그 기—다란 사람 행렬 속에 가서 끼어 섰다. 앞에서는 벌써 가위 소리가 딸깍거린다. 그런데 이 출구 말고 다른 출구로 나간 사람— 그 사람은 즉 유원인데 그도 지금 이 차를 타느라고 벌써 나가서 차를 타고 있다. 유원이는 삼등 객차로 맨 앞차에 탔다. 말하자면 식당 바로 다음 차다.

숙채는 혼자서 그 긴 플랫폼을 걸으면서 이제 방금 떠날 차비를 하는 차에 유리창을 넘어 그 안을 살폈다. 어느 것이나 꼭꼭 다지게 사람을 실은 것이 겉에서 보아도 알겠다. 숙채는 작은 보따리 하나만 든 빈 몸이라 그리 먼저 타겠다고 덤빌 것도 없어서 첫 찻간부터 차츰차츰 보아 내려가는데 어느 칸에나 다 만원이어서 할 수 없이 맨 끝의 칸에 타게 되었다. 마침 그 칸엔 저—쪽 끝에 한 자리가 비었으므로 숙채는 얼른 거기 가서 꽉 앉았다. 한참 동안 서로 좋은 자리에 타겠다고 덤비는 통에 숙채는 한몫 보느라고 다소 애를 쓴 모양인지 이맛전에 가는 땀이 내뱄다.

숙채는 잠깐 모든 것을 잊고 그 심한 자리 싸움에서 그래도 한 자리 얻어서 턱 앉게 된 것이 유쾌했다.

"때르르릉—."

떠나는 신호가 신경을 바짝 오그려놓는다. 숙채는 그저께 유원이를 찾아서 이 정거장에 이르렀을 때 그 즐겁던 마음이 지금 이 석탄이 쌓인 구내를 지나며 다시 생각나서 또다시 얼굴이 흐려진다.

"어디까지 가십니까?"

"……?"

숙채는 잠깐 자기 앞을 바라보니 바로 맞은편 걸상에 웬 신사가 대단히 인상이 좋지 못한 얼굴을 들고 숙채에게 말을 건네는 것이다. 숙채는 별로 대답할 필요를 느끼지 않아 그냥 잠자코 머리를 돌렸더니 이자가 또 무에라고 한다.

"실례올시다마는 어느 학교에 다니십니까. 그렇잖으면 혹 어디 근무라도 하고 계십니까?"

숙채는 약간 눈을 들어 그자의 얼굴을 훑어보았다. 그리고 어디 다른 데로 자리를 옮길 생각을 했다.

"대단히 죄송합니다만 이거 하나만 깎아보십시오."

이 신사가 또다시 배와 칼을 내미는 통에 숙채는 그만 속이 발끈 뒤집혔다. 그래서 유원이의 두루마기와 모자가 들어 있는 그 보퉁이를 들고 다음 칸으로 갔다.

그러나 거기에는 사람이 꼭 차고 한 자리도 없으므로 할 수 없이 그 칸을 지나서 그다음 칸으로 갔다.

이 칸에는 유원이가 타고 있는 데다.

*

　유원이는 돌로 만든 사람처럼 조금도 움직이지
않고 차창 밖만 내다보고 있었다.

　정말 그는 두루마기도 입지 않은 맨저고리 바람
에 모자도 쓰지 않았다.

　그리고 약간 엷은 듯한 입술과 뺨을 둘러서
꺼―멓게 수염이 내돋았다.

　그는 며칠 동안에 몰라보리만치 살이 깎기어서
오뚝한 콧대만 무섭게 서고 두 눈은 패어서 치뜰
때면 쌍꺼풀이 지려고 애를 쓴다.

　그는 왼편으로 첫째 걸상에 앉았는데 가끔 안간
힘을 쓰듯이 끙끙대며 깊은 숨을 내쉬는데 그럴
때면 의례히 차 안을 한번 휘둘러보는 것이다.

　유원이는 지금 ××지방으로 호송이 되어가는
길이다. 그는 그날 밤 열한 시에 그 행랑방에서 나
와서 바로 ××서원에서 검거되었는데 그것은 모
중대 사건에 관련되었던 까닭이다.

　이러고 보면 유원이가 그날 밤 실종되었던 것은
이러한 비극의 시초였고 평양 모 공장의 기사의
직을 그만둔 지 만 팔 개월 만에 이러한 결과를 가

져온 것이다.

유원이는 가끔 자기 앞에 앉은 사람들을 둘러보나 그가 정말 무엇을 보는지는 알 수 없고 그러한 다음에는 으레 창밖을 내다보는 것이다.

유원이의 몸뚱이는 움직이는 습관을 잊었으나 그의 머리는 깊은 사유를 감추고 그의 눈은 점점 더 고양이의 눈동자처럼 맑아진다.

'숙채—.'

유원이는 가끔 이러한 토막 친 발음이 귓속을 찌륵찌륵 울리며 뇌장腦漿을 아찔하게 하여 눈을 감고 안간힘을 쓴다.

차는 그동안 벌써 한 정거장을 지났다. 숙채는 보따리를 들고 유원이가 있는 찻간까지 와가지고는 바로 들어서지 않고 그 문에서 머리를 약간 앞으로 들이밀어 자리가 있나 없나 살펴보았다.

그 칸에 앉았던 사람의 시선이 일제히 숙채에게로 쏠린다. 숙채는 약간 계면쩍어 좀 더 찬찬히 자리를 볼 것도 보지 못하고 그냥 어름어름하는데 마침 바른편으로 서너 걸상 되는 데 자리 하나가 있는 듯싶더니 벌써 웬 할머니가 털썩 앉아버린다.

숙채는 그 칸에도 자리가 없는 것을 보고 굳이

들어갈 생각이 나지 않았다.

그래서 차라리 사람 많은 데 들어가 볶이우는 것보다 그 세면기가 놓여 있고 거울을 붙여놓은 변소 맞은편 구석진 데로 들어섰다.

숙채는 세면기 옆에 거울 달아놓은 벽에다 등허리를 대고 서서 차가 흔들리는 대로 몸을 흔들었다.

이렇게 되고 보면 그 거울이 붙은 벽을 사이에 두고 유원이는 그 안에 앉았고 숙채는 그 밖에 서 있는 것이다.

아까 그 할머니가 털썩 주저앉던 그 자리에만 가 앉았어도 유원이와 숙채는 다시 만나는 기쁨을 가졌을 것이다.

그리고 아까 숙채가 자리를 찾노라고 머리를 약간 앞으로 내밀고 휘— 둘러보았을 때 조금만 더 왼편으로 쏠렸으면 거기엔 유원이가 앉았던 것을 보았을 것이다.

그러나 숙채는 그저 한 번 쭉 훑어보고 나와버렸다.

차는 왕십리 미나리강 허리를 넘는다. 철로길 옆에 깎은 듯한 언덕 위에 다닥다닥 붙여놓은 오막살이에서는 노랑 저고리 분홍 치마 입은 젊은

각시들이 지나갈 때마다 내다보는 기차를 지금도 내다본다.

숙채는 거울에 비친 자기 얼굴을 바라보다가 두 손으로 얼굴을 쌌다.

'어쩔까, 인천으로 가볼까. 내 맘이 이렇게 깊이 우는 것을 보니 아마도 그리로 간 게로군. 가긴 뭘 가. 공연히 가서 헤매지 말고 바로 집으로 가봐야 지. 그동안 무슨 소식이나 왔는지.'

숙채는 이렇게 속으로 여러 가지 궁리를 해보는 데 어쩐지 자꾸 그 인천 부두로 가는 큰길 옆에 노 친네들이 우동이며 고구마며 시루떡이며를 벌여 놓고 앉은 그 근방엔 유원이가 다른 사람 틈에 끼 여 앉았을 것만 같다.

'에구, 헛걸음을 하더라도 가봐야지―. 아무래 도 그리로 갔어. 그담엔 어디로 갈 데가 있나?'

숙채는 벌써 저물어오는 들을 내다보았다. 밭 가운데 커다랗게 써 붙인 술 회사 광고에 가리어 언덕 위에 수수바재*를 늘어세운 초가집들이 잘 보이지 않는다.

* 수수와 바자.

숙채는 눈을 지그시 감아 눈에 고인 눈물을 털어 버렸다. 그리고 그 거울 밑에 웅숭그리고 앉았다.

'아무튼지 가보자. 가서 인천 바닥을 다 싸다니노라면 어느 길가에서라도 만나겠지.'

숙채는 갑자기 인천으로만 가면 유원이를 만날 것 같아서 앉았다가 벌떡 일어났다.

'올라가자. 이다음 역에서 내리자.'

그러자 차는 청량리역에 닿는다. 숙채는 뒤도 안 돌아보고 바삐 내렸다. 여기서 다시 인천 가는 차를 바꿔 탈 작정이다.

진실로 숙채는 뒤도 안 돌아보고 내려서 출구로 나가는 것이다. 이때 유원이는 차가 정거하는 바람에 어디인가 하고 출구 쪽을 잠깐 내다보는 것 같았으나 자기를 찾아 인천으로 가는 숙채의 뒷모양을 보았을 리가 없다. 이것이 그들 자신도 모르는 마지막 별리다.

처녀출범 處女出帆

숙채는 아침 여섯 시 아직 전등불이 채 나가기 전에 일어나서 머리맡에 놓인 양말부터 집어 신었다.

'오늘은 취직하러 가는 날이다.'

어째 취직이라는 새로운 생활 과정을 당하고 보매 누구나 그러한 것과 같이 필요 이상의 흥분으로 해서 정작 해야 할 일은 손에 잡히지 않는다.

마치 처음 항해를 하는 젊은 선장과 같이……

숙채는 우선 다리미에 불을 담아가지고 치마 주름을 다리고 손수건까지 하나 다려놓았다.

그리고 세수를 하고 머리를 빗고 조반을 먹고 이러한 일이 끝난 다음 아랫방 색시가 왔다.

"인제 다 채리셨어요? 아이, 예쁘네. 이 저고릿감이 뭐예요?"

"저고릿감이?"

숙채는 눈을 게슴치레해 가지고 웃었다.

"그럼 잠깐만 계세요. 내 변또를 가지고 나올게."

명자는—이 색시 이름이 명자다—제가 있는 뜰 아랫방으로 가더니 자줏빛과 주황을 섞어 무늬를 놓은 책보자기에 변또를 곱게 싸서 들고 몇 번이나 드나드는 문설주에 달아 매놓은 거울을 들여다보고는 콧등에 분을 자근자근 눌러도 보고 새끼손가락 끝으로 입술에 바른 연지를 다시 문지르기도 하고 더구나 양쪽 눈썹이 곤추서도록 눈을 크게 부릅뜨고 한참이나 들여다보는데 이것은 명자가 눈이 작은 것을 몹시 한하여 거울을 볼 때마다 저도 모르게 눈을 커다랗게 떠보는 버릇이다.

그가 한참이나 모양을 본 다음에야 숙채와 같이 가지런히 서서 문간으로 나왔다.

"그래 정말 사장이 오라고 그랬어?"

"아주 사장은 아니고 전무 선생님이 오라고 했어요."

"내 이력서는 누굴 갖다주었소? 그것도 전무를 갖다주는가?"

"아니, 이력서는 저— 판매주임이라고 있죠. 그일 갖다줬지요. 그리고 꼭 써달라고 내가 몇 번이나 조른걸요."

숙채는 인제 열여덟 살밖에 되지 않는 얄밉도록 모양내기를 좋아하는 명자가 이처럼 자기 일에 열심인 것을 볼 때 마음으로 고맙지 않을 수가 없었다.

"그래, 그 판매주임이라는 이가 내 이력서를 보아?"

"네— 보더니만 전문학교까지 다닌 사람이 왜 점원 노릇을 하느냐고 그러면서…… 호호."

"그러면서 왜? 뭐 우스운 말을 해?"

"그인 입버릇이 본래 그래요."

"입버릇이 어떻게 무에라구 그랬는지 알아야 나
도 정신을 채리지."

명자는 괜한 말을 꺼냈다고 후회하는 빛이었으
나 또 대수롭지도 않게 말했다.

"언니 이력서에 붙인 사진을 보고 얼굴이 잘생
겼다고 제 며느리를 삼았으면 좋겠다고 하겠죠.
그건 본래 그런 망칙스런 수작을 썩 잘하니까요."

숙채는 이처럼 자기를 가지고 함부로 말을 하는
것을 처음으로 들어서 불쾌했다. 그러나 그만치
또 새로운 지방을 여행하는 사람처럼 호기심도 들
었다.

두 처녀는 아침거리를 걷노라니 투명치 못한 햇
빛이 유리창 위에 누렇게 번뜩거린다.

벌써 상점마다 점원들이 총채를 들고 '쇼—윈
도'며 물건 위를 툭툭 건드려 먼지를 턴다.

'그러다가 안 된다고 퇴짜를 맞으면 어쩐다?'

숙채는 무엇을 약간 생각하는 듯 두 눈을 째긋
하더니 다시 머리를 흔들어 생각을 정리하는 모양
이다.

이윽고 백화점 앞에 이르렀다. 억센 용수철을 박은 유리문을 안으로 잔뜩 밀고 들어서니 고객의 손이 아직 닿기 전 물건들은 털 하나 일지 않고 정돈되고 있고 햇빛이 없는 헤너른* 실내엔 아침 서슬이 아직도 푸르딩딩하게 차 있어 숙채는 어쩐지 그렇게 정다움을 느끼지 못한다.

"사무실로 가야죠."

숙채는 암말도 않고 명자를 따라 돌층층대를 밟았다. 층층대 끝에 선을 친 쇳조각이 구두 뒤축에 닿을 때마다 '잘그랑잘그랑' 하는 소리가 이상스럽게 숙채의 발바닥을 딱딱하게 만드는 것 같다.

*

숙채와 유원이가 차 속에서 만날 뻔하다가 만나지 못하고 숙채가 유원이를 찾으러 간다고 인천으로 가던 때부터 지금은 일 년 후다.

그 일 년 동안 숙채에겐 여러 가지 비극이 있었

---

* 헤너러디다. '헤벌어지다'의 옛말로, 어울리지 아니하게 넓다는 뜻.

다. 세상엔 여러 가지 기구한 운명을 써서 재미있는 이야기책을 꾸며가지고 심심한 사람들의 소일거리를 삼는 일이 있으나 그러한 이야기와 같이 곡절 많은 세상사를 그대로 몸에 지니어 한 개의 산 이야기를 만드는 것은 그리 흔한 일이 아니다.

숙채는 그동안 아버지와 어머니를 일시에 사별하고 거기에 따라서 일어나는 숙채의 몸주체에 대한 일책으로 일가들이 끌어내는 결혼 문제— 이러한 초인적 난관들이 숙채로 하여금 달팽이처럼 제 짐을 떠싣고 다시 서울 하숙으로 찾아오게 한 것이다. 물론 이러한 사품에 그는 학교도 그만두었다. 숙채는 유원이가 실종된 다음 만 삼 개월 만에 유원이가 감옥에 가 있게 된 것도 알았다. 그러나 이러한 모든 일에 숙채는 어떻게 자기의 생활을 처리해야 하겠다는 것을 조금도 생각지 못한 채 세월은 그냥 흐르는 것이다.

숙채는 다시 이 하숙으로 왔다. 이 하숙은 숙채에게 있어서 최후의 포대砲臺인 동시에 또 새로운 항해를 하는 첫 항구도 되는 것이다.

숙채는 날마다 이 하숙방에서 생각했다.

'나는 어찌해야 좋을 것인가.'

'내가 산다는 것은 무엇인가.'

'내 머릿속에 이처럼 박혀 있는 유원이의 얼굴은 어느마한 실재實在성을 가졌는가.'

숙채는 오랫동안 말도 하지 않고 외출도 하지 않고 간혹 책을 보는 것 외에 울기를 잘했다.

이렇게 우울한 날이 가고 또 오는데 그래도 뚫어진 창구녁으로 햇빛이 들여 쏘듯이 숙채의 '청춘'은 쉼 없이 자라는 것이다.

숙채는 가끔 자기 방문을 열어놓고 문턱에 턱을 고인 채 뜰아랫방에 세로 들어 있는 색시 즉 명자의 거동을 살핀다.

명자는 지금 풍로에 불을 피우고 그 위에 양은 냄비에 고추장 찌개를 해서 올려놓고 부채질을 한다.

그는 금년 열여덟 살 먹은 처녀인데 숙성해서 얼핏 보기엔 숙채나 별로 다름없이 한 스무남은 살 되어 보인다.

그렇게 키는 덜성하게 커도 꼭 사과와 같이 빨갛고 동그란 얼굴이 누르면 터질 듯이 말랑말랑해 보이고 더구나 그 콩쪽같이 작은 입은 늘 어리광이 나오도록 준비되어 있는 것 같다.

그런데 이 명자는 시내 어떤 백화점에 점원으로

다니는데 그 월급이 얼마인지는 알 수 없으나 이
렇게 이 집 뜰아랫방을 세로 얻고 자취를 해가는
것이다.

그가 월급봉투를 타는 날은 으레 이 집 주인에
게 방세로 사 원을 가져오고 그다음에는 쌀을 소
두 두 말에 숯 한 섬에 전등불 값에 이렇게 혼자 살
림이나마 나누어놓고 나면 불과 오 원 내외가 남
는데 이 돈은 세상없어도 자기 몸단장하는 데 써
버리는 것이다.

그러한 덕에 명자에게는 가지각색 모양의 구두
가 세 켤레, 그 밖에 치마저고리가 여러 벌 방 속에
걸려 있다.

그는 늘 토끼와 같이 바지런한데 그것도 다른
일엔 최대한도로 늘어지고 게으르고 오직 자기 얼
굴과 몸치장하는 데만 그처럼 빨랑빨랑한 것이다.

명자는 점원 가운데서도 상당히 인기가 있는데
그 인기의 대가로 받는 것은 늘 젊은 연애꾼들로
부터 받는 편지들이다.

"당신은 떼파―트* 유리 상자 속에 피어난 한

* 백화점.

송이의 말 없는 꽃입니다. 나는 밤바다 당신의 뒤를 따라 밤거리를 헤매는 무명의 용사입니다."

이러한 편지도 있고 어떤 것은 보통학교 아이들의 글씨 같은 것으로 아주 망칙하게도 쓴 것이 많았다.

그런데 하루는 이외에도 명자는 영어로 쓴 편지를 받았다. 명자는 갑자기 자기의 자존심이 뾰족하게 머리를 내미는 것 같다.

"어쩌면 내게 영어 편지를 다 할까."

필경 영어 편지를 쓸 줄 아는 사람은 무척 훌륭한 대학생이리라고 생각했다. 그러나 읽을 수가 없어 생각하고 생각한 나머지 드디어 숙채에게 가지고 가기로 생각했다.

"저― 미안하지만……"

명자는 자기의 연애편지쯤 남에게 읽히우는 것을 그다지 죽을 지경으로 부끄러워하는 사람은 아니다.

"저― 난 영어를 모르는데!"

숙채는 웬 영문인지를 몰라 눈이 커졌다.

＊

숙채와 명자는 이러한 경로를 밟아 서로 알게 되었고 또 명자의 주선으로 숙채도 점원으로 취직을 하려고 오늘 오라는 시간대로 이 백화점에 온 것이다.

그래서 숙채는 명자가 안내하는 대로 문에 '전무실'이라고 하얀 글자로 써 붙인 방으로 들어가서 전무 영감을 만나게 된 것이다.

숙채와 명자는 저쪽에 큰 테이블을 놓고 그 옆에 점잖아 보이는 어른 앞에 가서 굽실하고 경례를 했다.

전무는 그저 자기가 뒤적거리던 서류에서 손을 떼지 않고 있다. 그러니 불가불 숙채는 그대로 대령하고 서 있는 수밖에 없다.

급사가 무슨 편지 같은 것을 또 가지고 와서 내어놓더니 전무가 손에 아직 피우지 않은 담배 한 개를 끼어가지고 있는 것을 보고 재빠르게 성냥을 그어서 담뱃불을 붙여드린다.

숙채는 이렇게 한 오 분 동안 서 있는데 나중엔 다리가 약간 떨리고 도무지 얼굴을 어떻게 하고 있어야 할지 눈꺼풀에 경련이라도 일어나는 것 같다.

'사람을 세워놓고 제 할 일만 해.'

숙채는 그냥 돌아서 나오고 싶었으나 발은 그대로 마루 위에 꽉 붙어 있어 조금도 움직이지 않는다.

"에―또, 이름이 무엇이라구?"

전무는 인제야 숙채를 힐끗 훑어보면서 말을 꺼낸다.

"남숙채올시다."

"남숙채―."

"에― 그런데 학교는 왜 중도 퇴학을 하셨소?"

"가정형편이……"

"흠― 가정형편의 불여의로…… 그럼 어떠한 취의로 점원 생활을 희망하시나요?"

"……"

숙채는 잠깐 이 말에 기가 질렸다.

'글쎄― 내가 무슨 뜻으로 점원이 되려고 한담……?'

숙채는 이러한 경우에 쓰는 대답법을 갑자기 알 수가 없었다. '물론 돈벌이라는 것이 첫째 조건이겠으나 그런거야 뻔한 일인데 전무 영감이 그걸 몰라 물을 까닭은 없고……'

숙채는 잠깐 딱한 모양으로 전무 영감의 이마빼기만 빤히 쳐다보고 있는데 그의 눈에 비친 것은 사실 그 전무의 번들번들한 대머리진 이마빼기가 아니라 커다랗게 떠오르는 '유원'의 얼굴이었다.

"네— 좋습니다. 이 아래층에 내려가 판매부 주임을 만나보시오."

숙채는 판매부 주임을 내려가 만났다. 그는 사십이 넘은 중년 신사로서 윤곽이 확실하고 좀 동탕하게* 생긴 사람이다.

"난 상은 이 화장품부에서 일을 보오."

남녀 점원들이 이 판매부 주임이 데리고 온 새 점원을 호기심들이 나서 바라본다. 그중에도 눈치 빠르고 방정맞은 계집애들은 주임의 눈자위가 이 새로 들어온 점원에게 어떻게 돌아가나 사냥개처럼 냄새를 맡는다.

"처음이 되어서 좀 서투르지만 해보면 곧 되는 거니까……"

주임은 숙채의 등을 두어 번 또닥또닥 두들겨주고는 이내 이 층으로 올라갔다.

* 얼굴이 잘생기고 살집이 있다.

숙채는 석고로 만든 것처럼 희고 매끈한 둥근 기둥을 둘러서 반원형을 그린 유리함 속에 온갖 향기와 빛깔을 가지고 있는 화장품들이 예쁘게 진열되어 있는 것을 본다.

그리고 그 둥근 기둥과 유리함 사이에 있는 작은 장소— 숙채는 거기에 들어가서 마치 성을 지키는 파수병같이 오뚝하게 서 있었다.

차차 오후가 되면서부터 사람이 손톱 박을 틈 없이 밀려들어 정신을 차릴 수가 없다.

"파피리오 고나오시로이*를 하나 주세요."

"네— 무슨 색으로 할까요?"

"하다이로** 이 호를 주세요."

"뷰—라가 있어요?"

먼저 있던 점원이 얼굴이 빨개지면서 공연히 숙채 쪽을 본다.

"저— 뷰라가 뭡니까?"

"호호…… 화장품부에 점원이 화장품 도구 이름도 모르고 어쩐담. 속눈썹 지지는 기계 말요."

---

* 화장품 이름.
** '살색'을 뜻하는 일본어.

"미안합니다. 그건 요즘 품절이 됐습니다."

여인은 무엇이 불쾌한지 꺼내놓은 물품은 하나
도 사지 않고 저쪽으로 횡하게 가버리는 것이다.

"아이, 눈 아파."

숙채는 하도 많은 사람이 움직이는 것을 하루
종일 보고 났더니 눈알맹이가 쏙 빠지는 것처럼
저리고 아프다. 눈만 아플 뿐만 아니라 다리가 어
찌 아픈지 무릎 종지에서 빠드득 소리가 나는 것
같다.

그럭저럭 밤 시간도 거진 다 되어 손님들은 거
의 다 빠지고 그 대신 점원들은 집으로 돌아갈 차
비에 부산했다.

숙채도 갈 준비를 하노라고 치마에 꽂은 핀을
다시 빼어 꽂다가 얼핏 옆으로 보니 판매부 주임
이 이상하게 황홀한 눈으로 숙채를 쏘아보고 있는
것이다.

＊

어느 날 밤이다.

밖에는 바람이 불고 비가 와서 포도가 물속 짐

승의 껍질같이 번질번질하게 윤이 나고 미끄럽다.

날씨가 이렇게 사나우니까 우산을 가지지 못한 통행인들은 죄다 전차로 몰리고 거리는 행결 적막해졌다.

더구나 배가 터지게 사람을 실은 전차가 지나간 뒤 그다음 전차를 기다리노라고 정류장에 쭈그리고 서 있는 몇 사람의 모양은 거의 살풍경이다.

이러한 밤 백화점 안은 무척 평화스럽다. 그 누리끼—한 크림색의 불빛이 흰 벽으로 된 넓은 실내에 하나 가득 담겨 선반 위에 치장해놓은 인형이며 유리통 속에 들어 있는 과자며 '에스' 자로 꿰어 걸은 넥타이들이며를 비치고 있다.

거리의 통행인이 드물매 이 안에 손님들도 차차 조수가 밀려나가듯 줄어드는 것이다.

그러면 이 집은 커다란 빈 배와 같고 여기저기에 널려 있는 점원들은 할 일 없는 선원들같이 한가하고 자유롭다.

숙채는 여전히 그 둥근 기둥 옆에 상반신만 보이게 서서 이 층으로 올라가는 구름다리에 눈을 던지고 있다.

맞은편 아동복부에 있는 명자가 허리를 책상에

걸친 채 손가락 하나를 내저어 숙채를 말없이 부른다.

숙채도 마주 바라보고 웃었다. 그런데 명자는 그 손가락으로 서쪽 옆 모자부를 가리키며 눈을 째긋해서 익살을 부른다.

"저걸 좀 봐요. 저걸……"

숙채는 무심코 그쪽을 보았다. 그러고는 다시 명자를 바라보며 둘이는 소리 없이 웃었다.

"호호…… 사이상은 사람이 너무 좋아서 탈이야. 내야 다른 사람 보고 이야기하든 말든 사이상한테 무슨 상관요? 정 그렇게 걱정되거든 감독한테 꼬아바치구려. 싱겁다."

"……"

사이상이란 남자 점원은 얼굴이 벌게서 뾰루퉁한 여점원의 돌아앉은 어깨를 한참 내려다보더니 저쪽으로 휙 가버린다.

그 남자 점원이 가버리자 명자가 좋아라고 숙채에게 뛰어온다.

"저런 얼간이는 처음 보겠어. 인젠 아주 놀림감이 됐건만 아직도 속을 못 차리는구만. 저러다가 감독한테라도 들켜봐— 당장 쫓겨날 테니……"

"왜들 저러는 거야? 싸웠어?"

명자는 신이 나서 숙채 옆으로 바싹 다가앉으며 이야기를 꺼낸다.

"글쎄 저 사이상이란 이가 작년 구월부턴가 여기 들어왔죠. 그런데 저 인숙이한테 그만 녹초가 돼서 사내자식 꼴에 울기두 여러 번 했다나 봐요. 못난 녀석 같으니라구."

숙채가 명자의 옆구리를 꾹 찔렀다.

"무슨 말을 그렇게 해. 그럼 마음이 가는 걸 어쩌나? 그런데 인숙이는 싫다고 하는 거야?"

"아규, 그 애가 어떤 앤데 저따위 걸 사람으로나 보나요? 그 애 눈이 어떻게 높다구. 그리고 지금 고이비도*를 가지고 있죠."

"그 고이비도는 어떤 사람인데? 저 사람보다 나아?"

"저 사람이 다 뭐예요? 잘 모르긴 해도 퍽 부자고 또 여간 멋쟁이가 아니래. 저애도 얼굴이 예쁘니까 그런 데로 시집갈 만해요. 그런데 저따위가 암만 저런다고 되겠어요."

---

* '연인', '애인'을 뜻하는 일본어.

사실 이 안에 여점원과 남점원은 다 같은 이십 원 내외의 월급을 받는 사람들이나 그 값에 있어서는 도저히 계산할 수 없는 차이를 보인다.

대개 여점원의 첫째 조건은 얼굴에 있으므로 여기 채용된 여점원은 거의 다 자기 얼굴에 대하여 많은 자부심과 교만을 가졌다. 그런 까닭에 이 얼굴을 밑천으로 해서 그들은 이 백화점에 드나드는 가장 호화로운 부인들과 같은 데 시집을 갈 수가 있는 것이다.

또 그렇게 훌륭한 자리에 시집가는 것은 그렇게 어려운 일도 아니다.

영애도 순이도 죄다 그런 부잣집에 시집을 가서 시집간 몇 달 후에 이 백화점을 다시 찾을 때는 가느다란 금시곗줄을 저고리 밑에 늘이고 값비싼 여우 목도리 속에서 뽀—얀 얼굴을 살짝 웃어만 보이는 것이다.

수많은 여점원 가운데서 영애나 순이처럼 되는 사람이 좀체 쉬운 일이 아니나 이 안에 여점원들은 누구나 그러한 '시집'을 꿈꾼다.

그러나 그와 반대로 남자 점원들이야 그 쓰메에리* 검은 복장이 그리 좋을 것도 없고 월급 이십

원에서 이십오 원으로 올라가자면 아차 까—맣게
쳐다보이는 몇 해의 세월이 흘러야 하니 생각하면
을씨년스럽고 궁하고……

숙채는 인숙이라는 색시의 교만이 내발린 아래
턱이 약간 빠른 얼굴을 바라보고 있다.

"크림 하나만……"

숙채가 깜짝 놀라 보니 웬 여자 손님 하나가 왔다.

"코티— 계통으로 콜드크림 하나 주세요."

"네!"

숙채는 그 여자 손님이 이상하게 눈에 띄었다.
그는 양장에 단발을 한 몹시 이국적인 여인이다.

후에 이 여자가 숙채의 생활에 어떻게 커다란
한쪽을 이루는 것이야 지금 이 자리에서 알 리가
없다.

"일 원 팔십 전이요?"

"네—."

그 여인은 일 원 팔십 전을 내어놓고 비 오는 거
리로 나갔다.

---

* 깃을 목에 둘러 바싹 여며 입는 양복.

*

숙채는 오래간만에 맞는 휴일을 어떻게 보내야 할지 몰랐다. 우선 어젯밤부터 다리를 쭉 뻗고 자고 오늘 아침도 안에서 새까만 콩자반과 새우젓 접시가 놓인 상들이 줄을 달아 나오도록 숙채는 일어나지 않았다.

숙채는 요즘으로 얼굴이 핼쑥해지고 까—칠하게 여위었다. 그리고 눈만 감으면 백화점 안에 수없이 뒤끓는 사람들의 모양이 보이고 더구나 그 돌층층대로 오르내리는 사람들의 다리가 견딜 수 없이 눈앞에 아른거린다.

어제도 어찌나 사람멀미가 나던지 잠깐 눈을 감고 기둥에 머리를 대고 섰다가 그만 코피가 나서 저고리 앞섶에 온통 피칠을 했다.

'하아—.'

숙채는 여덟 시를 치자 한번 호되게 하품을 하고 자리에서 벌떡 일어났다.

'오늘은 편지를 쓰자.'

그러나 채 일어나지 못한 채 이불을 두르고 또 멍하니 앉아 있다.

이렇게 고장이 생긴 시계와 같이 조금만 하면 움직이기를 잊고 멍하니 앉아 있는 것은 숙채에게 가장 큰 버릇이다.

유원이가 간 후 숙채는 문밖의 세상과 절연을 했다. 그리고 할 수 있는 대로 이렇게 앉아 있는 것을 일삼는다.

마치 숙채의 전 생명이 외계와는 아무 상관도 없고 모두 그 머리와 가슴과 내장 속으로 모여든 것과 같이……

숙채는 또 유원이의 얼굴을 그려본다. 그러할 때면 그는 눈을 가늘게 떠서 최면술 거는 사람처럼 한군데만 보고 있다.

그러나 늘 얼굴은 똑똑지가 않고 몹시 보카시* 해놓은 사진처럼 군데군데 뚜렷이 보이고 다른 부분은 폭 흐려 보이다가 나중엔 아주 범벅처럼 한군데 뭉개지는 것은 무슨 변덕인지 모르겠다.

"조반상 내와요? 제—기."

이 집에서 심부름하는 머슴애 녀석이 조반이 늦어 귀찮으니까 역성을 내는 모양이다.

---

* '그러데이션'을 뜻하는 일본어.

숙채는 깜짝 놀라 마당으로 내려가서 고무신짝을 끌고 양철 대야를 찾았다.

낮에는 빨래 가거나 하고 하는 동안 별로 신통치 않게 하루해가 다 갔다.

저녁때 명자가 들어와서 활동사진* 구경을 가자고 한다. 그러나 숙채는 머리를 가로 흔들었다. 유난스레 감상이 밀려드는 때는 거리의 바람난 '포즈'가 불길한 까닭이다. 이로부터 조금 후다.

"이리 오너라."

"네— 누굴 찾아곕시오?"

"여기 남숙채 씨라고 있소?"

"네—."

숙채는 자기 방에서 귓결에 남숙채 운운을 듣고 공연히 귀뿌리까지 빨개져서 벽에 가서 딱 붙어섰다.

'누굴까? 날 찾는 사람이.'

"이 방 손님, 누가 찾아요."

심부름하는 애가 아니꼬운 듯이 한마디 내던지고 간다.

* 영화.

숙채는 잠깐 망설이다가 나가보았다. 대문간 구석진 데 어둠 속을 들여다보던 숙채는 놀라지 않을 수 없다.

"에? 선생님 어떻게 오셨어요?"

거기에는 판매부 주임이 약간 계면쩍은 표정으로 응달진 어둠 속에 서 있는 것이다.

"아, 난 상 계시군요. 이 앞으로 지나다가 마침 난 상 계신다기에……"

숙채는 어째야 좋을지 몰랐다. 물론 자기 방으로 들어오십사고 하기는 계제부터 되지가 않고 그렇다고 이대로 점잖은 손님을 문간에 세워놓을 수도 없다.

"하— 그런데 난 상 저녁 자셨소?"

"네, 아직은……"

"아직 안 자셨군요. 그거 잘됐소. 그럼 우리 어디로 저녁밥이나 먹으러 갈까?"

숙채는 몹시 의외다. 그래서 주임의 말을 못 들은 체하고 그냥 서 있었다.

"왜 그러고 섰어? 잠깐 산보 삼아 나갔다 오면 좋을 걸그래. 어서 차비하고 나오시오."

숙채는 그렇게 맘이 내키지는 않으나 또 싫다고

질색을 할 까닭도 없어 잠깐 들어가 나들이옷을
바꾸어 입고 나왔다.

"먼저 타시오."

주임이 타고 온 듯한 자동차에 숙채가 먼저 허
리를 꾸부리고 들어가자 주임도 신사답게 뒤이어
올라탔다.

"싸아—."

운전수는 핸들을 냅다 돌렸다.

*

두 사람은 차를 몰아 한창 구경꾼이 들이밀리는
극장 앞 번화지지를 지나서 어느 큰 중국요리집
앞에 이르렀다.

차를 다시 현관 앞까지 바싹 들이닿게 한 후 주
임은 손수 자동차 문을 열었다.

"자— 여기서 내리지."

숙채는 고개를 약간 까딱해서 먼저 내리는 뜻을
표하고 선뜻 뛰어내렸다.

"이랏샤이마세."

벽으로 하나씩 되는 체경이 앞뒤에서 번쩍거리

는 현관에서 중국인 뽀이가 친절히 안내한다.

주임이 저쪽에서 뽀이에게 조용한 방이 있느냐 어쩌구 하는 동안 숙채는 혼자 두리번두리번 순 중국식으로 화려하게 꾸며놓은 실내를 살폈다.

이윽고 흰 저고리 입은 뽀이 놈이 앞서서 이 층 어느 조그마한 방으로 인도하였다.

"어서 앉으시죠."

주임은 자기가 먼저 의자에 들어앉으며 이렇게 자리를 권한다.

뽀이가 들어와 차를 따른다. 그런데 눈을 내리 깔고 차를 따르는 뽀이 놈이 이상스럽게 눈알을 굴려 숙채와 주임을 힐끔힐끔 보는 것이다.

'이 녀석이 왜 사람을 이렇게 봐.'

숙채는 몹시 불쾌했다. 그 녀석이 꼭 사람을 조롱하는 듯한 무엇을 경계하는 듯한 눈치를 보이며 드나든다.

'망할 녀석—.'

숙채는 그 뽀이의 얼굴이 확실히 숙채와 주임 사이에 무슨 '음흉'스런 것을 암시하는 것 같아서 마음이 뜸했다.

"왜 그러고 앉았소? 무슨 얘기라도 하시구려."

주임은 몹시 은근하고 또 신사의 예의를 잃지 않으려고 애를 쓰는 모양인지 가끔 '넥타이'도 매만지고 앞머리도 쓸어 올리는 등 어딘가 흥분하고 초조한 색이 있다.

그러나 숙채는 도무지 자기와 마주 앉은 이 중년 신사를 이성異性으로 생각지 않는다. 그저 자기가 일하는 곳의 웃어른으로 알고 따라왔던 것이다. 그리고 '우리 아버지보다 나이가 좀 더 많을 게다' 이런 생각은 했다.

문이 조용히 열리며 음식이 들어온다. 술도 들어왔다. 주임은 숙채 앞에 간장과 초를 따라놓고 어서 음식 집기를 권한다.

"어서 드시오. 그리고 난 상 제일 좋아하는 게 있거든 얼마든지 청해보슈."

술잔을 연거푸 빨아들이는 주임은 벌써 벌겋게 되어서 수건으로 번질번질한 입을 닦으며 수선을 피운다.

"난 상은 언제 결혼하슈? 난 상 결혼 날에 내가 이렇게 술을 먹을까. 하하……"

"……"

"하숙엔 혼자 계신가요?"

"네, 뜰아랫방에 명자가 있어요."

"명자— 응, 그 애 말이로군."

"그래 첨으로 생활전선에 나와보니 생각했던 것 보다 힘이 들죠?"

"무얼……"

"그런데 실례지만 난 상은 어디 약혼이라도 해 놓은 데가 없는가요? 이런 말을 묻는다고 날 또 오 해하지는 마시오. 허허……"

"선생님두……"

숙채는 참 이상했다. 상점에 있을 때 주임과 점 원은 현저한 계급이 있어 말도 하댓말을 하고 했 는데 오늘 저녁 주임은 그런 티는 조금도 없고 그 저 한 사나이로서 숙채에게 온갖 호감을 사려고 그 앞에 무릎을 꿇는 것이다.

사십이 훨씬 넘은 중년의 사나이도 이러할 때는 마치 젊은 연애꾼과 같이 그 행동거지가 말이 아 니다.

숙채는 두 손으로 턱을 고이고 주임의 얼굴만 바라보았다. 그리고 이런 생각을 했다.

'저이도 집엔 아들딸이 있겠지.'

숙채는 주임의 아들이나 딸이 지금 저 꼴을 본다

면 어떨까— 얼마나 자기 아버지를 경멸할 것인가.

사실 주임은 위로 스물셋 된 아들과 끝으로 열두 살 나는 딸을 합하여 오 남매의 아버지다. 그가 자기 가정에서 얼마나 훌륭한 아버지며 건실한 지도자라는 것은 두말할 것도 없다.

숙채는 또 문득 이런 생각도 했다.

'우리 아버지도 나와 같은 계집애를 보고 저렇게 채신머리없이 굴었을까?'

숙채는 생각만 해도 낯이 간질간질해서 질색을 했다.

"선생님 따님 계세요?"

"응? 딸이 있느냐구. 있지, 시집가게 된 딸이 있어."

"우리 아버지도 선생님만 밖에 안 되셨어요."

"음—."

주임은 먹었던 술이 불시에 깨고 흥이 다 깨지는 것 같다. 자기 눈앞에 대학 예과에 다니는 맏아들의 불쾌한 얼굴이 커다랗게 나타난다.

그러나 눈을 딱 감고 흥을 다시 돋우기 위하여 술을 퍼마셨다.

(딱딱딱)

"어—이, 사께 못데고이*."

시계가 열 시쯤 되었을 때는 주임은 대취하여 가겠다는 숙채를 두 팔로 가로막았다.

"못 가 못 가, 가긴 어딜……"

그러더니 한 팔로 숙채의 허리를 껴안고 한 손으로 자기 입에 물었던 담배를 숙채 입에 물려주려고 한다.

"미쳤어……"

숙채는 날쌔게 몸을 빼면서 입술에 끼워진 담배를 뽑아 내던졌는데 담뱃불이 주임의 가슴에 온통 흐트러졌다.

그길로 숙채는 한걸음에 달려서 집으로 왔다.

*

그날 밤 두 시를 치도록 숙채는 잠을 이루지 못했다. 드러누워서 보니 바로 밤길에 어젯밤에 입었던 치마가 걸렸다.

'저 치마엔 주임의 팔이 닿았다.'

---

  * 술 가져와.

이런 생각을 하니 주임의 굵직한 팔이 자기 허리를 감는 감촉이 아직도 남아 있는 것 같아서 사뭇 허리께가 근질근질하는 것 같다. 그리고 주임의 침이 한 푼가량이나 묻은 담배를 자기 입에 억지로 틀어넣고 껄껄 웃으며 짐승과 같이 덤비던 꼴— 숙채는 생각할수록 망측스럽고 고약했다.

숙채는 아직 순결한 처녀인 까닭에 주임의 그 미친 행동이 확실히 무엇을 의미하는 것인지는 알 수 없으나 어쨌든 그러한 것이 소위 '정조 유린'이라는 것과 모두 한 종류의 행동같이 생각됐다.

숙채는 가끔 신문에서 뻐쓰껄이나 떼파트껄이나 타이피스트나 간호부나 여급사나 이러한 직업을 가진 계집애들이 감독이나 주임에게 '정조 유린'을 당하고 위자료 청구 소송을 한다든지 해서 굉장한 기사가 나는 것을 읽는다.

'응. 그렇게 하는 거야.'

숙채는 그러한 신문기사의 내용이 인제야 대강 짐작되는 것 같았다.

세상에선 그러한 봉변을 당한 소녀가 어떻게 가엾은 줄 안다. 그러나 또 그러한 일은 거의 상식적으로 으레 그런 법이니라 하고 그저 그만해두면

이것이 갈보나 여급 같은 것을 만드는 첫 입시가
되는 것이다.

숙채는 그 신문에 나던 계집애들과 자기 자신을
이제 잠깐이라도 한군데 섞어서 생각하게 된 것을
깨달으며 새삼스럽게 놀랐다.

'저 녀석, 내가 누군 줄 알고― 그것도 사람이
야?'

숙채는 마음껏 주임을 경멸했다.

'도대체 그것도 딸이 있다지. 제 딸을 누가 그래
봐. 아마 눈깔을 뒤집고 제법 아비답게 날칠 테지.'

*

이튿날 아침 숙채는 백화점에 가서 전무실을 찾
았다. 그리고 상점을 그만두겠다고 말했다.

전무는 무슨 까닭이냐고 물었으나 숙채는 물론
입을 다물고 그저 그만둔다고 해두었다.

한 시간가량 기다린 후 어디로 어떻게 돌았는지
월급봉투가 나왔다.

숙채는 얼굴을 약간 붉히며 그 봉투를 받아 쥐고
집으로 왔다. 주인집은 다 어디 갔는지 텅 비고 숙

채 방은 아침빛이 들었다 나간 뒤 푸르스름하다.

숙채는 방에 들어서기가 바쁘게 월급봉투를 방 바닥에 와르르 쏟았다.

'얼마냐.'

가만히 따져보니 자기가 다닌 지가 한 달이 채 못 되는 스무여드렌데 그 가운데서 이틀 휴일을 빼 고 스무엿새 동안에 하루 육십 전씩 얼마나 될까.

육육이 삼십육하고 이육 십이 하면 십오 원 육 십 전에서 또 무얼 이십 전을 제하고 나면 십오 원 사십 전이다.

숙채는 이렇게 돈셈을 따지는 자기를 생각하고 혼자 부끄러웠다. 그러나 난생첨으로 돈이라고 벌 어보니 미상불 좋기도 했다.

"애, 춘식아—."

"왜 그러시우? 오늘은 왜 일찍 오셨수?"

"애, 너 과자 좀 사 오련?"

숙채는 십 전짜리 네 개를 모두 집어서 춘식이 를 주었다.

"이거 이십 전어치는 과자를 사 오고 이십 전은 네가 가져라."

"네? 과자는 이십 전어치만 사 오구요."

"응—."

춘식이의 심술이 쑥 들어간 것을 보니 숙채도 마음이 좋았다.

숙채는 그 돈을 다시 봉투 속에 넣어서 서랍에 넣다가 문득 한 생각이 났다.

'옳지. 이 돈으로 차입비*를 해가지고 감옥으로 면회를 가자.'

숙채는 갑자기 눈앞이 환해지는 것 같다. 이때까지 사실 그런 엄두를 못 냈으니까 그렇지 가보면 못 갈 까닭이 없다.

'못 가긴 왜 못 가?'

숙채는 유원이를 자꾸 생각해보면 어떤 때는 머릿속의 신경이 와락 흐트러져서 정말 유원이란 사람이 이 세상에 있었던가 없었던가 의심까지 하게 된다.

'있기야 있었지, 그럼.'

그러고는 혹 유원이의 웃는 입매라든지 걸어가는 모양이라든지 말하던 한 토막이라든지 이러한 것이 눈앞에 얼진얼진 지나가는 것이다.

---

* 교도소나 구치소에 갇힌 사람에게 들여보내는 돈이나 물건.

'가서 만나자.'

이 세상 어느 한곳엔 그가 있는 땅이 있을 것이다.

숙채는 두말할 것 없이 내일 꼭 떠날 것을 작정하고 그 돈을 소중하게 이불 개켜놓은 속에 넣어두었다.

거리의 등불

이튿날 오후 세 시에 숙채는 아무도 모르게 정거장으로 나왔다. 아니 아무도 모르게가 아니라이 큰 도시 그 많은 사람 가운데 숙채의 내왕來往에 대해서 아랑곳할 사람은 단 한 사람도 없었다.

다만 숙채의 조그마한 몸이 정거장을 향해 바쁘게 걸을 뿐이다.

시계가 세 시 오 분이 되자 숙채는 차를 타고 남대문역을 떠났다. 이 차는 바로 유원이가 타고 가던 차다. 그리고 숙채는 유원이를 찾으러 가노라고 청량리역에서 내리던 차다.

'인젠 정말로 가게 됐다.'

숙채는 차를 턱 타놓고 앉으니 인제야 세상없어도 유원이를 만나러 가는가 보다 생각했다.

'유원이가 있는 감옥은 어떠한 곳일까. 그는 지금 어떻게 하고 있을까. 내가 이렇게 찾아가는 줄 알면 얼마나 좋아할까.'

숙채는 차창 밖에 머리를 쑥 내밀고 있었다. 그렇지 않으면 차 안의 담배 연기나 이상스런 냄새가 속을 아니꼽게 해서 도무지 견딜 수가 없는 까닭이다.

먼— 지평선 끝엔 해가 물려서 이글이글 타는 불빛 선을 두르고 있다.

산과 들과 또 그 가운데 초목들— 숙채는 사과 한 알을 집어서 차창 밖으로 힘껏 팽개쳤다.

'아—.'

숙채는 털썩 쿠션에 주저앉았다. 그리고 눈을 감고 차바퀴 우는 소리를 들었다.

숙채가 목적하고 간 땅 그 정거장에 내렸을 때는 이미 밤 여덟 시도 지난 때였다.

정거장 출구를 나와보니 생면강산의 이 땅이 어디가 어디인지 알 수 없거니와 우선 정거장 앞 자동차부엔 불빛이 휘황찬란하여 번화한 감을 주었다.

'여기에 유원이가 있다.'

숙채는 옆으로 지나가는 사람을 붙잡고 물었다.

"여기 감옥소가 어디에요?"

"감옥이요? 저—쪽에 있소."

"이 길로 바로 가면 되나요?"

"이 길로 조금 가다가 바른손 편으로 꼬부라져서 자꾸 올라가면 되오."

숙채는 진심으로 고맙다는 인사를 하고 그 사람이 길을 가르쳐준 대로 갔다.

그러나 밤이 어떻게 어두운지 앞에 가는 사람도 보이지 않도록 캄캄하고 그 사람이 가르쳐주던 길은 길이 아니라 그저 넓은 들인데 들이라도 무인지경이어서 집 한 채를 볼 수 없다.

물론 처음 정거장에서 내려서 어느 여관에 가서 그날 밤은 자고 이튿날이라야 감옥으로 가서 면회를 하든지 할 것이다. 그렇지 않고 정녕 그날 밤으로 감옥 근처에라도 가려고 하면 그 길로 다니는 버스도 있는데 숙채는 전후 분별이 없이 그저 캄캄한 벌판을 무엇에 쫓기는 것처럼 걸었다.

지금 이렇게 숙채가 달려간들 오늘 밤으로 유원이를 만나는 것도 아니다. 더구나 정거장에서 감옥까지는 오 리 길이나 잘 되는 먼 길이다.

숙채는 앞만 똑바로 내다보고 걸었다. 무섭지가

않다. 가끔 어둠 속에 무엇이 보이는 것 같으면 숙채는 두 눈을 커다랗게 해가지고 가만히 서 있다.

'그는 지금 내가 오는 걸 모를 게다.'

숙채는 빙긋이 웃었다.

이렇게 얼마나 갔던지 무척 갔을 때 저쪽에서 사람 같은 것이 온다. 숙채는 전신에 땀이 쪽 내배며 다리가 뻣뻣하게 굳어져서 걸을 수가 없다.

'아아— 정말 사람이로구나.'

숙채는 정말 사람인 줄 알면서도 그대로 서 있는데 앞으로 가까이 오는 것을 보니 그것은 사내도 아니요, 촌 여편네 둘이서 아마 읍에 가서 장을 보아가지고 가는 길인 모양이다.

"이거 보세요. 여기에 감옥소가 어디예요?"

"에?"

두 여편네는 또 숙채를 보고 놀란 모양이다. 경을 칠 밤이 어찌 그리 캄캄하던지⋯⋯

"감옥소요? 바로 저기에 있는 게 아니요. 누군데 이 밤에 감옥소를 찾소."

두 여편네는 무에라고 지껄이며 지나갔다.

'감옥소—. 유원이가 있는 감옥소!'

숙채는 그쪽으로 달음질을 쳤다.

　　정말 두어 개의 불빛이 희미하게 비치는 곳을
바라보니 큰 성과 같은 장벽이 둘린 '감옥'이다.

　　숙채는 그 벽에 얼굴을 대고 울었다.

*

　　흑흑 흐느껴 우는 여자의 울음소리가 높은 성곽
과 같은 벽돌담을 돌아서 파수지기 간수한테까지
들렸던 모양이다.

　　때가 밤이고 또 여기는 휑뎅그레한 빈 벌판이라
여자의 가는 울음소리도 만만치 않게 크게 퍼져서
드디어 파수꾼이 깜짝 놀라 달려오게 되었다.

　　"누구야?"

　　확— 하고 덴찌를 들이비친다.

　　"누군데 이렇게 울고 있어?"

　　"네?"

　　숙채는 뒤로 비실비실 몇 걸음 물러섰다.

　　"왜 이렇게 밤중에 여기 와서 울고 있어, 젊은 여
자가, 여기 누가 있어?"

　　"네—."

　　"누구야?"

"……"

"누가 여기에 와 있어?"

"오빠예요."

"응……"

간수는 숙채의 아래위를 자꾸 훑어보면서 대단
히 미심쩍어하는 눈치다.

"저— 서울서 면회를 왔는데 될까요?"

"서울서 왔어?"

간수는 더욱 놀란다.

"서울서 면회를 왔으면 내일 와서 면회 신청을
하고 해야지. 지금 이러고 있으면 되나?"

"네, 내일 아침엔 될까요?"

간수는 숙채의 묻는 말은 대답도 않고 한참 섰
더니 뚜벅뚜벅 무거운 구두 소리를 내면서 저쪽으
로 걸어간다.

'이 안엔 유원이가 있다. 내가 지금 밖에 와서 있
는 줄도 모르고 눈이 끔벅끔벅해 앉았겠지.'

숙채는 행결 마음이 좋아서 어둠 속에 높이 솟
아 있는 그 성벽을 다시 한번 쳐다본다.

그러나 그 안은 방금 귀신이 음산한 기운을 몰
아가지고 달리는 듯 도무지 알 수가 없고 무시무

시할 뿐이다.

'내가 여기 왔는데……'

숙채는 손으로 찬 돌담을 가만히 문질러보았다. 그리고 고개를 뒤로 바짝 젖히고 그 담 꼭대기를 쳐다보니 어찌도 까마득하게 높은지 나는 새도 얼씬 못할 것 같다.

'내가 한번 뛰어넘을 수 있다면—.'

숙채는 그 담만 뛰어넘으면 그 안엔 바로 유원이가 있을 테니 지금 숙채와 유원이 사이는 불과 몇 칸 되는 땅이 가로막히지 않았다.

정문은 큰 쇠문이고 그 위에 불이 환하게 켜 있어 파수병의 잔등을 비치고 있을 뿐 그저 침묵이다.

"여보시오. 이리 좀 와요."

숙채는 도무지 그 피스톨을 허리에 둘러찬 사람들 있는 데로 가기 싫으나 또 안 갈 수도 없어서 갔다.

"여기 온밤 이러고 있을 작정이오? 어디 여관에 라도 들었다가 내일 면회를 해야지."

숙채는 알아들었다는 뜻만 표하고 또 멍하니 섰었다.

"어디로 가시려오?"

"글쎄 어디로 가야 좋을는지 모르겠군요. 이 근

처에 어디 하룻밤 유할 데가 없을까요?"

"이 근처에? 여기엔 집이라고 두어 채밖에 없는데 게다가 너무 누추해서……"

"아니, 괜찮아요. 이 근처가 꼭 좋겠어요."

숙채는 오늘 밤 이 감옥을 떠나서 다른 데 가고 싶지 않았다. 이렇게 이 담장을 쳐다보면서 한밤을 새우고 싶었다.

"그럼 이리로 오슈. 여기 오래 있으면 안 돼."

숙채는 암말도 않고 그 뒤를 따라갔다. 간수는 앞서서 덜렁덜렁 가더니 다리 하나를 건너서 밭 가운데로 들어선다.

"데이 상 계슈?"

"네— 누구십니까?"

문이 열리며 눈이 십 리나 들어간 사내가 거의 죽어가는 목소리로 묻는다.

"나요."

"아이 나—리께서 어떻게 이 밤에 나오셨어요? 난 또 누구시라구……"

"다른 게 아니구. 여기 이 부인네가 서울서 오빠 되는 이의 면회를 왔다는데 밤중에 감옥 담장에 붙어 서서 울기만 하니 하도 딱해서 데리고 왔소.

오늘 밤 데이 상 댁에 유하게 하시오.”

“네— 그렇지요.”

숙채는 그 집 뒷방으로 인도되었다. 그리고 오래간만에 보는 램프 불을 켜서 들어왔다.

숙채는 그 불을 들여다보고 잠을 이루지 못하는 동안 별별 생각을 다 했다.

‘서양선 빵 속에다 편지를 써넣어서 감쪽같이 들여보낸다던데. 어떤 죄수는 이십 년 동안 한곳을 파서 나중엔 그 구멍으로 도망을 했다지……’

이러한 엄청난 생각이 숙채를 더욱 혼란케 했다.

*

이튿날 아침 열 시쯤 해서 첫새벽부터 담 밖에 몰려섰던 사람들은 이제야 겨우 들어갈 허락을 받고 모두들 머리를 수그리고 말없이 그 큰 쇠문 옆에 작은 문으로 들이밀렸다.

숙채도 그들 틈에 끼어서 이 금단의 문턱을 넘어설 때 저절로 머리카락이 오싹했다.

숙채는 문 안에 들어서자 온몸의 신경을 눈으로 몰아가지고 그 안에 커다란 붉은 벽돌집을 보았다.

'저 안에 유원이가 있는가?'

사람들은 줄레줄레 밀려서 그 뜰아래 작은 대합
실처럼 꾸며놓은 데로 들어간다. 모두 다 입은 꽉
다물고 눈으로만 무엇을 찾으려고 두리번거린다.
그리고 혼자 떨어지면 총알이라도 맞을 것처럼 사
람 무리에서 떨어질세라 서로 뭉쳐 다닌다.

뚜걱뚜걱 절컥절컥 간수들이 목을 빳빳이 들고
다니는데 그 위엄과 호기란 세상에 제일인 것 같다.

"글쎄 이 녀석이 집에 밥이 없소, 옷이 없소. 숱
한 돈을 들여 공부까지 기껏 시켜놓으니 여기에
들어와 이 지경으로 죽치고 앉았구려. 저를 여기
에다 두고 집사람이야 물 한 모금 바로 넘어가야
지."

한 오십 되어 보이는 중년 부인이 곁에 사람보
고 혀아랫말로 이렇게 중얼거린다.

숙채는 그 기다란 나무걸상 한쪽 끝에 가 앉았
으나 너무 심한 흥분으로 사지가 와들와들 떨려서
견딜 수가 없다. 정 그러할 때면 일어나 두어 걸음
서성거려 보나 역시 몸을 어디에다 의지하지 않고
는 넘어질 것 같다.

숙채는 그저 눈이 둥글해서 그 벽돌집 번질번질

한 유리창만 건너다본다. 그러나 햇빛이 바로 유리창 위에 와서 이글이글하게 비치었음으로 그 안의 것이 보이지 않을 뿐만 아니라 눈이 시려서 볼 수도 없다.

'유원이가 저 집 어디쯤에 있을까. 조금 있다가는 누가 면회를 왔다고 불러내겠지. 불러낼 때 숙채가 왔다는 것을 알려주는가. 그렇지 않고 갑자기 나를 본다면……'

숙채는 유원이와 만나는 장면을 생각만 해도 머리가 아찔해지며 혼도될 것 같다.

'우선 절대로 울거나 하지 말고 그를 위로하기 위해서 약간 웃어 보일 것 ― 나는 언제나 가장 강한 당신의 용사입니다― 이렇게 말할까?'

숙채는 혼자 빙긋이 웃었다.

"인제 저리를 가서 신청들 해요. 그런데 떠들거나 하는 사람은 그냥 내쫓을 테니 그리 아시오."

간수의 입에서 이 말이 떨어지자 사람들은 숨도 크게 쉬지 못하고 황송천만하게 저쪽 벽돌집으로 몰려갔다.

유리문 위에 수부受付라는 패가 붙은 앞에 가서 사람들은 서로 다투어 면회 신청을 한다.

숙채도 목을 길게 빼들고 사람들 어깨 너머로 그 안을 들여다보나 얼른 쉽사리 자기 차례가 오지 않는다.

"남숙채—."

문간에서 초벌 신청을 드린 것으로 이렇게 불러내는 것이다. 숙채는 사람들을 떼밀고 앞으로 나섰다.

"네— 여기 있어요."

"누굴 면회하러 왔소?"

"김유원 씨예요."

새까맣게 때가 오른 와이셔츠를 입은 사람이 무슨 커다란 책을 자꾸 뒤지더니 한군데를 찾아 딱 펼쳐놓고 손가락으로 줄을 그어가며 무엇을 조사한다.

"김유원의 가족 중에는 남숙채란 사람이 없소."

책뚜껑을 딱 하고 덮어서 한쪽에 밀어놓고 다른 사람을 불러내려고 한다.

"이거 보세요. 그럼 면회를 못 하나요?"

"네— 안 돼요."

"……"

저 사람은 어찌 저리 험하게 안 된다는 말이 나

오는지 시치미를 뚝 떼고 제 볼일만 한다.

"이거 보세요. 나도 그 집 가족이에요."

"호적에 없는데."

그 사람은 눈을 굴려서 숙채를 한참 보더니 다시 그 책을 끌어다 펼친다.

"그럼, 당신 유원이의 아내인데 아직 혼인계를 안 했소?"

"네? 아내? 네네, 그렇습니다. 그래요."

유리창 구멍으로 이십삼 호라고 쓴 나무패 한 개를 내민다.

'인제는 됐다.'

숙채는 길게 한숨을 쉬었다. 아침 열 시에 들어간 숙채가 오후 세 시에야 겨우 불리었다. 문 앞에 이르자 숙채는 입안이 바짝 마르고 입에 침이라곤 하나도 없다.

좁다란 방 안엔 가운데 큰 테이블이 놓이고 그 테이블 위엔 포장이 쳐 있고 그 옆엔 간수가 서 있다.

숙채가 테이블 앞에 서자 포장이 스르르 열리며 그 속에서 유원이의 귀신같이 누렇게 뜬 얼굴이 나타난다.

유원이는 그동안 예심을 마치고 다시 팔 년의

판결을 받았다. 실로 팔 년이란 세월의 형기를 마치지 않으면 안 될 것으로 그의 몸에는 붉은 감빛의 죄수복이 입혀 있었다.

숙채는 "앙" 하고 두 손으로 얼굴을 싸고 울었다. 그렇게 예비했던 미소와 말은 다 어디로 가고……

사내대장부인 유원이도 아래턱이 딱 굳어져서 한마디의 말도 못 하고 서 있었다.

"숙채— 건강하시오? 자— 울지 말고 얼굴을 들어 나를 보아주시오. 어서, 시간이 없소. 얼굴을 드시오."

"……"

간수가 꼴을 보아하니 당초에 틀렸는지라 다른 사람보다도 더 빠르게 포장을 주르르 잡아당겨 버렸다.

*

그날 밤으로 숙채는 서울 오는 차를 탔다. 차를 타고 가만히 앉아 생각하니 이제 지난 일이 한낱 꿈인 듯 어느 것 하나 손에 붙들리는 것이 없다.

다만 다른 사람이 붉은 옷 입은 몸뚱이 위에 유
원이의 얼굴을 떼어다 붙인 것처럼 유난스럽게 얼
굴 바탕만 눈 속으로 달려들던 그 얼굴만이 마음
속에 꼭꼭 누비질해 있을 뿐이다.

차는 지금 어디쯤을 지났노. 북쪽 지방은 땅이
기름지지 못하다더니 과연 넓은 들은 돌짝밭 불모
지지뿐이다.

차 안의 사람들은 지금 한창 밤중이어서 과실
바구니며 옷 보퉁이들을 베고 잠이 들었다.

숙채는 자지 않고 오뚝하게 앉아서 사람들의 굴
뚝 속처럼 꺼멓게 그을음이 앉은 콧구멍을 흘겨보
았다.

'코 고는 소리 듣기 싫어 사람 죽겠다.'

한참 만에 숙채는 변소 쪽으로 왔다. 와서 물을
따라 손을 씻고 막 돌아서려고 하는데 거기에도
숙채와 같이 자지 않는 사람 하나가 있다.

그는 숙채와 눈이 마주치자 뜻하지 않고 빙긋이
웃어 보인다.

'응? 어디서 보던 사람 같은데.'

숙채는 꼭 그 사람이 어디서 보던 사람 같아서
주춤거렸다.

그러자 저쪽에서도 이내 아는 체를 한다.

"어디서 한번 뵌 것 같은데요."

"글쎄 저도 그래요."

두 사람은 또 웃었다.

"아— 참, 인제 생각이 나는군. 나를 기억하시지
요?"

그는 처음부터 숙채를 단박 알아보았으나 짐짓
이렇게 수작을 끌었다.

"네— 저도 생각이 나요. 어느 날 밤인가 비 올
때 오셨던 분이죠?"

"호호…… 참 그날 밤에 비가 왔어."

그는 숙채의 검정 치마 자주 저고리 입은 약간
피곤한 듯한 차림새를 보더니 자기 곁에 앉기를
권한다.

"어디 여행하고 오시는 길인가요?"

"네—."

"왜 이렇게 혼자서…… 너무 호젓하군요."

"……"

숙채는 대답 대신 그저 웃어 보였다.

숙채는 그 여인이 이상스럽게 보였다. 이상스러
울 뿐만 아니라 몹시 매력을 느끼게 했다.

그 여인은 흙빛의 어두운 색으로 옷을 지어 입고 얼굴도 그 옷빛처럼 햇빛에 그은 예쁜 구릿빛을 생각게 한다.

숙채는 일찍이 이처럼 보기 좋은 양장한 맵시를 본 일이 없다. 더구나 그의 몸뚱이는 이국의 거리인 양 사뭇 새로운 풍경을 펼쳐 보인다.

"참, 성함이 누구시오?"

"저요? 남숙채예요."

"남숙채 씨— 남의 이름을 물었으니 또 내 이름도 대야지. 나는 이름이란 게 본래 없고 그저 '안나'라고 부르지요."

'안나.'

숙채는 이렇게 속으로 되받아 불렀다. 역시 이상한 여자로구나 생각했다.

이 여인은 다른 사람이 아니라 숙채가 점원으로 있을 때 단발한 머리에 비를 조르르 맞고 들어와 크림 한 통을 사던 사람인데 그날 밤도 숙채는 그저 보아두지 않았기에 지금 이렇게 기억하는 것이다.

차 안의 불빛은 몹시 컴컴하고 사람들은 여전히 쓰러져 잠들어 있었는데 안나라는 그 여인은 도무지 피곤하지 않은지 가끔 숙채의 얼굴을 훔쳐본다.

"실례지만 아직 미혼이시죠?"

"네—."

숙채는 두 뺨이 빨개져서 그 여인을 나무라듯 고개를 돌렸다.

"지금 어디 계신가요?"

"관철동에 있어요."

숙채는 자기 신상에 대해서 지지리고지리 파물을까 봐 미리 골살을 찡겼는데 물론 '안나'는 그처럼 무교양한 여인일 까닭이 없다.

"관철동이면 나 있는 데서 얼마 멀지 않군요."

"네— 어디 그쯤 계시군요."

안나는 하품을 한번 크게 하더니 비스듬히 걸상에 드러눕는다.

"혹시 나 있는 데 놀러오시오."

"네—."

"나 있는 데는 ××정 삼십이 번지요. 낮에는 언제나 있으니까 한번 오시오."

숙채와 그 여인은 그 이틀날 새벽에 남대문역에 내려서 서로 헤어졌다.

"한번 놀러오시오."

그 여인은 자동차 안에서 이 말과 함께 머리를

끄떡해서 작별 인사를 했다.

*

　그 뒤로 여러 날 후였다. 어느 날 숙채는 허덕대고 거리로 나섰다. 나서긴 나섰으나 어디로 갈지 몰라 잠깐 망설이다가 그냥 행길로 걸었다.

　정오의 행길은 아무 흥미도 없고 더구나 숙채에겐 모두 다 상관없는 사람들뿐이다.

　'어디로 간다?'

　숙채는 또다시 우뚝 서서 거리의 지붕 위에 꽂힌 연통들을 쳐다봤다.

　'옳지. 그리로 찾아가보자. 그 이상한 여인 안나를 찾아가보자. 낮에는 언제든지 있다고 했으니까.'

　숙채는 불현듯 그 이상한 여인을 찾기로 했다. 같은 여자끼리고 또 그가 그처럼 호의를 가지고 오라던 것을 생각하고.

　숙채는 오던 길을 되돌아서 한참 올라가다가 다시 왼편으로 꺾이었다.

　그 여인이 일러주던 번지를 요행 기억하고 있기

에 그 번지대로 어떤 뒷골목에 들어섰다. 뒷골목
에 들어서며 바로 첫 집이 숙채가 기억하고 있는
번지와 꼭 들어맞는 집이다.

'내가 잘못 들었나?'

숙채는 눈이 둥글해서 머리를 흔들었다. 분명히
번지수는 맞거니와 그 번지에 있는 집은 보통 집
이 아니고 '빠―'였다.

조그마한 회색빛 집이다. 그리고 그 집 앞 이마
에는 커다랗게 '빠―안나'라고 새겨 붙였다.

"빠―안나."

숙채는 그 안나란 글자를 자꾸 읽어보았다. 그리
고 사방을 살펴보았다. 문마다 커튼을 내린 그 작
은 회색 집은 몹시 조용하고 또 그 커튼을 내린 유
리창들은 마치 그 전날 밤에 살인사건이나 났던 집
처럼 음산하고 침울한 바람을 내어보내는 것 같다.

'그럼 그 여자가 이런 집에 사는가?'

숙채는 무슨 생각이 났던지 문 앞으로 바짝 가
서 문을 안으로 밀어보았다. 손이 닿기가 무섭게
문은 안으로 열리며 그 안에서 이상하게 향긋―한
냄새가 확― 끼친다.

숙채는 깜짝 놀라 뒤로 물러섰다. 그리고 이상

스럽게 가슴이 두근두근하도록 무서움을 느꼈다.

숙채는 이렇게 무서운 생각을 하면서 여전히 그 집 뒤로 돌아갔다. 마치 명탐정이 수상한 빈집을 뒤지듯이……

그 집 뒤로 돌아가보니까 정말 거기가 보통 사람 드나드는 문이다. 숙채는 찾을까 말까 하다가 손가락으로 초인종 단추를 꼭 눌렀다. 안에선 도무지 기척이 없다. 두 번 세 번 눌러도 그저 감감하다.

그래 막 돌아서려고 하는데 뒤에서 사내 목소리가 난다.

"누굴 찾으세요?"

"……"

숙채는 초인종은 두세 번 눌러놓고도 막상 사람이 나오면 어찌 말해야 좋을지 몰라 한참 딱했다.

"누굴 찾으셔요?"

사내 사람이 재처 심술 사납게 물을 때에야 숙채는 겨우 말문을 열었다.

"여기가 안나 씨 댁인가요?"

"네─ 그렇습니다."

"지금 그분이 계신가요?"

"계시긴 하지만─ 누구신지 성함을 말씀하십시

오. 그래야 만나십니다."

"아니, 그만두세요. 만나지 않고 그냥 가겠어
요."

숙채는 홱 돌아서 걸었다.

"아니, 이거 봅시오. 이렇게 하시면 제가 되려 양
코를 떼입니다.* 성함만 말씀하십쇼."

"남숙채라고."

그 사내 사람이 들어갔다가 다시 나와서 숙채를
대단히 정중하게 맞아 들여간다. 숙채는 안내하는
대로 따라 들어가는데 마침 아까 들여다보던 빠—
카운터 앞을 지나 들어가게 되었다.

숙채는 아까도 잠깐 보았지만 이처럼 찬란하게
꾸며놓은 실내를 처음 보았는지라 자꾸 두리번거
리며 그 안을 살폈다.

'야— 참 멋있네.'

그러나 이 방 안은 화려하지만 않고 어딘가 몹
시 적막한 데가 있다.

햇빛이 한 오리도 들어오지 않는 푸른 커튼을
무겁게 내리운 이 방 안은 밤에 환락장인 대신 낮

---

* 핀잔을 듣다.

에는 견딜 수 없는 적막과 공허가 있다. 마치 연극
을 다하고 난 뒤 무대와 같이 모두가 흐트러지고
소용이 없는 것 같다. 숙채는 무엇이 무엇인지 모
르나 어쨌든 한눈에 그 방 안은 무척 슬펐다.

"아규, 이게 웬일요?"

해가 낮이 지났건만 아직도 자리옷을 휘감은
'안나'가 푸수수한 머리를 그대로 가지고 나와 맞
는다.

*

숙채는 안나에게 손을 잡혀서 그의 방으로 들어
갔다.

"아규―."

이 세상에 가장 질서를 잃은 곳이 있다면 그곳
은 곧 이 방일 것이다. 방 안에 세간이 하나도 제대
로 놓인 것이 없고 발 들여놓을 틈도 없이 무엇이
널렸다. 그러나 그 널려 있는 물건들은 지저분한
행랑방 넝마와 달라서 모두 다 향수를 바른 것 같
은 아름다운 물건뿐이다.

"어서 들어오시오."

안나는 자기가 자던 자리를 한쪽으로 밀어놓으며 숙채에게 자리를 권한다.

숙채는 주는 자리에 조심스레 앉으며 다시금 방 안을 살펴보니 이상야릇한 물건도 많으나 하나도 세속적인 값나가는 물건은 없다.

다만 맞은편 벽에 온 몸뚱이가 보이고도 남을 만한 큰 체경이 안나의 반생과 함께한 듯 사람의 손때로 길이 들었고 아직도 안나의 체온이 배어 있을 그 침구는 야단스럽게 큰 무늬를 놓은 비단 인 것뿐이다.

"나는 밤에는 총각 씨 귀신처럼 일을 하고 낮에는 이렇게 잠을 잔다우. 퍽 게으르고 고약스럽게 보이죠?"

"아이, 별말씀을……"

숙채는 아닌 게 아니라 이것이 모두 별난 풍속이라고 생각했으나 그 분위기가 똑 마치 전에 곡마단 구경을 할 때처럼 야릇하고 아름답고 또 요술 같았다.

안나는 침의를 입은 채 두 손으로 뒷머리를 깍지걸이를 하고 밀어놓은 이불 위에 철썩 기대앉더니 두 다리를 앞으로 쭉 뻗는다.

"손님이 오셨는데 용서하시오. 나는 본래 이렇게 되었다니까요. 어려서 우리 부모께 몇 가지 예절을 배우기는 했지만 내가 이렇게 떠돌아다니며 사는 동안 죄다 잊어버리고 한 가지도 안 남았어요. 호호……"

안나는 유쾌한 듯이 그냥 드러눕다시피 해가지고 팔을 올려 보내어 머리맡 창문을 열어놓는다.

"새 공기가 좋군."

숙채도 싸―한 새 공기를 마시니 좋았다.

"내가 처음 숙채 씰 봤을 때 퍽 인상이 좋았어."

숙채는 그저 잠자코 웃어만 보일 뿐 어떻게 말을 해야 좋을지 몰랐다.

이때 아까 나왔던 사내 사람이 쟁반에 커피와 사탕떡을 담아 들고 들어온다.

"응, 커피를 벌써 끓였군. 자 어서 드시오."

숙채는 처음이라 도무지 쓰고 독해서 마실 수가 없건만 안나는 그것도 싱겁다 한다.

"잠깐만 기다려주시오. 내 세수하고 우리 조반 먹읍시다."

안나는 수건으로 머리를 꼭 동여매고 세수하러 나간다.

여기에 이 안나의 내력을 잠깐 소개하면 그는 전신이 영화 여배우로 지금은 나이를 먹어서 이렇게 한쪽에 떨어져 장사를 하는 것이다.

물론 안나에게는 여러 가지 경력이 있는데 말하자면 시골서 어떻게 자기 양친을 떠나 서울로 오던 일이며 그동안 가지각색의 고생살이하던 이야기며가 수두룩하지만 그런 것은 그의 반생에 있어서 그저 고명이나 양념 격이고 그의 줏대 되는 생활은 두말할 것 없이 '연애'다.

이제 그의 연애 생활을 가만히 따져보면 그의 남편 되는 사람이 이루 헤일 수 없이 많은데 이것을 편의상 학교에서 학생들을 반렬을 세우듯이 두 줄로 '나란히'를 시키면 넉넉히 일 소대는 이룰 것이겠다.

그러나 안나에겐 사실 한 사람의 남편도 없고 그 많은 남편은 한 사람의 예외도 없이 죄다 다른 여인의 남편이다.

안나는 차차 나이가 들어갈수록 어린 애기 하나 낳기를 바라서 세 번이나 수술을 했건만 아무도 안나에게 애기를 주지 않았다.

"지독한 고독이다."

안나는 이 한마디가 자기의 전부인 것 같아서 때로는 공연히 화를 잘 낸다.

"조반 잡수세요."

"자— 우리 밥 좀 먹읍시다."

시계를 보니 꼭 한 시 반이다.

*

"저— 춘식아, 짐꾼 하나만 불러다 주렴."

"그래, 정말 오늘 떠나세요?"

"응, 내가 떠나서 시원하냐?"

"원, 시원할라고. 되레 섭섭해요."

"요 녀석이……"

"정말이어요."

"잔말 말구 어서 짐꾼이나 불러다 주고 이 책상하구 '혼다데*'는 네가 가져라."

"아, 그걸 인제는 안 쓰시는가요?"

춘식이 녀석은 벌써 이 두 가지를 어느 고물상에든지 들고 가면 일 원 하나는 영락없으리라고

---

* '책꽂이'를 뜻하는 일본어.

속으로는 좋아라고 한다.

숙채가 짐꾼에게 짐을 지워가지고 그 집 대문을 나설 때 주인 영감님이 문 앞까지 쫓아 나오며 인사를 한다.

"안녕히 가십시오. 어디 가까운 데로 가신다니 또 종종 놀러오십쇼."

손님이 있을 때는 방에다 군불 때는 장작을 한번에 일곱 가치씩 매*—를 지어놓고 한 가치도 더는 얼씬을 못 하게 하더니 인사는 푸지게 한다.

숙채는 지금 안나의 집으로 간다. 두 사람이 사귄 지 한 달 만에 숙채는 드디어 짐을 떠싣고 안나의 집으로 가게 되는 것이다.

숙채는 안나가 좋았다.

숙채가 안나를 좋아하는 이유는 숙채 자신은 확실하지 않으나 어쨌든 숙채가 보기에 안나처럼 방종하고 사치하고 요사스럽고 또 안나처럼 순진한 여인이 없기 때문에 이러한 모든 것이 스무 살 전후의 총명한 숙채 눈에 요지경 속같이 야릇하고 아름답고 또 좋았는지도 모른다.

---

* 곡식 단 따위를 묶을 때 쓰는 새끼나 끈을 세는 단위.

숙채는 안나의 그 옅은 보랏빛 얼굴을 보면 늘 유쾌했고 더구나 그의 방에는 어느 구석에 이집트 여왕이 기르는 독사의 상자라도 놓여 있을 것처럼 요기스러운 기운과 '폼피안*' 향료의 짙은 냄새가 수수께끼와 같이 기이했다.

숙채는 안나가 좋았다.

숙채와 안나가 사귄 지 두어 주일 되는 어느 날 숙채는 처음으로 자기 사정을 안나에게 이야기했다. 그 이야기 속에는 물론 유원이의 이야기가 가장 길었다.

안나는 가만히 앉아 듣더니 이야기가 거의 끝날 때는 얼굴이 사뭇 썩은 콩쪽이라도 씹은 것처럼 찌그러진다.

"다 알겠소. 그 이야기는 차차로 두고 생각해야 할 것이나 우선 그런 하숙에 혼자 있으면 안 될 테니까 여기에 와서 나하고 같이 있읍시다. 내가 힘 자라는 데까지는 뒤를 보살필 테니까."

이리하여 숙채는 오늘 짐을 지워가지고 안나에게로 가는 것이다.

* 화장품 이름.

"이 골목으로 들어가요?"

"아니, 그다음 골목이요."

숙채는 부지런히 걸어서 짐꾼을 앞서갔다.

"이 문으로 들어오시우."

문으로 막 들어갈 때 그 집에서 일하는 고 서방이 나왔다.

"지금 오십니까?"

"네, 계세요?"

이때 안에서 안나가 뛰어나왔다. 이 집엔 식구라구 안나 하나뿐이고 거기에 음식 만드는 '쿡' 한 사람과 심부름꾼 고 서방과 합해서 세 사람뿐이다.

오늘도 이 집은 몹시 조용하다. 숙채가 맨 처음 왔을 때처럼 아무도 말 한마디 하지 않고 가끔 달그락하는 그릇 소리라든지 고 서방이 광으로 드나드는 소리가 유난스럽게 똑똑히 날 뿐으로 모두 별나게 조용하다. '쿡'과 고 서방은 서로 농담 한마디 하지 않고 부엌에서 제 일이나 하고 있고 안나는 또 안나대로 방 속에서 네 활개를 퍼더버리고 쉬고 있는 것이다.

그도 그럴 것이 이 집에 있어서 한낮은 다른 사람들의 한밤중과 같은 셈이니까 이렇게 일체의 소리와 동작을 쉬고 그저 조용하고 감감한* 것이다.

"고 서방, 이 짐들은 저쪽 방으로 가져가오."

숙채는 제 방으로 작정된 안나 방 다음 방으로 들어갔다. 작으나 다양해서 눈이 부신다.

벌써 오밀조밀한 방 세간이 얌전히 놓여 있고 고 서방이 죄다 훔치고 닦아서 거울알같이 윤이 나고 깨끗하다.

안나는 다시 들어와 손수 모든 것을 만지고 바로잡아 놓은 다음 숙채를 데리고 제 방으로 갔다.

"내게도 식구 한 사람이 생겼군. 혼자 사는 건 무서운 일이야."

안나는 만족했다.

*

안나는 저녁 여섯 시만 되면 다시 세수를 한다. 이 세수는 과거 십 년 동안 그리고 지금까지 안나의 낮 생활 '프로그램' 중에서는 제일 중요한 것이다.

그러기에 안나는 으레 웃통을 죄다 벗어붙이고

* 심심한.

세수를 한 다음 그가 거울 앞에 수건으로 얼굴을 문지르며 앉을 때는 그의 신경의 전부가 얼굴로 모이는 것 같다.

안나가 몸치장을 다 하고 마지막으로 손수건까지 접어서 허리춤에 넣고 난 다음에는 '홀'로 나가는 것이다.

이렇게 손님들이 모여들 때가 되면 '쿡'은 카운터 뒤에 달린 작은 주방에서 주문받는 대로 차를 끓이고 '사라다'를 만들고 '샌드위치'감 빵을 썰고 오징어를 찢고 왜콩*을 볶고— 이렇게 쉴 새 없이 돌아간다.

이윽고 밤이 초저녁의 다리를 넘어 지긋이 깊어갈 때쯤은 '홀' 안이 온통 무너지는 듯 야단이다.

요란한 음악 소리와 함께 커다란 사내들의 너털웃음 소리가 한꺼번에 서너 줄거리씩 합해서 홀 안을 들었다 놓곤 한다. 그런데 때로는 안나의 웃음소리도 여기에 섞여 들린다.

"호호호……"

그렇게 맑지 못하고 약간 거센 듯한 웃음소리이

* 땅콩.

나 뭇 사내들 웃음소리와 어우러질 때면 그래도 애연한 맛이 있다.

안나는 커다랗게 소리를 내어 잘 웃는다. 그는 본래 웃기를 잘하는 솜씨에다가 오랫동안 여러 사람의 유흥 기분을 돕기 위한 위조 웃음을 합하여 미상불 썩 잘 웃는 여인이다.

숙채는 제 방 속에서 숨도 크게 쉬지 못하고 있다가 가끔 홀에서 야단스런 웃음소리가 무너지면 화젓가락 끝으로 신경을 지지운 듯 깜짝깜짝 놀라지 않을 수가 없다.

그런데 안나의 웃음소리는 바로 곁에서 듣는 이보다 좀 멀리 떨어져 밖에서 들으면 어쩐지 몸에 소름이 끼친다.

"호호호……"

즐거웁되 어딘지 삐뚤어지고 히스테리가 묻어 있는 웃음인 것 같다.

"안나— 이리 좀 와요."

용구는 아까부터 두 사람의 친구와 함께 와서 술을 퍼먹었다. 물론 오늘이 월급날이니까 술값을 떼먹고 갈 리는 없겠으나 그렇다고 결코 여유가 있어서 들어온 것은 아니다.

"어쨌든 먹고 보자."

"안나가 뭐야. 안나 씨지."

"그럼, 안나 씨 이리 좀 오시오."

안나는 저쪽 테이블에 손님들을 어린애기 달래듯 또닥거려놓고 용구네 테이블로 왔다.

"나 이 뒤통수 좀 긁어줘. 가려워 죽겠어."

"이건 집에 가 마누라더러나 긁어달래지."

입으로는 그러면서 안나는 손을 올려보내 용구의 머리를 긁는 시늉을 해준다.

"우리 안나는 언제 또 시집가나?"

"또 시집을 가다니 내가 언제 시집갔나. 난 시집간 일 없어."

"그럼 또 자는 빼고 언제 시집가나?"

"당신 월급 오 원 더 올라가는 날⋯⋯"

"에끼, 못쓸 사람."

"하하⋯⋯"

"호호⋯⋯"

두 사람은 또 웃어젖혔다.

홀 안은 여전히 장터와 같이 분주하고 정신을 못 차리도록 어지러운 음악 소리가 사뭇 방에 공기를 훈훈하게 한다.

용구는 '월급' 소리에 가슴이 뜨끔했다. 사내대장부인 체하고 그렇지 않다고 부정은 해보았으되 그것은 거짓말이다.

오늘이 월급날이다. 거기에 필연적으로 따르는 것은 아내의 볼썽사나운 얼굴이다.

집에 척 들어선다.

"돈 어떡했어요?"

"여기 있어."

아내는 눈을 까뒤집고 돈을 세어본다.

"왜 모두 이것뿐이에요?"

"그럼 그거지 뭐야."

"아니 칠십 원에서 왜 삼십 오 원뿐이냔 말요."

"제─기 양복값 십 원 주고…… 점심값 뭐 해서…… 뭐 그저 그렇지……"

"뭐 그저 그렇지가 뭐유. 이 돈 가지구 한 달 못 살겠어요. 당신이 다니며 외상값도 주고 하시우."

아내는 돈을 방바닥에 홱 던지고 저도 모르게 눈물 몇 방울 떨어트린다.

그러면 용구는 냉큼 마루 위로 뛰어나와서 그 꼴을 안 보면 그만이다.

이러한 장면이 월급 소리에 곁들어 떠오르니 저

절로 머리가 끍히고 먹었던 술이 불시로 깨어진다.

"우리 인제는 가세."

들어올 때 서슬은 간데없고 패잔병과 같이 늘어져서 간다.

"또 오세요."

'듣기 싫다.'

용구는 속으로 이렇게 안나를 욕했다.

*

이윽고 한밤중 새로 두 시가 되면 빠—의 문은 닫아버리고 안나가 몹시 피곤해서 자기 침실로 돌아오는 것이다.

"아이, 난 배가 고파 죽겠다. 우리 뭐 좀 먹읍시다."

안나는 밤마다 돌아오면 이렇게 배가 고프다고 해서 밥을 먹는데 자기 혼자뿐만 아니라 온 집안 식솔이 죄다 모여서 먹는 것이다. 조반을 낮에 먹고 점심을 안 먹는 까닭에 이것은 점심 대신으로 먹는 밤참이다.

"데이 상(쿡), 난 콩나물에 밥 좀 비벼 먹었으면."

그러면 쿡은 콩나물에 밥을 비벼서 사기대접에 얌전하게 담아 내온다.

안나, 숙채, 쿡, 고 서방 네 사람이 함께 앉아 밤참을 먹으면 안나는 마치 가장家長과 같고 그 밖에는 모두 거기에 딸린 식솔과 같다.

"데이 상, 난 내일 아침에 된장찌개를 좀 해주는데 장 속에 넣었던 풋고추를 몇 놈 그냥 들이데리고 마늘을 데숭데숭 다져 넣고 고기 끝이나 좀 넣어서 지져주우."

쿡은 이 된장찌개 지질 것을 명심해서 들어두었다.

"고 서방 감기 들었다더니 좀 어떠우. 방에다 불을 뜨끈하게 때고 이불을 푹 쓰고 땀을 내오. 밤낮 일하는 사람이 몸이 아퍼서야 어디 견디겠소."

이렇게 식사가 끝난 다음 안나는 일일이 집안일을 보살피고 쿡과 고 서방도 어서 자라고 하고 그 다음엔 숙채 방에 들어와서 숙채가 이불 속에 들어가 눕는 것을 본 다음 또다시 문고리를 단단히 걸었나 만져보고 그제야 자기 방으로 돌아가는 것이다.

"땡땡땡."

시계가 세 시를 친다.

안나나 숙채도 아직도 초저녁에 드러누운 사람처럼 두 눈이 말똥거리고 더구나 지금 막 밥을 먹었으니 잠이 얼른 올 리가 없다.

숙채는 물론 안나의 모든 부정不貞한 생활을 모른다. 설사 그것을 이야기로 들어서 안다고 해도 다소의 짐작은 될는지 모르지만 확실히 무엇인지 알 수가 없을 것이다. 그것은 숙채가 아직 아무러한 경험도 가지지 못한 처녀인 까닭이다.

그러나 좀 더 있다가 숙채가 안나의 모든 음란한 행동을 안다고 해도 지금의 안나에게 있어서는 그 죄를 대변하고도 남을 것이 있을 것 같다.

'안나는 아름다운 여인이다.'

이 한마디가 안나의 모든 것을 갚고도 남음이 있는데 이렇게 그 타락한 생활을 옹호하는 이유는 '안나의 생활의 대부분의 책임이 그 환경에 있었다는 것도 한 가지 좋은 이유가 되지마는 그보다도 안나와 같은 부정녀不貞女가 아니면 도저히 만들어내지 못할 연지臙脂와 같은 요사스런 아름다움이리라.' '사람은 떡으로만 사는 것이 아니라 때로는 안나의 연지와 같은 요사스런 아름다움도 필요한 것이다.' 우리의 할머니와 어머니는 자손을 낳으나 자손을 못 낳는 안나는 그만한 것으로 자기 값을 하는 것이다.

"오— 갈 테야. 어— 내가 그랬어. 음음……"

곁의 방에서 안나가 잠꼬대를 한다. 그는 요즘으로 건강이 더 나빠지면서 밤이면 꿈과 가위에 눌려서 저 고생을 하는 것이다.

숙채는 발딱 일어나 안나의 방으로 달려갔다.

"언니, 정신 차리시오. 언니—."

"응? 누구야? 응— 숙채군. 왜 자지 않고……"

"자꾸 잠꼬댈 하시는 걸……"

"내가? 글쎄 어떻게 무서운 꿈만 꾸는지— 내 이마에 땀이 내뱄지?"

숙채가 손으로 머리를 짚어보니 열이 있고 땀이 흥건하게 내뱄다.

"곁에 사람이 있었으면 잠꼬대할 때마다 날 좀 깨줄 텐데……"

"내가 여기에 와 잘까요?"

"글쎄, 곤한데 어떻게…… 그럼 베개만 가지고 내 이불로 오라구."

숙채가 베개를 가지러 간 다음 안나는 얼굴을 찡기며 모로 누웠다.

"숙채, 나 혼자 잘 테니 숙채 방에 가 자— 어서."

"괜찮아요. 여기에서 동무해드리죠."

"아니, 여기에서 자면 안 돼— 숙채 방으로 가라구. 나야 인제 한참 고생해야 또 잠이 들 텐데."

안나는 기어이 숙채를 제 방으로 쫓았다. 그리고 연한 호박색의 누리끼한 불빛 밑에 어른거리는 자기의 이부자리를 돌아보았다.

'이 자리에는 수없는 사나이들이 잠자리를 가지던 데다.'

안나는 확실히 의식하고 그러는 것은 아니나 어쨌든 이러한 감정으로 숙채를 자기 방에서 재우지 않고 쫓아 보낸 것이다.

안나가 눈을 어렴풋이 감았을 때 누가 문을 펄쩍 열고 들어서는 것 같다.

"거 누구?"

안나는 제 소리에 깜짝 놀라 또 깨었다.

*

숙채가 이 집에 온 지 그러구려 두어 달 되었다. 그런데 안나의 건강은 점점 나빠갔다.

"의사가 한 일주일 후에 물을 뽑아야겠대."

"그럼 뽑으셔야죠. 물만 뽑으면 쑤시는 건 좀 덜한가요?"

"아마 그렇겠지."

"찜질 또 할까요?"

"에구, 해주는 사람이 괴로워서 어떻게 또 한담."

"괴롭긴. 좋기만 하면야 자꾸 하지요."

숙채는 화로에 불을 피우고 그 위의 대야에 약물을 담아 들여놓고 수건들을 번갈아 짜가며 찜질을 시작했다.

안나는 앙상한 갈빗대에 꺼먼 고약을 바르고 드러누워 뜨거운 수건이 살에 닿을 때마다 얼굴을 찡겼다.

"나 같은 것은 이다음에 늙어서 죽더라도 앓지 말고 그저 잠들듯 잦아버렸으면 좋으련만— 진날 병이나 앓고 드러누웠으면 어느 자식이 있으니 물한 모금 따뜻이 떠다 줄까. 그러기에 사람마다 자식을 낳아야 하고 또 늘그막에는 그 덕을 보게 마련이야."

"어느새 늙은이 같은 소리는 잘하슈."

"흥— 나는 어쩐지 내 나이보다 십 년 하나는 더 늙었어. 그것도 몸이 그러는 게 아니고 마음이 저절로 그렇게 되거든."

"언니— 그런데 난 요즘 뭐 하나 생각한 게 있는데……"

"뭘 생각했어. 어디 다른 데로 가려구 그래?"

안나는 불안한 빛으로 숙채를 쳐다본다.

"아니, 요즘 언니 건강도 좋지 못하고 한데 내가 언니 일을 좀 도와드렸으면 하는데……"

"날 도와줘? 고마워라, 그렇지만…… 나는 숙채를 파리찌* 만 한 흠집도 없이 시집을 보내려고 하는데 그런데 나가서 될까?"

"그런 데서 일을 보면 흠집이 생기나요. 나는 그저 카운터에서 돈이나 회계하겠는데 무슨 상관 있어요?"

"글쎄 아주 무사할 수도 있을까?"

"그야 언니 같은 사람은 이 테이블에서 저 테이블로 돌아다니는 사이에 무슨 독毒을 만들어내는지 모르지만 나야 그저 회계일이나 보는데 무슨

* 파리똥.

큰일이 있어요? 그리고 언니도 그렇지. 언니가 만
드는 그 독이 술을 괴게 하기 위해서 어떤 세균이
필요한 것처럼 사람에게 필요한 것이라면 아무 흉
될 것도 없지 않아요?"

"내가 만드는 독이 사람에게 필요한 것이야? 아
니, 그럴 리가 없어. 나는 죄인이야."

그날 저녁 여섯 시 안나가 세수를 할 때 숙채도
같이했다. 그리고 안나가 벌써 숙채를 위해서 지
어두었던 검은 '비로도' 드레스를 꺼내 입혔다.

"이쪽으로 좀 돌아서요. 그리고 이 팔을 들
고…… 여기다가는 핀을 찔러야 할 텐데— 여기가
팽팽한 것 같잖아?"

이렇게 한참 분주하게 숙채에게 옷을 입히는 안
나는 자기도 모르게 곁눈질로 숙채의 모양을 도적
해봤다.

'참으로 아름답다.'

안나 자기는 벌써 오래전에 썩어버린 생선과 같
이 어떻게 다시는 손을 댈 수 없이 쭈그러들고 망
쳐진 것 같은 생각이 들자 갑자기 마음이 캄캄해
온다.

"우리 인젠 나가봐."

홀 안은 오늘 밤도 야단스런 불빛과 음악 소리에 뼈까지 흠씬 물들도록 번화하고 부드러웠다.

숙채는 모가지가 기다란 붉고 푸른 약주들을 늘어놓은 앞에 고개를 수그리고 앉아 돈 회계와 음식 주문을 전달했다. 아닌 게 아니라 얼굴을 들고 앉았기가 몹시 창피하다. 역시 자기 방에서 생각하던 바와는 다르다.

"할로― 안나. 오늘은 기분이 어떠시오?"

아메리카 신사라고 하는 어느 전문학교 강사다.

"여보게, 작작 떠들게. 그런데 저 색신 누구요? 눈이 뒤집히겠는데……"

"응? 참, 저게 누구야? 오― 나의 태양이여! 나의 줄리엣, 나의 처녀……"

아메리카 신사는 벌써 다른 데서 처먹은 술이 대취해서 비틀비틀 자리에서 일어선다.

"이 사람, 어디로 가나?"

"나? 난 저 흑의의 처녀에게 가서 그 치맛자락에 키스를 하려네."

"왜 이러시우? 여기 가만히 앉아 있지 않으면 입에다 재갈을 물릴 테야."

안나가 아메리카 신사를 잡아들여 다시 자리에

앉혔다.

　"여보, 안나. 그러지 말고 나 좀 소개해주우."

　"안 돼. 그 처녀에게는 무서운 번견番犬이 있으니까 함부로 덤비다간 큰코뗄 줄 알아요."

　"번견이라니. 그 번견이 누구요?"

　"나—."

　안나는 자기 가슴을 가리켰다.

　　　　　　　　　*

　어느 날 밤 숙채는 혼자서 빠—의 일을 맡아보게 되었다. 그것은 안나가 오늘 아침에 잠깐 어느 시골로 다니러 갔기 때문이다.

　여느 때보다 좀 일찍이 빠—의 문을 닫아버렸다. 좀 일찍이라야 오전 한 시경이었다.

　숙채는 손님들이 다 빠지고 난 다음 수라장이 된 실내를 소제하려고 유리문들을 활짝 열어놓았다.

　빗자루를 들고 교의들을 한쪽으로 치워놓으며 마룻바닥을 쓰는데 유리잔 깨어진 것만도 서너 개가 된다.

　소제를 다한 다음 다시 덧문들을 닫고 앞뒤 통

행문도 잠갔다. 주인 없는 집을 맡아서 보는 이만
치 다시 다시 조심해서 문들도 잠그고 여러 번 방
안을 살폈다.

이윽고 숙채는 손을 내밀어 스위치를 돌려서 방
안의 불들을 탁 꺼버렸다.

갑자기 어두운 방 안엔 저—쪽 카운터에 조그마
한 붉은 불빛이 켜 있을 뿐으로 방 안은 어두웠다.

숙채는 무서운 생각이 나서 얼른 안으로 들어가
려고 하는데 안에서 마침 고 서방의 말소리가 커
다랗게 들린다. 사람의 말소리가 들리니까 행결
무서운 생각이 가라앉아 숙채는 다시 한번 방 안
을 살폈다.

그 순간 숙채는 두 손길을 마주 잡고 우두커니
서 있었다. 그러다가 카운터 쪽으로 가서 주저앉
아 버렸다.

짙은 밀감색 불빛이 방 안 하나 가득히 담겨 그
가운데 테이블이며 교의며 그림들이 모두 다 용광
로 속에 들어간 것처럼 빨갛고 흐물흐물하게 녹아
빠지는 것 같다.

숙채는 빈 카운터에 두 손으로 얼굴을 받치고 앉
아 있었다. 마치 전에 학교에서 당번이 되어 소제

를 다 하고 나서 쉬는 참에 선생님 교의에 가서 앉아보면 아이들이 죄다 돌아간 교실 안이 이상스럽게 깨끗하고 조용한 것이 좋던 생각이 문득 난다.

어두운 벽에서 시계가 새로 두 시를 친다. 숙채는 지금 유원이를 생각하고 있다. 면회할 때 보던 그 창백한 얼굴이 보인다. 그러나 그것도 사진을 들고 앉아 보듯이 얼굴 전체가 똑똑히 보이는 것이 아니고 둥그런 윤곽 위에 콧대만 우뚝 보이기도 하고 혹은 얼굴 어느 한쪽만 보이기도 하는데 그처럼 생각하는 사람의 면영面影이 그처럼 불완전하게밖에 보이지 않는 까닭을 숙채는 두고두고 지내보아도 알 수가 없었다.

"버스럭버스럭."

숙채는 깜짝 놀랐다. 어디서 무슨 소리가 나나 하고 사면을 살펴보아야 아무것도 없다. 앞뒤 문을 다 잠갔는데 무엇이 있을 리가 없다.

'아마 어디서 쥐란 놈이 빵 부스러기라도 쓸고 있는 게지. 유원이가 내가 이런 데 와 있는 줄 알면 뭣이라고 할까.'

숙채는 이런 생각을 했을 때 가슴이 뜨끔했다. 아무래도 유원이를 생각할 때는 검정 치마에 자주

저고리 입은 숙채가 나서는 것이고 지금의 자기는 좀 어색하다.

'한 개의 생활에는 반드시 거기에 따르는 빛과 냄새가 있고 이 부류에서 저 부류 사이에는 엄연한 경계선이 있는가 보다.'

그러나 숙채 자기는 잠시 안나의 대신으로 이 일을 맡아볼 뿐이라고 생각했다.

숙채는 카운터 위에 한 팔을 꼬부려 베개를 하고 엎드렸다. 두어 방울의 눈물이 꼬부린 팔 사이로 떨어졌다.

이것은 유원이를 생각할 때마다 흘리는 눈물이다. 그러나 조금 후에 숙채의 생각은 다른 데로 달아났다.

숙채에게 있어서 유원이의 생각은 마치 만성병 慢性病과 같아서 그 슬픔이 가슴에 콱 박혀 있을지언정 그가 없는 세상이라고 금시로 자살을 하거나 하지 못하는 것을 또 숙채는 제 스스로 기이하게 생각했다.

'오늘 밤은 이대로 자지 말자.'

이때 분명히 어디서 발자취 소리가 났다.

"용서하십시오."

"……?"

숙채는 손가락 하나 깜짝 못 하고 아래에 와 딱 마주 섰는 사나이를 쳐다보았다.

"용서하십시오."

"에?"

사나이는 모자를 한 손으로 벗으며 숙채에게 예의를 표한다.

*

"누구예요?"

숙채는 앉았던 자리에서 벌떡 일어나 비실비실 뒤로 물러서며 눈을 똑바로 그 사나이의 얼굴을 쏘았다.

"아니, 그렇게까지 무서워하실 건 없습니다. 보시는 바와 같이 나는 아무런 흉기도 가지지 않았습니다."

그자는 어디까지나 침착하고 부드러운 말씨로 숙채에게 타이르듯 말하며 두 손을 넌지시 앞으로 내밀어 보인다.

'대체 이놈이 어디서 들어왔을까. 앞뒷문은 내

손으로 꼭 잠갔는데……'

그러나 지금 이 자리에서 그것을 물을 수도 없고 더구나 아래위의 턱이 굳어진 것처럼 말이 잘 나오지 않는다.

"어서 나가요. 그러지 않으면 저 안에 사람들을 부를 테요."

"쉬— 여러 사람이 아는 것은 피차에 불명예입니다."

숙채는 벽에다 등을 바싹 대고 서서 부들부들 떨었다. 그리고 안에서 행여나 무슨 소리가 들리나 귀를 기울였다.

사실 숙채도 여러 사람이 알기 전에 이 녀석이 나가주었으면 하고 조바심을 했다. 남이 다 알게 와자지껄하는 것부터 창피하고 더구나 그 원인이야 어느 편에 있었든지 여자인 숙채에게 망신인 까닭이다.

"얼른 나가요. 이런 강도 같으니라구……"

"강도?"

그는 숙채의 말을 받으며 빙긋 웃는데 쪽 고른 잇새가 검붉은 불빛 속에 분명히 보였다.

"사실 몇 마디 드리고 싶은 말씀이 있어서……"

소설 * 여인 명령 女人命令

  사나이의 나즉나즉한 말소리가 헤넓은 홀 안에
울려서 어떤 말은 잘 알아들을 수조차 없다. 숙채
는 그 사나이가 무어라는지 그 말은 한마디도 귀
에 들어오지 않고 그저 무서운 강적을 바로 눈앞
에 세워놓고 있는 것 같은 공포와 본능적으로 일
어나는 적개심이 있을 뿐이다.

  이러자 그 사나이가 갑자기 숙채 앞으로 가까이
오려고 한다. 두 사람 사이는 겨우 한 간의 거리밖
에 안 될 것이다.

  숙채는 엉겁결에 곁에 놓인 유리잔을 집어 냅다
던졌다.

  딱—.

  "앗."

  사나이는 두 손으로 얼굴을 싸고 앞으로 약간
수그린다. 유리잔이 바로 눈시울과 이맛전을 맞혔
던 것이다.

  숙채는 두 눈이 등잔같이 되어서 바라보고 있었
다. 자기가 한 일이나 또한 자기가 한 일 같지 않았
다. 다만 자기 보호의 비상한 힘이 있었던 것뿐이다.

  사나이가 움칫하며 머리를 드는데 얼굴이 온통
핏빛이다. 어둑한 불빛에 비치어 피는 이상스럽게

243

검고 번쩍번쩍하게 보였다.

'사람 죽는구나.'

숙채는 겁을 탁 집어먹으면서 뒷문으로 달려갔다. 그러나 잠가놓은 문이 떨리는 손끝에서 잘 열려질 리가 없다.

한참 손잡이를 비틀며 애를 쓰다가 할 수 없이 유리창을 하나 올려 밀었다. 의외로 걸리지 않고 주르르 올라간다.

숙채는 구두를 벗고 맨 양말로 유리문에 기어올라 그리로 해서 바깥에 뛰어내렸다.

쿵—.

제가 떨어지는 소리인 줄 번연히 알면서도 사방을 휘둘러보며 그 자리에서 얼른 일어날 수가 없었다.

숙채는 바로 그 옆에 어떤 개인병원이 있던 것을 기억하고 그리로 뛰어갔다.

"이거 보세요. 문 좀 열어주세요."

그러나 그 안에서는 복도에 켜놓은 불빛이 가늘게 문틈을 새어나올 뿐 아무런 기척이 있을 까닭이 없다.

숙채는 죽어라 하고 가는 철망을 친 문을 두들

졌다.

"문 좀 열어주세요."

이 병원은 개업한 지 일 년밖에 되지 않는 젊은 의학사가 경영하는 병원이다.

이 젊은 의학사는 지금 막 잠이 깨어 변소에 갔다가 와서 다시 이불 속으로 들어가려고 하는데 밖에서 누가 금방 죽는 소리로 부르는 것이다.

'지금이 몇 시인데 저 지경이야? 세 시가 다 돼 가는데……'

그러나 의사는 문간에서 나는 소리에 귀를 기울였다. 그것은 분명히 젊은 여자의 맑고 동근 목소리임에 틀림이 없었다. 의사는 무엇에 끌리듯 자리옷을 입은 채 이 층 구름다리를 내려와 문을 열어주었다. 여느 사람 같으면 이 밤중에 어림이나 있으랴.

"주무시는데 미안합니다. 저기 급한 환자가 있어서요. 그런데 여기 상처가 났어요. 피가 흐르구요."

의사가 차비하러 올라간 다음 숙채는 잠시 멍하니 서 있었다.

'이상하게 생각하겠지.'

숙채는 의사나 고 서방들이 알게 되면 사실 이
상으로 어떤 흉측한 것을 생각지나 않을까 해서
말할 수 없이 창피하고 꺼림칙했다.

"갑시다."

숙채가 의사를 데리고 왔을 때는 고 서방, 쿡 할
거 없이 죄다 깨어나고 얻어맞은 사나이의 얼굴엔
유리 조각이 여러 군데 박혀 체면에 아프단 말도
못하고 고통을 참느라고 끙끙댔다.

*

"자…… 김 선생 차렌데."

안나는 왼쪽 손에다 '가루다*' 장을 부채처럼
쭉— 펴들고 앉아 열이 벌컥 올라 들여다보고 있다.

"네? 내 차례인가요?"

김 의사는 깜짝 놀라 자기도 한쪽 손에 쥔 가루
다 장을 들여다보며 고르느라고 두리번거렸다.

그다음이 숙채 차례, 세 사람은 지금 안나의 방
에서 가루다를 하고 있는데 안나 하나만 이 장난

* 카드 게임.

에 열심이고 김 의사란 사람은 생각이 전혀 딴 데
가 있고 숙채는 또 숙채대로 그저 남이 하니까 따
라서 하는 정도로 별로 흥이 나지 않았다.

"곤하실 텐데 인제 주무시죠. 너무 피곤한 건 금
물이니까요."

"나? 괜찮아요. 아직 밝지도 않았는데 밝은 담에
자도 넉넉할걸."

안나는 이불을 잡아당겨 허리에 두르며 비스듬
히 드러눕는다. 이 안나는 앉아 있는 것보단 늘 드
러눕기를 좋아하는 성미다.

"우리 그럼 이건 그만두고 술이나 좀 먹을까?"

안나는 이 말에 누가 동의를 하든지 말든지 벌
떡 일어나 나가더니 '위스키' 병을 들고 들어온다.
두 사람은 술을 먹고 숙채는 과자를 깨물었다.

안나가 낮에 화장을 지우고 얼굴에 콜드크림을
담뿍 발라 번질번질한 위에 술기운이 약간 오르니
그 보랏빛 얼굴이 그의 생활의 축도縮圖와 같이 방
불했다.

"나는 코가 납작해서 팔자가 이 모양이야, 하
하."

요즘 안나의 방으로 자주 놀러오는 김 의사란

사람은 다른 사람이 아니라 숙채가 어떤 신사를 유리잔으로 얼굴을 때리던 밤 숙채가 청해다 치료를 하던 바로 이웃에 사는 그 의사였다.

그날 밤 일은 시골서 돌아온 안나를 대단히 노하게 하였으나 서로의 체면과 명예를 생각해서 일체 입 밖에 내지 않은 채 김 의사의 손에서 치료를 받았다. 그리하여 일 개월 후에는 그 사나이의 얼굴에서 반창고 조각을 전부 떼어낼 수가 있었는데 그러나 바로 광대뼈 위에 너더 푼가량의 상처는 기어이 실같이 가는 흠집을 내고야 말았다.

이러한 일이 있은 후에 김 의사와 안나와 숙채 사이는 대단히 친근해졌다. 전에는 지척이 천리라고 한 이웃에 있으면서 몰랐으나 지금은 밤만 되면 김 의사의 모자도 안 쓴 모양이 안나의 집 뒷문으로 바쁘게 사라지는 것이다. 이 김 의사는 지금 병원을 내고 있으되 아직 장가를 가지 않은 홀아비라고 한다.

그래서 그런지 그가 개인병원을 내고 있는 그 조그마하고 네모반듯한 붉은 벽돌집이 퍽은 적막해 보이고 기름기가 돌지 못했다. 김 의사의 집은 충청남도 ××군 ××면 ×××리 김 진사 댁이라면

먹을 것도 있고 행세도 해서 대가 축에 드는 집이
고 김 의사는 그 집의 구 대 독자다.

"그놈 총명하거든."

김 의사가 어렸을 때 그 아버지와 그의 친구들
이 신동이라고 늘 칭찬하기를 마지않을 만치 사실
김 의사는 총명하고 재주가 많았다.

이러한 그는 또 그 신경질의 하이얀 얼굴에 항
상 무엇을 빨아들이려는 정열이 있었다. 어느 날
안나는 김 의사에게 자기를 '아주머니'라고 부르
라 했다. 이건 젊음을 파는 안나의 입엔 적잖은 변
동이었다.

"이봐요, 김 선생. 인젠 날더러 아주머니라고 해
요. 나두 이만 나이면 김 선생께 아주머니 소리를
들을 만한데……"

사실 안나는 이 김 의사에게 아주머니 소리를
듣기는 좀 이르다. 남이 이만치 이르게 보면 안나
자신은 여간 이른 것처럼 고집하지 않을 것인데
웬일인지 안나는 그다지 아끼는 자기의 젊음을 더
빨리 걸어서 김 의사에게 '아주머니'라고 불러달
라는 속을 모르겠다.

"네— 그러지요."

김 의사는 얼굴이 벌게지면서 숙채를 힐끗 본
다. 안나는 유리 문턱에 걸터앉아 마당 한복판 쨍
쨍한 양지쪽에 무심히 서 있는 두 사람을 바라보
며 가만히 웃었다. 이것은 어느 날 오후— 수도원
과 같이 적적한 안나의 집 뒷마당에 세 사람이 함
께 장난을 치고 난 뒤다.

*

어느 날 밤에는 비가 부실부실 내리기 시작하여
고 서방이 장작더미에 멱싸리 조각들을 덮노라고
마당으로 뛰어다니는 것이 유리창 너머로 보인다.
안나는 목을 잔뜩 움츠려 박은 고 서방이 곰처럼
뛰어다니며 비 맞을 것들을 거두는 꼴을 물끄러미
바라보며 커다랗게 하품을 하다가 무슨 생각이 났
는지 숙채를 불렀다.

안나는 지금 지독한 감기에 걸려 아주 몸져 드
러누운 지 벌써 일주일쨰다.

오늘은 아까 김 의사가 와서 무슨 주사인지 놓
고 난 다음 다소간 열도 내리고 숨차던 것도 행결
나아졌다. 안나는 조금만 아픈 것이 딜리면 이내

장난꾼이 애들처럼 이불을 차 내던져서 일껏 내어
놓은 땀이 죄다 들어가고 말았다.

"숙채, 이리 좀 와요."

"왜 그러셔요? 땀이 좀 더 흠뻑 나야겠는데."

"응, 밤에 또 한번 내보지. 그런데 내 곁에 좀 앉
아요. 내 무슨 할 말이 있는데."

숙채는 늘어진 양말을 다시 치켜 신으며 안나
곁에 앉아서 무슨 이야기를 하려느냐고 눈으로 물
었다.

"이봐. 내 요전 날 김 의사보고 날더러 아주머니
라고 해달라고 했지? 기억해?"

"네, 그건 왜요?"

"다른 게 아니라 김 의사가 말이지, 꼭 숙채와 결
혼을 했으면 좋겠다는데 그것은 김 의사의 아주머
니이고 또 숙채의 언니가 되는 날더러만 자꾸 조
른단 말야. 또 나도 가만히 생각해보니 이 일엔 나
밖에 나설 사람이 없구먼. 안 그래?"

안나는 사실 짓궂게 공연히 이런 말을 해보려고
그러는 것이 아니라 진정으로 이 두 사람을 자기가
팔을 걷고 나서서 혼인을 시켜주고 싶었다. 이것은
두 사람을 위하는 것뿐만 아니고 안나 자신도 이런

일을 맡아하는 것이 퍽 재미있을 것 같았다.

안나의 일생이 과분한 연애 생활이었었고 여자로서 남을 섬기고 (남편과 자식) 받드는 그러한 정은 한 번도 써본 일이 없이 그대로 그의 가슴에 쌓여 있었다.

안나가 지금 숙채와 김 의사에게 가지는 이 노파심은 혹 그러한 정의 한 끝이라고 할까. 어쨌든 여자는 제 몸을 괴롭히면서라도 남을 '섬기는' 본성을 가지고 있는 것이니까 비록 안나와 같은 여인에게 있어서도 이러한 정이 그 자신도 모르게 움직이는 것이다.

"결혼을 해요?"

숙채는 너무도 무지한 안나의 말에 거의 악의를 품고 이렇게 반문을 했다.

그것은 안나가 숙채의 형편을 번연히 알면서 짐짓 모르는 체 이따위 말을 함부로 내어놓는 데는 담박에 자존심이 상했다.

숙채가 처음 안나의 집에 왔을 때 아마 한 일주일 후쯤 되었나 보다. 숙채는 '유원이와 자기와의 이야기'를 죄다 안나에게 이야기했다.

다른 사람들은 안나라는 여인을 어떻게 경멸하

든지 아직 세상을 모르는 숙채의 눈에 안나는 다
시 없이 곱고 훌륭하게 보였기 때문에 자기의 가
장 귀중한 이야기를 했건만 웬일인지 안나는 그
후 한 번도 거기 대해서 말해주는 일이 없고 그저
시치미를 딱 떼고 있다.

"그럼, 시집 안 갈 테야?"

"감옥에서 나와야 가죠."

숙채는 부끄러운 줄도 모르고 이렇게 나부쳤다.

"감옥에서…… 아직도 칠 년이나 남았다지?"

"……"

"안 돼. 그때까지 기다릴 수가 있어야지…… 바
로 눈앞에 보이지 않는 것은 없는 거나 마찬가지
니까 설사 우리 마음에 어떤 사람의 모습과 애정
을 담아두었다고 해야 그것은 결코 완전한 것이
될 수 없어. 세월이 지나가면 그 모습과 그 애정은
저절로 빠져 달아나게 마련이거든."

"다 그렇다고 할 수는 없지요. 그러면 세상엔 절
개라는 게 없게요."

"도대체 우리에겐 완전한 애정이란 것이 없어
요. 숙채가 그처럼 믿는 유원이란 사람 말이지. 혹
어떤 때 그의 눈에 길거리로 지나다니는 어떤 여

자의 모양이 비치지 않았으리라고 어떻게 장담하며 혹 그의 귀에 숙채라는 이름 외에 다른 여인의 이름이 굴러 들어가 걸리지 않았으리라고 누가 말할 것이냔 말야. 또 숙채 자신도 그렇지."

안나는 전에 없이 엄격하고 진실하게 자기의 오랫동안 경험에서 얻은 이야기를 이렇게 하는 것이다.

밖에선 고 서방이 흙 묻은 신발을 툭툭 터는 소리가 들린다.

*

안나가 숙채와 김 의사의 혼인 말을 꺼낸 다음부터 숙채는 할 수 있는 대로 김 의사와 외면을 하고 지냈다. 김 의사도 죄지은 사람처럼 눈을 내려깔고 숙채의 시선을 피했다.

그러나 어떤 때 숙채는 이렇게 아무 까닭도 없는 사람 사이에 공연히 데면데면하게 지낸다는 것부터가 내숭스런 짓 같아서 짐짓 그 새까만 눈을 들어 김 의사의 얼굴을 똑바로 쳐다보기도 했다.

안나의 병은 점점 경과가 나빠만 갔다. 본래 늑막염을 앓는 사람이 못된 감기를 얻어 만나고 다시 그것이 폐렴을 일으키어 요즘은 말이 아니다.

그러한 개중에도 안나는 어느 조용한 틈을 타서 또 그 혼인 말을 꺼내었다.

그는 얼음주머니를 귀찮다고 안쪽으로 밀쳐버리고 베개가 또 배긴다고 다시 돋우어 베어달라고 했다. 그리고 머리맡에 놓인 손잡이 거울을 집어서 꺼멓게 타들어간 얼굴을 들여다보더니 숙채를 가까이 오라고 손짓했다.

"이봐…… 김 의사하고 꼭 혼인해야 해. 그런데 내가 어서 나어야 뭐 옷가지두 장만하구 할 텐데……"

안나가 숙채의 속을 모르고 이런 말을 하는 것은 당초에 아니다. 다만 그는 처음부터 '유원이'의 말이라면 듣고도 못 들은 체 아주 딴청을 부렸던 것이다.

숙채가 무어라고 대꾸를 하려는데 김 의사가 병원복을 입은 채 손에 약병을 들고 들어왔다.

"왜 얼음주머니를 떼놓으셨어요. 어서 이렇게 대고 가만히 누워 계셔요."

김 의사는 무슨 약인지 손수 숟가락에 따라 먹이고 다시 맥을 보고 나갔다.

그로부터 이틀 뒤— 안나는 마치 거짓말과 같이
죽고 말았다. 무릇 이런 종류의 여인들의 죽음이란
일매지게 보잘것없고 천대스러운 것이라 안나의
장사 때도 두어 사람의 친지라는 사람들이 술병을
꿰어차고 와서 술들을 먹고 지껄이다 갔을 뿐!

김 의사와 숙채가 끝까지 남아 있었다. 안나가
죽은 뒤 숙채는 다시 있을 곳을 정하지 않으면 안
되게 되었다.

"어디로 가시겠습니까?"

"글쎄, 다시 하숙으로 갈까요."

숙채는 멍히 바깥을 내다보고 있었다. 저쪽에선
애들이 '뿔'치기를 하노라고 떠든다.

"우선 우리 어디 가 저녁이나 같이하고 그동안
천천히 이야기합시다."

숙채는 아무 말도 않고 김 의사와 함께 저녁 먹
으러 거리로 나섰다.

'안나가 죽었으니 안나가 꺼내놓은 말도 함께
갔거니.'

숙채는 안나가 하던 김 의사와의 혼인 문제는
다시 두 번 생각할 필요도 없이 저절로 삭아졌거
니만 생각했다. 그래서 한편 다행했다.

그런 문제만 없으면 김 의사와 저녁 먹으러 가는 것쯤은 별로 흠될 것도 없다고 생각했다.

아니 설사 그렇지 못하다 하더라도 지금 숙채가 혼자서 달아날 용기는 없었다.

아무리 혼자 있는 데 습관이 박인 숙채이기로 또다시 그 하숙방에 들어가 벽과 씨름을 할 수는 없는 것 같았다.

두 사람은 명치정을 돌아 본정에 들어서서 어느 조그마한 식당에 들어갔다.

두 사람은 밥을 먹는 동안 아무 말도 없었다.

"하숙엔 계시기 너무 적적하시구 또 여러 가지가 불편하실걸요."

"괜찮아요."

숙채는 너무 곤해서 그런지 밥맛도 없고 자꾸 졸음이 오려고 한다.

"전에 있던 집으로 다시 가겠어요. 이 길로 가서 짐을 옮겨야지."

숙채는 안나가 죽은 다음 어떻게 무서운지 한시도 안나의 집에 더 머물 수가 없었다.

"……"

김 의사는 아무 말도 않고 무슨 생각에 잠겼다.

결혼

숙채는 다시 전에 있던 하숙으로 옮아왔다. 한 번 나왔던 데를 다시 들어가는 것보다 혹 다른 데 가보는 것이 어떨까도 생각했으나 역시 있던 집이 좋았다.

숙채가 그 이튿날 저녁때쯤 짐을 다시 떠싣고 주인집에 이르렀을 때 주인 영감쟁이는 궁둥이를 하늘로 치어들고 아궁지 속을 들여다보며 불을 땐다.

"아, 이거 아씨, 웬일이십니까?"

"또 댁의 밥을 좀 먹으려구요."

영감쟁이는 전에나 다름없이 석탄 세 덩어리 장작이 몇 개피씩 이를 매를 지어 부엌 앞에 늘어놓았다.

숙채가 방에 들어가 대충 짐들을 풀어 제자리에 놓을 것은 놓고 그 집 광 속에 처박아 둘 쓸데없는 것은 마루로 주어내는데 심부름꾼 아이 춘식이란 녀석이 어디 갔다 헐떡거리며 들어온다.

"너 잘 있었니?"

"이 방 손님 왜 도루 오셨군요?"

춘식이는 숙채를 보자 먼저 이 손님이 갈 때 주

고 가던 책상과 '혼다데' 생각이 난다. 그것은 그날
로 벌써 고물상에 들고 가서 팔십 전에 팔아먹었
는데 이제 도로 왔으니 그걸 도루 내노라지 않을
까 해서 가슴이 덜컥 내려앉았다.

그러나 숙채 모양을 보니 전보다 썩 '하이칼라'
가 됐다. 지금은 그런 너줄한 책상이나 혼다데는
쓸 것 같지가 않다. 이것은 춘식이 녀석의 주제넘
은 지레짐작이나 어쨌든 그렇게 생각이 여겨지는
것이다.

그도 춘식이 녀석을 함부로 업수이만 여길 것이
아니다. 그 녀석이 벌써 나이가 열다섯 살이나 되
고 더구나 사람 손때에 길이든 아이라 그런 눈을
빤히 아는 데는 웬만한 어른 쩜쪄먹겠으니 더 말
은 해서 무엇하랴.

사실 숙채는 전보다 더 잘 입은 것도 아니다. 더
잘 꾸민 것도 아니다. 그러나 안나의 집에 다섯 달
동안 머무는 사이 어딘지 모르게 숙채의 몸과 얼
굴과 머릿속에 까지 '안나의 생활'을 다소간 묻혀
가지고 왔던 것이다.

이것을 맨 처음으로 봐낸 것은 물론 춘식이 그
녀석이다.

숙채는 걸레를 빨아달라고 해서 방 안을 두세 번 훔쳤다. 그리고 종이 한 장 비뚜루 놓지 않고 죄 다 정돈해놓은 후 그는 할 일이 없는 듯 걸레를 한 쪽 손에 쥔 채 멍히 방 한가운데 서 있었다.

그러다가 문득 자기 손에 쥐어진 걸레를 보고 그것을 다시 안방마루 위에 집어던졌다.

숙채는 할 일 없이 아랫목에 두 다리를 뻗고 앉 아보았다. 방 안엔 약간의 자기 세간과 그리고 네 벽이 마주칠 뿐이다.

이러할 때 생각은 의례히 마음속에 사람을 불러 내는 것이다.

아버지, 어머니, 유원이, 안나, 숙채는 가장 최근 의 안나의 가엾은 장례를 생각하다가 생각은 또 유원에게로 달아났다.

"지금은 뭘 하노."

숙채는 그저 이 싱겁고 밑도 끝도 없는 한마디가 마음속에서 지껄일 뿐 그담엔 한참씩 감감해진다.

진실로 '유원이'에 대한 생각은 숙채의 머릿속 에서 이제 만성이 되어버렸다.

숙채는 인제는 한 가지 슬픔을 오래 계속할 수가 없었다. 마치 어린애가 울다가도 무슨 구경거리가

지나가면 곧 그 구경에 팔려버리듯이 숙채는 한 가
지의 슬픈 생각을 하룻낮이나 하룻밤을 줄곧 끌고
가기는 숙채가 너무 젊어서 그의 신경이 늙은이의
것과 같이 질기고 굳어버리지 못한 까닭이다.

숙채는 지금 이 큰 거리를 종일 싸다닌대야 하
나의 친한 사람도 찾을 수 없을게다.

이렇게 견딜 수 없는 고독은 숙채에게 생각만이
아니고 손으로 능히 붙들 수 있는 사람― 무슨 말
벗이 필요했다.

이때 옆집에서 콩 튀듯 두들겨대는 다듬이 소리
에 섞여 김 의사의 청량한 음성이 밖에서 들렸다.

숙채는 눈이 둥글해서 문 앞에 가 섰으나 이어
문을 열지 못했다.

*

김 의사는 틈만 나면 숙채를 찾아왔다. 그러나
체면에 손상될 정도는 아니었다. 그리고 으레 숙
채를 밖으로 나가자고 해서 같이 나갈지언정 숙채
의 방에 들어가 긴 이야기를 펴놓거나 그런 일은
없었다.

"사진 구경을 가실까요?"

이런 말을 해놓고는 빙긋이 웃기도 했다.

"별일이 없으시면 저녁이나 같이하십시다."

처음에는 이것이 한갓 호사로만 되어오더니 차차 날마다 저녁은 나가 먹게 마련이었다. 물론 김 의사는 아내도 없는 홀아비 살림살이에서 저녁을 먹는 것보다 그처럼 좋아하는 숙채와 함께 어느 조용한 식당을 찾아다니며 먹는 것이 좋았고 숙채는 또 숙채대로 하루 종일 방 속에 묻혀 있다가 저녁 거리에 나들이옷을 입고 나서는 것이 무척 시원했다.

어느 일요일 아침 김 의사가 찾아와서 산책 겸 안나의 무덤에 가보지 않겠느냐고 한다.

"그럴까요? 참, 장사 때 이후엔 아무도 가보지 않았겠군요."

두 사람은 남대문역에 나가 차를 타고 신촌에서 내렸다. 안나의 묘지가 여기서 한 시간은 족히 걸어야 한다.

안나는 생전에 무슨 생각이었던지 화장은 절대로 하지 말라고 해서 이렇게 너덧 평의 땅을 사서 묻었던 것이다.

하늘이 어지간히 푸르고 날씨조차 누그러지게 따뜻해서 두 사람은 걷기가 좋았다.

"걸으시기 괴롭지 않습니까?"

"아뇨."

숙채는 무엇을 찾는 것처럼 사방을 휘휘 살폈다. 저쪽 어름이 풀린 언덕은 벌써 누런 찰흙이 뭉개져 있고 밭 가운데 내어놓은 거름 무데기에서는 제법 봄다운 훈훈한 냄새가 풍긴다.

숙채는 발끝으로 마른 소똥을 툭툭 차서 굴리면서도 가슴은 무너지는 듯 아파서 가끔 그 고통을 참노라고 미간을 찡겼다.

"먼저 가세요."

숙채는 김 의사를 앞세워 놓고 구두 속에 왕모래가 들어간 것을 털어서 다시 신었다. 그리노라니 자연 김 의사는 저만치 가고 숙채는 이만치 떨어져 있었다.

숙채는 김 의사의 가는 뒷모양을 물끄러미 바라보다가 가슴이 덜컥 내려앉았다.

'내가 이게 무슨 짓일까?'

두어 칸 앞에 가는 사나이는 유원이가 아니고 분명히 김 의사다. 숙채는 그와 나란히 서서 갈 때에는 몰랐으나 얼마의 거리를 떼어놓고 보니까 그 것은 정녕코 다른 사나이다.

'만일 이러한 것을 유원이가 본다면……'

숙채는 안나의 말을 기억했다.

"유원이란 사나이의 귀에 숙채란 이름 외에 다 른 여자의 이름이 들어가 걸리지 않으리라고 누가 보장할 것이냐."

숙채는 안나가 그처럼 알아듣도록 열심히 가르 쳐주던 방법대로 한번 유원이를 의심해봤다.

'내가 없는 동안 유원이가 어떤 여자와 두어 자 거리의 가까운 사이를 두고 나란히 서서 길을 걷 는다?'

숙채는 너무도 불쾌해서 온 몸을 비틀며 머리를 흔들었다.

"그런 일이 왜 있어."

그러나 숙채 자기는 지금 유원이가 아닌 김 의 사와 제법 먼 길을 걸었고 또다시 먼 길을 서로 그 림자를 밟아가며 돌아올 것이 아니냐.

'아니, 이만 것을 그처럼 야단스럽게 생각할 것 은 아니다. 어린아이가 울다가 행길로 구경거리가 지나가면 잠시 거기에 정신이 팔리는 거나 마찬가

지다.'

이것은 숙채의 말이 아니라, 숙채의 기분이 지금 이렇게 되는 것은 또한 어찌할 수 없는 일이다. 숙채는 유원이나 자기를 그 어느 한편이라도 의심해본 일이 꿈엔들 있을 리가 없다.

'유원이와 숙채는 풀이 나서 자라듯이 그렇게 저절로 자라난 사랑이라고 할까. 차라리 여러 말하는 것은 그들을 무너트리고 때 묻게 하는 것뿐이다.'

"어서 오시지 않습니까?"

숙채는 한나절 째지는 햇볕에 실눈을 뜨고서 앞서간 사람을 따라갔다.

문득 두어 그루의 애송이 소나무들 사이에 아직 흙도 마르지 아니한 '안나'의 무덤이 보인다.

두 사람은 잠깐 그 앞에 머리를 수그리고 서서 그의 생시의 몇 가지 동작을 번개같이 머릿속에 생각해냈다.

*

두 사람이 안나의 무덤 곁에 앉았는데 그렇게

청명하던 날씨가 갑자기 흐리기 시작한다.

"비가 올 것 같은데 인제 갈까요?"

"네—."

김 의사는 그 희고 매끈한 얼굴에 아까부터 무슨 생각을 담아가지고 있는 것 같았다. 가끔 그린 듯 잘생긴 눈썹을 찡긋해 가지고 한참씩 펴지 못한다.

숙채는 벌써 일어나 저만침 갔는데도 김 의사는 그대로 처져 앉아서 무슨 미진한 일이 있는 사람처럼 조바심을 한다.

'정신 빠진 늙은이 딸집 건너다보듯 왜 저러구 앉았어.'

숙채는 화가 나는 김에 혼자서 몽당 솔밭 사이를 지나 징검다리를 건너 행길에 나섰다. 그러다가 다소 미안한 생각이 나서 핼끔 뒤를 돌아다보니 아직도 앉아있던 김 의사가 약간 웃어 보인다.

숙채는 깜짝 놀라 다시 돌아섰다. 그리고 이상스럽게 얼굴이 따끈했다.

'내가 왜 뒤를 돌아다봤어? 다시는 저 사람을 만나지 말아야겠다.'

그러자 빗방울이 뚝뚝 떨어진다. 그대로 주저앉

앉던 김 의사도 핑계 김에 벌떡 일어나 행길로 내려왔다.

두 사람이 바삐 걷는데 비는 한숨 잘 올 것처럼 차부를 해서 할 수 없이 두 사람은 뛰기를 시작했다.

한참이나 뛰어오니까 갈 때에 보던 담뱃가게가 있는 데까지 왔다. 우선 그 집 처마 끝에 들어서서 비를 피했다.

"아이구, 웬 손님들이 비를 맞아서 안됐군그래."

담뱃가게 집 할머니가 문에다 붙인 유릿조각으로 내다보며 이렇게 걱정을 한다. 그러더니 친절하게도 마루에 들와서 걸터앉으라고 한다.

김 의사와 숙채는 그 집 마루에 가서 걸터앉았다. 비는 제법 사근사근 소리를 내며 우차가 지나간 자죽이 그냥 있는 행길을 함빡 적시어놓았다.

두 사람은 그저 말이 없었다. 가끔 과도한 침묵을 피하기 위해서 공연히 여기저기를 두리번거렸다.

가게 앞에 매어 달아놓은 빨간 양철판에 '담배'라고 흰 글자로 쓴 담배표가 컴컴하게 흐린 날씨 속에서 몹시 선명하게 보일 뿐이다.

숙채는 핸드백 속에서 십 전짜리 두 푼을 꺼내서 가게 앞에 벌려놓은 사탕 그릇 유리 위에 놓았다.

"할머니, 과자 좀 삽시다."

"과자를 사셔요? 거 불결합니다."

김 의사가 얼굴을 찡기며 주인이 듣지 않게 말린다.

"과자를 사셔요?"

주인 늙은이가 기다렸듯이 뛰어나오는 바람에 김 의사는 그만 모른 척하는 수밖에 없었다.

김 의사는 오늘 이리로 나올 때부터 무슨 뜻이 있어서 온 것이다. 숙채가 불안을 느끼는 것과 마찬가지로 말이다.

그것은 다른 것이 아니라 오늘은 세상없어도 숙채에게 '청혼'하는 말을 아주 똑 잘라서 해보리라 생각한 것이다.

물론 김 의사는 숙채에게 '유원'이라는 약속한 사람이 있다는 것은 전에 '안나'에게 들어서 잘 안다.

그러나 김 의사나 안나의 눈으로 볼 때엔 그런 '머릿속에'만의 연애란 것은 별로 문제될 것이 없다고 하는 것이다.

물론 이 두 사람이 숙채의 소위 '머릿속 연애'라는 것에 대한 해석은 같지 않았다.

안나는 안나 대로 '완전'한 것을 부정하는 의미

에서였고 김 의사는 죽음을 과학 이상으로 해석치
않는 거나 마찬가지로 결혼도 그러했다. 그 외에
문화적으로 오는 모든 문제는 그저 상식적으로 해
두는 것을 제일 옳게 생각했다.

그렇게 본다면 지금 김 의사가 숙채란 처녀에게
'청혼'한다는 것이 조금도 틀린 일이 아닐 것이다.

'숙채는 지금 스물세 살이라는 훌륭히 결혼할
나이를 가진 처녀— 그는 결혼을 피할 아무러한
이유도 없고 지금이 꼭 그때다.'

"남 선생께 이 말씀을 드려서 제가 매를 맞는 한
이 있더라도."

김 의사는 마침내 이러한 말투로 차차 자기의
'구혼'하는 뜻을 조용조용히 이야기했다.

숙채는 약 냄새가 싸—한 김 의사의 어깨를 힐
끗 돌아다보았다.

'그는 과연 철두철미 한 개의 구혼자다.'

숙채는 일찍이 유언에게서 이처럼 맺고 끊는 듯
한 '청혼'의 말을 들어본 일이 없다.

사실 김 의사란 사람은 구혼자로서 만점이다.
직업이 있어서 처자를 부양할 능력이 있겠다, 건
강하고 미혼이고…… 숙채는 지금 김 의사의 말을

듣는다는 것보다 차라리 '연애'와 '청혼'이 어떻게
다른 것인지 생각하고 있다. 두 사람은 여전히 담
뱃가게 집 마루 위에 앉았고 비 오는 속에 날이 저
문다.

*

안나의 무덤을 다녀온 지 석 달을 지난 어느 날—.

이날은 희한한 길일이라 하여 이를 점쳐 김 의
사 김병희 군과 남숙채 양의 화촉지전을 거행하게
되었다.

그 전날 아침에 신랑의 어머니와 맏누이 되는
이가 시골서 올라왔고 몇 사람의 친지들과 더불어
잔치는 극히 간략히 하기로 했다.

숙채는 오늘이 시집가는 날인 줄은 번연히 알면
서도 아침에 잠을 깨어서 그냥 이불 속에 묻힌 채
천정이나 쳐다보고 있었다.

그러다가 겨우 일어나 전처럼 방을 깨끗이 치우
고 세수를 하고 앉았노라니 춘식이란 녀석이 들여
다 주는 밥상이 들어온다.

"이 집 밥이 오늘 마지막이지?"

숙채는 상 위에 밤낮 놓이는 새우젓 접시를 힐 끗 보았다. 이때 춘식이가 또 숭늉 그릇을 들고 와 서 전날과 조금도 다름이 없이 밀창을 빼꼼이 열 고 그 사이로 들이민다.

"네, 또 숭늉 대접에 손가락을 박아 들고 왔구 나."

"원, 천만에 말씀입죠. 잡서보셔요. 물맛이 조금 이나 다른가."

숙채는 웃으면서 밥상을 잡아당겨 밥을 먹으려 고 했다. 그러나 숟가락을 잡은 손이 이상하게 바 르르 떨려서 그만 상 위에 도루 내던지고 발끝으 로 상다리를 저만침 밀어 내놓았다.

"이거 봅시오. 여기 남숙채 씨라고 있어요?"

심부름꾼 아이가 가지고 온 명함을 받아보니 김 의사가 지금 곧 자동차로 미장원으로 갔다가 여기 와서 옷을 입고 식장으로 가도록 하되 지금부터 서둘러도 시간이 자랄 것 같지 않으니 아무쪼록 바지런히 해야겠다고 신신당부를 해 보냈다.

"괜히 야단스럽게…… 다 집어치우자고 할걸."

사실 숙채는 며칠 전까지도 혼례식을 극히 간단 히 몇 사람 입회 아래서 해치우자고 김 의사에게 졸았다.

"면사포니 연미복이니 다 그만두고 사람도 열 사람 안으로 청했으면 좋겠어요."

김 의사는 어디까지나 숙채를 생각하는 마음으로 그렇게 식을 간단히 하기가 섭섭한 양으로 여러 번 말했다. 그러나 숙채가 너무 떼를 쓰며 '면사포' 같은 건 안 쓴다고 해서 마침내 그만두기로 하는 수밖에 없었다.

"그럼, 당자의 의견을 존중하는 수밖에 없군요. 나도 조선옷을 입지요."

이렇게 평복으로 혼례식을 하기로 작정하고 김 의사는 자기 집으로 돌아갔다.

"내가 뭐 과분가? 왜 그대로 해?"

숙채는 부리나케 그 앞 상점에 나가 전화를 빌어서 지금 막 돌아간 김 의사를 불렀다.

"네, 저예요. 그런데 면사포를 쓰겠어요. 그리고 연미복을 입으십시오."

이렇게 혼겁을 떨어서 다시 예복을 입기로 했던 것이다. 숙채 저 자신은 입기 싫으나 김 의사가 여기에 동의하는 데는 골이 났다.

그러나 이제 막상 혼인날이 닥쳐오고 또 이렇게

미장원이니 뭐니 하고 수선을 떨게 되니 다시 귀
찮은 생각이 났다.

'무엇이 나를 강제하나?'

숙채는 무엇인지 이 혼인을 강제하는 것이 있는
것을 본다. 물론 김 의사가 그 장본인이 아니다. 그
는 최후까지 극히 존경할 만한 신사의 체면을 조
금도 손상함이 없었고 또 숙채의 의사를 무시한
일도 없었던 것이다. 그러나 무엇인지 숙채를 강
제하는 것이 있었다. 그것은 숙채 제 스스로 깨달
을 수가 없었다.

오후 세 시 십 분—.

어느 조용한 요정 식당에서 신랑신부가 오늘은
첨으로 얼굴을 대했다. 신부인 숙채의 가슴은 아
직도 생동생동 무르익지를 못하고 설어 있는 것이
흠이었다.

드디어 두 사람이 가지런히 단 앞에 섰는지 삼
십 분 만에 주례자의 입에서 폐회가 선언되었다.

숙채는 눈을 들어 울긋불긋 늘어놓은 가화假花
들을 보았다.

*

숙채네는 결혼을 한 후에 부랴부랴 병원 뒤에다
연달아서 살림집을 지었다.

집은 겉으로 보기엔 자그마하고 야트막한 양옥
과 같았으나 방은 죄다 온돌을 들였다. 서양 집처
럼 놓은 마루와 난간엔 숙채의 의견대로 푸른빛으
로 칠했다.

어느 일요일 오후— 숙채는 김 의사가 잠깐 외
출한 새에 다림질하던 것을 마저 해서 양복장 속
에 집어넣고 마루로 바람도 쏘일 겸 나왔다.

남치마에 흰 반회장저고리를 입은 숙채의 얼굴
은 지금 불기운에 달아서 더구나 환하게 피었다.

숙채는 기둥모에 의지해서 멍히 뜰을 내다보고
있었다. 숙채네 집 뜰은 서울 집으로는 퍽 넓은 셈
이다. 이 집을 지을 때 저—쪽에 있던 아주 찌부러
진 오막살이를 겸쳐 사서 집은 헐어버리고 터전만
마당을 만들었던 것이다.

오후의 약한 빛이 낡은 볕살이 마당 귀퉁이를
돌아 툇마루 위에까지 기어올랐다.

숙채는 지금 또다시 '유원'이의 생각을 끄집어

내 가지고 있다. 둘이서 같이 '알섬' 뒤 성황당에 가보던 생각이며 마지막 서울 왔을 때 용연이네 행랑방에서 떡을 같이 먹은 것이며 ×× 감옥에서 붉은 죄수복을 입은 콧대만 먼저 뵈이게 파리한 얼굴이며— 이러한 것들을 인제는 오래 가지고 있는 습관으로 생각해내는 것이다.

실로 숙채에게 유원이의 생각은 습관이었다. 그리고 마치 옛날에 싸두었던 색헝겊 보퉁이를 다시 뒤적거리는 거와 같이 다소의 회고지탄은 있을지언정 처음에 '유원'에게 약속한 것 같은 슬픔도 인제는 가버렸다.

숙채의 결혼생활은 곁에 사람이 침을 삼킬 만치 행복스러웠다. 김 의사는 '구혼자'로서 만점이더니 역시 '남편'으로서도 만점이다.

첫째 그는 기술이 있어서 그 기술로 돈을 벌고 그리고 현대의 생활을 얼마든지 향락할 수 있는 교양과 재능이 있어— 그 밖에 그는 자기에게 부여된 현실 이상의 무엇을 추구하려는 아무러한 야심도 없이 언제나 명랑한 얼굴을 가지고 있어, 그 위에 아내인 숙채를 끔찍이 사랑하겠다, 이만하면 지금의 색시들이 골을 싸매고 덤벼들 '남편'감이다.

바람이 살랑살랑 주름을 잡으며 불어오고 어디서 극장 광고를 도는지 음악 소리가 요란스럽게 들려온다.

숙채는 갑자기 무슨 생각이 났는지 눈매가 샐룩해지며 방으로 들어가려다 말고 다시 기둥에 가탁 의지해 선다.

"어찌나!"

숙채는 지금 오랫동안 감추어 가지고 다니던 '유원'의 편지 꿍뎀이를 불에다 아주 살라버릴 생각을 했다가 차마 못하고 이렇게 다시 돌아선 것이다.

그 편지를 숙채가 혼자 다니며 몹시 슬플 때마다 읽고 또 읽어서 종이는 까맣게 손때가 묻고 숙채가 환히 외웠던 것인데 이즈막에는 절반 이상이나 잊어버리고 말았다.

"유원이를 잊어버렸으니 그 대신 남편에게나 충실하자."

그러나 그다음 순간 숙채는 픽 웃었다.

"내가 나쁜가?"

이 말이 제가 해보는 말이건만 숙채는 한 길이나 펄쩍 뛰었다.

"천만에."

숙채는 어쩐지 그 편지 꿍뎅이를 사르지 못하고 이렇게 서서 뜰에 앉은 참새를 바라보는 것이다.

"여보— 어디 갔어?"

안에서 남편이 찾는 모양이다. 지금 외출하고 돌아왔다.

"응? 왜 그루. 나 여기 있는데."

김 의사는 곧 마루로 나왔다. 언제나 깨끗하고 쪽 곧은 몸매가 유쾌했다.

"뭘 하구 있수?"

"하긴 뭘 해…… 조놈에 새 새낄 잡았으면……"

"나는 새를 총도 없이 어떻게 잡는담."

두 사람은 소리를 내어 웃었다.

"여보, 우리 어디 좀 나갔다 옵시다."

"그럴까—. 사진 구경이나 갔으면……"

숙채가 신문을 내다가 둘이서 신문에 난 활동사진 광고를 찾느라고 정신이 없었다.

*

세월이 흐르고 또 흘러서 숙채네는 벌써 맏아들

을 보고 또 그 애기의 백날잔치가 사흘 전에 숙채
의 온갖 정성 속에서 굉장히 벌어졌다.

김 의사는 무슨 일로 한 일주일 예정 대고 애기
백날잔치 바로 이튿날 동경으로 떠나고 지금은 숙
채와 애기만 남아있게 되었다.

숙채는 애기를 낳고 난 담부터 웬 잠이 그렇게
오는지 그저 깨 쏟아지듯 암만 자도 그 턱이다.

오늘도 백날잔치 하노라, 애기 아버지가 길을
떠나노라 밀렸던 잠을 애기를 끼고 드러누워 실컷
잤더니 인제야 겨우 사지가 느긋하게 풀린다.

"국도 데워놨는데 어서 점심 잡숴야지."

식모가 행주치마에 손을 씻으며 들어온다.

"응? 웬 밥을 또 먹우? 내가 정말 식충이가 됐
군."

"아이, 그럼, 애기하고 안 잡수시구 어찌게요. 어
디 어머니 잡숫는 거야 어머니 한 몫뿐인가요. 애
기 몫도 들어가니까요. 어서 일어나 따끈한 국 좀
마시셔요."

"아유, 아규구. 어찌 잤는지 뼈가 다 물렀구면."

숙채는 한 손으로 치마허리를 추켜올려 드러내
놨던 젖가슴을 여미면서 눈두덩이 부석부석해서

일어났다.

"애기 깨겠소. 가만가만히 하우. 그런데 그 남은 떡은 죄다 찌지?"

"벌써 쪄놨는걸요."

"그럼 됐구려. 가서 을순 어멈이랑 오래다 떡들 먹읍시다."

"저― 간난이네도 오랄까요?"

"그래 먹겠다든 사람은 다 오라구 하우."

한참 있더니 동네 여편네들이 모여든다. 그들은 숙채가 이 동네에 와서 살면서 식모 연줄로 병원 빨래까지도 맡아다 하는 사람들이다.

"웬 떡을 또 먹어요? 이 댁 떡은 우리가 기여 그 릇을 내고야 마는군."

"어서 잠자코 들어들 가요."

식모가 한 손 쓴다. 이윽고 여러 여편네들이 둘 러앉아서 떡들을 먹느라고 한참은 말이 없다.

"아, 이 댁에는 어쩌면 묵은 궤장이 아직두 있어 요. 난 지금두 저 궤장을 보면 우리 간난이란 넌 뱄 을 때 생각이 난다니까. 아, 글쎄, 그년을 뱄을 땐 웬 궤장 생각이 그렇게 나는지 똑 미치겠구먼."

"난 우리 을순이 놈을 배구는 돼지고기가 줄창

먹고 싶습디다그려. 그래 참다못해서 에라 한 번 죽지 두 번 죽겠니 하고 저녁거리 쌀팔 돈을 들고 나가 한 뭉치 사다 먹잖았소. 그래 그런지 그번 아이는 아주 헐하게 순산했어."

"참, 돼지고기 먹으면 쉽게 낳는대……"

"쉽게 낳긴, 그두 다 헛소리지. 삼신할머니가 나가리구 궁둥이를 쳐야 나오지 막 돼지고기 먹었다고 그러면 저마다 다 먹게."

"앨 쉽게 낳는 것도 복이유. 글쎄, 봉이 어멈은 먼점 애를 꺼꾸루 났는데 다 죽게 된 걸 병원에 담어가구 야단법석을 하더니 낳구두 석 달이나 욕을 봤지. 그랬는데 또 뱄어. 아이 지긋지긋해라."

"망한 놈의 마누라, 그리구두 또 영감 곁으루 갔든 게로군. 자식을 또 뱄을 젠……"

"하하……"

"호호……"

"그럼 을순 어머니는 별수가 있나 베?"

대체 여편네는 셋만 모이면 애 낳던 얘기를 하고 사내는 셋만 모이면 외입하던 얘기를 한다더니 그 말이 정말이다.

이 여편네들은 모여만 앉으면 이런 이야기를 꺼

내가지고 집이 떠나가라 하고 웃어대는 것이다.

숙채도 그들의 구수한 얘기에 정신이 팔려서 같이 웃고 떠들었다. 그러는데 밖에 누가 왔다.

"편지요, 김병희 씨요."

숙채는 편지란 바람에 냉큼 뛰어나가 벌써 배달이 마루 위에 팽개치고 간 편지를 집어들었다.

누런 봉투에 서투른 붓글씨로 쓰인 편지— 숙채는 눈이 둥글해서 연신 편지 봉투 앞뒤를 살폈다.

"이게 뭐야?"

아무리 다시 보아야 수신인은 김병희 자기 남편이고 주소도 분명히 이 집이었다.

숙채는 갑자기 침침해오는 눈으로 와락 편지 피봉을 떼었다.

"……"

편지를 한 손에 든 채 한동안 섰던 숙채는 눈을 들어 건넌집 지붕을 쳐다보았다.

*

그다음 순간 숙채는 자기도 모르게 그 편지를 들고 방으로 들어와 다시 읽었다. 인제는 거의 의

심할 건덕지가 없는 줄 알면서도 겉봉의 가처 상
서에서 눈을 떼지 못했다.

'이게 뭐야?'

숙채는 속에선 비단을 찢는 듯한 소리로 이렇게
부르짖는 것 같았으나 입은 여전히 꼭 다문 채 있다.

'이게 대체 어떻게 된 걸까?'

숙채는 또 한번 방바닥에 펼쳐져 있는 편지를
집어서 읽었다. 편지는 역간 누렇게 결은 인찰지
에다 먹으로 쓴 것이고 겉봉 뒤에다는 충청남도
××군 ××면 ×××리 가처 상서— 이런 것이다.

배별하온 지 칠팔 년이 되옵도록 일차 서신 상달
치 못하와 죄송하옵나이다.
이 몸은 전생의 미진한 죄를 차생에 막혀 구구한
목숨이 죽지 않고 이날까지 남아 있어 하늘 같으
신 가군에게 누를 끼치오니 이 또한 첩의 불민한
죄로소이다.
근미심자시* 날씨 아직 차온데 옥체 만안하시오
며 보시는 사업이 날로 왕성하옵기를 복원 복원

* 謹未審玆時. 삼가 아직 살피지 못한 이때.

하나이다. 취백지사는 다름 아니오라 이 몸은 이
미 가군께 저버림을 받은 신세라 전정이 두루 막
연하오니 근일 일차 상경하와 천한 목숨을 가군
앞에서 끊사와 생전에 이루지 못한 인연을 후세
에나 맺을까 하나이다.

월명사창 깊은 밤에 애를 끊는 이 심사를 천리타
향 가군께서 어찌 통촉하시오며 흐르는 눈물이
주소로 옷깃을 적시오나 어느 뉘가 그 하정을 측
은히 여기오리까.

남은 말씀은 태산 같사오나 상봉 시로 미루옵고
우선 이만 줄이옵나이다.

　　　　　　　　음 정월 이십사 일 가처 상서.

숙채는 악이 머리끝까지 올라서 남편을 불렀다.
아니 그의 입이 부른 것이 아니라 그의 마음이 불
렀다.

'이럴 리가 있나? 이게 정말일까. 어쨌든 남편을
만나서 이게 정말인지 거짓말인지 알아봐야. 일본
엔 왜 갔누. 에구, 어떡하면 좋아?'

숙채는 혼자서 복통을 했다. 대관절 남편이 있
어야 칼부림을 하든지 씹어 뜯든지 할 텐데 이렇

게 혼자서 누굴 보고 발악도 못 하고 꼭 미치겠다.

'그럴 기라 있나? 그이가 그럴 사람이라구? 우선 남편을 만나야지. 아직도 며칠이나 남았나?'

숙채가 눈결에라도 그 편지가 보이는 것이 곧 자기를 발광이라도 시키고 말 것 같아서 징그러운 버려지 집듯 집어서 어디다 치우려고 하는데 손끝을 보니 열손가락 손톱이 새까맣게 죽고 손은 얼음같이 차다.

숙채는 온몸을 달달 떨면서 그중에도 이래 가지고는 안 되겠다고 마음을 다시 먹고 두 손길을 마주 비볐더니 한참 만에 조금 기운이 통하는 것 같았다.

"식모, 나 지갑 갖다주우. 내 이 앞 우편국에 좀 다녀올게……"

숙채는 오늘따라 아침에 머리도 안 빗고 있다가 머리도 빗을 경황이 없이 옷도 그냥 입은 대로 흘러내리는 치마를 아무렇게나 추켜 입고 밑 뒤축이 된 버선목을 그대로 꿰질러 신으면서 대문간으로 나간다.

"어디루 그렇게 하구 가세요?"

숙채는 대답도 않고 대문간으로 나왔다. 그리고

행길에 사람들이 다시 쳐다보든 말든 우편국으로
달려갔다.

"가인 위독 즉래 남."

이런 의미의 전보를 치고 문 앞으로 나오니 비
로소 자기 행색이 말이 아닌 것을 깨달았으나 숙
채는 그런 것이 대수가 아니다. 사실 김 의사는 열
일곱 살에 같은 동네의 처녀와 혼인한 법률상 아
내가 있으나 그동안 전혀 별거했던 것은 사실이고
또 앞으로 그와 함께 지내리라고는 생각지 않았고
저쪽에서도 색시 자신은 말할 것도 없고 그 친정
부모들까지도 인제 자기네 딸이 김씨네 사람 되기
는 틀린 것으로 알고 있었으나 그래도 색시가 죽
어라 하고 얼굴 한번 못 보는 남편을 기다리고 있
으니 양편이 모두 딱한 노릇이었다.

숙채는 고무신을 찔찔 끌면서 대문 안에 들어서
니 커다란 집이 덩그렇게 비어 있어 자기 집 같지
가 않았다.

*

숙채는 저녁 먹을 경황도 없이 방 아랫목에 가

퍼더버리고 앉았으나 마음은 그냥 불에 넣은 버러지 모양으로 팔팔 뛸 것만 같다. 도무지 앉도 서도 못하고 제 머리를 돌멩이에다 대고 콱콱 부딪혀서 깨버렸으면 좋겠는지— 이대로는 한시각을 더 참을 수가 없다.

곁에서 주먹을 쪽쪽 빨던 애기가 또 운다. 숙채는 애기에게 젖꼭지를 물려놓고도 또 정신을 놓고 딴생각에 빠졌다.

갑자기 무슨 생각이 났던지 젖꼭지를 문 애기를 와락 방바닥에 내려놓고 일어났다.

"까르르—."

갑자기 젖꼭지를 뺏긴 애기는 기색을 해서 울건만 그것저것 돌아볼 새 없이 밖으로 나갔다.

숙채는 남편의 서재에 들어가 전등 스위치를 틀어 불을 켜놓고 무엇인지 사방을 두레두레 살폈다. 그러더니 부리나케 테이블 서랍 하나를 쪽 뽑아놓고 그 속을 손이 닿는 대로 마구 뒤졌다.

그 속에선 편지 종이 부스러기 무슨 영수증들— 별별 것이 다 쓸어 나온다.

숙채는 편지마다 들고 겉봉을 조사했다. 그러나 그 속엔 아무것도 없었다.

숙채가 지금 이렇게 눈에 불을 켜고 뒤지는 것은 행여 남편에게 그의 집으로부터 온 편지라든지 또는 그 여편네 친정에서라도 무슨 서신왕래 같은 거나 없었는가 해서 이러는 것이다.

그러나 그 서랍 안에는 다른 것은 다 있어도 그럴싸한 편지는 없었다.

숙채는 테이블에 꽂혀 있는 서랍이란 서랍은 죄다 방바닥에 들어 엎고 편지를 조사했다.

"그동안 전혀 그쪽 편지가 없었을 리 없는데……깍쟁이 같은 것이 어따 감춰뒀군."

숙채는 방으로 하나 서랍 속에 들어 있던 것을 벌여놓고 그 가운데서 또 무엇을 찾았다.

마침 저쪽 제일 작은 서랍은 급한 김에 미처 빼지 못했는데 숙채가 거길 잡아당겼다.

서랍은 꽉 잠겨 있었다. 숙채는 입을 동그랗게 오므려 물고 눈에 살이 올랐다. 잡아당길 때에 쑥 뽑히지 않고 꽉 막혔다는 것부터 무슨 음모가 그 속에 가득이 들어 있는 것 같았다.

숙채는 또 한번 잡아당겨보았다. 쇠를 잠가둔 것이 쇠 없이 열려질 리 만무하다.

"열쇠는 언다 뒀어? 빌어먹을 거, 어디가 급살이

나 맞지 이건 뭘 하러 잠겄됬누."

열쇠를 찾으니 임자가 가지고 간 것을 무슨 수로 찾으랴.

"식모— 나 송곳 좀 갖다 주우, 얼른······"

"송곳은 뭣 허시게요?"

식모는 송곳을 가지고 왔다가 방 속이 사뭇 난장판이 된 것을 보고 깜짝 놀랐다.

"웬일이셔요?"

"에구, 구찮소. 잔소리 말고 저리 나가우."

숙채는 송곳을 열쇠 구멍에 넣어가지고 이리 틀고 저리 틀고 별짓을 다 해보았으나 쇠는 끄떡도 안 한다.

"아이, 이놈의 쇨 도끼로 패버릴까 부다."

"식모— 저 병원에 나가 최 선생 좀 들어옵시사구 해주우."

이 최 선생이란 이는 김 의사의 조수로 요즘 김 의사가 없는 동안엔 병원을 통이 맡아가지고 있는 사람이다.

"왜 그러십니까?"

"선생님 미안합니다. 이걸 좀 열어주시겠어요? 제가 암만 열래두 안 됩니다."

"거 열쇠가 없이야 무슨 재간으로 엽니까. 왜 무얼 급히 찾으실 게 있어요? 아마 김 선생이 쇠를 가지고 간 모양이지요?"

"네―."

"어디, 그럼 제가 좀 열어볼까요? 그러나 될 것 같진 않습니다."

최 씨가 이마에 땀방울이 맺히도록 끙끙대며 애를 쓰나 생으로 열려지는 도리가 없었다.

"안 되는군요. 무슨 급한 일이신지 김 선생 나오신 담엔 안 됩니까."

"안 돼요."

숙채는 힘없이 머리를 흔들었다. 그러고는 이내 두 눈에는 눈물이 가득 맺혔다.

*

가슴을 사뭇 불로 지지는 듯한 분기가 가라앉은 다음 숙채는 몸과 마음이 탁― 늘어지며 중병이라도 치르고 난 사람처럼 손가락 하나 움직일 힘이 없었다.

그럭저럭 밤이 이슥했는데 헤넓은 이 칸 장판방

에는 아무도 없고 시커먼 바짓가랑이를 비죽이 치마 밑으로 드러내놓고 잠이 들어버린 식모가 윗목에서 씩씩 자고 있을 뿐이다.

"이봐— 인제 가서 바루 누으라구."

숙채는 두 손길을 늘어트리고 그린 듯이 앉았다가 식모를 흔들어 깨웠다.

"네? 아이 졸려."

시뻘겋게 된 눈을 번쩍 떠보던 식모는 또 잠이 들어버렸다.

"원, 저렇게 잔다구야. 이 발을 저리 좀 치워요. 애길 깔아놓겠군그래."

숙채는 굳이 식모를 깨워 제 방으로 보내지 않았다. 구정물 냄새를 풍기는 몸뚱일망정 그렇게 팔다리를 내던지고 윗목에 누웠는 것이 행결 같이 허전한 것을 덜어주는 것 같았다.

'그렇게 깨끗하고 정직한 그가 뭣 때매 나를 속였을까?'

숙채는 남편의 그 하얗고 대같이 곧은 몸과 얼굴 어디에 그런 음흉스런 거짓말과 속임수가 드백였는지 알지 못했다.

'그가 왜 나를 속여? 그럴 리가 있나? 그렇긴 무

에 그래, 그럴 리가 없어.'

숙채는 행길에 나가 길을 막고 물어보더라도 자
기 남편이 자기를 손톱눈만치라도 속였다고 할 것
같지는 않았다.

그러나 숙채의 이처럼 남편을 믿는 고집은 사실
옳은 고집인지도 모르고 또 그 고집이 숙채의 오
장육부에 칵 엉켜 있는데도 불구하고 한쪽엔 그
이상스런 일이 의연히 삭아 없어지지 않고 남아
있을 뿐만 아니라 '가처 상서'라는 편지를 자기가
당장 손에 넣고 있는 바가 아니랴.

'그가 나 이외의 다른 여자를 자기 아내라 하고
나 이외의 다른 계집의 몸뚱이가 그에게……'

숙채는 "아―" 하고 고만 두 팔로 얼굴을 가리고
쓰러졌다.

"그런 일이 어떻게 있을 수가 있을까? 그런 일
이……"

숙채는 남편의 팔과 몸과 다리와 얼굴― 모두
다 생각해봤다.

'그것들은 일찍이 자기가 아닌 다른 여인에게
남편 노릇하던 죄 많은 육체다.'

시계가 새로 세 시를 친다.

이때 찍소리 없이 자던 애기가 뺙—하고 잠을 깬다. 숙채는 얼른 젖을 물리고 그날 밤엔 처음으로 드러누웠다. 대개 자식 가진 여편네들은 어떠한 경우에서라도 제 새끼에게 젖꼭지를 물리면 마음이 누그러지고 잠깐 동안이나마 근심을 잊어버리는 것이다.

숙채도 애기의 귓바퀴를 한 손으로 만져주며 젖을 먹이는 동안에 차차 마음이 진정되어졌다.

"어찌되나. 일본서 나와야 할 텐데— 오늘 전보를 쳤으니 곧 나온대도 나흘은 걸려야 할 테고……"

숙채는 아직도 나흘 동안이나 혼자서 앙갚음할 데도 없이 참으로 못 견딜 것 같았다.

남편만 나오는 날이면 어느 게 하나 죽든지 사생결판이 나리라고 단단히 벼르고 있었다.

"언제 나와? 나오는 날에는……"

어느새 잠이 들었는지 숙채는 치마도 벗지 않고 그대로 잠이 들었었다. 잠이 들었다가 다시 눈을 떴을 때는 벌써 날이 환—히 밝았다.

눈을 뜨니 또다시 마음이 천근 같이 무거워온다. 숙채는 그대로 베개도 베지 않고 누워서 이 생각 저 생각 해본다.

"나오면 내가 묻는 대로 바로 대줄까? 대체 그 여편네는 어떻게 생겼누? 언제 혼인했으며 얼마나 오래 같이 있었누."

숙채는 얼른 모든 것을 좀 알았으면 속이 시원할 것 같았다. 그러나 남편이 나오면 필경 이렇게 저렇게 꾸며대며 속 시원한 말은 안 해줄 게 뻔한 이치다.

숙채는 갑자기 신통한 생각이 머릿속으로 번개같이 지나가는 것을 느꼈다.

'옳지, 그렇게 하자. 그게 제일 상책이겠다. 눈이 멀게 앉아서 속을 썩이느니보담—.'

숙채는 갑자기 자기 머릿속으로 기어든 생각을 여러 가지로 계획해보기 위해서 훨씬훨씬 활기를 띠고 다시 베개를 끌어당겨 베었다.

"식모, 어서 일어나우. 인제 다 밝았소."

숙채는 윗방으로 가서 차 시간표를 찾아 남행열차 시간을 손가락으로 그어가며 찾았다.

"여덟 시 사십 분— 그래, 이 차로 가자."

"식모— 나 오늘 아침 어디 좀 갔다 올 텐데 애기 옷하구, 기저귀를 좀 개키우."

숙채도 세수를 바삐 했다.

*

세숫물에다 손을 담근 채 숙채는 또 멍히 앉았
다. 자기가 생각하는 일이 머릿속에선 그렇게 쉬
운 일 같아도 그것을 보통 세상 살림살이처럼 생
각 밖에 현실 세계에 꺼내놓고 보면 정말 터무니
없는 엉터리가 아닐 수 없는 것이다.

"갔다가 망신을 하면……"

"어떻게 잘 꾸며대보지. 설사 챙피한 일이 벌어
진대두 될 대로 되라지."

숙채는 이렇게 자문자답하지만 지금 숙채가 계
획하는 일은 숙채와 같이 환장을 한 사람이 아니
면 당초 엄두도 못 낼 노릇이다. 숙채의 계획이란
지금으로 떠나서 자기 남편의 본집— 즉 자기 시
집 근처에 가서 그 집안 내막이 어찌되었는지 좀
살펴보자는 것이다.

남편이 불일내로 들어설 테니 그가 온 담엔 안
될 테고 어쨌든 제 눈으로 딱히 보아야 될 것이니
그러자면 남편이 오기 전에 하루쯤 잡아가지고 갔

다 오는 게 상책일 것이다.

'꼭 가서 보자. 이러구 앉아서는 한시도 더 배겨 날 수가 없다.'

그런데 숙채가 어떠한 일이 있더라도 시집 근처 에 다녀오고 싶어 하는 것은 여러 가지가 있겠지 만 더구나 '그 여편네'를 먼발치서라도 한번 구경 하고 싶은…… 그러한 생각이 아닐까 한다.

'어떻게 생긴 화상일까?'

숙채는 그 여편네─자기 남편과 그처럼 밀접한 관계를 가지고 있는 그 여편네의 얼굴이 어떻게 생겨먹었는지 그것이 궁금했다. 이렇게 발을 벗고 나서는 그 아주 속심에는 이러한 궁금증이 닭알 노른자위 박히듯 꼭 박혀 있는 것이나 아닌지도 모른다.

"밉게 생겼겠지."

숙채는 그 여편네가 지독히 밉게 생겼을 것만 같았다. 아니 그렇기를 바라는 것이다. 아주 밉게 생기다 못해 천하의 추물이어서 숙채가 제 신바닥 에 침을 뱉어가지고 그 상판대기를 박박 문질러주 었으면 속이 시원할 것 같았다.

"망한 년─ 촌년 주제에."

숙채는 저도 모르게 이를 악물었다.

이 일에 들어서는 아무리 상냥스럽고 착하고 부덕이 높고 더구나 높은 학교에 들어가서 공부를 마치고 한 사람일지라도 전후사를 분별할 여지가 없이 오월비상*의 모질고 악독한 맘부터 앞서고 '이브'를 꾀던 뱀의 독이 핏줄을 따라 흐르는 것이다.

"자— 식모, 인젠 애기를 나한테 업혀주우. 그리고 내가 내일 저녁때쯤은 오게 될 테니까 최 선생께두 암말 말고 그저 어디 나갔다구만 하오, 아예 나 어디 갔단 말 아무 보고도 하지 마오."

"어딜 어떻게 가셔요?"

"내 곧 다녀올게. 그동안 집 좀 잘 보오. 어련하겠소마는 부디 집단속을 잘하우."

"그럼 애긴 내가 업고 정거장까지 가야죠. 아씨가 어떻게 애기를 업으셔요."

"아니, 내가 업구 가겠소. 기저귀들하고 내 저고리나 하나 더 저 보자기에다 싸든지 하우. 잠깐 다녀올 테니까……"

숙채는 애기를 자주 친의를 둘러서 꼭 싸 업고

---

* 여자가 품은 깊은 원한.

머리를 반반히 빗어 쪽을 지고 기저귀 보퉁이 하
나를 들고 행길에 나섰다.

'누굴 만나지나 말어얄 텐데.'

숙채는 행여 아는 사람이라도 만날까 봐 요리조
리 피해서 정거장에까지 갔다.

충청도 땅— ××까지의 차표를 냈다. 정작 차표
까지 손에 꼭 쥐고 나니 또다시 마음이 허전허전
해 온다.

정거장 대합실 안팎에 구더기 끓듯 하는 그 많
은 사람들은 다 가고 오는 곳이 분명하지만 숙채
만은 이건 무슨 정신없는 걸음인가.

'내가 미쳤군.'

이윽고 차 시간이 되어 숙채도 한쪽 구석에 가
앉아서 애기를 내려 가로안고 젖을 물렸다.

옥색 치마에 흰 저고리를 입고 자주 친의에 애
기를 싸안은 태도가 할일없는 아이 에미요, 아이
에미가 어디 나들이라도 가는 것 같았다.

＊

숙채가 A란 정거장에 내렸을 때는 오후 다섯 시

십오 분이었다.

여기서 조금 들어가면 ××읍이 있고 그 읍에서 십 리 길은 족히 가야 숙채가 지금 찾아가는 고장이 있다.

"저 ××란 데가 여기서 먼가요?"

숙채는 이런 데서는 다 자꾸 묻는 것밖에 수가 없다고 생각했다.

"한 십 리 길 되지유. 어디로 가는 애기 어머닌데 저물었구먼."

"네― 십 리요?"

숙채는 그저 기가 딱― 맥혔다. 날은 저물어오고 업을 줄 모르는 애를 업고 십 리 길을 어떻게 걸으며 가는 곳도 딱히 분명치가 못하고 이러다가는 무슨 망신이라도 할 것 같은 게 마음이 황황하고 겁이 더럭 난다.

"되돌아서 가야지. 내가 정말 환장을 했군."

생소한 고장에 혼자 나선 몸이라 날 저무는 것이 아스러지게 가슴을 아프게 하고 어디 의지할 데가 없다.

숙채는 두말할 것 없이 서울 가는 차를 기다려 가지고 다시 올라갈 작정을 했다. 조금 있으면 집

집이 따끈한 저녁밥들을 푸고 숟가락 젓가락 소리를 딸그락거리며 상들을 볼 때다.

숙채는 잠깐 서울 있는 자기 집을 생각했다. 식모가 오늘 저녁엔 혼자서 찬밥이나 데워 먹으려니— 그러고 보니 오늘 아침 떠나온 자기 집이 옛날에 떠난 것 같고 몹시 그리웠다. 안방 아랫목 따끈따끈한 노—란 새 장판이 생각났다.

'그럼, 서울 가는 차를 기다리자면 아직도 멀었을걸.'

숙채가 몇 사람 안 되는 장꾼들 틈에 끼어 정거장 앞길로 나오노라니 바로 길 옆에 부엌문이 행길로 난 조그만 집은 아마 떡집인지 툇마루 앞에다 커다란 떡메를 내어놓았다.

그 건넌집은 장국밥집인 모양이고— 숙채는 두 집 중 어디든지 얼른 들어가 좀 앉아야지, 우선 여기만 해도 촌이라 사람들이 수상쩍게 보는 것 같아서 조심스러웠다.

숙채가 떡집이 나을 것 같아서 그리로 들어가려는데 뒤에서 누가 부르는 것 같다.

"저 젊은이, 아까 우리 동네로 간다구 했던가? 그럼 나하구 같이 가지."

보니까 정말 아까 말을 묻던 그 안늙은이다.

"××동네로 가셔요?"

"글쎄, 나도 그 동네로 가는데 나는 본래 거기에 사는 사람이유. 오늘 그만 동행꾼을 잃어버리고 나 혼자 떨어져서, 원."

숙채는 이 노인네가 그 동네로 간다는 말을 들으니 귀가 반짝했다.

"그럼 저하구 같이 가십시다."

늙은이라야 과히 늙지 않은 이 마누라는 아주 믿음직한 길동무였다.

숙채는 애기를 다시 꼭 싸서 업고 가지고 간 작은 친의를 머리도 안 보이게 덧씌워가지고 걷는데 여우가 눈물을 짓는다는 봄날 저문 바람이 사뭇 칼날같이 살을 갈긴다.

"그래, 젊은인 뉘 댁으로 가우?"

"글쎄, 내일 알아봐야겠어요. 우리 이모님 한 분이 그 동네에서 사신단 말을 들었는데 이번에 이리로 지나다가 잠깐 들려 찾아뵙자구요."

"응— 그렇구먼. 그럼 그 댁은 성씨가 뉘신지. 그 동네는 죄다 우리 김씨네 문중이 대대로 살아내려 오는 데라우."

"그래요? 글쎄, 꼭 거기 계신지 그동안 어디 다른 데로 떠나셨는지……"

숙채는 제가 듣기도 얼굴이 뜻뜻할 거짓말을 꾸며대나 워낙 고지식한 촌 마나님이 그런 눈치를 알아먹질 못하는 것이다.

"아마 오늘로는 그 집을 못 찾을 것 같은데……"

숙채는 혼자 근심하듯 이렇게 말했다.

"웬걸, 대처와 달라 이런 촌에서야 성씨만 대면 환—히 다 알고 있는데 나하구 같이 들어가 남정 어른들하고 물어보면 알구말구."

숙채는 점점 간이 콩쪽만 해온다. 이 늙은이가 잠자코 있었으면 좋으련만 무에라고 자꾸 지껄여 쌓는 날이면 아주 재미적다.

"이 동네에 김 진사네라고 있어요?"

"김 진사네? 있구말구. 그 댁을 아시유? 그 댁 아드님이 서울 가서 의원 노릇하고 있지. 그게 다 우리 한집안이라우."

"조금 알아요. 그런데 오늘 밤은 어디서 자고 내일이래야 찾겠는데……"

"그렇기도 하군. 그럼 여기 가다가 내 동생이 홀루 나서 어린 아들 하나 데리고 있는데 거기에 가서 하룻밤 쉬시유."

두 사람이 그 혼자 사는 과부네한테 들르니까 과부댁은 십 년 이웃이나 만난 듯이 숙채를 맞아들인다. 촌에 인심인지라 그렇게 야박하지 않다.

"이 애기 어머니가 김 진사네 서울 간 사람을 안다누먼. 그럼 편히 쉬시우. 난 가야겠으니."

*

사람이 남녀를 물론하고 길에 나서게 되면 자연 동행이 생기게 되고 또 그런 동행들로부터 길도 묻고 하룻밤 자기도 하고 여러 가지로 덕을 보게 되는데 사정이 절박하고 딱한 사람일수록 그러한 것이 인정이다.

숙채도 오늘 그 노파와 동행이 된 덕에 과히 어색지 않게 이 과부댁 사는 집에서 하룻밤 쉬게 되었다. 그런데 마침 일이 잘되느라고 이 집은 숙채 시집과는 바로 격장*을 해서 있으니 이런 신통할 데가 없었다.

* 담 하나를 사이에 두고 이웃함.

"어서 애기를 아랫목에 뉘이고 애기 어머니도
그 곁에 누우시유. 우리 집에야 어느 바깥양반이
계신가 그저 나하고 저 애뿐이니 맘 놓고 누워 계
시우. 그런데 이모님은 어디 계시기에 젊은이가
고생을 하누만."

과부댁은 나이 마흔 대여섯은 됐을 게고 후리후
리한 키에 목이 쑥 내피여* 허우대가 좋았으나 그
런 상을 해가지고 과부 되기는 십상이다.

이 과부댁이 숙채를 보아하니 쪽 빠지고 매끈한
젊은이가 필경 서울 어느 부자댁 며느리라도 되리
라고 짐작되어서 공대가 끔찍했다.

자그마한 초가집일망정 기름이 똑똑 덧는 과부
의 집이라 숙채는 우선 마음이 폐였고 더구나 하
루 종일 가야 개새끼 한 마리 얼씬할 것 같잖게 조
용해서 좋았다.

숙채는 무슨 말을 묻고 싶었으나 어쩐지 중심이
콱 막히고 그냥 바늘방석에 앉은 것 같은데 더구
나 그 과부댁에게 속을 뒤집혀 보일 것 같아서 입
이 저절로 딱 붙어 떨어지질 않는다.

---

* 겉으로 두드러지게 나타나서.

"그래, 이모님은 언제 이리로 살러 오셨든가요? 이 안에야 죄다 우리 김씨네 문중뿐이지유."

"그러게 말예요. 그럼 아마 내가 잘못 알구 왔는 게예요."

숙채는 이 말을 해놓고 얼굴이 홍당무처럼 빨개졌으나 과부댁은 그 눈치를 채지 못하는 모양이다.

"저— 여기 어디 김 진사 댁이 있다지요?"

"아, 김 진사네를 어떻게 아시유?"

과부댁이 펄쩍 띈다. 아까 같이 오던 과부댁의 형님은 그만 바쁜 김에 그 말을 잊고 동생한테 못 일러주고 간 모양이다.

"그 댁을 어떻게 아시유? 참 그 댁이 바루 이웃집인데 아까 이리로 들어올 때 왜 솟을대문을 높이 하고 그 큰 기와집이 바로 그 댁이라우. 참 그 댁 맏사람이 서울 가 있지요."

"네 저도 그분을 알아요. 의사 노릇 하지요?"

숙채는 이왕 터트려놓은 불집이니 천연한 태도로 그 집 내막이나 알아보려 했다.

"그럼 의사 노릇 하지. 바루 맞었구먼. 진작 그런 이야기를 하지 않구, 애기 어머니두. 우리 그 집에 좀 가봅시다. 그 댁에서두 여간 반가워하시지들

않을 테니. 그 아들 하나가 그 집에 대들보지요."

"아니, 정말 가지는 않겠어요."

숙채는 그 집에 자기네 혼인 적에 왔던 시어머니가 바로 눈이 퍼래 있을 텐데 그리로 들어갈 까닭이 없다.

숙채가 깜짝 놀라 잡아떼는 바람에 과부댁은 약간 머쓱해졌다.

"정 싫으면야 할 수 없지만 그 댁에서도 아드님 소식을 들으면 여북 반가워들 할라구. 더구나 그 서울 간 사람의 댁이야 자기 서방님 만난 것처럼 눈이 번쩍 뜨일걸."

숙채는 머릿속에서 무슨 소리가 찍찍 울리는 것 같고 귓속이 앵앵 운다.

"그럼 내 그 댁네를 우리 집으로 데리고 오리다. 이러니저러니 해도 댁내가 제일 따갑지. 그러구 통이 서방님 소식을 몰라 사람이 그만 상성을 하게 됐는걸― 그래, 그 사람이 서울 가서 여편네나 얻지 않았습디까?"

"아니요."

"그 사람 내막을 잘 아시누먼. 아이, 고마워라. 지금 그 댁네가 아주 노심초사를 해서 꼬치꼬치

말렀지요."

과부댁은 숙채를 조금만 있으라 하고 김 진사 집으로 그 집 며느리에게 '남편 소식' 들으러 오라는 귀띔해주러 갔다.

과부댁이 김 진사네 집으로 간 다음 숙채는 견딜 수 없이 괴로웠다. 이게 무슨 기구한 팔자냐. 차라리 혀를 빼어 가로 물고 이 자리에 거꾸러졌으면 좋을 것 같았다.

갔던 사람이 한식경이 지나도 오지 않는다. 그대로 문 낮은 방 속에 들어앉아 기다리기가 힘이 들어 숙채는 자는 애기를 그냥 뉘어놓고 마당으로 나왔다.

마당에 나서 보니 바로 담 넘어 집이 바로 그 집이다. 숙채는 무슨 생각이 났던지 장독대에 올라서 담 너머로 그 집 울안*을 넘겨다보았다. 어둠 속에 거북이 같은 기와집이 엎드려 있고 방방이 불들을 켜놓았다. 숙채는 한 손으로 담장을 짚고 목을 길게 빼어 그 집 안채를 건너다보았다.

* 울타리 안.

*

숙채가 다시 방 안에 들어가 앉은 지 한참만에
야 밖에서 사립문 소리가 사악— 연하게 들리더니
마당에 인기척이 난다.

'인제 오는군.'

숙채는 가슴이 덜컥해서 윗목으로 비켜 앉았다.
그리고 치마꼬리를 잡아당겨 여미면서 사람들 들
어오는 데로 눈을 보냈다.

"손님을 혼자 두고 이렇게 오래서 원, 인사가 됐
나. 이 조카가 시어머님 진짓상 물리시는 걸 보고
나오느라고 그랬지. 한번 몸이 빠지기가 어디 쉬
워야지."

숙채는 과부 마누라가 무에라는지 귓바퀴에서
앵앵거릴 뿐으로 눈은 키 큰 과부댁 등 뒤에 서 있
는 젊은 여편네 얼굴로 쏘았다.

"이게 바루 서울 간 사람의 댁이유. 내게는 우리
문내 조카뻘 되지요. 사람이 맘씨가 착하구 매사에
맥힐 데가 없지만 단지 남편네 하나가 돌보지 않으
니까 사람이 일상 수심에 싸여 빛이 없어. 그 사람
두 인제 나일 좀 먹고 지각이 나면 그렇지는 않을

텐데, 지금 한창 나이에야 그런대두 무가내*요, 저
런대도 헐 수 없지, 어찌우. 어서 애기 어머니 속 시
원한 애기나 해 들려주시우. 남정네 소식만 들어두
살 것 같다니까."

과부댁이 수줍어하는 그 여편네를 아랫목으로
끌어 앉힌다.

"그래, 그 사람을 바깥양반끼리 아신다지?"

"네······"

"그럼 댁에선 혹시 누가 병환이라두 나시면 거
기에 가서 보겠구먼. 그렇게 친하다니까."

"네!"

"근데 정말 그 사람이 다른 여편넬 얻거나 무슨
여학생 따위를 데리구 살거나 그렇지는 않습디
까?"

"아뇨."

"그걸 보라구. 내 말이 바로 그 말이야. 그 사람
이 본래 여북 얌전한가. 함부루 계집을 얻어들이
거나 하지 않을 사람이야. 이 근래에 저렇지. 첨에
야 둘이 의초**가 여간 좋았다구."

* 달리 어찌할 수 없음.

숙채는 그 말에 귀가 번쩍 뜨인다.

'의초가 여간 좋았다구.'

숙채는 자기와 바로 마주 앉은 그 여편네를 보았다. 그는 숙채가 저주하고 바라던 것과 같이 그렇게 개가 뜯어가도록 밉상은 아니었다. 물론 이쁘지도 않았으나 그저 둥그렇고 거무스름한 얼굴에 어딘지 귀인성 있게 생겼다.

'이 여자— 이 여편네가 내 남편과 무슨 관계가 있는가? 이 여편네— 이 생전 첨으로 보는 여편네가 내 남편과……'

숙채는 그 여편네의 씨가 숱한 머리에 자주 댕기를 드려 은비녀로 쪽을 진 그쪽을 멍히 바라보고 있었다.

그 여편네를 보면 거기에 기어이 포개져 보이는 것은 자기 남편이 아니고 누구일 것랴. 이것이 거짓말이 아니고 멀쩡한 사실이다.

"그럼, 왜 요새로 버썩 이혼을 하자구 생야단이에유? 저번에두 여겐 와가지구두 집에는 안 오고 작은댁에 와서 이혼을 꼭 해야만 한다구 그랬대

✻✻ 부부 사이의 정.

유."

"그 집은 어쨌든 시어머니가 글늠네다. 왜 아들이 설사 그러더래두 그걸 말리지 않구 재개가 선손*을 쓰니 그럴 도리가 어디 있단 말이유."

"글쎄, 어머님은 요새 내가 드리는 진짓상도 안 받으시는데유. 당신 아드님이 미워하는 년이 내게 무슨 며느리냐구 이러구는 밤낮 아들 편역만 드시지유. 그나 그뿐인가요. 조금만 내가 어쩌면 당신 아드님은 나무래실 줄 모르고 십 년 넘어 혼자 있는 날더러 서방을 바치느니** 강짜***를 하느니 하시지유. 한번은 계집년이 강짜를 너무해도 쫓겨 가는 법이라구 나를 들으라는 듯이 말씀하시는군요."

그 여편네는 이런 이야기를 하는 동안 자기도 모르게 눈물을 쭉쭉 짜면서도 숙채를 볼 때는 한없이 미덥고 웃는 낯으로 대한다. 이것은 숙채가 자기 남편의 소식을 가지고 온 귀한 손님이라고 하여 그의 마음에 끔찍이 반갑고 소중한 까닭이다.

* 남이 하기 전에 앞질러 하는 행동.
** 밝히다.
*** 지나치게 시기, 질투하다.

*

　숙채는 낮에 찬바람을 쏘이고 와서 감기가 든
데다가 머리까지 쏟아지는 것처럼 앞으로 눈망울
이 사뭇 빠져 달아나는 것 같았다.

　숙채가 아까부터 머리 아프다는 핑계를 하고, 아
니 정말 아프기도 해서 이내 아랫목에 누워버렸다.

　숙채는 벽을 향하고 돌아누워 있는 윗목에선 과
부댁과 그 여편네가 밤 가는 줄 모르고 이야기에
팔려 있다.

　그 여편네는 이렇게 맘 맞는 사람들끼리 남편의
이야기를 하는 것이 다시없이 좋은 모양인지 가끔
말마디에 웃음을 섞기도 하고 얼굴을 붉히기도 하
는데 다만 이 자기 남편을 잘 안다는 서울 손님이
골치가 웬만큼 아프더라도 좀 더 자기네 이야기에
참례해주지 않는 것이 서운했다. 그러나 그들은
이 젊은이가 본시 마음씨가 얌전하고 새침해서 말
이 적은 줄로만 알았지 그 밖에 별다르게 생각할
까닭이 없다.

　숙채는 돌아누워 그들의 얘기를 들었다. 귀가
사뭇 큰 나팔처럼 그들을 향해서 환히 뚫려져 있

어서 그 여편네가 가끔 토하는 한숨 소리까지 결코 놓치지 않았다. 이런 얘기를 들으려 이 어려운 걸음을 한 숙채인데 조금인들 허술히 할 까닭이 있으랴.

그들의 얘기를 한데 주워 모아놓으면 대강 이러했다. 더구나 이 얘기는 한두 번만 그들 사이에 하던 것이 아니고 명일날 밤이나 무슨 대삿날 밤일을 다 해치우고 일갓집 각시들서껀 떡을 쪄낸 뜨끈뜨끈한 구들에 뒹굴면서 다시없는 낙을 삼아 하던 이야기들이다.

— 그들은 두 사람이 똑같이 열일곱 살 때에 혼인을 했고 혼인한 후 신랑이 서울 가서 중학교를 다니는데, 방학에 집에 오면 각시방에 들어나질 않아서 어른들이 의초가 너무 좋다고 걱정까지 하셨고 그렇던 것이 열아홉 때부터 소박을 하기 시작해서 이날 이때까지 돌보지 않고 그뿐더러 요즘에 와서는 버쩍 이혼을 하려고 하는데 그사이 십년 동안 죽자쿠나 안 해준 이혼을 이제 해줄 리는 만무하고 여학생 첩을 얻어도 좋으니 인제는 서울로 따라 올라가라고 친정아버님이 말씀하셨고 처

음엔 의초가 남달리 좋았으니 차차 젊은 때 바람
이 자면 자기를 거둘 께고 지금도 만나기만 하면
첫정이 든 자기를 그다지 싫어는 안 할 게고……

그들의 이야기— 한이 없었다. 더구나 그 여편
네의 남편 그리는 정은 무궁무진하고 구곡간장*
에 꼭 맺혔다.

"아이, 우리 얘기에 팔려서. 서울 손님 벌써 주무
시는 게유."

그 여편네가 과부댁에게 무에라고 쑤군쑤군하
는데 아마 서울 손님 밤참 대접하게 국수장국이라
도 좀 맨들어야겠다고 하는 모양이다.

죽은 듯이 늘어져 있던 서울 손님이 발딱 일어
나 앉으며 천질색만질색을 한다.

"그만두셔요. 난 지금 아무것도 못 먹어요."

그 여편네는 일껏 정성스러운 마음이 그만 무안
해서 헤죽이 웃으며 숙채 얼굴만 쳐다본다. 아마
서울 사람이 돼서 이처럼 까다로운가 보다고 생각
했다.

* 시름이 쌓인 마음속.

"이런 촌에 오셨다가 벤벤치 못하나마 아무것도
못 잡숫고 가시면 섭섭하지유. 우리 바깥께서도
댁에 하고 그리 가까이 지내신다니 댁의 신세를
여북 많이 끼치겠세유."

"……"

숙채는 과줄같이 마른 입술을 혀끝으로 축였다.
그리고 머리가 아프다고 한 손으로 이마를 짚으며
다시 누워버렸다.

그 이튿날 숙채는 그 동네를 떠났다. 과부댁이
김 진사네 며느리를 한 번만 더 만나고 가야 한다
고 굳이 말리는 것도 듣지 않고 애기를 업고 다시
정거장으로 나왔다. 아마 이따가 조반 후에 과부
댁이 가서 서울 손님이 떠났다고 하면 한 번 더 보
지 못하고 보낸 것을 퍽이나 섭섭히 생각하리라.

숙채가 다시 서울 와서 자기 집 대문 안에 들어
설 때 안으로부터 나오던 병원 조수와 맞들렸다.

"어디 갔다 오셔요? 동경서 전보가 세 번이나 왔
는데 어떻게 된 셈을 알아야 답전을 치지요. 인젠
벌써 떠났으니 전보 칠 것두 없지만……"

숙채는 파김치같이 자부러져서 누구하구든지
말하고 싶지 않았다. 다만 조수의 주머니에 든 전

보들을 받아가지고 안으로 들어갔다.

"아씨, 인제 오시네. 애길 데리고 어떻게 고생하셨어요."

숙채는 애길 식모에게 내려주고 방 한가운데 선채 전보 석 장을 차례로 읽었다.

*

숙채가 시골 다녀온 후로 숙채 눈에는 줄창 여편네 모양이 눈에 달려 있었다. 변소엘 가도 그렇고 장마당엘 가도 그렇고 부엌에 있어도 그러했다.

어제 아침 첫새벽에 그 과부의 집을 떠나서 어젯날로 저녁때쯤 해서 집에 들어섰다. 그런데 하룻밤을 자고 난 오늘, 그 시골 일은 옛날 일 같기도 하고 지금 일 같기도 하고⋯⋯

숙채는 아무 데나 주저앉으며 그저 눈이 멀뚱멀뚱해서 앉아 있었다.

검정 치마 흰 저고리에 남끝동을 놓고 자주 고름을 달어 입었던─그 얼굴 둥그스름하고 키가 크도 적도 않고 알맞춤하던 그 여편네─. 숙채는 눈을 감고 머릿속에서 자꾸 빠져 달아났다, 붙잡혔다, 또렷했다, 희미했다 하는 그 여편네를 손아귀에 꼭 붙잡아 쥐려고 생각을 따라 애를 썼다. 그러다가 그 여편네 모습이 응구로 보일 때 아드득—하고 그 여편네의 사지를 찢어발겼다.

"개 같은 년."

숙채는 눈을 번쩍 떴다. 이때 곁에서 누가 본다면 할일없이 곤한 사람이 조는 모양일 것이다.

숙채는 무슨 생각이 났는지 벌떡 일어나 건넌방으로 들어갔다. 그리고 전화 있는 데로 갔다. 전화번호 책을 '데' 자 중에서 자꾸 뒤적였다.

'광 이천 삼백팔 번 정×× 법률사무소……'

숙채는 자기가 전부터 약간 면목이 있는 정×× 란 변호사에게 지금 전화를 걸려는 것이다. 그러나 막상 전화번호까지 찾아들고 전화를 걸려니 수화기만 잡아들면 곧 저쪽의 말이 전홧줄을 따라 들릴 텐데도 어쩐지 까마득하고 마음이 감—감해온다.

'무에라고 물어봐?'

'무얼 이혼 수속을 어떻게 하느냐고 하지.'

숙채는 속으로 혼자 욕했다.

'아무렇지도 않은 일을 가지고 왜 이럴까? 세상에 썩은 거나 못쓸 것은 썩썩 베어내고 도려버려

야 하는 게지.'

이러한 생각 아래에서 숙채는 수화기를 섬쩍 집어 들었다.

"정×× 선생 사무소예요? 네— 정 선생께 좀 대주십시오."

숙채는 아무리 제 생각을 제가 주체를 못 하고 쩔쩔매는 이 판에서라도 그렇게 염치없이 남부끄러운 줄 모르고 이 말 저 말을 남에게 물어볼 수는 없었다. 다만 그의 그다지 넓지 못한 가슴에 너무 큰 괴로움이 담겨 있기 때문에 밥을 너무 먹으면 배탈이 나듯이 숙채의 행동에 탈을 내는 것뿐이다.

"네— 남숙채예요."

숙채는 정 변호사를 기어이 불러내어 저쪽에서 굵직한 목청으로 쉬 인사까지 끝냈건만 이쪽에선 무슨 말을 해야 할지 너무 당황한 김에 그대로 슬쩍 수화기를 걸어버릴까도 생각했으나 또 그렇게도 못 했다.

"저, 안녕하셔요. 네, 괜히 걸었어요. 언제 한번가 뵙겠습니다. 여기요? 종로예요. 종로에 나왔다가 잠깐 겁니다."

숙채는 얼굴이 빨개서 전화를 끊었다. 그리고

그대로 심술 난 아이처럼 서 있었다.

"날 미쳤다고 하겠네. 왜 이왕 걸었으니 대강이라도 물어보지 않고…… 변호사가 그따위 이야기를 하지 않으면 누가 한담."

숙채는 점점 자기의 체통머리 없이 덤비는 꼴이 제 스스로도 고약해서 미간을 찡겼다.

그러나 그다음 순간 숙채는 결코 제 자신을 나무라거나 제가 한 일을 잘못이라고 후회하거나 하지 않으려고 했다. 그것은 지금 이렇게 어처구니없이 괴로운 때에 제 자신을 제 스스로까지 책망을 한다든지 꼬집는다든지 할 수는 없는 것 같았다.

그래서 숙채는 요즘 제가 하는 일 하는 말은 죽이 되나 밥이 되나 일체 다시 생각지도 않고 손톱눈을 썰며 조바심을 하지도 않고 그대로 내어놓은 망아지처럼 함부로 뛰게 했다. 이렇게 하는 덕에 제 맘을 다소 평안했다고 할까 어쨌든 숙채는 괴로웠다.

몹시 끌어당기는 아픔이 지나간 다음 숙채는 혼이 멍해 있는 것이다. 손가락 하나 꼼지락할 힘이 없다.

지금도 숙채가 그대로 서서 바깥을 내다보는데

조수 최 씨가 흰 가운을 입은 채 안으로 들어오고 있다.

숙채는 요즘 아무하고도 말하기를 꺼리고 마주 서기를 싫어하기쯤 된 것은 별로 괴이한 일이 아니다.

"저 사람이 뭣 하러 또 들어올까. 귀찮어 죽겠군."

숙채는 얼른 치마를 휩싸면서 장지문 뒤로 몸을 숨겼다. 마치 애들이 숨바꼭질하듯이.

*

숙채가 처음에 혼인할 때는 통이 분별이 없었다고 해야 옳을 것이다. 혼인을 하고는 혼인계를 해야 하고 시댁에도 골고루 다녀와야 하고 더구나 어린아이가 생기면 출생신고도 해야 하고— 이러한 것을 숙채는 처음에도 몰랐거니와 이제까지도 별로 다그쳐 생각지 않았다.

그것은 본래 숙채의 성미가 세속사에 등한한 까닭도 있겠으나 그보다도 숙채는 유원이와의 연애를 주체하지 못한 채 시집을 갔던 탓이다.

그러나 얼마의 세월이 날아가버리는 동안 숙채는 그 처음에 주체하지 못하던 연애를 그냥 어디에다 파묻어둔 채 무척 행복했다.

그러한 이즈음 별안간 이런 일이 남편도 없는 사이에 뒤집어지고 만 것이다. 숙채— 처음엔 진실로 어쩔 줄을 모르고 바늘에 찔린 어린애처럼 그저 팔팔 뛰었다. 그러기에 어린애를 업고 시골로 달려다니며 사뭇 환장한 계집같이 날친 것이 아니랴.

그러나 이 일이 벌어진 지도 인제는 엿새째나 되니까 숙채의 심정도 차차 가라앉고 분하던 마음도 저절로 얼마쯤 삭아지고 마는 것이다.

'하루바삐 이혼을 해버려야지.'

숙채는 지금 남편과 제 몸에 큰 혹 같은 군살이 달린 것처럼 께름칙했다.

"이혼 수속은 어떻게 하는 걸까?"

누가 선뜻 이혼을 해주겠다는 사람이나 있는 듯이 숙채는 제 혼자 속구구*로 이렇게 배포를 짜는 것이다.

---

* 마음속으로 하는 궁리.

"그까짓 것들 그게 다 뭐 말러 죽은 거람."

사실 숙채는 이 일이 있은 후 자기가 그 여편네에게 쫓겨서 물러나게 되리라고는 꿈에도 생각지 않았다. 그 여편네보다 더 예쁘고 더 학교 공부를 많이 하고 남편이 끔찍이 사랑하고 아들을 낳고…… 이러한 속셈도 있겠지만 그보다도 우선 그럴싸한 생각이 머리에 떠오르지부터 않는 데야 어찌하느냐 말이다.

숙채는 분기가 가라앉는 데 따라 저절로 이상한 욕심과 배짱이 생긴다. 아니 차라리 이것이 당연한 것인지도 모른다.

"어서 우리도 혼인계를 하고 민적을 올려야지."

호적에 대한 미묘한 욕심이다. 그리고 내심에 호적 같은 것은 아마 대서소에 가서 문의하면 되리라고 생각했다. 급한 생각을 해서는 지금 당장 대서소로 뛰어가고 싶으나 하여튼 남편이 나온 후에 볼일이라고 했다. 그리고 또 숙채는 전에 없이 남편이 소중한 것을 알았다. 이 일로 말미암아 남편하고 사이가 멀어지기는커녕 되려 슬그머니 빌붙는 생각이 나는 것은 이상했다.

어쩐 일로 이런 판국을 당하매 남편에게 빌붙어

지는지 숙채 자신도 몰랐으나 대개의 여자들은 그러한 것이다.

"또 전보가 왔어요. 오늘 오후 두 시 사십 분 차로 도착이군요."

이 일 후에 내내 숙채의 눈총을 맞는 조수 최 씨가 또 전보 한 장을 들고 들어온다.

숙채는 방 안에 앉은 채 유리문으로 손을 내밀어 전보를 받아 읽었다.

"이따가 정거장에 나가시겠어요?"

"그럼은, 근데 나 혼자만 나갈까요?"

최 씨는 눈을 끔적하며 싱긋이 웃는다. 이 사람이 요즘 주인도 없는 집에서 숙채의 독살을 혼자맡아보느라고 여간 고생이 아니다.

"난 안 가요."

숙채도 오래간만에 약간 웃었다. 이러니저러니해도 남편이 온다니까 좋았던 것이다. 숙채는 오래간만에 장에 가서 저녁 찬거리나 사 오려고 했다.

물론 그렇다고 숙채의 화가 다 풀렸다는 것은아니다. 밥을 먹다가도 생각이 나고 잠을 자다가도 눈에 보이는 여러 가지 불쾌한 말과 형상들이빌기 먹은 개처럼 숙채의 온몸을 가렵게 했다.

"장가가서 처음엔 그렇게 사이가 좋았다니까……"

숙채는 늘상 이 말이 풀리지 않는 알맹이처럼 입안에서 뱅뱅 돌았다.

'지금으로부터 십 년 전 숙채 제 눈으로 본 바로 그 시골집 건넌방에 신방을 꾸미고 아직 열일곱 살밖에 되지 않은 자기 남편이 노랑두 대가리 새 서방꼭지가 되고 역시 열일곱의 '그 여편네'가 철 복숭아같이 때를 못 벗은 달래각시*가 되어 둘이 서 의초가 그다지 좋았다니 대체 어떻게 좋았단 말인가.'

"에익, 치사스러 죽겠다."

숙채는 왜 벌써 십 년 전에나 있었을 이와 같은 일을 자꾸 상상해보고 상심하는지 다른 사람이 보면 그저 딱하기만 하다.

*

이윽고 시계가 두 시 사십 분을 넘겨 십 분은 되었을 때다. 인제 김 의사는 마중 나간 조수와 함께

---

* 어린 나이에 결혼한 여자.

부리나케 집으로 올 것이다.

숙채는 집 안을 말짱 치워놓고 애기에게도 새 옷을 바꿔 입히고 자기도 머리를 빗고 입술을 엷게 칠한 연지 빛을 또 한번 거울에 비쳐보았다.

"선생님, 인제 오셔요."

식모가 손가방을 받아가지고 안으로 들어오며 오래간만에 주인어른이 오셔서 집 안이 흥성흥성할 것이 좋은 듯이 입이 헤벌어졌다.

숙채는 남편이 오는 눈치를 알자 무슨 심사인지 멀쩡하던 사람이 아랫목에 펴놓은 친의를 들쓰고 누워버렸다.

그러자 이내 남편과 조수가 방 안에 들어섰다. 김 의사는 아랫목에 벽을 안고 돌아누운 숙채를 힐끔 보면서 모자를 벗어 걸었다.

"여보, 자우?"

김 의사가 한 손으로 숙채의 어깨를 흔드는데 누웠던 사람이 와락 채치는 바람에 친의가 한쪽으로 쭉 밀렸다.

"앓아서 죽는다던 사람이 기운은 장사로군."

방 안에 모였던 식모며 조수며까지 모두 웃었다. 그러나 김 의사만은 정거장에서 조수에게 대강 이야기를 들은 터이라, 숙채에게 들어서는 길로 당고금이 떨어질 게라고 생각했다. 아니나 다를까 숙채는 벌써 생트집을 거느라고 이렇게 드러누워 있는 것이다.

"웃으니 속이 편하겠수."

숙채가 벌떡 일어나 앉으며 시비조로 말을 붙이는 통에 조수와 식모는 그만 슬며시 나가버렸다.

"이왕 당신이 알았으니 내 자세한 이야기를 하리다. 이따 저녁이나 먹구."

"저녁까지 먹고 속 편하게 할 이야기 같으면 걱정도 없게요."

숙채가 사람깨나 족히 잡아먹고야 말 것처럼 도사리고 앉았는데 김 의사는 짐짓 딴전을 부린다.

"참, 내 이번에 별난 걸 사가지구 왔는데……"

숙채는 그러면서 마루로 나가려고 하는 남편의 바짓가랑이를 잡아 앉히었다. 그리고 이야기를 폈다.

그동안 막혔던 말이 막아놓았던 물구녕을 뽑아놓은 것처럼 한꺼번에 빠지려고 했다.

"이럴 게 아니라 우리에게 가장 좋은 방법이 있으면 그걸 생각해봅시다. 나는 결국 당신네 두 사람 사이에 더부살이밖에 안 되는 셈이니."

숙채는 제 말에 그만 울어버렸다. 그리고 또 남편한테 대들었다.

"내 입으로 당신네 두 사람이라고 뇌이는 그 심정을 당신이 눈곱만치나 아시우? 사내란 워낙 곰보다 더 미련한 거니까……"

"이봐요. 뭘 그렇게 울고 야단할 게 있소. 그건 벌써 십 년 과거의 일이 아니오? 그리고 사실 당신하고 결혼식을 하기 전에 난 꼭 이혼을 해놓으려고 했으나 일이 그렇게 되지 않았구려. 인제 모든 수속이 다 됐으니 한 달 이내에 끝장이 날게요. 다만 그 한 달을 참지 못하고 당신이 먼저 알았다는 게 불행하구려."

"한 달 후엔 누가 선뜻 이혼을 해준답디까?"

"그럼, 벌써 저쪽 승낙도 다 얻어놓았으니까. 더구나 어머니가 절대 내 편이시구, 그 편에서도 십년을 돌아보지 않았으니 인제야 생각이 있지 않겠소."

"왜, 첨엔 의초가 좋았다면서?"

숙채는 가슴에 꼭 맺혀 있던 이 한마디를 남편에게 내비쳤다.

"원, 정신없는 소리."

무엇이 정신없는 소리란 말인지 딱히 알 길이 없으나 어쨌든 숙채는 남편이 그 말을 되게 부정하는 것이 시원하고 좋았다.

"지나간 일은 다 잊어버리게 마련 아니우? 암 생각 말고 그저 나하는 대로 가만 있수. 일이 옳게 페일 테니."

숙채는 잠자코 바깥만 내다보았다. 미상불 남편의 한마디 말이라도 숙채에겐 좋은 약이 되는 모양이다.

"난, 참 기가 맥혀서. 이 일이 벌어지고 보니 당신은 밑져야 본전이구 나만 허탕을 치구 나앉은 것 같더군요. 당신이야 아무랬든 무슨 일 있소. 그야말로 밑져야 본전이지. 난 요새 남부끄러워 밖에 나갈 수가 없어요. 사람들이 모두 손가락질하는 것 같아서."

김 의사가 움쭉 일어나더니 자기 서재에 들어가 무얼 들고 온다. 그건 바로 숙채가 열려고 열쇠 구멍에다 송곳을 넣어 비틀던 작은 서랍이다.

"이게 모두 이혼 수속을 해놓은 서류들이오."

숙채는 눈이 커다래서 그 서류들을 들여다보며 다 본 것은 몹시 소중한 듯이 한쪽 손으로 받쳐 구기지 않게 조심조심 내어놓는다.

"이렇게 하면 되우?"

숙채는 또 한번 남편에게 물어보았다.

*

그 후 한 달이 지났다. 이 한 달 동안은 줄창 내
외가 어떻게 하면 호적을 손쉽게 빼내오느냐 하는
공론으로 일을 삼았다.

더구나 지금 숙채에게 있어서는 '호적'을 올리
는 일 외에 더 큰 일이 세상에 없는 상싶었다.

이리하여 인제 요 이삼일만 치르고 나면 완전히
호적을 떼 오게 된다는 어느 날— 숙채가 안방에
서 혼자 저고리 껍데기 몇 개를 개켜놓고 똑딱똑
딱 다듬이질을 하고 있는데 밖에서 누가 찾는 기
척이 난다.

"식모— 밖에 손님 오셨나 본데."

부엌 쪽이 그저 감감하다. 할 일 없이 숙채가 저
고리 앞섶을 다시 여미면서 마루로 나갔다.

"누구 오셨어요?"

저쪽 중문에서 웬 사내가 쑥 들어선다.

"예가 김병희란 사람 집이오?"

"네……"

"지금 어디 나갔나요?"

"병원에 없어요? 참, 지금 어디 잠깐 나간다구 했군요. 어디서 오셨는지……"

"네, 난 바로 그 김병희란 사람 처남 되는 사람이오."

"……?"

그 사내 사람은 나이 한 사십은 되었고 양복은 입었으나 시골 사람 티가 나고 얼굴이 툭 발그러지고 눈에 영채가 도는 게 성미가 몹시 뾰장뾰장 성카롭겠다.

"얘— 이리 들어오너라. 느이 남편이 어디 나가고 없다니까 여기서 기다리는 수밖에 없다. 어서 들어오너라. 왜 못나게시리 우물쭈물하니."

이러자 대문 쪽에서 주춤주춤 들어오는 여편네…… 마루 위에 섰는 숙채와 눈이 딱 마주쳤다. 바로 시골 갔을 때 만났던 그 여편네다.

"……"

그 여편네가 숙채를 힐끔 쳐다보는데 그 눈엔 이상스럽게 흰자위만 한쪽으로 획 몰린다. 숙채는 그 눈을 보았다.

"이 마루에라두 좀 앉아라. 네 남편의 집이면 바로 네 집이 아니냐."

그 사내는 몹시 흥분한 모양인지 씨근씨근 거친 숨결이 숙채 귀에까지 들린다.

숙채는 기가 질리는 가운데도 무슨 정신에선지 마루 앞에 뒹구는 낡은 고무신짝을 미처 꾸지르질 못하면서 밖으로 나갈려고 했다.

이때 마침 밖에 나갔던 남편이 들어온다.

"어, 인제 오나?"

"형님 어떻게 오셨어요?"

남편도 자기만 못지않게 놀라는 것까지는 보았으나 숙채는 더 이 자리에 머물러 그 광경을 보고 있을 계제가 되지 못했다.

끌리는 고무신을 발가락 끝으로 꼭 감아 신고 쫓기듯이 대문 밖으로 나오는데 할 일 없이 뒤에서 누가 등덜미를 짚는 것 같다.

숙채는 비실비실 담 옆에 가서 등을 대고 붙어섰다. 길에는 지나다니는 사람이 별로 없고 마주 건너다보이는 빈터엔 지금 노란빛이 쫙 퍼져 있는데 그 가운데로 분홍 저고리 남돌띠짜리 어린애

하나가 지나간다.

숙채는 눈에 무슨 매운 고춧가루라도 들어간 것처럼 눈물이 찔끔 나왔다. 콧속이 맥맥하고 싸ㅡ해진다. 벼락을 맞은 것처럼 그저 어리둥절한 게 모르겠다.

숙채는 발끝으로 땅을 긁적긁적하다가는 다시 하늘을 쳐다봤다. 마치 애들이 비행기 뜨는 구경이나 하듯이. 그렇게 하늘을 쳐다봤다.

그사이 한 시간이나 지났는지 반시간이 지났는지 숙채는 모르거니와 어쨌든 안에서 무에 떠들썩하는 걸 보니 아마 아까 왔던 사람들이 가는 모양이다.

숙채의 귀는 모든 염치를 잃고 안을 향해 한마디씩 주워들었다.

"그럼, 난 오늘 밤차로 가겠네. 자네도 인제 나이 삼십이 다 됐으니 지각이 날 때도 됐거든ㅡ 아예 두말 말고 이 앨 조처하게. 십 년 동안이나 바람을 피우고 놀았으면 무던하니 이 앨랑은 인제 꼭 데리고 있게. 자네도 인두겁을 썼으면 그만 생각과 의리는 있을 테지."

필시 숙채가 어느 구석에서라도 들으라는 모양

인지 이자가 이렇게 호통을 한다.

"그리고 너도 인젠 죽으나 사나 네 남정을 따라 다닐 게지. 다신 친정에라두 발길을 얼씬 마라. 그러는 날에는 너 죽구 나 죽는 날이니까. 밤낮 청승을 떨고 있느니 차라리 죽는 게 낫다."

그 사내는 이렇게 지껄여대며 대문 밖으로 나온다. 아마 남편과 '그 여편네'가 마당까지 나와버리는 모양이다.

'이놈, 내가 기생이더냐. 바람을 피우고 놀다니.'

숙채는 그 사내가 골목으로 꼬부라지는 걸 보자 분통이 터질 것 같아서 그냥 따라가 멱살이라도 잡아 쥐고 싶었다.

그러나 다음 순간— 자기 집 안엔 자기 남편과 그 여편네 단 둘이만 남아 있는 것이다. 숙채는 대문 기둥을 두 손으로 꽉 움켜쥐고 머리를 안으로 디밀었다.

*

숙채는 한참이나 그대로 섰다가 어떻게 된 생각인지 안으로 섭쩍섭쩍 들어갔다. 커다란 고무신을

끄는 발자국 소리가 유난스레 크게 들릴 뿐으로
안엔 두 남녀가 있는지 없는지 그저 뜸―하다.

"흥―."

숙채는 안의 일이 미칠 것처럼 궁금했다. 그러나
발자국은 그 기막히게 졸이는 가슴과는 정반대로
주춤거려지고 자꾸만 뒤로 잡아끄는 것 같았다.

'무슨 소리야? 이건 나갈 테거든 너희가 나가거
라. 내 집이다.'

제 속에서 나오는 소리건만 숙채는 이 말에 기
운을 얻어가지고 몇 걸음 더 걷다가 보니까 남편
은 안방 쪽을 향해 마루에 앉았고 '그 여편네'는 건
넌방에 남편하고 외면해 앉아 있다.

숙채는 안방으로 치마꼬리에서 바람 소리가 나
게 휙 들어가버렸다. 이때 건넌방에 앉았던 그 여
편네가 또 흰자위가 한쪽으로 몰리게 숙채를 힐끔
쳐다본다.

그 눈은 무서웠다. 아니 그 눈이 무서운 게 아니
라 그 눈이 숙채를 무서워한다. 마치 독한 뱀이나
지나가는 것처럼 몸서리를 치고 더럽게 보고 또
미워한다.

'그럴 것 없다. 누가 지나 해보자.'

숙채는 속으로 이렇게 앙심을 먹었으나 어쩐지 기가 탁 질리고 손발에 수전이 난다.

"……"

"……"

한참 동안 침묵이 흘렀다. 이러한 때 누가 먼저 말을 꺼낸다면 그는 분명 작은 영웅임에 틀림이 없으리라.

사내란 본래 울뚝 밸*은 있고 힘꼴은 세어도 이렇게 맞다들린** 경우를 당하면 그저 꿀 먹은 벙어리 모양으로 눈만 끔쩍거리게 마련이다. 지금 김 의사도 안방 건넌방에 여편네 하나씩을 앉혀 놓고 자기는 그 중간 마루에 편안치 못하게 앉아서 그저 꿀 먹은 벙어리다.

이 세 사람은 누구라 없이 똑같이 억울하고 똑같이 답답했다.

여기에 흰 명주 치마에 옥색 법단 저고리를 입고 씨가 숱한 머리를 은비녀로 커다랗게 쪽을 진 이 여편네는 십 년을 하루같이 김씨네 문중에 들

* 배짱.
** 정면으로 마주치거나 직접 부딪치다.

어간 민적─그 종이 한 장을 지키기에 자기의 고깃덩어리를 죽인대도 초개*같이 알았거든 이제 와서 민적을 갈라주면 그나마 제 신세가 어찌되며, 숙채는 또 숙채대로 자기의 온통인 이 가정을 남에게 내어주고 저는 길가로 미친개 쏘대듯 할 수도 없는 바이며, 김 의사는 또 꿈에도 사랑할 수 없는 저 여편네를 데리고 살라니 역시 억울했다.

멀리서 활동사진 광고 도는 음악대 소리가 들려온다. 벌써 저녁때가 되었나 보다. 저 음악대 소리는 늘 어렸을 때 가로 뛰고 모로 뛰던 때 일을 생각게 하거니와 지금 이 사람들은 견딜 수 없이 딱했다.

이윽고 남편 김 의사가 입을 열었다. 그는 약간 고개를 건넌방 쪽으로 돌리고 무에라고 하는데 그의 마음이야 어찌 됐든 그의 말씨는 한 남편이 자기 아내에게 하는 말투에서 일호도 어그러짐이 없다. 이것은 김 의사 자신도 미처 깨닫지 못한 습관일 것이며, 그 여편네도 어엿한 그의 아내─ 아니 그의 '본처'라는 증거일 것이다.

"형님이 오늘 밤차로 떠나신다니까 내일 아침차

* 지푸라기. 쓸모없고 하찮은 것.

로 집에 가 있어요. 따라다녀봤자 소용이 없으니까…… 그리구 뭣 하러 친정엔 자꾸 가는 거야? 집에 가 있다가 아주 가게 되는 날이 있을 테니 그때까지."

그 여편네는 얼굴이 뻘게지며 대답 대신 윗목으로 빽 돌아앉았다. 물론 이 세 사람 가운데 어느 한 사람도 지금 말한 남편의 이 명령이 그대로 서리라고 꿈에도 생각할 수 없었다.

그 여편네는 인제 이런 소리 듣는 덴 이골이 나고 귀가 뚫렸다는 듯이 넙쭉—한 등을 돌려대고 말없이 앉았다.

김 의사가 화가 치미는지 안방으로 들어온다. 그러더니 숙채가 앉았는 옆에 와서 가만가만 무에라고 한다.

"여보, 저걸 며칠이라도 여기다 두었다가 보내야 하잖소. 그 오래비가 먼저 간담에 보내야지 또 생트집을 걸까 무섭소. 그런데 어디다 두어야 좋소?"

"어데다 두긴, 이 집에다 두구려."

"미친 소린……"

남편은 또 마루로 나간다.

그러더니 다시 들어와 옷을 입고 출입할 차부를 한다.

"이봐— 여기에 더 있을 것 없이 여관에라도 나가요. 그리구 이왕 온 걸음이니 며칠 묵으면서 서울 구경이라도 하고 집으로 가야지."

그 여편네는 부시시 남편을 따라 일어선다. 생전 첨으로 남편네의 뒤를 따라 일어나보는 것이 미상불 좋기도 하리라. 한 손으로 치마 뒤를 쓱쓱 문질러 구겨진 것을 펴면서 곁눈질로 남편이 댓돌 아래 내려선 것을 보더니 얼른 마루로 나온다.

숙채는 두 사람이 나가는 뒷모습을 물끄러미 보고 있었다.

'저 둘이 정말 부부다.'

한참 내다보노라니 배가 지나간 뒤에 흰 물길이 남는 것처럼 그들이 지나간 공기 속에 두 갈래의 길이 그어진 듯했다.

*

그 여편네가 서울 와서 있는 지도 벌써 닷새째다. 그 여편네는 오던 날 저녁으로 여관에 갖다두

었는데 그렇게 여관에 있으니 저도 편하고 이쪽에
서도 그 꼴을 안 보고 피차 좋았다.

그동안 숙채 내외는 오늘내일하며 조바심을 대
는 '이혼' 문제를 아주 잊어버린 듯이 다시는 꺼내
지 않았다.

이 이혼 문제는 금세 될 듯 될 듯 하다가 다 된
줄 알고 큰 숨을 내쉬고 볼 양이면 고무줄을 잡아
늘렸다가 다시 놓은 것처럼 어느새 제자리로 오므
라들고 말았다. 그리하여 김 의사와 숙채는 눈 싸
맨 당나귀 연자망 돌듯이 그저 몇 번이고 그 이혼
문제를 돌았으나 마지막엔 제자리에 돌아와 섰는
것밖에 아무것도 없었다.

그러나 김 의사는 아직도 낙망하지 않는다. 다
만 몹시 뜀박질하고 난 사람이 잠시 숨을 돌려가
지고 또 두 주먹을 불끈 쥐고 내달을 모양이다.

그러면 숙채도 그 남편과 같이 아직도 내달을
용기가 있느냐 하면 그건 없다.

숙채는 마치 중병 치르고 난 사람이 음식에 구
미를 잃듯이 이 '이혼' 문제에 대해서 구미를 싹 잃
었다.

'그들 둘이 정말 부부다.'

　이혼을 하겠다고 변호사한테 전화를 걸며 하던 그때와는 딴판으로 지금은 이러한 생각이 가슴에 드는데 이것이 숙채가 지고 마는 그 첫 장본인 것이다.

　그리고 이 생각은 마치 궂은비 추적이는 저녁 어디 갈 데 없이 행길에 섰는 사람 같은 적막과 두려움을 주었다.

　'그들 두 사람이 정말 부부다.'

　숙채는 이 며칠 동안 통이 말이 없이 산다. 그의 하얀 귀밑께가 몹시 창백해졌을 뿐으로 그는 바지런히 바느질에 골몰해 있었다.

　하루 종일 바느질에 안력을 들이고 나면 이맛전에 땀이 송송 내 맺고 눈앞이 아물거렸다. 사실 바느질에 마음이 있는 게 아니라 여편네는 바느질을 붙들고 앉아야 이 궁리 저 궁리 헝크러진 명주실 같은 생각을 푸는 것이다.

　그런데 이와는 반대로 그 여편네는 여관 구석에 있을망정 팔자가 늘어졌다.

　서울 온 김에 서울 구경이나 한다고 요즘 매일같이 나돌아다닌다. 다니는 데는 혼자 다닐 수 없고 그렇다고 어느 남편이나 숙채가 따라나설 수도

없어 하릴없이 숙채 집 식모가 데리고 다니기로
했다.

첫날엔 화신상회로 가보니 볼 것도 많고 사고
싶은 것도 많아 도시 넋을 잃고 식모 뒤를 쫓아다
녔고 그담엔 삼월오복점 진고개 서울 장안이 좁다
하고 안 다닌 데가 없었다.

오늘은 또 동물원 구경을 갔는데 시골서 가져온
손수건에다 작은 지갑을 꼭 싸쥐고 그냥 세월없이
돌아다녔다.

"구경이 좋으셔요?"

"그럼 전에 이야기는 들었지만."

그는 원숭이도 구경하고 나라님 앉으셨던 자리
에도 가보고 두루 바람을 쏘이니 속이 시원했다.

얼마쯤 돌아다니다가 그 안에 매점에 가서 '가
스데라'도 사 먹어보고 '미루꾸*'도 사 먹고 점심때
쯤 해서는 식당에서 장국밥도 한 그릇씩 사 먹었
다. 나중에 유리컵에 따라놓은 냉수를 물어 양치
질까지 하고는 거기를 나왔다.

시집온 지 십 년이 돼도 이런 일이 없더니 요즘

---

　*　밀크. 우유.

은 그래도 남편 곁에 와서 남편의 밥을 먹고 마음 펴고 구경이나 다니고 하니 인제야 세상에 났던 보람이 있는 것 같았다.

다 저물게야 여관으로 돌아오면 해다 바치는 상을 받고 그대로 두 다리를 뻗고 드러누워 그날 보고 들어온 것이나 되풀이하고 있을 양이면 어떻게 편하고 좋은지 모르겠다.

그래도 그 여편네는 치마를 벗어 걸고 맨 단속곳 바람으로 누웠거나 그러지는 못했다. 행여 자기 남편이 지나는 길에라도 들르게 되면 그런 모양이 없겠기에 옷을 끄르지 못하고 있다.

"설마 객지에 와 혼자 있으니 한 번이라도 들여다보겠지."

그러나 닷새를 있는 동안 한 번도 남편은 오질 않았고 공연히 그 여편네가 밖에서 심부름하는 애들 발자국 소리라도 나면 웃뚤웃뚤 놀라서 일어나곤 했다.

＊

그 모양 그대로 또 이틀이 지났다. 이렇게 이틀

이 되던 날 밤— 숙채는 오래간만에 남편을 안방
으로 청했다.

"왜 그러우?"

김 의사는 숙채가 얼마쯤 마음을 누그러지게 가
지는 것 같아서 행결 다행했다.

"우리 오늘 밤엔 뭐 좀 맛난 걸 해먹을까?"

남편은 화로에다 양은 냄비에 장조림 해 들여놓
은 걸 냄비 뚜껑을 훌떡 열어보면서 이렇게 말했다.

숙채는 그런 말은 대꾸도 않고 한 손으로 턱을
치받치고 있더니 이윽고 말머리를 꺼냈다.

"여보, 우리 일을 어떻게 하면 좋소?"

'그 여편네'가 시골서 올라와서 여관에 묵은 지
오늘이 꼭 이레가 되는 날에 또 이런 얘기가 벌어
진 것이다.

"글쎄, 끝까지 해보는 수밖에 더 있소? 사실 저
이들도 일이 그른 줄은 알면서 마지막 발악이니까
당신은 그저 눈 딱 감고 얼마 동안만 있구려. 당신
만 모든 것을 참고 있으면 일이 페이는 날이 있을
게요."

"그야 나도 굿이나 보고 떡이나 먹었으면 좋으
련만 내가 보기엔 일이 그렇지 않군요. 말할 것 없

이 여보, 우리 이렇게 합시다."

숙채는 무슨 장난의 말이나 하는 듯이 말소리가 혀끝에서 가볍게 풀린다.

"우리 세 사람이 똑같이 헤어집시다."

"건 또 무슨 소리요?"

"무슨 소리가 아니라 당신하고 나하고 그 여편네하고 셋이서 다 각각 남이 돼서 당신은 당신대로 혼자 살고 나는 나대로 혼자 살고 그 여편네는 또 그 여편네대로 혼자 살고…… 왜 그러냐 하면 우리는 세 사람 중에 아무도 희생할 수가 없는 거예요. 그야 어느 한쪽이 다른 한쪽을 억지로라도 잡아떼고 자기가 행복할 수가 있으면 그렇게 해도 좋겠지만 일이 어디 그렇게 됐어요? 또 본래 남을 희생시켜서 제가 잘 산다는 것은 아무래도 흠집이 있는 노릇이니깐! 그러니 우리 셋은 똑같이 따로 나서 불행합시다. 그 불행이란 것은 우리가 각각 저지른 잘못—죄 위에 약간의 '운명' 즉 팔자를 가미해서 만들어지는 것이니까 그걸 피한다는 재간이 어디 있어요? 우리는 셋이서 똑같이 불행합시다. 그것밖에 다른 도리가 없어요."

숙채는 애기 암죽 그릇에 설탕 덩어리를 손가락

으로 집어 먹으면서 남편을 보고 생긋이 웃는다.

"그리구 당신도 인제 이 앞으로 꼭 혼자 사셔요. 다시 계집을 가까이하는 날에는 영락없이 벼락이 내려갈 테니."

"거, 사람이 왜 입을 그 지경으로 놀리우? 당신이 이렇게 신경만 남아가지고 사람을 조르면 나는 꼭 미치겠소. 제발 당분간만 천치가 좀 돼주구려. 그래야 우리가 이길 게 아니요."

"아니, 애초에 이기기는 틀렸어요. 그렇다고 내가 지고 말 것은 더구나 아니고— 우리는 함께 불행합시다."

인제는 숙채 입술이 약간 떨리기를 시작한다. 화로에선 여전히 장조림이 달큰하고 짭짤한 냄새를 풍기며 졸고 있다.

"그런데 우리 이 일에 있어 가장 기맥히는 건 우리 애기 때문이오. 다 각각 나서 제 앞에 제 몫으로 오는 비극을 주체하기도 어려운데 하물며 에미 애비 잘못으로 에미 애비의 비극까지 덤으로 받는다는 건 차마 못 할 일이 아니에요? 그러나 그것도 종국에 가서는 할 수 없는 일이지요."

김 의사는 더 이따위 소리를 듣고 앉았을 수가

없었다. 계집이란 언제든지 그 입으로 망하는 것이다.

"나 골치 아퍼 죽겠수. 죄가 무슨 기급할 죄란 말요. 이게 당연한 일이지."

"아니, 우리는 다 각각 잘못을 저질렀어요. 당신과 나는 말할 것도 없고 그 여편네까지가 그렇지요. 그 여편네는 십 년을 하루같이 굴종을 일삼아서 제 몸을 학대했으니 그것은 죄가 아닌가요?"

이렇게 숙채가 자기 남편을 붙잡고 실컷 푸념을 하고 난 뒤— 숙채는 마음이 가벼웠으나 그 푸념을 받아들인 김 의사는 울화가 치밀었다. 이 사람은 몹시 화가 나거나 몹시 즐거울 때는 술을 먹는 습관이 있다.

김 의사는 그길로 나서 새로 한 시가 되어도 들어오질 않았다. 숙채도 그때까지 자지 않고 있다가 애기 기저귀를 갈아 채우는데 그제야 남편의 터덕터덕하는 발자취 소리가 들렸다.

그러더니 저—쪽 맨 끝에 방으로 들어간다. 요즘 김 의사는 그 방에서 자는 까닭이다.

숙채는 전과 달리 알은체 않고 있었으나 남편의 터드럭거리는 발자취 소리가 그 마지막인 것인 줄

이야 어찌 뜻했으랴.

*

어젯밤 술 먹은 사람을 혼자 팽개쳐두었기 때문에 마음이 놓이질 않아 숙채는 오늘 아침 일찌감치 남편 자는 방으로 들어갔다.

그런데 숙채가 남편 방에 들어갔을 때, 거기엔 한 개의 완전한 우연이 발생되어 있었다―라고 하는 것은 숙채 남편 김 의사가 자리 속에 누운 채 세상을 떠나고 말았다는 것이다.

숙채는 기절을 해 넘어지는 대신 차라리 두 손바닥으로 남편의 돌같이 굳어진 얼굴을 싸쥐었다.

김 의사는 결코 자살을 한 것이 아니다. 그가 자살할 까닭은 조금도 없음으로써다.

불의지변을 당한 집안에 응당 있을 법한 소동과 혼란은 이 집에도 있었다. 병원에서 일 보던 사람들 간호부 할 것 없이 몰려오고 경관이 오고 시골집에 전보질을 하고 고인의 친구 지기들이 달려들고―.

김 의사의 죽은 원인에 대해서는 의사의 말에

의지하면 술을 과히 마시고 그 위에 잠자는 약 마
취제를 복용했는데 약의 분량이 과했던 탓이라나
뭐라나. 어쨌든 김 의사는 이렇게 죽고 말았다.

한참 동안 수물거리던 사람들은 얼마 후에 다 각
각 제 볼일 보러 가고 아직 시골 본집에서들은 미
처 드리닫질 못해서 초상난 집이 잠깐 조용했다.

그런데 남편 곁에 와서 이레 동안이나 여관에
묵으면서 서울 구경하던 그 여편네—김 의사의 본
처는 인제야 소식을 듣고 머리를 풀어헤치고 달려
왔다.

그 여편네가 기절을 하며 시체 모셔둔 방으로
들어올 때 숙채는 조용히 자리를 비켜 그 방을 나
오고 말았다.

"이게 웬 넌이 남의 남편 초상에 와서 지랄이냐
냉큼 나가거라."

숙채는 이렇게 욕을 하며 그 여편네의 등덜미를
밀쳐낼 수는 없었던가— 아니, 되려 그 여편네야
말로 '고인 김병희'의 본처인 것이다.

그 여편네는 함부로 남편의 몸을 만지며 사뭇
불맞은 소 새끼처럼 날뛴다.

"애고— 애고—."

그 여편네 울음소리는 종일 그치지 않았다. 숙채는 다른 방에 나와 어린아이를 안고 앉아서 마치 기도하는 여신도 모양으로 눈을 감고 깊은 묵상에 잠겨 있었다. 다만 그 감은 눈 밑으로는 여러 가지 미묘한 슬픔을 받아내는 눈물이 마냥 흐르고 있었을 뿐이다.

이럭저럭 그날 하루해가 다 가서 저녁 일곱 시쯤 되었을 때다. 인제 한 시간 반쯤 하면 시골서 쓸어올 텐데 숙채는 그 여편네의 울음소리가 그친 지 이슥했기에 그 방으로 가려고 뒷마루로 나섰다.

"앗."

숙채는 선 자리에서 못을 꼭 박아놓은 것처럼 꼼짝을 못 했다.

그리고 무에라고 소리는 질렀으나 내를 쏘인 것처럼 목 안이 칼칼했다.

지금 숙채의 바로 눈앞엔 그 여편네, 고인의 본처가 뒤울 안마루 천장에다 목을 매고 디룽디룽 매달려 있는 것이 아니냐.

숙채는 어스름 어둠 속에 차마 볼 수 없는 그 여편네의 목매단 얼굴을 똑바로 보면서 앉은걸음으로 앞마루에까지 기어왔다.

　　의사가 와서 인공호흡을 시켰으나 그 여편네는 기어이 남편의 뒤를 따르고 말았다.

　　이로부터 한 시간 반이 지났고 또 그담엔 정거장에서 사람들이 들어왔다. 들어온 남편의 가족과 친척들은 그저 악다구니 울듯 아우성을 쳤다. 숙채는 밀려든 사람 틈바귀에서 어디 한쪽 귀퉁이에라도 처져 있을 곳이 없었다. 일찍이 자기 집이요, 자기 남편의 집이던 이 집에서 아무 데를 가도 낯모를 사람들로 꽉 차서 숙채는 몸 둘 곳이 없었다.

　　남편이 죽고 남편의 본처가 그의 뒤를 따라 죽고 또 남편의 일가친척이 모여들어 야단법석을 하니 진실로 숙채는 그의 아내가 아니었다.

　　숙채는 한 사람도 얼굴을 모르는 남편의 일가친척들이라는 사람들이 자기를 쓴 오이 보듯* 식구로도 치지 않는 그러한 눈치 속에서 어린아이를 안고 안방 아랫목에 주저앉아 있었다. 크나큰 집을 다 내주고 오직 이 구석만 이제 찾으려는 듯이 숙채는 그 자리를 지키고 있었다.

　　"열녀로군. 열녀야."

---

　　*　어떤 것을 기피하고 외면함.

목매어 죽은 그 여편네를 칭찬하는 소리가 모인 사람들 틈에서 자자하다.

"남편의 뒤를 따라 절사한 본처는 열녀임에 틀림이 없다."

숙채의 반 너머 얼이 빠진 귀도 사람들이 본처를 추앙하는 말을 멍히 듣고 있었다.

외쪽 길

오늘 아침 이 섬에는 오래간만에 홍합조개를 수북이 실은 배가 불역*에 들이닿았다.

배가 들어오자 집집이 여편네 사내 할 것 없이 함지들을 가지고 나가는 데 온 동네가 발끈 뒤집혀서 와자지껄했다.

"증손이네 아즈바이, 우리 함지에다두 꽉 눌러 담아주우다."

"야, 조앙돌아. 이거 빨리 들구 가자. 눈이 멀개 섯스문 무실하겠늬."

숙채도 함지박 하나를 들고 돌쇠엄마하고 모래

---

* 큰 강이나 바닷가의 모래벌판. 또는 그 언저리.

불*에 푹푹 빠지며 달려나갔다.

"우리 함지에 먼저 굵은 거루 담아주셔요."

"힝, 서울 애기 어마이두 섭(홍합)을 까겠다구 야단이랑이."

숙채네 마당, 아니 숙채가 유숙하고 있는 조앙돌네 마당이 넓고 반반하기 때문에 에미네들은 홍합조개들을 그 마당에다가 무더기무더기 쏟아놓았다. 그리고 멍석들을 깔고 죽 둘러앉아서 까기를 시작했다.

숙채도 그들 틈에 끼어 두 다리를 쑥 뻗고 앉아서 한 손에 끝이 뻬죽하고 자루가 달린 손칼을 쥐고 다른 한 손으로 홍합조개 꽁무니를 잔뜩 누르고 칼끝을 그 속에 쏙 디밀어가지고 휙 도려놓으면 그 속엔 신짝같이 큰 홍합이 붙어 있는 것이다.

이 홍합은 이 섬에서 제일 많이 나는 해산물인데 이놈을 마른 홍합으로 만들어서 서울 가져가면 참 비싸게 받는다.

마른 홍합 만드는 법을 숙채도 배웠다. 가느다란 새끼줄에다 굵은 홍합 백 개를 꿰어가지고 이

---

* 모래부리. 모래가 쌓여 형성된 지형.

놈을 끓는 뜨물에다 슬쩍 데쳐내서 다시 왕겨 불에 쪼여 말리는 것이다.

한참을 부지런히 까고 나더니 모두 진력이 난 모양이라 인제는 칼은 그대로 쥐고 앉아 주둥아리만 놀리는 여편네가 있다.

"아이, 허리 아퍼. 사람 죽겠네."

숙채도 인젠 까기가 싫어서 생선 비린내가 물신거리는 두 손을 멍석자리에다 쓱쓱 문대며 그대로 벌떡 드러눕고 말았다.

"에— 좋다."

"인저 그만두우. 학교생이라 섭을 까도 의사스럽게 잘 깐당이."

숙채— 반듯이 드러누운 얼굴 위에 야청빛 푸르른 하늘이 뚜껑을 덮었다.

그런데 무르익은 봄날 볕은 말랑말랑할 것 같아도 기실 바늘 끝처럼 살 속을 따갑게 쏙쏙 찔러버려서 사람을 못살게 군다.

숙채가 누워서 콧등 위로 건너다보니 측실 옆 오줌독에서 오줌이 졸아드느라고 김이 무럭무럭 난다. 한낮의 째지는 볕이 오줌독을 따끈따끈하게 데워놓은 까닭이다.

"내가 여기에 온 지도 오래됐군."

숙채는 문 앞에 서 있는 버드나무가 지금 한창 기름진 연둣빛 잎새를 실실이 늘이고 있는 걸 보면서 자기가 올 때는 저 나무가 까맣게 말라 있었느니라 생각했다.

"탕 탕 솨—솨."

파도 소리가 들린다. 이 파도 소리는 숙채로도 때로는 들리고 때로는 안 들리는 것이다. 더구나 줄창 이 파도 소리에 젖어 있는 이곳 섬사람들은 한 번도 이 파도 소리를 신기롭게 들으려고 귀를 기울인 일이 없다. 그리하여 그들이 별 뜻 없이 날마다 살아가는 거와 같이 그 파도 소리도 별 뜻 없이 날마다 철썩거려 쉬지 않는다.

"인저 모두 가서 점심을 먹쟁다. 이켓씀?"

이 말이 뉘 입에서 떨어지자 여편네들은 반가워서 누런 놋식기의 조밥이 기다리는 부뚜막으로 돌아갔다.

숙채 남편 김 의사의 시신을 충청도 땅 고향 선산에 뫼시던 날 그의 본처는 만고의 열녀라 하여 그 남편과 합장을 지내주었다.

그로부터 지금은 만 이 개년 후— 숙채 나이 이

제 스물일곱이오, 숙채 아들의 나이 또한 세 살을
잡아오는 때다.

숙채가 맨 처음 이 섬에 발을 디디던 날은 바위
위에 누워놓은 개똥이 뽀—얗게 굳어 있던 지난해
겨울도 아직 첫 입시이던 때였다.

그러나 그 겨울도 지나고 또 봄이 오고— 이러
는 동안 서울 손님 숙채는 첨에 한 달만 있겠노라
던 말은 잊어버린 듯이 섬 속에서 편안했다.

*

숙채가 이 섬으로 온 내력을 아는 사람은 하나
도 없었다. 처음 여기 왔을 땐 이 섬의 짓궂은 사내
녀석들이 놀려대기도 하고 여편네들은 까닭 없이
적의와 조롱을 가지고 숙채를 흘끔흘끔 피하기도
하더니 지금에야 저들과 한집안 식구처럼 친해지
니 다시 숙채의 본색을 의심하거나 캐물을 까다롭
고 못된 인간은 이 섬에 없었다.

숙채도 아무 일 없는 듯이 처음에 들었던 조앙
돌네 사랑방에 있어서 조밥과 된장을 넣고 끓인
미역국을 잘 먹었다.

　다만 지금 숙채가 유하고 있는 방이 구 년 전 '유원'이가 병 치료하느라고 와 있던 방이어서 때로 숙채를 슬프게 했다. 더구나 이런 섬인 까닭에 있음 직도 한 구 년 전 유원이가 유원이의 필적이 있는 종이 부스러기로 헤어진 천장을 기운 것이 이날 입때까지 남아 있어서 이제 숙채의 눈에 다시 띄게 되는 것 등 마음 언짢은 일이 많았으나 이것은 숙채가 더 말할 것 없다.

　숙채가 이렇게 유원이 있던 방에서 벌써 다섯 달 동안이나 있었으나 그가 이 방 속에서 무엇을 생각하는지 아무도 아는 이가 없었다.

　세월이 흐르면 모든 것은 다 잊어버리게 마련이나 또 다 잊어버리는 것은 아니다. 이 섬의 가지가지― 숙채의 눈이 유원이의 기억을 불러내나 그것이 숙채가 이 섬에 온 목적의 전부는 아닐 것이다.

　숙채는 어제 홍합조개를 까노라고 옷을 더럽혔기 때문에 오늘은 새 옷을 갈아입고 스적스적 마을 가운데로 거닐다가 이 섬에 단 하나뿐인 우물가에 가 섰다.

　한 손으로 우물틀을 짚고 들여다보니 과히 깊지 않은 우물 안은 모두 돌멩이로 쌓아 올렸는데 그

돌들에는 푸른 이끼가 두껍게 입혀 있었다.

숙채는 이 우물물을 흰 사기대접에 떠보면 빛이 몹시 누르고 물맛이 건건찝찔해서* 고약하던 것을 기억한다. 서울서 유원이를 마지막으로 만났을 때 그도 이 우물의 물맛을 생각하노라고 했다. 그것은 그들이 첨으로 이 섬에서 만났을 때 숙채가 물을 먹겠다고 해서 유원이가 곁집에 가서 사기대접을 얻어다가 물을 떠먹던 때 물맛을 기억함이다.

그때로부터 지금은 구 년 후— 그리고 서울서 유원이가 마지막 이 물맛을 생각한다고 하던 때부터는 육 년 후다.

그러한데 지금 숙채가 예나 다름없이 굴깍지와 조개껍질이 허옇게 쌓여 있는 이 우물가에 와서 아무렇지도 않게 서 있으니 대체 사람의 마음이란 어떻게 돼먹은 겐지 숙채 스스로도 몰랐다.

숙채는 우물틀에 걸터앉아서 바다를 보니 오늘 바다는 몹시 희고 조용하여 그저 가락지같이 가는 물결이 불역으로 말려들 뿐이다.

"엄마, 엄마."

---

*   약간 짜고 감칠맛이 없다.

깜짝 놀라 보니 방에다 재워둔 애기가 어미를 찾아 나왔다. 이 애기는 세상에 나서 넉 달 만에 아버지를 여의고 이제 어미 품에서 이만치 자랐다.

숙채는 애기를 안았다. 지금 숙채에게 있어서는 세 살 먹은 이 애기―자기 아들이 가장 좋은 말벗이다.

어미로서 숙채는 다른 모든 어미와 마찬가지다. 만일 조금이라도 다른 점이 있다면 그건 세상에 썩 희귀한 일로 첫째 하느님의 실수요, 세상 만물이 창조될 때부터 오늘날에 이르기까지 세 번까지는 없을 예외일 것이다. 물론 숙채가 하필 그렇게 희귀한 예외에 들 리는 만무해서 보통 여러 어머니와 같이 제 자식을 극진히 사랑할 것은 물론이다.

숙채는 애기를 안고 발뒤꾸머리가 폭폭 빠지는 모래사장을 거쳐 바다로 나갔다. 바다로 나가는 길에는 조고마한 언덕이 있고 그 언덕엔 몽당솔밭이 있는데 소나무들은 소금을 안은 해풍에 시달려 지수리가 들고 노랗고 까츨한 게 자라질 못한다.

숙채는 언제나 이 바다와 마을 사이에 있는 언덕을 지나려면 벌건 대낮이건만 무섭고 등허리가 웃쓱했다. 그것은 그 언덕 옆으로 이 동네 대대로 내려오는 무덤들이 있어 게가 바로 묘지인 까닭이다.

쏴—쏴 바람이 몽당솔밭 사이로 지나가고 모래가 흘러내린 무덤들 위에 잡초들은 머리를 맞부딪는다.

"다들 어디 갔어?"

숙채는 언덕에 올라서서 아침부터 게잡이를 나간 마을 여편네들을 찾노라고 목을 길게 빼들고 바다를 내다봤다.

*

숙채는 오늘도 섬 끝에 있는 성황당 바위로 왔다. 뱃사람들이 치성드린 지 얼마 되지 않아서 성황당 안엔 아직도 빨간 과줄 부스러기와 북어쪽과 콩나물이 흩어져 있고 그리고 여전히 그 동배나무엔 여러 가지 색헝겊과 소지*가 걸려서 바닷바람을 따라 날리고 있다.

여기 모래는 너무 희고 반짝거려서 한참만 있으면 눈이 아프다. 그리고 비리비리한 바다 냄새며

* 부정을 없애기 위해 태우는 종이.

쉬지 않고 검은 바위들을 씻어 내리는 물결이며 내다보면 끝이 없는 바다의 넓음이 온통 견딜 수 없는 고독을 만들어서 사람이 그만 게 새끼처럼 물속으로 엉금엉금 기어들어 가 물을 잔뜩 처먹고 죽어버리는 것이 낫지, 그 무서운 고독을 차마 당해낸다는 장사는 없을 것이다.

숙채가 늘상 나가 앉는 바위. 그 바위 위에 앉아 내려다보면 물속에 온갖 해초, 미역, 김, 파래 따위들이 돌 위에 붙어서 물결을 따라 흐느적거리는 모양이 마치 유리 속에다 그 여러 가지 모양을 집어넣은 것처럼 환히 들여다보인다.

'누가 자살할 사람은 없나?'

그러한 사람이면 우선 이 바위에서 거꾸로 떨어질 일이고 그러면 그 해초 속에 숨어 있던 문어란 놈이 나와서 여덟 개의 다리로 휘휘 친친 감아서 수궁으로 모여들 것이다.

오늘도 날이 무척 청명하여 멀리 ××항구의 집들이 바둑돌 모양을 따문따문 늘어놓아 보이고 그 안은 무척 야단스럽고 혼란한 구경이라도 있을 것 같이 분주해 보인다.

'저 안엔 유원이가 있다.'

유원이는 그때 서울서 붙잡혀서 이래 칠 년 만에 집으로 돌아왔다. 돌아와서는 지금 저 항구에 살고 있는 것이다. 숙채는 그가 다닐 것 같은 길들을 눈어림해 가며 날마다 그쪽을 바라보고 있다.

'유원이를 꼭 한 번 만나야 할 텐데.'

사실 숙채는 이 섬으로 유원이를 만나러 왔는지도 모른다. 아니 그를 만나러 왔다. 유원이를 만나러 온 숙채…… 사십 리 길을 사이에 두고 그 겨울이 지나고 또 봄이 오고 이러했건만 아직도 만나지 못했고 또 앞으로 영원히 만나지 못할지도 모르는바―. 사십 리 길은 한나절 길이로되 두 사람 사이에서 이렇게 멀었다.

유원이는 지금 숙채가 이 섬에 와 있는 줄을 알 리 없으며 또 숙채가 자기에게 그렇게 간절한 이야기가 있는 줄을 알 턱이 없다.

사실 숙채는 그들의 '옛날 사랑'에서가 아니고 꼭 한 가지 유원이에게 상의하고 싶은 일이 있기에 찾아온 것이다. 숙채가 팔짱을 우그려 끼고 오다가 쌀 씻는 여편네들을 그저 지나올 수가 없어 그 앞에 서서 말을 건넸다.

"쌀을 씻으시우?"

"애기 어마이 어디메 가서 영구 양지(얼굴)를 볼수가 없소? 아까 복순이네가 털게를 삶아놓구 자시라구 암만 찾아댕기어 있어야지?"

"털게를 삶았어요? 나는 있었다면 좀 얻어먹을걸 그랬군."

"앙이, 애기 어마이 짓을 내노았지미, 복순 에미, 애기 어마이를 빼고 혼자 먹을 것 같슴?"

숙채는 얼른 집으로 들어가고 싶으나 이 여편네들이 자꾸 붙잡고 말을 하는 통에 그대로 엉거주춤 서 있는 수밖에 없다.

"그런데 어째 그리 양지가 까츨하오. 치븐 사람 갔당이, 어디 아프오?"

"글쎄, 자꾸 으슬으슬 춥고 머리가 아파서 죽겠군요."

"그게 앙이됐군, 어서 들어가 눕소. 무시기 언치었능가?"

"글쎄, 낮에 점심 먹은 게 체했는지."

숙채는 이 섬에 와서 고뿔* 한번 앓는 일 없고 미역줄거리를 마구 먹어도 체하는 일이라고 없더

* 감기.

니 오늘은 어찌 아픈지 아까 성황당 뒤에 있을 때
부터 자꾸 추웠다.

"아마, 고굼*이든 게랑이. 자꾸 칩다는 걸 보니."

숙채는 그만 방으로 들어와서 이불을 뒤집어쓰
고 누워버렸다.

*

이불을 꼭대기까지 뒤집어쓰고 있으나 자꾸 으
슬으슬 춥고 등에다 냉수를 끼얹는 것 같은 게 골
속이 사뭇 쪼개지는 것처럼 아프다.

바지런한 주인댁은 어디 가서 뉘 집 아이 불알
토산이 깨무는 볶은 콩과 떡을 얻어가지고 오다가
숙채 앓는 걸 보고 깜짝 놀란다.

"애기 어마이 오디 아파서 이러우. 자꾸 떠는 거
보니 고굼을 앓는 게랑이. 여름도 되기 전에 고굼
이 무슨 고굼이오. 그나저나 구들이 차서 앙이됐
군."

"나, 냉수 좀, 아이 죽겠네."

* '고금'의 방언. 말라리아.

"찬물을 자셔서 되겠소. 참아야지비."

숙채는 냉수 대접에 입을 댔으나 속에선 불이 나는데도 물에서 해감내*가 나며 메스꺼워 먹을 수가 없다.

주인댁은 새 저고리를 벗어놓고 낡은 저고리를 바꿔 입더니 옷고름도 미처 맬 새 없이 불 땔 채비를 한다.

그는 부뚜막에서 성냥통을 쥐고 나가서 마당 구석에 네모반듯하게 쌓아놓은 나뭇가리**에서 한 아름 안아다 숙채 방 부엌 앞에 철썩 내려놓는다.

한참 만에 부엌에선 이글이글 불이 붙는다. 불 때는 나무가 바닷가에 밀려 나온 나무들을 주워다 말린 것이라 소금이 묻어서 그런지 유난스레 빠작 빠작 소리를 내며 탄다.

불을 때니 구들 윗목에 어디 틈이 났는지 방 안에 연기가 자욱하다.

"에그, 웬 연기야?"

"방에 내굴이 나오? 날이 올라는 게군."

＊ 바닷물 찌꺼기의 냄새.
＊＊ 땔나무 더미.

주인댁이 저녁을 짓다 말고 흙 한줌을 물에다 축여가지고 들어와 방바닥 터진 데를 바른다.

"애기 어디 갔어요?"

"문 앞에서 노는 걸 지금 데려왔당이."

"어디 나가지 못하게 하셔요. 그리고 나 있는 데 들어오지 못하게 해얄 텐데, 내 병이 무슨 병인지도 모르니깐."

"그러지비. 지금 안방에서 노느라구 정신이 없소."

숙채는 여전히 앓아서 몸을 뒤틀고 이리 누웠다 저리 누웠다 하다가는 한참씩 늘어져 있었다.

이렇게 늘어져 있는 동안이면 이불을 뒤집어쓴 숙채의 귀에 별별 소리가 다 들린다.

"얼라야— 맛있니?"

"응, 마시어."

아마 아까 얻어왔다는 토산이 떡을 애기에게 쥐어준 모양이다.

"마시어."

맛있다는 말이다.

숙채는 이불 속에서 또 그 불타는 소리를 듣는다. 빠작빠작하는 소리가 얄궂게 적막하다. 그리

고 숨쉴 때면 매캐한 연기내가 목구녁을 아리게
하고 지금 이 섬은 완전히 저물었다. 더구나 에미
없이 흙 묻은 손에 수수떡을 들고 앉아서 "마시어,
마시어" 하는 제 아이의 소리, 숙채는 이 모든 소리
와 냄새들이 불속이기 때문에 더 분명히 더 아프
게 듣고 맞는다고 할까― 어쨌든 숙채는 울었다.
불같이 달은 뺨과 콧등에 눈물이 홍건히 고여서
마를 줄을 모른다.

"아이머니, 아이머니."

숙채는 위정* 앓는 소리를 커다랗게 했다. 이것
은 엄살이 아니라 죽은 듯이 누워 있기란 더 아프
고 더 괴롭고― 할 수 있으면 무당처럼 일어나 빙
빙 돌고 방바닥을 썰썰댔으면** 몸과 마음이 가뿐
할 것 같았다.

그날 밤 숙채는 조금도 덜리지 않고 그대로 앓았
다. 그러다가 초저녁을 지나서 조금 잠이 들었다.

"인제 잠이 들었으니……"

주인댁이 업어서 잠든 애기를 윗목에 자리 깔고

---

* '일부러'의 방언.
** 이리저리 기어다니다.

누이고 자기도 안방 정지간으로 가서 잤다.

얼마쯤 잤는지 숙채는 깜짝 놀란 것처럼 깼다. 방바닥에서 불이 나건만 몸에는 땀이라곤 나지 않고 이맛전도 보송보송했다.

"예가 어디람?"

숙채는 충혈된 눈을 멀거니 뜨고 지금 제가 어디에 와 있는지 어리둥절했다.

"애기는 어디 갔어?"

숙채는 윗목에서 자는 애기를 봤다. 그래 일어나 애기한테로 가려고 했으나 몸을 운신할 수가 없다.

"내가 어디 왔을까?"

재어보지 않았으나 확실히 사십 도 이상은 될 열기로 말미암아 숙채 머릿속이 마비된 것이다.

숙채는 뚜레뚜레 방 안을 살폈다. 램프 불에 기름이 좋아서 꺼멓게 그름*이 앉은 것이 보였으나 지금 그의 머릿속에는 유원이도 없고 김 의사도 없고 목매 죽은 남편의 본처도 없고— 그저 머릿속이 천근같이 무겁다.

* '그을음'의 옛말.

*

감기나 학질이면 한 사나흘 지나면 알 수도 있고 차도도 있을 텐데 숙채 병은 웬 영문인지 자꾸 더해만 간다.

그렇게 앓기를 닷새까지 했을 때 동네 늙은이들 말은 이게 영락없는 열병이라고 한다.

본래 여기란 데가 침 한 대 놓을 줄 아는 조선의원 하나 없는 고장이라 무슨 의젓한 의사가 있어서 진찰이라도 받을 수 있는 처지가 되지 못한다.

어느 날 숙채는 익은 꼬아리* 빛처럼 달은 얼굴을 이불 밖에 내놓고 자기를 읍에 병원으로 떠메다 달라고 빌었다.

숙채는 제가 이렇게 중병에 걸리고 보니 몹시 겁이 났다. 여태까지 이런 섬 중에 혼자 와 있어도 그다지 마음이 허전허전하지 않더니 인제는 오도 가도 못 하고 이 섬에서 죽고 말 것만 같다.

사람에게 젊음과 건강이 있는 동안, 완전한 슬픔과 절망이 있을 리 없다. 병들기 전 숙채는 그 깎은

* '꽈리'의 방언.

듯한 얼굴에 만만치 않은 야심과 또 삶의 뿌리로
부터 오는 즐거움으로 말미암아 언제나 번화했다.

그러나 그는 지금 무서운 열병에 걸려 있다. 이
섬의 노인들의 말이 옳은 것이다. 숙채의 병은 틀
림없는 열병이다.

"난 오늘 세상없어도 병원에 가봐야겠는데."

숙채는 곁에 사람을 들으라는 듯이 이렇게 중얼
거렸다.

"에구, 앙이 되오. 이런 병에는 병원에 가면 못쓰
오. 괜히 큰일 날 소리를 하지 마오."

방 안에 모여 앉았던 늙은이 젊은이 할 것 없이
한마디씩 못 간다고 말린다.

그들의 말에 의지하면 열병 앓는 사람을 병원에
가져갈 양이면 채 죽지도 않은 것을 그냥 석유 기
름을 들이붓고 불을 지른다 한다. 그러면 병자가
뜨거워서 엉금엉금 기어 나오는데 그럴 때면 일꾼
들이 발길로 툭 차서 다시 불더미 속에 처넣어 죽
인다.

이것은 그들의 움직일 수 없는 신앙이다. 그러
나 한 사람도 정작 그렇게 죽이는 것을 본 사람은
없었다.

　숙채가 앓자 동네 사람들이 모두 걱정을 해주고 때때로 와서 보아주었다. 그런데 이 섬사람들에게는 의원은 없어도 약이 아주 없는 바가 아니다.

　꼭 이 섬에서만 나는 흙이 있는데 그 흙을 구워서 물을 해 먹이면 열을 치고 열병엔 아주 그만이라는 것이다. 여럿이 의결한 끝에 그 약을 해 먹이기로 작정이 되었다.

　"윗집 아주바이* 좀 갔다 오시겠소? 거기야 스나**들이 가야지 여편네야 발을 붙일 수가 있어야지."

　"그럼 가지비. 그게야 심(힘)이 들겠소."

　한낮쯤 해서 흙 파러 갔던 사람이 왔다.

　"이거 어서 구어야 앙이하오."

　여편네들이 가져온 누런 찰흙을 큰 주바리*** 덩이만큼 뭉쳐서 부엌 아궁이에 넣고 짚불을 때면서 거죽이 뻘젛게 될 때까지 구웠다.

　다 구운 담엔 큰 양재백이에 물을 떠놓고 게다가 흙덩이를 집어넣어서 국물을 만들었다.

---

　*　'아저씨'의 방언.
　**　'사내'의 방언.
　***　'주먹'의 방언.

"일어나 약을 자시오."

주인댁이 한 사발 철철 넘게 떠 가지고 들어와 먹으라고 한다.

방 안에 모였던 사람들이 모두 약사발을 넘겨다 보며 무슨 훌륭한 거나 되는 것처럼 어서 일어나 약을 먹으라고 야단이다.

숙채는 눈을 감고 들어누웠어도 그들이 만드는 약이 무엇인지 다 알고 있었다. 대체 자기와 같이 무서운 열병에 걸린 사람이 그 맛 흙물을 먹어서 나을 리가 없다고 숙채는 아예 질색을 했다.

"어서 일어나 자시오."

숙채는 하릴없이 겨우 일어나 한 손으로 방바닥을 짚고 울상이 되어 약사발을 바라보았다. 누리끼―한 흙물이 한 대접이다.

"에그, 저걸 어떻게 다 먹어요?"

가뜩이나 몸이 아파 죽겠는 사람에게 이따위 되지도 못한 것을 가지고 성화시키는 사람들이 짜증이 났다. 그러나 지금 숙채는 그런 짜증과 고집을 세울 만치 호강스러운 처지가 아니다.

"얼나 같당이. 눈을 딱 감고 마시면 그만인데."

숙채는 둘러앉은 사람들의 눈치를 흘끔흘끔 살

폈다. 그들의 얼굴에서 호의와 자비가 사라지기
전 이 약을 마셔야 하는 것이 아닌가. 아무리 효력
이 없고 먹기 고약한 것이라도 그들이 실쭉해지는
데 비하면 백번이라도 먹어야 할 일이다.

숙채는 부들부들 떨리는 손으로 약사발을 들어
단숨에 꿀꺽꿀꺽 마셨다. 그리고 또 그들의 눈치
를 살폈다. 다시 병원에 가겠다는 말도 안 했다.

이렇게 해서 그들에게 감사한 뜻을 표하고 또는
그들에게서 '호의'와 '자비'를 구걸했다.

"에구, 용소. 인제는 살았지비."

그들은 모두 웃었다.

여행 병자에게 가장 무서운 것은 고독이다. 먹
은 흙물이 목구멍으로 넘어오나 그들이 가지 않아
서 다행했다.

*

열나흘 만에 땀을 내지 못하면 죽는다던 곱패도
지나고 숙채가 병을 놓고 다시 정신이 들기는 병
든 지 사십 일 만이었다.

사십 일 동안이나 염병*치레를 하고 나니 사람

꼴이 말이 아니다. 뼈에다 가죽을 뒤집어씌워 놓은 게 그저 귀신 같다.

숙채가 다시 정신이 들자 머릿속을 불로 따끔 지지는 것 같은 생각은 애기가 보고 싶은 것이었다.

숙채는 무슨 생각인지 벌떡 일어나려고 했다. 그러나 몸이 방바닥에 착 달라붙어서 떨어지질 않는다. 제 생각엔 그래도 머리는 든 것 같았으나 사실 머리도 베개에서 떨어지지 않았다. 이리되니 숙채는 그대로 누워서 입을 실룩거리며 울기를 시작한다.

"조앙돌아— 조앙돌아—."

모깃소리만큼 겨우 악을 써서 주인댁이 들어왔다.

"어쩨 우오? 또 아파서 그러오오?"

"아니, 애기 어디 갔어요?"

"얼라 말이오? 바깥에서 노는데 인젠 디러와도 일없을까?"

"안 돼요."

숙채는 깜짝 놀라 손을 내저었다. 아직도 병이 전염될 염려가 있는데 애기를 불러서는 못쓴다.

* '장티푸스'를 속되게 이르는 말.

그동안 어린애는 주인댁이 맡아가지고 있었다. 처음 한 사나흘은 울고 엄마를 찾더니 그담부터는 곧잘 주인댁이 주는 밥을 먹고 밤에는 주인댁의 빈 젖을 빨며 한쪽 손으론 다른 젖꼭지를 만지며 배배 틀다간 잠이 들었다.

"애기 마당에 있습디까?"

"그럼, 저 퇴방마루에서 앞집 복순이랑 노느라고 정신이 없수."

"마루에서 놀아요?"

숙채는 눈물이 아직도 붙은 얼굴에 웃음을 띄우며 주인댁을 자기 곁으로 오라고 했다.

"어렵지만 날 좀 일으켜 저 미닫이 있는 데까지 끌어다 주우. 문틈으로 애기 노는 걸 내다보게."

"얼라 보고 싶어 그러오. 난 또 어째 울었나 했더니. 그야 그렇지비, 앙이 보구 싶을 택이 있소."

주인댁은 숙채를 안아 일으켰다. 그리고 이불을 둘러 창문 가로 바싹 다가앉혔다.

숙채는 손가락 끝에 침을 발라서 문구녁을 뚫었다. 그리고 상큼한 목을 빼들고 그 구녁으로 내다보았다.

"애기가 저게 있다."

마치 새끼 데린 암탉이 새끼를 뺏겼다가 그 새
끼들을 다시 만나는 때와 같이 숙채도 두 날개를
펄럭거리며 어쩌지 못해 좋아하는 건 암탉이나 사
람이나 매한가지였다.

"저 녀석이 그새 머리가 어떻게 좋았는지 인
전 날 아주 잊어버린 모양이야. 저저 저 모양 좀
봐……"

어미 없는 새 나시시한 머리가 귀밑까지 좋아
서 푹 덮이고 얼굴 손 할 것 없이 꼬지랑 물이 얼룩
덜룩 환을 그리고 맨발에다 쬐고만 고무신을 꿰고
앉아 장난에 혹해 있는 애기를 내다보며 숙채는
정신이 없었다.

"힝, 내가 없어도 곧잘 노는데."

이때 숙채의 얼굴은 저 두메산골 여편네 얼굴이
나 다름없이 미련했다. 어미가 되는 데는 교양 많
은 여자나 무지한 여자나 다 같이 원시인이 되는
까닭이다. 젖통을 드러내놓고 젖을 먹이는 것이
전혀 원시적인 것처럼.

숙채는 문구녁으로 내다보다 못하여 기어이 애
기를 방으로 불러들여 안아보고야 말았다.

열병이란 병도 무서웠거니와 숙채는 지금 극도

의 영양부족에 걸려 있다. 병중에 입맛이 소태처럼 써서 아무것도 먹지 못하니 인제 병을 놓으면 구미가 돌아서겠지 하고 있는 수밖에 이런 섬 중에서 무슨 별도리가 있으랴. 그러다 보니 사람은 아주 형편없이 되어 만일 의사가 진찰해본다면 깜짝 놀라서 숙채의 생명을 의심할 것이다.

그러나 정신은 육체의 쇠약과 정반대로 마치 기름 없는 등잔의 심지를 마지막으로 활짝 돋워놓은 것처럼 그렇게 커다랗게 그렇게 환하게 타고 있었다.

그런데 숙채의 두 눈이 바로 그 등잔인 것처럼 그의 온몸의 정기는 눈으로 모여서 마치 인형의 구슬 눈동자같이 맑았다.

숙채는 이불을 두르고 앉아서 무슨 생각에 골몰했다. 병중에 가졌던 맨 밑바닥의 슬픔과 절망은 인제 간데없고 금세 이 몸이 훌쩍 날아 아무 데라도 갈 것 같다.

"체— 여기에 와서 반년 동안이나 있으면서 뭣하러 유원이는 찾아보지 않았누. 그러다가 그새 병으로 죽었으면 어쩔 뻔했어?"

숙채는 새삼스레 그동안 벌써 유원이를 찾아보지 않은 것이 거의 자기로도 알 수 없는 무기력한

짓 같았다. 숙채는 어디서 난 패기인지 열병을 앓
고 나더니 사람이 딴판으로 생기를 얻었다.

*

그새 반년 동안 두고두고 해보던 생각을 숙채는
병후 첨으로 지금 또 해보는 것이다.

'아침 별들이 아직도 히뜩히뜩 보일 때 일어나
서 새벽조반을 지어 먹고 배로 가면 빠르지만 배
편이 그리 쉽게 있는 게 아니니까 육로로 가지. 그
러면 아무리 늦게 가도 이른 점심때쯤은 읍에 들
어설 게다.'

숙채는 유원의 집에 가는 길을 더듬는다. 유원
의 집 뒤로 장터가 있는데 거기 저녁때면 대합, 미
역, 굴, 건대구, 온갖 생선, 돼지 순댓국 장수, 별별
것이 다 모여들어 야단법석이겠다.

'대문 안에 가만히 들어서가지고 어떻게 찾는
다?'

'계십니까— 이렇게 하지.'

숙채는 여기까지 생각해보면 반드시 그 안에서
유원이가 문을 펄쩍 열고 머리를 쑥 내밀었다가

숙채가 와 선 것을 보고 눈이 멀개서 마주 바라보다가 돌처럼 그만 굳어져버리는 것이다.

'지척에 있는 사람을 여섯 달 동안이나 두고 벼르기만 하면서 만나지 못하다니…… 그럴 걸 서울서 애당초 오기는 왜 왔담?'

숙채는 제 혼자 너무 주변머리 없는 걸 욕했다. 이렇게 생각할 때는 유원이를 다시 만나는 것이 퍽 쉽고 곧 시행할 수 있는 일이지 뭣 땜에 반년이나 손톱눈만 썰고 엄두를 못 냈는가 하면 우스웠다.

'오늘은 시원히 가볼까 보다.'

숙채는 제법 일어날 것 같았으나 공교롭게도 지금은 중병을 앓고 난 후라 어떻게 사십 리 길을 걸어갈 수가 있으랴.

숙채 생각에 지금 곧 갔으면 좋겠는데 똑 몸이 아픈 것이 탈이라고 했다. 그렇지만 않으면 훨훨 잘도 갈 것 같았다.

그러나 그다음 순간 아차 생각이 비뚜루 들면 인제 와서 유원이를 만나본다는 것은 낙타를 타고 바늘구멍으로 들어가는 것보다 더 이치에 당치 않는 망발이라고 생각된다. 숙채와 유원이의 사이는 다시 이어질 길이 없이 무궁무진이 끊어진 두 개

의 세계라고 믿어지는 것이다. 이러한 상식이 숙
채로 하여금 여섯 달 동안을 이 섬에 머물게 하고
또는 혹 영원히 머물게 할지도 모르는 열병을 앓
게 한 것이다.

그러나 오늘 숙채는 비록 육체는 말라서 뼈와
가죽만 남았다 해도 그따위 상식쯤은 손쉽게 집어
치우고 무슨 일이라도 저지를 것 같은 자신이 생
긴다. 이 자신은 숙채가 서울서 이 섬으로 올 때 가
졌던 자신보다 좀 더 크고 확실한 것이라고 할 수
있다.

숙채는 우선 둘렀던 이불을 제쳐놓고 앉은걸음
으로 뭉기적뭉기적 윗목에 놓아둔 '트렁크' 있는
데까지 갔다.

뚜껑을 열고 맨 밑바닥에 있던 편지지와 만년필
을 찾아내놓았다. 편지를 쓰려는 것이다.

숙채는 다시 이불 있는 데로 와서 한참 우두커
니 앉았다가 만년필을 들었다. 그러나 의외로 손
이 떨리고 손만 떨리는 게 아니라 온 전신이 달달
떨린다.

숙채는 마음을 고쳐먹고 무엇을 써보려 했으나
잠시 눈앞이 새까맣게 어두워지는 것을 깨닫지 않

을 수가 없었다.

"아마 중병을 치르고 난 사람이 돼서 그런 게지."

숙채는 한 시간이나 애를 써서 겨우 몇 줄의 편지를 썼다.

그동안 안녕하십니까. 저는 약 반년 전에 이 알섬에 와 있삽는바 잠깐 상의할 일이 있사오니 와주십시오.

삼월 입삼 일三月卅三日 남숙채

숙채는 편지를 써들고 읽고 또 읽었다. 그리고 무슨 뜻인지 "힝" 하고 웃었다.

벌써부터 만약 자기가 유원에게 편지를 쓰게 되는 날엔 누구를 시켜 전해달라고 할 것을 숙채는 미리 물색해두었던 터이라 편지를 봉한 다음 주인댁을 찾았다.

"어째 그러오? 무스거 자시잔 어서 어쩌겠소."

"저…… 복순 아버지 지금 집에 있을까? 있거든 좀 오라구 해주시우. 내 꼭 할 말이 있다구."

얼마 있다가 복순 아버지가 고무신에다 밟은 소

똥을 툭툭 털면서 마당에 들어섰다. 이들 내외간
이 평소부터 숙채에게 여간 끔찍한 게 아니고 숙
채도 그들을 남 같지 않게 알았다.

"어려운 부탁이 있는데 어떡하면 좋을까요."

"어렵기는 무시기 어렵겠소. 어서 말하오."

숙채는 이 편지를 읍에 가져다 전해줄 것을 말
했다.

"그 왜, 아랫장 마당 뒤로 들어가서 바로 검은 목
담 한 집인데 여기 번지대로만 찾아가시지, 그러
면 될걸요. 아시겠어요? 찾긴 쉽습네다. 이렇게 어
려운 부탁을 해서 어째요."

"앙이, 별소리도 다 하오."

복순 아버지는 바로 이웃집에나 가듯이 편지를
호주머니에 넣고 마을 밖으로 나간다.

숙채는 그만 기진해서 이불 위에 쓰러져 눈만
깜짝깜짝했다.

*

그 이튿날 이 동네로 웬 낯모를 사나이 하나가
들어왔다. 개들이 검정 양복 입은 사람이 눈에 서

툴다고 사나이의 아랫도리에 착착 감기며 짖어싼
다. 그는 한 손으로 개를 몰면서 눈은 앞만 바라보
고 동네 가운데로 난 길을 급하게 걸어 들어왔다.

이 사람도 숙채가 맨 첨 이 섬으로 오던 날 마을
사람들에게 뉘집 한번 묻지 않고 바로 버드나무
집으로 가듯이 곧장 그 집으로 들어가려 한다.

유원이는 버드나무 아래에서 잠깐 주춤했다. 옛
날 숙채가 이 버드나무 아래에 숨어서 들어오지
않듯이······

십 년 전에 유원이가 이 집에 와 있었고 그들이
마지막 서울서 헤어질 때 이 동네의 물맛은 소금
물처럼 쩝쩔하다는 이야기를 했고 이제 또 숙채가
이 섬에 와서 여섯 달 동안이나 있었고─.

그러나 이러한 것들이 사람의 마음을 아프게 한
대도 그것이 그리 장한 것은 못 된다. 유원이는 여
전히 무거운 숨을 내쉬며 전보다 많이 변해진 것
같으나 자세히 보면 지붕이며 벽이며 울타리며 그
냥 그대로 남아 있는 옛마을을 물끄러미 바라보고
있었다.

이러할 때 마침 냉수 뜨러 우물에 갔던 주인댁
이 물동이를 이고 오다가 유원이가 서 있는 것을

보고 그 앞에 가서 마주 섰다.

"우리 집에 오시는 손님이시요?"

"네— 저."

유원이는 당황하게 대답을 해놓고 물동이를 인 여인네를 바라봤다.

"그럼, 어서 들어오시오."

주인댁은 어제 서울 애기 어마이가 읍에다 편지를 하고 누구를 기다리는 눈치를 채었던 터라 버드나무 밑에 서 있는 양복쟁이는 틀림없는 자기 집 손님이라고 단정하고 연해 한 손으로 물동이 쪽지를 잡고 뒤를 돌아다보며 유원이더러 들어오라고 하는 것이다. 유원이도 이 집에 이러이러한 사람이 있느냐고 물을 필요도 없이 지금 그 집 속엔 숙채가 있을 것을 눈으로 확실히 보면서 좋은 핑계와 안내자를 만났다고 그 뒤를 따라 마당 가운데 이르렀다.

유원이가 마당에 들어서자 그의 눈에 펀뜩 보이는 것이 있다. 오늘도 토방 마루에서 혼자 놀고 있는 숙채의 어린것—. 유원이는 그 작은 얼굴에서 문득 뜻하지 않은 숙채의 얼굴을 보았다.

"응?"

　순간 유원이는 약간 고개를 외로 꼬고 입가에 어색한 웃음을 띄우는 것 같더니 또다시 그 어린아이를 유심히 바라다본다. 그의 얼굴엔 점점 더 그 어색한 듯한 웃음이 짙어와서 무척 감개무량했다.

　유원이가 숙채의 아들을 보고 놀라는 것이 무리가 아니다. 그들이 서로 헤어질 때는 숙채가 아직 소녀티를 벗지 못한 처녀—유원이가 아는 숙채, 유원이가 생각하는 숙채는 그러한 모습이었더니 이제 보지 못한 숙채의 '어미꼴'과 그 어린것을 형상한다는 수가 무슨 재주로 있을 것이랴.

　주인댁이 부엌에 들어가 물동이를 내려놓고 사랑방에 나가 숙채 보고 무에라고 수군거리는 사이 유원이는 자기도 모르게 한 걸음 애기 앞으로 다가섰다. 그리고 무에라고 애기에게 말을 붙여보려 했으나 말이 용이히 목구녁을 틀어막고 나오질 않아서 그냥 두 손을 벌려서 오라는 뜻을 보였다.

　아이는 앙—하고 울면서 외면을 한다. 그러더니 부산하게 일어나서 짧은 다리로 문지방을 넘어 안으로 들어간다.

　유원이는 그새 숙채의 생활을 몰랐던 것이 아니다. 그저 이야기로 들어서 알기는 안다. 그러나 남

의 이야기만으론 늘 부족한 법이다. 이 부족한 이
야기가 이미 유원에게 이루어진 숙채를 완전히 허
물어트리기는 거의 불가능한 일이었던 것이다.

안에서 무슨 소리가 들리는 것 같다. 유원이는
그 소리를 귀에 담으며 잠시 바다 쪽으로 머리를
돌리었다.

"들어오시오."

주인댁이 문을 열고 손님을 청해 들인다. 유원
이는 주인댁이 한 손으로 문을 열어젖히고 있는
그 겨드랑이 밑으로 숙채의 파리한 얼굴을 문득
보았다.

*

유원이가 숙채 있는 방으로 들어갔을 때 방 안
은 이미 어두워서 문창호지가 유난스레 푸르스
름하고 부엌에서 저녁밥 짓는 김이 샛문 틈으로
솔—솔 기어들고 있다.

유원이는 선 채, 숙채는 앉은 채 두 사람은 대담
스럽게 바싹 마주 바라다보았다는 것은 의외였다.
그러나 그 한순간이 다 지나가도록 두 사람 가운

데 아무도 기절해 넘어지는 수도 없었거니와 주위
의 천지만물이 개벽하는 일도 없이 무사했다.

이 한순간을 위하여 두 사람은 얼마나 많은 대
화와 표정과 눈물을 준비했던 것이랴. 그러나 이
제 그들은 그 어느 한 가지도 실행해보지 못하고
차라리 제 얼굴을 어떻게 주체해야 할지 몰라 얼
굴 껍데기가 근질근질해 왔다.

"사람이란 어떻게 싱거운 물건인지."

그들은 똑같이 이 생각을 했는지도 모른다. 그
처럼 오랫동안 그처럼 간절히 만남을 계획하고 바
라던 그들이건만 어제도 오늘도 보던 얼굴 같고
조금 전에도 만났던 이웃 사람의 얼굴같이 그렇게
싱겁게 그렇게 무하게 보아지는 법이 어디 있으
랴. 물건을 눈앞에 바싹 들이대면 보이지 않는 것
과 같이 숙채와 유원이의 얼굴도 너무 가까운 거
리에서 도리어 반가움을 찾지 못했다.

유원이는 숙채의 형체만 남은 모양에 놀랐다.

"왜 어디 앓으셨어요?"

숙채는 대답 대신 그대로 자리에 눕고 말았다.
그리고 벽을 향해 뻭 돌아누웠다.

숙채는 돌아누워서 약간의 눈물을 흘렸다. 그러

나 그 눈물은 그들의 마땅히 가져야 할 분량보다 엄청나게 적은 것이었다.

그 이유는 숙채도 모른다. 유원이도 모른다. 왜 이렇게 싱거워만 지는지 왜 이 순간 좀 더 보암 직한 비극이 두 사람 머리 위에 떨어지지 않는지 실로 알 수 없는 일이다.

방 안이 점점 어두워온다. 이 어둠 속에 유원이는 헝클어진 머리칼이 덮인 숙채의 어깨를 바라다보았다.

일찍이 그처럼 둥글고 생기 있던 그 어깨가 지금은 저고리 속에서 헐렁하게 여윈 것을 볼 때 비록 그것이 육체의 병으로 말미암음이라 하나 또한 그의 마음의 상처를 의미하지 않는다 할 수 없고 그의 슬픔의 한끝이라 하나 또한 그의 마음의 상처를 의미하지 않는다 할 수 없고 그의 슬픔의 한끝이라고 아니 할 수도 없다.

유원이는 그 어깨를 가만히 흔들었다.

"숙채— 우리 오늘 밤으로 이 섬을 떠납시다. 읍으로 들어가서 우선 건강을 회복해야 하잖아요?"

유원이는 숙채가 열병을 앓은 것이 무척 다행했다. 지금 자기 앞에 누웠는 숙채— 그는 옛날의 자기가 잃어버렸던 소녀, 자기의 약혼자가 분명했다. 만일 숙채가 열병을 앓지 않았다면 그들은 좀 더 많은 반성과 타산이 있지 않을 수 없으며 그리되는 동안 두 사람은 이루 헤아릴 수 없는 괴로움과 또 어찌 변덕이 들어가면 숙채가 두 번째 유원의 손에서 달아나는 설움을 만들지 않으리라고 아무도 장담하지 못했다.

그러나 이제 열병이 뒤집어씌워진 숙채는 아무러한 까다로운 이야기가 있기 전에 유원이로 하여금 그 몸의 살을 깎고도 남을 만한 정열을 얻을 수 있는 것을 감사했다.

멀리 바닷소리가 들린다. 오늘은 아마 뒷 바다에만 풍랑이 있나 보다. 부엌에선 여전히 된장찌개 냄새가 들어오고 주인댁은 부뚜막에 걸터앉아 마늘 알을 까고 있다.

"그럼 오늘 밤으로 가도록 합시다. 반대하지 않지요?"

숙채는 돌아누운 채로 머리를 흔들었다.

"가지 않겠어요."

"공연한 고집은 금물이에요. 약을 써야 안해요?"

"무얼, 나두 여기서 약을 먹었는데."

"무슨 약을?"

"흙을 구워서 물을 해 먹었어요."

"흙을요?"

두 사람은 첨으로 웃었다. 그리고 이번엔 숙채도 그 바닷물 소리를 들었다.

"오늘 파도가 센 게죠."

"네……"

이때 유원이는 남포에 불을 켜려고 호주머니에서 성냥을 찾아들었다.

*

그날 밤 두 사람은 이 섬을 배경으로 그리고 오랜 세월 전에 자기네가 와보았던 이 집에서 그때나 다름없을 물결 소리를 듣고 있노라니 마치 기구한 이야기 속의 사람들처럼 한스러웠다.

숙채는 여전히 돌아누운 채 손톱으로 벽에 흙을 뜯고 있었다. 유원이는 그 곁에 앉아 근심스럽게 숙채의 얼굴을 들여다보았다. 남폿불에 비치는 숙채의 얼굴은 그저 빨래해놓은 것처럼 하얗게 질리고 웬일인지 이맛전에 식은땀에 촉촉이 내뱄다.

그런데 몸이 이렇게 쇠약해진 사람이 마음은 분외로 불꽃을 사르듯 찬란하고 유리로 만든 사람처럼 투명하여 곧 그의 혼이 그 가벼운 육체를 들고 무한히 날라가버릴 것 같은 위험을 유원이는 느꼈다.

"중병 들린 사람이 왜 저 지경일까."

유원이는 무슨 불길한 예감이 드는 것을 어쩌지 못했다.

"우리 내일은 꼭 병원으로 갑시다."

"아니, 안 가요."

숙채는 또 한번 누운 자리에서 머리를 흔들었다.

"내일은 안 가면 내가 업고라도 갈 테니…… 왜 쓸데없는 떼를 쓰시오."

유원이는 화를 냈다.

그들은 두 사람 다 그들이 헤어져 있는 동안에 일어났던 제반사에 대해선 일체 한마디도 꺼내지 않았다.

지금 그들의 과거사— 아니 숙채의 과거지사를 다시 의논할 재간은 뉘게 있으며 필요는 어디 있을 것이랴.

숙채는 자기의 생활에 대하여 한 번도 후회하지

않았고 유원이도 그를 책망할 아무러한 구실도 찾지 못했다. 무릇 한 여인의 신상에 일어난 일은 그것이 선악 간에 그 여인 자신이 책임질 만한 일은 극히 적은 것이 보통이다.

그러므로 모든 여인은 점쟁이에게 제 운명을 묻기를 좋아한다.

갑자기 바다 쪽에서 이상스런 소리가 들린다. 철썩철썩 밤낮없이 울타리 밑을 씻어 내리는 물결 소리 속에……

"아마 물귀신인 게지요?"

"글쎄요."

숙채는 어린애처럼 눈이 둥글해서 유원이를 쳐다보고 있다. 그러다가 한참 만에 두 사람은 웃었다.

"내가 일어날 수만 있으면 우리 저 귀신 우는 바다로 나가 싸다녔으면 좋겠는데— 어디 좀 일어나 볼까? 절 좀 일으켜주세요. 그리고 포대기를 여기에다 씌워주세요. 그렇게만 하면 나갈 수 있어요."

"이거 안 됩니다. 가만히 누워 계십시오. 인제 다 낫거든 얼마든지 나갈 수 있는데."

유원이는 깜짝 놀라 일어나려고 애를 쓰는 숙채를 가까스로 달래서 눕혔다.

"제—기 언제 다 낫어?"

숙채 눈에선 눈물이 나와서 베개 위로 도르르 굴러떨어졌다.

"내일부터 의사를 보이고 약을 쓰면 곧 건강이 회복되실 텐데 그렇게 조급하게 하면 안 돼요."

유원이는 또 한번 미음을 먹여보려고 종이로 덮어놓았던 미음 사발을 숙채 앞으로 당기어놓았다.

"안 먹어요. 내가 왜 그렇게 아픈 줄 아셔요? 지금 당장 사람이라도 잡아먹으려면 먹을 것 같은데요."

유원이는 숙채가 너무 이렇게 하는 것이 중병인으로 불길한 증조라고 생각되어 가슴이 무거웠다. 그리하여 할 수 있는 대로 말을 적게 하기 위해 유원이도 잠자코 있었다. 그러나 조금 후에 숙채는 분명히 무슨 설움에 폭 가라앉아 버렸다.

"날 무슨 책을 좀 읽어주셔요. 거기에 무슨 죽음에 대한 시 같은 게 없어요?"

유원이는 암 말도 않고 구석에 쌓여 있는 책들을 뒤적거렸으나 그가 숙채에게 죽음에 대한 시를 읽어줄 리가 만무하고 그저 무슨 재미있고 자극 없는 책을 고르느라고 한참 있었다.

"우리 스티븐손의 『보도』*를 읽을까요? 여기를 그 서반아 금화와 금방망이를 묻은 데라고 하고……"

"네…… 지금 조선에도 해적이 더러 있나요? 조선 해적들은 사람을 만나면 도끼로 골을 까서 바다에 처넣는대요."

숙채는 눈이 말똥말똥해서 유원이의 책 읽는 소리를 듣고 있었다. 이렇게 하기를 얼마를 했는지 유원이의 책장 넘기는 소리가 몇 번이고 지나간 다음 숙채는 갑자기 왕청같은 딴소리를 꺼낸다.

"왜 결혼 안 하셔요?"

"에?"

유원이는 병자를 위해 책을 읽어주다가 그 병자가 책 소리는 안 듣고 갑자기 뚱딴지같은 소리를 하는 데 놀랬다.

"결혼을 왜 안 하느냐구요?"

유원이는 손에 들었던 책을 놓으며 빙긋이 웃었다.

---

* 로버트 루이스 스티븐슨의 소설 『보물섬』.

*

숙채가 이런 소리를 꺼냈기 때문에 방 안에 공기는 갑자기 딱딱하게 굳어져버리고 다시 두 사람의 가슴을 질식시키듯 갑갑하게 했다.

그러나 그들이 언제까지나 이러한 이야기를 하지 않고 그저 완전히 행복한 채 그대로 넘어갈 수는 없었다.

"언제 결혼하셔요?"

숙채는 다시 물었다.

"결혼? 글쎄, 세상에 모든 영리한 사람들이 다 시집가고 장가가서 나처럼 둔한 사람은 결혼할 수가 없군요."

유원이는 여전히 숙채는 보지 않고 다음 말을 계속했다.

"우리 어머니 농 속에 있는 그 가락지하고 옷감들하고는 숙채 씨가 가져가지 않아서 언제까지나 그 속에서 세상구경을 못 하게 되는 모양이더군요, 하하!"

유원이는 무에 그리 우스운지 커다랗게 웃으며 그 소녀와 같이 아름다운 눈을 숙채에게 돌렸다.

"정말 둔한 어른이지요. 자신은 조소의 말같이
했지만 그게 정말이에요."

숙채는 정색하며 말했다.

"그럼 나도 영리해져서 결혼을 한다면 그게 숙
채의 희망하는 바겠군요."

"그야 아직도 내가 질투를 하지요."

두 사람은 장난꾼이처럼 서로 흘겨보았다. 그리
고 한동안 말이 없었다.

이 두 사람은 첨에 만나기 전 다소간 어색하고
불유쾌할 것 같던 예측과는 딴판으로 마치 칼로
물을 베었던 것처럼 완전히 합해지는 것을 볼 수
가 있었다.

옛날 그들이 그처럼 아름다운 연애를 가졌듯이
지금도 그 연애에 조그마한 손실도 흠집도 없이
다시 가질 수 있는 것을 두 사람은 똑같이 느꼈다.

아니 그전보다 좀 더 대담하고 색채가 짙은 연
애가 창조되는 것이 당연하다. 그사이 그들은 웬
만치 성숙했기 때문에.

그러나 또 자세히 보면 전혀 그러한 것도 아니
었다. 세월이 지나가고 또 그 세월이 지나가는 동
안 사람은 여러 가지 생활을 가져본다. 그 가져본

생활이 가져오는 가지각색의 습관과 함께 이제 이 두 사람이라고 특히 여기에서 제외될 리가 없고 그러므로 그동안 그들이 만든 습관이 없을 수 없다. 숙채는 다리로 이불 끝을 차 내던지며 유원이 쪽으로 돌아누웠다.

"내가 무척 변했지요?"

"글쎄— 변하지 않았다고 하면 역시 거짓말이 되겠군요. 그러나 사람은 한 번만 변하는 게 아니고 또다시 변할 수 있어서 그것이 쉴 줄을 모르니까 다행하지 않아요?"

숙채는 길게 한숨을 쉬었다. 두 사람의 마음은 차차로 어두워지기 시작했다. 이야기 끝을 이렇게 돌리고 보니 두 사람 사이엔 어떻게 할 수 없는 무슨 거리가 생긴 것처럼 감정이 굳어져온다. 이런 일은 그들이 옛날 한 번도 경험하지 못한 괴악한 병이 아닐 수 없다.

숙채나 유원이가 이렇게 말없이 제각기 제 생각에 골몰해 있을 때는 으레 그것이 즐겁지가 않고 무척 괴로웠다. 이것이 벌써 그들은 완전히 행복되지 못할 징조다.

"인제 주무십시오. 너무 이야기를 오래 하면 안

될 텐데. 내가 그만······"

유원이는 미간을 찡기며 자기의 처사를 후회했다. 왜 이런 중병 들린 사람을 붙잡고 쓸데없는 말로 괴롭게 했을까 싶었다.

"우리 내일도 이야기하고 모레도 이야기하고 얼마든지 이야기할 날이 많으니 오늘 밤엔 아무 생각도 말고 우선 숙채 씨가 숙면하는 게 제일 좋은 일이군요. 안 그래요?"

유원이는 숙채에게 이불을 끌어 어깨까지 덮어주고 자기도 일어나려 했다.

"아직도 할 이야기가 많은데."

"아니, 인제 우리에게 남은 이야기는 몇 마디가 아니에요. 필요치 않은 것은 우리의 이야기가 아니니까······"

유원이는 마루로 나갔다. 자기가 있는 뜰아랫방으로 가려는 것이다. 그는 나가다 말고 다시 문을 열고 머리만 방 안에 디밀고 숙채에게 잘 자기를 부탁했다.

"자, 그럼 안녕히 주무십시오. 밤에 혹 심부름 시킬 일이 있거든 주인아주머니를 좀 깨□□□."

*

그 이튿날은 이 섬에 기양제라는 동네 제사가 있어 새벽부터 성황당 옆에 걸어놓은 큰솥에다 돼지를 잡고 각 집에서들은 제각기 제수를 봉하느라고 야단들이었다.

그래서 이날은 동네 안이 부산하기 때문에 숙채와 유원이도 그저 벙뗑하고 별로 조용하지 못했다. 더구나 오늘은 숙채의 병이 퍽 덜려서 얼굴빛도 좀 나아지고 눈청도 맑아서 제법 생기 있어 보였다.

유원이는 어쨌든 환경과 분위기가 몹시 적막하여 숙채로 하여금 여러 가지 공상과 슬픈 이야기를 지껄이게 하는 것보다 이렇게 떠들썩해서 틈을 주지 않는 것을 좋게 생각했다.

그러나 밤이 되매 여느 날보다 이 섬사람들은 더 일찍이들 곯아떨어졌다. 낮에 시달린 일에 곤하기도 하려니와 일 년에 한 번씩 먹는 돼지고기에 술에 흰밥에 두부에 나물에 이래 퍼들 먹고 나니 배탈 나는 사람도 많았거니와 식곤이 나서 초저녁부터 일찌감치들 자는 것이다. 그렇지 않아도 석유

한 병을 가지고 한 달씩 대기 때문에 기름이 닳는다고 여기 사람들은 밤이면 잘 줄밖에 모른다.

이렇게 동네잔치가 있는 이날 밤은 유원이가 불길하게 생각하는 세상에도 없이 고요한 밤이었다.

밤이 자정이 되었을 때는 가끔 곁에 집에서들 배증* 난 사람들의 측실 출입하는 소리가 들릴 뿐으로 바다 위에 하늘은 온통 별빛이었다.

이때 유원이와 숙채는 아직도 자지 않았다. 아니 숙채가 유원이를 자지 못하게 붙잡고 있다.

"내 오늘 밤 꼭 할 이야기가 있어요. 내 이야기는 밤에 하고 밤에 들어야지 낮이란 아무 소용도 없는 시간이에요."

"앞으로 얼마든지 듣지요. 오늘 밤만 밤이 아닌데 지금은 너무 늦고 피곤해서 안 돼요."

"아니, 내일 밤이 또 있을지 없을지 누가 아나요."

숙채는 약간 눈물이 글썽하는 것 같더니 한참 동안 눈을 감고 아무 소리도 없다.

"저— 그런데."

* '배앓이'를 뜻하는 북한말.

숙채는 누웠다가 비틀비틀 일어나며 무슨 말머리를 꺼내려고 한다.

"저— 그런데 말예요."

이렇게 말꼭지를 따놓고는 또 멍히 앉았다. 무슨 말인지 그 말이 좀체 숙채의 입에서 나올 성싶지 않다.

"아이, 나 머리가 터부룩하고 배겨서 죽겠네. 이걸 좀 빗었으면."

이건 무슨 왕청같은 소린지 모르겠으나 벌써 두달 장간이나 빗지 못한 머리가 사뭇 범벅덩이가 되어 목에 덮이었다.

숙채는 갑작스레 머리를 빗겠다고 졸라댔다. 하긴 시원히 빗었으면 병자에게도 좋을 게다.

숙채는 가방 속에서 빗을 찾아달래서 제 혼자 빗어보았다.

"아이, 아퍼. 왜 이리 끄다닌대?"

이렇게 조금 해보더니 숙채는 그만 기진맥진해서 자리 위에 드러눕고 말았다.

"내가 어디 빗겨볼까요?"

유원이는 빗을 집어가지고 숙채의 머리를 살살 달래며 빗겼다. 이윽고 다 빗긴 뒤에 숙채더러 돌아았으라고 했다.

"그걸 어떻게 집어 땋았으면 좋을 것 같군요."

유원이는 숙채를 돌려 앉혀놓고 머리를 두 갈래로 갈라가지고 두 패로 땋아서 앞으로 드리웠다. 단발처럼 잘랐던 게라 숙채는 마치 소녀와 같았다.

"인제 거뜬하군요."

숙채는 유원이의 이대도록* 극진한 정성을 고맙다고까지 할 것은 없어도 어쩐지 자기가 하려고 오래전부터 준비했던 이야기는 점점 더 가슴에 무겁게 가라앉기만 한다. 그러나 머리를 다 빗고 난 숙채는 다시 무슨 말끝을 꺼내려고 했다. 마치 내일날 볕은 다시 보지 못할 사람처럼 조급하게 구는 것이 이상했으나 역시 숙채는 견딜 수 없이 조급했다.

"내가 무슨 말씀 드릴 게 있는데…… 그런데 내 이야기가 다 끝날 때까지 한마디도 다시 묻거나 하지 마시고 또 설사 내 말이 생억지요, 차마 들을 수 없는 아픈 것이라도 결코 불쾌한 얼굴을 지어

* 이다지. 이렇게까지.

서는 안 됩니다. 아시겠어요?"

"네— 어서 말씀하십시오. 근청합지요."

유원이는 별로 대수롭지 않게 시들하게 대답해 넘긴다. 그것보다도 병인이 흥분하는 것이 무섭고 어서 잠이 들었으면 자기도 마음 놓고 자기 방으로 갈 것 같다. 그러나 무슨 이야긴지 숙채는 기어이 이 밤 안으로 꺼내놓고야 말 것 같다.

*

이윽고 숙채는 이야기하기를 시작했다. 마치 흘러가는 물과 같이 그렇게 조용히 그렇게 쉽게.

"내가 여기에 온 것은 달리 온 게 아니고 저 어린 애 때문에 왔어요."

숙채는 이렇게 말을 떠놓고 유원이를 쳐다봤다.

"저 애를 당신의 아들로 입적을 시켜주십시오."

유원이는 감았던 눈을 번쩍 떠서 숙채를 물끄러미 바라봤다. 그 눈은 결코 독을 품은 눈이 아니었다.

"왜 괴로우셔요? 그러나 할 수 없습니다. 이것은 내 명령입니다."

숙채는 트렁크를 뒤지더니 그 속에서 커다란 사

진 한 장을 꺼냈다.

"여기 있는 이분이 바로 애기 아버지예요. 애기
는 이렇게 훌륭한 아버지를 가졌었습니다. 그러나
불행한 일이 한두 가지가 아니어서 마침내 애기는
저이 아버지 호적에 오르지 못한 채 그만 아버지
를 여의었습니다."

숙채는 눈을 지그시 감아서 고인 눈물을 털어버
리고 다시 이야기를 계속한다.

"나는 생각하고 생각한 끝에 당신을 찾아왔어
요. 당신에게 이러한 청을 가지고 오다니 세상에
도 없는 몰염치한 일이라 할지 모르나 이러한 청
을 가지고 온 나는 벌써 과거의 유원 씨가 아는 숙
채가 아니고 다만 저 아이의 어머니로서 온 것입
니다. 아시겠어요?"

유원이는 여전히 돌과 같이 움직이지 않는다.
밤이 인제 무척 깊어서 두 사람의 숨소리마저 또
렷한 선을 긋고 지나간다.

"그런데 또 한 가지는 저 아이가 성장한 뒤에라
도 행여 당신이 정말 아버지인 체해서는 안 돼요.
저애는 비록 이러한 불행을 겪는다 해도 제 혈통
과 명예를 완전히 보전해야 할 겁니다. 공교롭게

도 저이 아버지 성과 당신의 성이 꼭 같은 것도 불행한 가운데 다행한 일이 아니에요? 그저 유원 씨는 그 성을 잠깐 빌리기만 하면 애기는 훌륭히 저희 아버지의 성을 가지게 되는 것입니다. 내가 왜 이렇게 모든 것을 합리화를 시키느냐 하면 나는 한 어미로서 아들에게 할 수 있는 한의 '완전'을 주려는 겝니다."

숙채는 몹시 흥분해서 얼굴이 빨갛게 상기가 되고 손끝과 입술이 발발 떨리었다.

"사람은 아무 때고 한때 굼벵이가 허물을 벗고 매미 되듯이 그 소위 '사랑'이란 허물을 벗을 때가 오는 거예요. 사람에 따라 일찍이 오는 수도 있고 늦게 오는 수도 있으나 어쨌든 오기는 오는 것이라고 하면 지금 나는 그 허물을 막 벗은 셈입니다."

숙채는 다시 무슨 생각에 잠겼다가 말을 계속한다.

"그럼, 내 명령에 복종하십니까? 이의가 없으시지요?"

유원이는 빙긋이 고소苦笑＊를 했다. 그리고 머

＊　어이가 없거나 마지못하여 짓는 웃음.

리를 끄덕끄덕해서 그 명령에 복종한다는 뜻을 보였다.

"그런데 나두 한 가지 물어볼 말이 있는데……"

유원이는 한 손으로 숙채의 턱을 집어서 자기 앞으로 바싹 끌어왔다.

"자, 이제부터 내 말을 들어요. 대체 우리 어머니 농 속에 있는 가락지는 어떻게 한다?"

이 말을 듣는 숙채는 한없이 겸손의 표정을 지었다.

"그건 임자가 따로 있지요. 나는 벌써 적임자가 아니에요."

"숙채…… 긴말이 왜 아직도 필요한 게요? 우리 는 견딜 수 없이 지리한 세월을 걸어오지 않았어 요? 그 가락지는 숙채 자신이 아니고는 아무도 가 질 사람이 없는걸. 뻔히 알면서……"

유원이는 무슨 말을 더 하고 싶었으나 그것을 삼켜버리고 만다. 숙채는 그 말은 못 들은 체하고 딴 이야기를 꺼냈다.

"저는 수속이 끝나는 대로 곧 서울로 다시 가겠 어요. 첨엔 여기에 와서 대측해야 한 달쯤 있을 줄 알았더니 막상 와놓고 보니 이렇게 반년 동안이나 있었군요."

"서울로 다시 가요? 내가 한 이야기의 대답은 언제 하구요?"

"그건 영원히 못하게 될 겝니다. 저는 곧 서울로 가야겠어요."

"서울 가서는 무얼 하시게요?"

"글쎄— 무슨 장사를 해볼까 하는데요."

"장사를요."

두 사람은 어이없는 듯이 함께 웃었다.

✽

이튿날 아침 이른 새벽에 유원이는 '아이'의 호적을 하러 읍으로 떠나게 되었다.

숙채는 어젯밤에 밤을 새운 까닭도 있겠지만 인제는 완전히 허울만 남은 사람처럼 두 눈이 퀭했다.

오랫동안 받들고 있던 슬픔과 일을 이제 남김없이 유원에게 맡기고 보니 오직 다함없는 안식과 가벼움이 올 뿐이다.

이와 같은 정신 상태는 그의 중병을 치르고 난 육체에 큰 영향을 미쳐서 전혀 긴장을 잃고 도리어 꿈같은 환상을 좇았다.

"나하고 같이 들어가서 의사를 좀 보여야 하잖아요?"

유원이는 숙채를 달래다 못해 가끔 화를 낸다. 숙채의 모양이 아무래도 이 섬에 더 머물다가는 이롭지 못할 것을 잘 아는 터에 정말 답답했다.

"아니, 나는 도무지 괜찮아요. 어서 들어가서 수속이나 끝내고 와주십시오. 나는 그 일이 다 되는 걸 보기 전에는 도무지 이 자리를 뜰 수가 없군요."

"그럼, 이 일이 다 끝난 담에는 내 말대로 병 치료를 하지요? 그땐 도무지 반대할 이유가 없지요. 그럼 내 곧 다녀오리다. 오늘 가서 신청을 하면 어찌면 오늘 안으로 끝내가지고 올지도 모르니까요."

유원이는 숙채의 고집을 꺾고 그를 다시 살려내는 데는 하루바삐 어서 수속을 끝내는 게 제일이라고 했다.

그래서 그는 첫새벽에 이 섬을 떠났던 것이다. 유원이는 견딜 수 없이 마음이 바빴다. 할 수 있으면 오늘 오전 중으로 일을 끝내고 숙채에게 적당한 약들이며 식료품 같은 것을 사가지고, 그러노라면 자연 오후 네다섯 시는 될 게고 그래가지고 곧 돌아서 종종걸음을 쳐 나온대도 밤 열 시나 열한 시는 될 게다.

그동안 중병 환자를 혼자 두기란 도무지 마음이 아니 놓이나 할 수 없다.

숙채는 유원이가 떠난 다음 내내 애기를 껴안고 있었다. 아이는 그동안 어미를 떨어져 있더니 약간 정이 성기어졌는지 자꾸 밖으로 나가겠다고 한다.

"아가, 엄마 목을 한번 꼭 끌어안어 봐."

아이는 그대로 숙채 목을 안아보는 체 작은 팔을 벌려 숙채의 목에 감는다.

그런데 그날 낮쯤 해서 숙채는 혼자 누웠다가 갑자기 정신이 아뜩해지며 미처 곁에 사람을 찾을 여가도 없이 지독한 장출혈을 했다.

"애구, 이거 큰일이 났소."

주인댁이 앞뒤로 달려다니며 아우성을 치고 복순이네가 쫓아오고 하는 동안에 숙채는 그냥 시체와 같이 늘어지고 말았다.

그러나 이 섬에 의원 한 사람 없고 그동안 숙채가 자기의 고독을 변통하기 위해 이 사람 저 사람

사귀어온 그 순박한 어부와 홍합장수 여편네들이
어떻게 숙채를 구한다는 도리는 없었다.

그래서 두셋이 달려들어 숙채의 팔다리를 주무
르며 유원이가 돌아오기를 눈이 빠지게 기다렸다.

이렇게 지루하고 초조한 하루가 지나가고 밤이
이르렀을 때 동리 어귀에까지 마중을 나갔던 복순
어미가 유원이를 맞아가지고 들어왔다.

"앙이, 이 일을 어찌겠소."

유원이는 약봉지를 걷어 안고 방으로 들어갔다.
그러나 이미 숙채는 혼수상태에 빠져서 석고로 만
든 사람같이 온몸에 피라고는 한 방울도 없이 창
백했다.

"숙채…… 정신을 차리시오."

"나 거기에 따스한 물 좀 주십시오."

유원이의 손은 그냥 들 수 없이 떨렸다. 치맛자
락으로 눈물을 씻는 주인댁이 물을 떠 오고 유원
이는 그 물에 응당 털끝만 한 효력도 보지 못할 약
을 타서 숙채의 입에 퍼 넣었다. 그러나 약은 도로
잇몸으로 흘렀다.

이럭저럭 밤은 차차 깊어오고 숙채의 육체도 점
점 죽음을 부른다. 유원이는 얼이 빠진 사람처럼

그저 우두커니 두 손으로 무릎을 짚고 앉아 숙채의 얼굴을 들여다봤다. 이밖에 다른 무슨 도리가 있으랴.

이윽고 그 울타리 밑을 씻어 내리는 물결 소리 속에 숙채의 임종은 가까워왔다.

시계가 없으니 몇 시인지도 몰랐으나 짐작건대 아마 열 시쯤 되어서 숙채는 완전히 운명하고 말았다.

행여 죽기 전에 다시 눈을 뜨면 어린애 수속이 끝난 것도 보여주고 또 애기도 보여주려고 주인댁이 자는 어린것을 안아다가 숙채 곁에다 놓았다. 그러나 숙채는 다시 눈을 뜨지 않았다.

"숙채……"

유원이는 번연히 숙채의 시체인 줄 알면서 다시 그 이름을 그 육체 위에 얹어 불러보았다. 그러나 그 대답을 기다리기 전에 유원이는 울었다. 이때 어머니를 다시 한번 보라고 안아다 놓은 애기는 울지도 않고 되려 방바닥에 흩어져 있는 약 쌌던 종이들을 가지고 장난을 한다.

맞은편 벽엔 애기의 동그런 머리에 가늘게 난 머리털 그대로 벽에다 까만 그림자를 그리고 있다.

　그날 밖은 달빛이 유난히 좋아 그 달빛은 그물로 친 울타리를 찢어지게 가로타고 있었다.

　　　《조선일보》, 1937년 12월 18일~1938년 4월 7일

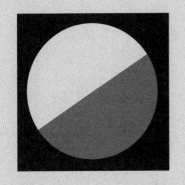

천희란

삶과 죽음, 여성과 예술에 대한 문제의식을 정교한 서사와 강렬한 언어로 표현해온 작가, 천희란. 한순간에 거대한 영향력 아래 놓이게 된 인물들이 어떠한 삶을 살게 되는가에 관심을 기울여온 그는 사회의 주변부로 내몰린 소수자들의 목소리에 집중하며 그만의 작품 세계를 구축해왔다. 2016년 문단 내 성폭력 고발 운동 때 발언하였으며, '2017 젊은작가상' 수상작인 「다섯 개의 프렐류드, 그리고 푸가」에서는 예술가이자 성소수자인 여성들의 이야기를 전면적으로 다뤘다. 「사이렌이 울리지 않고」란 작품에서는 자본주의 사회에서 분열되어 가는 자아의 파괴적인 모습을 담아내기도 했다.

데뷔 이후 그는 오랫동안 여성으로서 경험하는 세계의 고통과 혼란에 대해서 어떻게 '해명'할 수 있을까를 고민했다. 그 중심에는 '내면의 분열'이 있었다. 여성으로 태어났다는 것만으로도 분열을 겪을 수밖에 없는 현대 사회에서 '분열'을 여성 정체성의 하나로 이해해보고자 했다. 그는 "정체성을 구성한다고 믿었던 '나'라는 존재에 대한 섬세한 정의들이 그 무엇보다 자신에게 배타적일 수 있다"는 점을

꼼으며 자기동일성의 환상에 저항해야 한다고 말한다. 천희란에게
'분열'은 '내 안에 어떤 타자를 갖게 되는 계기'였고, 그 자체로 자기
변화에 대한 '적극적인 가능성'이었다.

남성의 이름이 오래 살아남고 기억될 때, 작가이자 여성인 '나'는 어
떻게 이 역사를 뚫고 나가야 하는가. 작가 자신에게 소설은 그 답을
찾는 과정에 다름없었다. 작품을 읽는 방식이 곧 서사를 만드는 것
이라고 생각한 그는, 여성 서사의 개념이 늘 확장되어야 한다고 주
장한다. 그는 여성의 정체성에 특정한 여성성만이 포함되는 것이 아
니라는 점을 꼬집으며, 무엇이든 여성의 관점으로 읽을 수 있다면
다양한 여성들의 모습이 가능하다고 여성문학의 미래를 그려보았
다. 그리고 이 점을 잊지 않는 것이 소설을 쓰는 사람의 의무라고 생
각했다.

죽음의 양가성을 다룬 첫 소설집 『영의 기원』과 연대자의 자리에 서
고 싶다는 바람으로 쓰인 『우리에게 다시 사랑이』, 죽음에 대한 욕
망과 충동, 그리고 이에 맞서는 삶에 대한 열망을 집요하게 그려낸
경장편 『자동 피아노』, 분열하는 내면에서 자신의 정체성을 탐구하
는 『K의 장례』를 쓴 천희란에게 문학은 희박한 존재들의 목소리에
귀를 기울이는 것이기도 하다. 분명히 존재하는데도 인지하지 못하
는 것, 따라서 작은 목소리에 집중하는 것이 바로 '문학'이 된다고
믿는다. 문학 안에서 여성의 자리, 소수자의 자리를 다양하게 만들어
냄으로써 더 큰 변화를 불러올 수 있으리라는 바람과 함께.

소설

*

백룸

희미하게 들려오던 종소리가 점점 커지며 시야가 선명해지고, 종소리는 곧 익숙한 캐럴의 멜로디로 바뀐다. 나는 낯선 방에서 깨어난다. 방의 크기에 비해 단출한 가구들이 서로 멀찌감치 떨어져 놓여 있다. 방금 전까지 누워 있던 이불 한 장 없는 침대, 열리지 않는 옷장, 책 한 권 꽂혀 있지 않은 책장, 책상 위에 놓인 켤 수 없는 스탠드, 앉을 수 없는 일인용 소파…… 고를 수 있는 선택지는 하나뿐이다. 이 방을 나가는 것. 문을 열자 캐럴이 멈추고 돌연 멀리서 시끄러운 전화벨이 울린다. 복도를 따라 난 문들은 굳게 닫혀 있다. 전화기가 놓인 장소를 찾아 걸으며 나는 지나치는 방문을 하나씩 밀어보지만, 열리는 문은 없다.

"크리스마스 방탈출 게임이라고 하지 않았어

요? 느낌 안 좋은데."

　게임 화면 오른쪽 상단의 채팅창이 빠르게 올라
간다. 이게 방탈출 게임이 아니라는 건 눈을 뜨자
마자 눈치챘다. 이건 흔한 인디 공포 게임이다. 앞
뒤 없이 홀로 커다란 집에서 깨어나 집 안에서 일
어나는 기묘한 현상을 목격하거나 자신을 위협하
는 존재로부터 무작정 달아나 살아남는 게 게임의
전부고, 그 끝은 대부분 허무한 탈출 아니면 요란
하고 괴기스러운 점프 스케어 컷이다. 게임 내 구
현되어 있는 시각적인 이미지가 정교하거나 상호
작용이 되는 사물이 조금 더 다양하게 갖추어졌다
하더라도 게임의 아이디어에는 별다른 차이가 없
다. 게임 속 주인공을 따라다니는 캐릭터가 괴물
일 수도, 범죄자일 수도, 하물며 요정일 수도 있지
만, 그 존재가 게임의 스토리에 미치는 영향은 미
미하다. 한번은 제작자가 다른 두 게임의 배경이
된 집의 풍경이 완벽히 똑같았던 적도 있다. 인터
넷 방송을 하지 않았다면 이토록 구분도 못 할 만
큼 비슷한 게임들이 계속해서 만들어지고 있을 거
라고는 상상도 하지 못했을 것이다.

　시청자들이 내게 이런 게임을 플레이 해달라고

하는 건 게임 자체가 흥미로워서는 아니다. 그들은 내가 이 클리셰 범벅인 단순한 게임을 진행하면서 깜짝 놀라 앉은 자리에서 뛰어오르며 비명을 지르는 모습을 기대할 뿐이다. 크리스마스가 배경이면 칼을 든 산타가 쫓아오기라도 하는 걸까. 그런 게임이라면 이전에도 해본 적이 있다. 위협적인 산타와 루돌프의 습격. 나는 어느새 아래층으로 내려와 벽에 걸린 전화를 받고 있다.

'눈이 너무 많이 와서 늦을 것 같구나. 우리가 도착할 때까지 절대로 선물은 열어보지 마. 메리 크리스마스!'

간단한 더빙조차 없어서 자막만으로 전달되는 대사를 말하고 있는 게 누구인지조차 모르겠다. 선물을 열어보지 말라 당부했으니, 선물을 열어야 본격적인 게임이 시작될 것이다. 악몽의 크리스마스가 되는 거지. 게임 제목이 뭐였더라. 홀리데이. 그럴듯한 제목을 짓는 성의조차 없다. 거실로 간다. 온통 무채색인 가구들 사이에 반짝이는 전구와 알록달록한 선물 상자들로 장식된 크리스마스 트리가 놓여 있고, 트리 뒤편 창밖에는 굵고 흰 눈송이가 떨어지고 있다. 트리 앞으로 다가간다. 여

러 개의 선물 상자 중에서 무엇을 열어야 하는지
는 단번에 알 수 있다. 유난히 채도가 높은 금색 리
본을 단 빨간 상자.

"내가 알면서 속아주는 거야."

다시 채팅창의 대화가 밀려나는 속도가 빨라진
다. 후원금을 선택한 시청자들의 장난스러운 메시
지가 연달아 뜬다. 감사해요. 감사합니다. 나는 웅
얼거리듯 답하며 모니터 속의 세계에 집중한다.
선물 상자에 마우스 커서를 가져간다. 뚜껑을 연
다. 쟁쟁거리는 심벌 소리. 그러나 아무런 일도 일
어나지 않는다. 새까만 상자 내부를 다시 한번 클
릭한다. 순간 화면 전체가 어두워지고 쿵 하는 둔
중한 효과음과 함께 방금 전보다 훨씬 현실적인
그래픽으로 만들어진 공간이 눈앞에 펼쳐진다.

"또 백룸이야? 괜찮으니까 캠 끄고 갈게요."

송출되고 있던 화면 오른쪽 하단에 내가 앉아
있다. 등 뒤에 세워둔 크로마키 스크린 대신 어두
침침한 베이지색 복도를 배경으로 두고 앉은 나
를, 지운다. 채팅창은 의미 없는 아우성으로 가득
찬다. 나는 장난스럽게 웃는다. 그들이 나를 원하
지 않는다면 내가 이곳에 존재할 이유가 없는데,

간혹 나는 그들이 내게 요구하는 것을 주고 싶지
가 않다. 이것은 오만한 생각이다. 과연 내게 그들
이 원하는 걸 줄 수 있는 능력이 있기나 한 걸까.

*

— 전화 받아. 아무런 설명도 없이 뛰쳐나가서
이렇게 문자로 통보하는 게 말이 돼? 얼굴 보고 이
야기하자. 너무 갑작스럽잖아. 헤어지더라도 이유
는 알아야지. 난 지금 이 상황이 도저히 납득이 되
지 않아.

— 아니, 언니. 이제 그만 만나고 싶어. 그게 전
부야. 그러니까 나 흔들려고 하지 마.

— 내가 흔드는 게 아니라 흔들리는 거잖아. 그
게 네 마음인 거잖아. 내가 부족한 게 있었으면 말
을 해줬어야지. 말을 안 하면 알 수가 없잖아. 같
이 풀어갈 수 있어. 우리가 만나온 시간이 있는데
해결하려고 시도조차 하지 않고 일방적으로 헤어
지겠다니. 자기야, 지금 어디야? 내가 그쪽으로 갈
게. 얼굴 보고 이야기하자. 아니, 전화 통화라도 하
자. 제발 부탁이야.

— 언니, 나한테 설득하라고 말하지 마. 그냥 내가 비겁한 애라고 생각해. 그냥 정말 그만 만나고 싶어. 이제 더 연락하지 마요.

나는 휴대폰 전원을 꺼 주머니에 넣었다. 눈물에 젖은 마스크가 차갑게 식어 얼굴에 들러붙었지만 벗을 수 없었다. 목에 친친 동여맨 머플러에 얼굴을 반쯤 파묻자마자 다시 왈칵 눈물이 났다. 숨을 곳이 있어 안심이 됐다. 눈을 얼굴의 심장처럼 여겨온 역사는 끝난 것 같았다. 모두가 마스크를 쓰는 세상이 온 뒤에 사람들은 눈으로 하는 대화가 극히 제한적이라는 걸 깨달아버렸다. 다른 사람들이 나를 어떤 표정으로 바라보고 있는지 알 길이 없어서 오히려 다행이었다. 더 깊이 고개를 숙였다. 걸음이 빨라졌다. 급격히 차가워진 밤공기 때문에 쉬지 않고 뺨을 적시는 눈물이 더욱 뜨겁게 느껴졌고, 그만큼 추위 또한 날카롭게 느껴졌다.

적당한 날만을 기다려온 건 나였다. 한 달 남짓 남은 크리스마스가 오기 전에 반드시 관계를 정리해야 한다고 생각했다. 이미 한참 전에 선 결심 앞에서 이런저런 핑계로 이별을 유예한 자신을 책망하는 날들이 이어지고 있었다. 만일 그녀가 갑작스럽게 미리 준비한 크리스마스 선물 상자를 내밀지 않았다면, 또다시 다음을 기약하며 침묵했을지도 모를 일이었다. 빨리 전해주고 싶어 안달이나 참을 수 없었다며 내민 선물은 고급스러운 붉은 상자 안에 들어 있었다. 로즈 골드에 검은 세라믹 소재로 된 팔찌의 가격을 정확히 알 수는 없었지만 상자에 금박으로 각인된 명품 주얼리 브랜드의 이름을 모를 수는 없었다. 내 눈시울이 붉어지는 것을 본 그녀는 달콤한 성공에 취한 표정으로 내 등을 쓰다듬었다. 난처했다. 상자가 테이블 위에 올라오자마자 내 머릿속을 지배하는 것은 그것을 거절할 수 있는 방법뿐이었기 때문이다. 나는 오래 침묵했다. 고가의 선물은 이별을 고할 절호의 기회였다. 다만 너무 갑작스러웠고, 난데없이 터진 눈물을 삼키느라 좀처럼 입이 떨어지지 않았다. 나는 자리를 박차고 일어났다. 마음을 진정시키고 돌아와야겠다고 생각했다. 그러나 자리에서 일어나 내 속을 짐작조차 할 수 없어 그대로 얼어붙은 그녀와 눈이 마주치는 순간, 나는 무엇이 잘못되었는지를 깨달았다. 대체 왜 내 의사를 그녀에게 설득해야 한다고 생각하는 걸까. 그녀를 남겨두고 그곳을 벗어나는 것, 그때는 그것만이 내가 그녀를 설득하지 않고 이별을 고할 유일한 방법이었다.

"별로 특별하지 않다고 여겼던 사람이 갑자기 유명세를 얻고, 경제적으로 여유로워 보이는 거 말이야. 자기가 대학 가자마자 바로 휴학하고 방황하는 동안에 친구들이 했던 격려가 가짜라는 건 아니야. 근데 사람이 그렇더라고. 자신과 별로 다르지 않은 처지라고 생각했던 사람의 인생이 갑자기 나아질 때 그 사람이 그걸 위해서 했던 선택이나 노력은 남들 눈에는 운으로 보여. 참 웃기지. 그 사람이 뭘 빼앗은 게 아니잖아. 남의 불행한 인생에서 위로나 찾는 사람들이랑 어울릴 필요 없어. 그런 사람들한테 마음 쓰지 마. 자기가 순진해서 그렇지, 그런데 사람 생각이 다 같은 게 아니니까."

틀린 말은 아닐지도 몰랐다. 나는 오랫동안 가까이 지내던 친구들과 미묘한 불화를 겪는 중이었다. 내 라이브 스트리밍과 게임 플레이 편집 영상에서 첫 수익이 발생한 건 불과 8개월 전이었다. 거기에 도달하기까지 쓴 시간과 공을 환산하면 결코 적은 비용이 아니었지만, 어쨌거나 여덟 달 사이에 내 삶은 빠르게 바뀌었다. 휴학했던 학교에 구태여 자퇴 신청서를 제출하고, 아르바이트도 정리했다. 수익을 기대하고 스트리밍을 시작하지 않았듯 고수익을 내는 대형 스트리머를 꿈꾼 것도 아니었지만, 의미 있는 수익을 유지하려면 그 정도의 결심은 있어야 한다고 생각했다. 노력이 없었다고는 할 수 없지만, 운도 따랐다. 마음이 들뜨지 않을 수 없었다. 아마도 친구들에게 그 마음을 들키지 않을 수 없었을 것이다. 나는 그들이 나를 진심으로 걱정하고 있음에 감사하다가도, 때로는 내가 새롭게 살고 있는 삶을 이해받지 못한다고 느꼈다. 그러니 그녀는 그저 자꾸 어긋나는 관계에 상처받는 나를 위로하려는 것일 수도 있었다. 지나치게 스스로를 돌아보는 나를 위하려는 마음에 너무 성급한 조언을 한 것일지도 몰랐다. 그녀는 나보다 열세 살이 많았고, 그녀의 삶에 대한 통찰을 원하는 건 나였다. 하지만 언젠가부터 그녀가 나를 정의하는 순진하다거나 착하다는 표현들은 마음 한구석을 무겁게 짓눌렀다. 그 감정을 표현할 적절한 언어를 찾아 헤매는 사이에 마음속에서는 그녀를 향한 반발심이 자라나고 있었다.

서울 시내 특급호텔의 푹신한 소파에 몸을 파묻은 채 룸서비스 메뉴판을 뒤적이면서도 머뭇거림이라고는 없이 내 인생에 대해 왈가왈부할 수 있다는 사실이 못마땅했다. 그러자 그녀가 내게 해주는 것들을 더는 마음 편히 받아들일 수 없었다. 어리기 때문에 괜찮다는 말, 자신에게는 무조건 받기만 해도 된다는 말, 그녀가 골라주는 내게 어울리는 것들이 내가 좋아하는 것들의 자리를 차지하는 일, 그녀가 상냥하게 정의하는 나의 존재……, 이전에는 사랑과 배려라고 여겼고, 그런 의지처가 있다는 걸 감사하게만 여겼었다. 사랑이 끝나가는 걸까. 그래서 내가 원했던 것을 원하지 않게 된 걸까. 나는 그녀에게 무언가를 요구받고 있다는 심리적 부담의 정체를 캐물었다. 그러나 그녀가 실제로 무언가를 직접적으로 요구한 적은 단 한 번도 없었다. 바로 그 사실이 부당하다고 느꼈다.

나는 받기만 해도 상관없으며, 내가 무엇이든 요구할 수 있다는 그녀의 태도가 의미하는 바를 그녀는 끝내 이해할 수 없을 것 같았다. 그것이 실은 지나칠 정도의 요구라는 걸. 그녀가 말하는 사랑은 계속해서 나를 주눅 들게 만들 뿐이라는 걸. 한편으로는 정말로 몰랐을까 하는 의문이 들기도 했다. 오직 주기만 하는 사랑이라는 것이 과연 가능한 걸까. 나도 모르게 내가 그녀에게 줄 수 있는 것이 있다고는 생각할 수 없도록 만들려던 건 아닐까. 의도치 않았더라도 그녀가 나를 대한 방식이 내가 스스로를 부족한 사람이라 생각하게 만든 것만은 사실이다. 그럼에도 나는 묻지 못했다. 설득을 하려다가는 도리어 설득을 당하고야 말 거라는, 시도하지 않았으므로 확인되지 않은 미래를 상상했기 때문이다. 할 수 있는 일은 마음속에서 타오르기 시작한 의혹에 땔감을 넣어가며 헤어질 빌미로 삼을 사건 따위를 기다리는 것뿐이었다.

그래서 그날, 사실 나를 무너뜨린 것은 그녀나 그녀가 내민 선물이 아니었다. 그녀의 말대로 대화조차 시도하지 않은 채 끝내 우발적으로 달아난 스스로의 결정이었다. 나 역시 그런 이별을 원한 것은 아니었다. 부적절한 호의가 쌓여 오해가 되었을지도 몰랐다. 그러나 관계의 관성에 길들여져 그 힘을 꺾을 방법을 아에 잊은 것처럼, 나와 관련해 부정적인 감정이라고는 드러낸 적 없는 그녀 앞에서는 매번 말문이 막혔다. 그럴 때면 어김없이 그녀가 내게 호감을 얻기 위해 했던 말들이, 내가 호기심과 동경을 품고 귀를 기울여 들었던 말들이 내게 복수하듯 돌아왔다.

"악마의 변호사라는 말 알아요? 어떤 주장의 타당성을 검증하려고 죽어라 반박하는 역할을 맡는 사람을 의미하거든요. 가톨릭에서 그런 역할을 하던 사람을 악마라고 불렀던 데서 생긴 개념인데, 사실 변호사 입장에선 데블스 에드버킷이란 표현은 동어반복이에요. 누군가를 변호하려면 반대편의 논리를 미리 예측해야 하니까요. 그러니까, 아무리 정의로운 변호사라도 언제나 악마를 품고 있는 거예요."

나는 비겁했다. 무엇보다 그녀에게 나를 비겁하다 생각해버리라고 말한 것이 비겁했다. 실제로는 타인을 탓하면서도 자신에게 화살을 돌리는 편이 쉬워서, 내가 그녀를 탓하고 있다는 사실을 들키지 않으려고. 헤어지고자 했던 사람과는 헤어졌지만, 헤어지는 순간 영영 헤어질 수 없게 된 마음이 있어서. 정확한 의미를 알 수 없는 눈물이 오래 멈추지 않았다.

*

멀리서 길고 검은 형체가 다가온다. 나는 자세를 낮추고 정방형의 공간에 같은 간격으로 빼곡하게 서 있는 기둥 뒤로 몸을 숨긴다. 그것은 입력된 패턴을 가지고 느리게 움직이다가 소리를 들으면 빠른 속도로 돌진해온다. 가까운 거리에서 달린다면 그것이 내 존재를 알아챌 것이다. 나는 기둥 하나를 축으로 그것이 다가오는 반대 방향으로 돌다가 다음 기둥으로 몸을 옮긴다. 그것의 움직임을 파악하고 재빨리 다른 기둥으로 숨어 반대편으로 넘어가거나 죽자 살자 뛰면 떨쳐낼 수도 있겠지만, 나는 방금 전까지 같은 자리에서 열댓 번이나 죽음을 맞이했다. 지나치게 조심스러운 움직임으로 플레이의 긴장감이 떨어지고 있다는 건 알고 있다. 이미 게임을 시작한 이상 이 게임에서 벗어나기 위해서는 안전하게 움직여 끝을 보는 것 외에는 방법이 없다.

백룸은 일종의 미궁이다. 현실의 이면이라고도

할 수 있고, 숨겨진 장소라고도 할 수 있다. 그러나 공포 영화에 흔히 등장하는 기괴하고 뒤틀린 현실의 외형을 갖지는 않는다. 백룸에서는 그저 평범하고 일상적인 공간이 무한히 펼쳐진다. 불규칙한 벽들로 이루어진 미로 같은 복도, 콘크리트로 된 지하주차장, 잘못 진입한 상점가의 전용 통로 따위가 계속해서 이어지는 세계다. 어두침침하고 축축한 복도를 따라가는 내내 자신의 위치나 시간의 흐름을 파악할 수 있는 장치는 아무것도 없다. 한참을 헤매다 발견한 창밖으로는 위아래로 끝도 없이 펼쳐진 반대편의 창들이 보일 뿐이다. 현실의 어느 입구로 우연히 빠져들었으나 돌아갈 수 있는 현실과의 통로가 사라진 폐쇄적인 공간에 대한 도시괴담은 한 온라인 커뮤니티에 등장하기가 무섭게 빠르게 유행했고, 잘 만든 인디 필름 몇 편이 인기를 끈 이후엔 백룸을 소재로 한 인디 게임이 끝없이 재생산됐다. 구독자와의 소통을 위해 직접 만든 팬카페의 추천 게임 게시판에도 백룸 영상이나 게임이 끊이지 않고 올라왔다.

게임마다 묘사하고 있는 백룸의 개성은 다르지만 게임이 진행되는 방식은 대개 비슷했다. 미지

의 존재에 끝없이 쫓기며 그에 대적하거나 상호작
용할 수 있는 사물 하나 없이 드물게 등장하는 상
징들을 따라 백룸에서 벗어나는 것. 그마저도 탈
출할 수 없는 공간을 전제로 하고 있으므로 출구
를 찾아내면 다른 레벨의 백룸으로 떨어지며 끝이
나고는 했다. 나는 크리피파스타라 불리는 도시괴
담을 모티프로 한 게임들을 좋아하는 편은 아니었
다. 애당초 내 채널이 알려진 건 퍼즐 요소가 많거
나 미스터리한 스토리를 가진 게임들 때문이었다.
속도가 느리더라도 복잡한 서사를 파악하며 게임
을 진행했는데, 그러다 상징적인 이미지로 가득한
공포 게임 한 편이 기이하면서도 아름다운 작화로
관심을 끌며 시청자가 빠른 속도로 유입된 것이었
다. 단지 그 게임이 공포 게임이었다는 이유로 어느
새 나는 공포 게임 스트리머로 분류되기 시작했다.

　사람들이 원하는 건 뛰어난 컨트롤 능력도, 흥
미로운 해석도 아니었다. 그들은 조작 능력이 형
편없는 내가 점프 앤 런으로만 구성된 어드벤처
공포 게임을 하며 혼비백산하는 모습에 열광했고,
그것은 곧 내 캐릭터의 일부가 됐다. 내가 사람들
에게 즐거움을 주는 일을 하게 되었다는 게 놀라

웠고, 관심은 내게도 동기부여가 됐다. 게임의 공포는 지속되는 것이 아니어서, 일주일 내내 새로운 공포 게임을 하는 것은 어렵지 않았다. 제대로 숨거나 달아나지 못해 허둥지둥하고, 느닷없이 나타나는 괴기스러운 형상에 질끈 눈을 감고 나자빠질 때의 부끄러움에도 차차 익숙해졌다.

백룸도 별반 다르지 않았다. 단순한 게임 방식에서 느끼는 지루함 정도야 팬 서비스 차원에서 얼마든 감당할 수 있었다. 그러나 새로운 백룸에서 헤매는 경험이 누적되며 이전과는 다른 기묘한 감각을 느꼈다. 완전히 폐쇄적이면서도 무한대로 뻗어나가는 아이러니한 공간을 시각적으로 반복해 경험하는 일은 원인 모를 고립감과 무력감을 불러일으켰다. 게임이 진행될수록 왠지 모르게 실제로 산소가 부족한 방에 오래 머문 것처럼 멍하고 몽롱해지기 일쑤였고, 방송을 끝낸 뒤까지 종종 그런 상태가 지속되기도 했다. 게임 창을 닫기만 하면 사라질 모니터 속 가상의 공간이 왜 그런 느낌을 불러일으키는지 알 수 없었다. 나는 본격적으로 방송을 진행하기 전 시간을 때우기 위해 하는 짧은 추천 게임 중 백룸과 관련된 것들을 자연스레 피하게 되었다. 방송에서 진행한 게임이 흥미로워 보일 때, 나의 흥미도와 관계없이 시청자들이 연달아 비슷한 유형의 게임을 가져와 추천하는 일은 익숙했다. 시간문제였다. 제아무리 대단한 유행도 그 기세가 꺾이는 날은 찾아오기 때문이었다. 그러나 처음이었다. 그들을 위해 내가 원하지 않는 게임을 해야 한다는 사실이 지긋지긋하게 느껴진 것은.

시청자 수가 빠르게 줄어들고 있다. 누군가는 답답한 플레이를 조롱하고, 누군가는 빠른 게임 진행을 보고 싶으면 다른 채널로 가버리라며 맞대응한다. 욕설이나 희롱에 가까운 말들은 채팅창에서 곧바로 삭제되고 의미 없이 두드린 'ㅋ'들 사이에 묻혀 읽히기도 전에 시야에서 사라지기도 하지만, 후원과 함께 뜨는 메시지만큼은 우연히라도 피하기 어렵다.

— 성폭력, 퀴어 피해자들 내세워서 자기 명성만 챙기는 변호사에 대한 입장이 궁금합니다.

— ?????

— ???

— ?

　머뭇거리는 사이에 그림자 없는 그림자처럼 검은 존재가 나를 덮친다. You died. 채팅창에는 수많은 물음표가 물밀듯 밀려든다.

　— 여기 정치 토론방 아닌데요?

　— 뭔 소리야.

　— ??????????????

　— 커밍아웃도 하신 걸로 아는데, 그냥 입장을 묻는 거예요.

　ALT + F4, 강제종료 단축키. 게임 속의 세계는 창을 닫기만 하면 사라지는데, 거듭 죽던 자리에서 죽은 채로 게임을 닫으면 마치 게임 속에 갇힌 것만 같은 기분이 든다. 메시지를 쓴 시청자의 아이디를 차단한다.

　— 물 흐리지 말고 나가요.

　— 뭐야 게임 왜 끔?

　— ??????

　— 메리 크리스마스!

　— ㅋㅋㅋㅋㅋ 피지컬 무리??

　— 메리 클스마스!

　휴대폰 액정이 밝아지며 각종 문자와 메시지가 연달아 들어온다. 자정이다.

*

이별 직후 몇 차례의 문자와 부재중 전화가 왔다. 내가 끝내 답을 하지 않자 그녀는 마지막 인사를 건넨 뒤 더는 연락하지 않았다. 당황스럽지 않았겠냐마는 돌연 끝나버린 2년의 연애쯤이야 그녀에겐 극복하지 못할 상처일 리 없었다. 나보다 더 많이 사랑과 연애와 이별을 겪었을 테니까. 하지만 예상은 빗나갔다. 마지막 인사로부터 두 달이 지나 그녀로부터 한 통의 문자가 도착했다. 어떤 사람의 말도 위로가 되지 않는 고통스러운 시간을 겪고 있으며, 내가 절실히 필요하다는 내용이었다. 나는 묻지 않았다. 이미 그녀에게 일어나고 있는 일에 대해 알고 있었기 때문이다.

SNS에 처음 유포된 글에 그녀의 이름이 언급된 것은 아니었다. 글을 작성한 사람은 자신을 현대 음악계에서 영향력이 있다고 알려진 중년 남성 작곡가로부터 그루밍 성폭력을 당한 사실을 공론화한 여성 첼리스트의 지인이자 연대자라고 했다. 항소심에서 피의자인 작곡가가 유죄를 받았음을 공표하는 게시물의 어조는 다소 격앙되어 있었

다. 공론화 이후 제기한 성폭력 형사소송 1심에서
증거불충분으로 피의자의 무죄가 확정되고, 항소
로 유죄를 받아내기까지 걸린 2년 반의 시간 내내
참아왔던 것이 폭발한 모양이었다. 공론화로 인해
더욱 설 곳이 없어진 피해자의 삶, 반성 없는 가해
자의 태도와 여전히 그를 두둔하는 음악계의 폐쇄
성에 대해 성토하던 글은 난데없이 소송을 진행하
며 만난 변호사들에 대한 이야기로까지 번졌다.

우리는 1심 이후에 법률 대리인을 새로 선임했다.
1심을 맡긴 변호사의 불성실함 때문이었다. 우리
는 그를 여성 단체를 통해 만났다. 여성 인권이나
성폭력 사건을 많이 맡는 것으로 이름깨나 떨친
사람이다. 제대로 검증하지 않고 명성에 기댄 건
우리 실책이다.
처음 상담을 할 때와 수임을 한 이후 변호사의 태
도는 완전히 달랐다. 불안정한 피해자에게 처음
상담을 할 때와 실제로 받아본 증거들의 사실 관
계나 진술 내용이 일치하지 않는다고, 불리한 재
판이라는 말을 정말 많이 했다.
피해자에게 짜증 섞인 반응을 보인 적도 있었다.

　재판 과정에서 피해자는 변호사 때문에 심리적으로 궁지에 몰려 있었다. 우리는 항소심을 위해 다른 변호사들을 만나면서 법조계 내에 알려진 이름난 여성 변호사들에 대해 몰랐던 것들을 많이 알게 됐다.

　크게 이슈되는 사건 따라다니는 변호들이 얼마나 사건의 승소 가능성이나 대중적 관심의 규모를 봐가면서 수임하는지, 졌지만 의미 있는 싸움을 운운하며 무능력을 정치적으로 포장하는지. 그런 변호사들 언론 끌고 와서 재판하는 거 너무 좋아해서 트러블 메이커로 여기는 판사도 적지 않고, 상담하고 재판하는 과정에서 상처를 받았다는 피해자도 적지 않은 것 같더라. 우리 변호사가 그랬다는 건 아니다. 나도 안다. 그냥 우리랑 뭐가 잘 안 맞았을 수도 있다고 생각함.

　근데 있잖아. 여성 인권 중요한데, 솔직히 그 인권이라는 거 져도 의미가 있다고 백날 말해봐야 실제로 이겨서 판례를 남겨야 뭐라도 나아지는 거 아닌가? 지금 변호사님 수임료 치르는 게 쉽지는 않았지만, 정말 잘한 선택이었다고 생각한다.

　피해자가 클래식 연주자여서 오해가 될까 밝히는

데, 우리도 수임료 정말 기를 쓰고 마련했다. 그리
고 후회 안 한다. 여러분, 정의로운 변호사 찾지
말고 능력 있는 변호사에게 가세요. 이기는 경험
이 있어야 진보도 있는 겁니다.

글은 삽시간에 퍼져나갔고, 그가 말하는 1심 변
호사의 존재가 밝혀지기까지는 반나절도 걸리지
않았다. 이름을 직접 언급하는 사람은 없었으나
이미 대중에게 알려진 사건의 변호사가 누구인지
알아내기는 어렵지 않았다. 게시물이 이동할 때마
다 그녀의 언론사 인터뷰나 그녀가 쓴 법률 관련
칼럼이 덧붙었다. 그녀에게 유명세를 가져왔던 수
년 전 게이 커플의 데이트 폭력 사건 관련 기사도
어김없이 언급됐다.

남자친구의 폭행을 방어하는 과정에서 피해자
가 그의 어깨를 문 것을 두고 일방적인 폭행이 아
니었다며 가해자가 피해자를 고소한 사건이었다.
양측의 벌금형이 선고된 날, 피해자가 할 말이 있
다며 법원 앞에서 자신의 소송에 대한 소회를 밝
혔다. 자신의 성적 지향을 드러내는 게 두려워 소
송을 하는 일조차 망설이고 있을 때 격려를 해준

변호사에게 감사하다고 했다. 그는 결과는 안타깝지만, 스스로를 드러낼 수 있게 된 것을 자랑스럽게 여긴다며 자신과 같은 고통을 겪는 피해자들을 위해 목소리를 내는 사람이 되겠다고 발언했다. 그 곁에서 그의 용기에 감사를 전하며 공개적인 커밍아웃을 한 변호사가 바로 그녀였다. 당시 현장을 취재한 언론사는 여성주의 온라인 매체 한 곳 뿐이었지만, 그 기사가 활동가들에 의해 SNS로 퍼져나가며 그녀는 성소수자 커뮤니티와 페미니스트들 사이에서 유명세를 얻었다. 같은 성소수자라 할지라도 게이와 레즈비언이 세상에 받아들여지는 방식이 다르다는 걸 주지하는 분위기 속에서 그녀는 사건의 피해자인 남성보다 더 큰 박수를 받았다. 그녀를 만나기 전, 다른 성소수자들의 삶이나 인권 운동에 별다른 관심이 없던 내게도 그 사건은 뇌리에 강렬히 각인되었다.

변호사의 정체가 확인되자 피의자가 올바른 법의 심판을 받았다는 소식에 대한 축하보다 커밍아웃한 레즈비언, 여성과 퀴어 문제에 적극적으로 뛰어드는 정의로운 변호사에 대한 말들이 훨씬 빠른 속도로 불어났다. 비단 그녀뿐 아니라, 정말로

세상에 존재하는지조차 알 수 없는 무명의 다른
변호사들에 대해서도 날선 반응이 오갔다. 높은
비용을 치르더라도 이길 수 있는 변호사를 찾는
게 옳은 것 같다거나 자신의 존재를 전면에 드러
내야 대중에게 피해자로 인정받는 분위기 자체가
문제라는 비교적 온건한 반응도 있었지만, 본래의
사건에 아무런 관심도 없었던 사람들의 비판은 가
차없었다. 커밍아웃한 레즈비언이라고 더 정의로
울 거라는 생각은 버리는 게 낫다며 사건과는 아
무 관련이 없는 말들도 불쑥불쑥 튀어나왔다. 누
군가는 글을 게시한 연대자에게 변호사를 건드리
다니 겁이 없다고 했고, 다른 누군가는 이미 그녀
의 속을 들여다보고 있기라도 한 양 고작 이런 걸
로 명예훼손이라도 거는 변호사라면 정말로 믿고
거른다고 비아냥댔다.

"이길 수 없는 싸움에도 나서는 사람이 있어야
지."

격무에 시달려 까칠해진 얼굴로도 밤을 새워 일
하던 그녀를 떠올리지 않을 수 없었다. 기념일을
맞아 예약 오픈을 목 빼고 기다렸던 호텔에서도
내게 미안해하며 긴 통화를 하고, 반박 서면을 작

성해야 한다며 울 것 같은 표정으로 급히 데이트
를 마무리하던 사람이었다. 그녀가 퀴어 데이트
폭력 사건으로 이름을 알린 건 사실이지만, 그로
인해 얻게 된 일들 대부분이 큰 수입원이 된다고
는 할 수 없었다. 그녀는 돈이 되는 일들은 따로 있
기 때문에 그렇지 않은 일을 맡을 여유도 있다고
했다. 게시된 글이 거짓은 아니라 해도 다소 왜곡
되고 과장되어 있다는 인상을 떨치기 어려웠지만,
내가 알고 있는 변호사로서의 그녀 역시 그녀의
말에 의존하고 있을 뿐이었다. 내게 보여준 적 없
다 해서 다른 사람에게도 똑같으리라는 법은 없었
다. 나는 그녀에게 연락이 오기 전부터, 온 후에도
계속해서 상황을 주시하기만 했다. 그리고 그녀의
SNS에는 새로운 글이 올라오지 않았다.

　만 이틀이 지나 관심사는 다른 뜨거운 이슈들로
이동했지만, 그즈음 SNS 활동을 활발히 하던 한
변호사의 글이 올라오며 게시물은 다시 회자됐다.
그는 이 재판의 항소심에 1심 때는 나서지 않았던
증인들이 등장했다는 사실을 언급하며, 의뢰인마
다 변호사에게 기대하는 바가 다르므로 신중하게
생각해볼 문제라고 입장을 밝혔다. 그러자 누군가

그가 그녀와 함께 참여했던 성폭력 법률 포럼의 포스터와 남성인 그의 사진을 들고 나타났다. 포스터를 본 누군가는 동료 변호사를 두둔하려 피해자를 가스라이팅하는 거냐고 대놓고 질문했다. 논쟁은 다시 격화됐다. 자신의 입장을 밝힌 변호사는 금세 입을 다물었고, 피해자의 지인이라던 연대자는 글을 삭제한 뒤 계정을 잠갔다. 사건의 당사자라고는 아무도 남아 있지 않았다. 활성화된 채 침묵을 지키는 그녀의 SNS에서 변화한 것이라고는 누군가 그녀를 언급하기 위해 가져간 게시물의 공유 횟수가 전부였다.

경과를 지켜보며 잘잘못을 떠나 그녀가 느낄 고립감을 떠올리지 않기란 어려웠다. 문득 그녀가 처음으로 내게 도움을 요청했다는 사실도 깨달았다. 그러나 끝내 그녀의 연락에 답을 하지는 않았다. 설령 그녀에게 내가 절실하게 필요한 존재임을 그녀가, 또한 내가 실감하는 계기일지라도, 우리의 헤어짐을 번복하고 싶지는 않았다.

✱

어째서 커다란 모니터보다 고작 손바닥 크기의 휴대폰 액정이 더 편안하다고 느끼게 된 걸까. 나는 눈앞에 있는 어두운 두 대의 모니터를 바라보다 이내 손에 쥔 휴대폰으로 눈길을 돌린다. 캠을 켜고 메리 크리스마스를 외치자 아무 일도 없었던 것 같았다. 크리스마스에 비명만 질러댈 수는 없지 않으냐며 너스레를 떨고, 흥미로워 보이는 데모 게임을 찾아 두어 시간 방송을 이어갔다. 방송을 마무리할 때까지 내가 어떤 이야기를 하며 방송을 진행했는지 잘 기억이 나지 않는다. 그러나 녹화 분을 돌려 볼 엄두가 나지 않았다.

새로운 불청객이 찾아오지는 않았다. 다행이었다. 나는 구독 기간이 짧은 시청자가 댓글을 달 수 없도록 설정을 변경했다. 방송을 마칠 시간만을 애가 타게 기다렸지만, 송출 중단 버튼을 누른다 한들 변하는 건 없었다. 오히려 사람들의 농담과 수다가 사라지고, 빈틈없이 떠들어 자꾸 쉬어버리는 허스키한 내 목소리가 사라지고, 컴퓨터 본체의 소음마저 사라져버리자 나는 더없이 두렵다.

평소 같았으면 느꼈을 일로부터의 해방감 대신 불
안이 찾아온다. 내가 눈을 감을 때 눈을 뜬 사람들
이 존재한다는 걸 알기 때문이다. 내가 잠들어도
세상은 잠들지 않기 때문이다. 종교와 무관하게
모두가 들뜬 마음으로 쉽게 잠들지 못하는 성탄절
새벽, 나를 제외하고는 누구도 잠들지 않을 것만
같은 착각이 든다.

휴대폰의 온갖 어플리케이션을 번갈아 열며 내
이름, 내 채널의 이름, 그녀의 이름을 이리저리 조
합해 검색한다. 그녀와 나를 연결 짓는 내용의 게
시물은 좀처럼 눈에 띄지 않는다. 대신에 나 혹은
그녀 중 하나를 제외한, 나 혹은 그녀에 대한 언급
은 헤아릴 수 없이 많다. 이렇게 해서는 내가 원하
는 게시물을 찾아낼 수 없을 것이다. 레즈비언, 동
성애자, 퀴어 성폭력, 연애 같은 단어들…… 흔히
에고 서칭이라는 것을 할 때면 어쩔 수 없이 마음
의 대비가 필요하다. 내가 듣고 싶은 말들을 듣기
위해 하면서도, 존재하지 않기를 바라는 말들을
애써 찾아내고 말기 때문이다. 그녀는 커밍아웃
을 하고 들어야 했던 모욕적인 말들을 두고 그것
이 다름 아닌 이름값이라고 했다. 오직 누군가를

욕보이기만을 위해 쓴 모욕적인 말들이 자신이 누구인지를 잊게 만드는 건 아니라고 했다. 세상이 나아지기만을 기다리면 변하는 것은 없다고 했다. 돌아보면 그런 그녀의 태도가 내게 호승심을 불러일으켰던 것도 같다.

그날, 나는 내가 하려는 게임이 어떤 논란을 불러일으켰는지 알고 있었다. 권위 있는 게임상을 수상할 정도로 찬사를 받았던 게임의 후속작은 출시가 되자마자 논란에 휩싸였다. 전작의 여주인공이 레즈비언으로 그려졌다는 이유였다. 포스트 아포칼립스를 배경으로 벌어지는 목숨을 건 여정에서 부녀지간으로 거듭나는 두 인물의 서사는 게이머들의 눈물을 자아냈지만, 첫 편의 여주인공이 레즈비언이라는 사실은 걸작 게임의 완성도를 떨어뜨리는 요소라 지적받았다. 그들은 스토리의 개연성이 없다고 딱 잘라 평가하는 대신 굳이 레즈비언을 들먹였다. 짜증나는 건 레즈비언이 아니라 게임의 정치적 올바름을 위해 억지로 동성애 요소를 끼얹었기 때문이라고 했다. 실제로 첫 편에 비하면 스토리도 게임성도 빈약했다. 하지만 레즈비언을 운운하는 것은 별개의 문제였다. 게임을 시

작하자마자 여지없이 게임에 대한 볼멘소리가 드
물지 않게 이어졌다.

"출시되고 말이 많았죠. 근데 해봐야 알겠지만,
나는 좀 다른 의견이 있어. 그저 그 애가 레즈비언
일 수도 있다는 상상은 한 번도 해본 적이 없는 거
아닐까. 여러분, 제가 레즈일 거라고 생각해본 적
있어요? 없지? 근데 제가 그거거든요."

모든 게 준비된 멘트였다. 특별히 감추려 했던
적 없기에 드러내는 것도 어렵지 않았다. 나를 손
가락질하고 빠져나갈 사람들, 호기심에 몰려올 사
람들까지도 예상할 수 있었다. 우려가 없었겠냐마
는 그 타격은 내 예상에 한참 못 미치는 수준이었
다. 얼마 지나지 않아 몇몇 커뮤니티 사이트에 영
상 크리에이터나 스트리머 중 커밍아웃을 한 레즈
비언들의 목록이 치부책처럼 작성되어 돌아다녔
다. 더럽다거나 역겹다거나 페미니스트들을 대상
으로 장사를 한다거나 여자 보고 환장하는 건 한
남이나 마찬가지라거나 하는 댓글이 폭발했다. 머
리가 짧으면 남자 흉내를 낸다고 했고, 머리가 길
면 레즈라니 더 끌린다고 했다. 상관없었다. 그런
말들은 불쾌했을 뿐 상처를 줄 수는 없었다. 게임

에는 별 관심도 없던 사람들이 내 방송을 보기 위
해 접속했고, 그들은 나를 위해 싸워주었다. 그때
만 해도 나 자신이 누군지 알고 있다면 무지하고
야만적인 말들은 나를 흔들 수 없다는 그녀의 말
이 정말로 옳았다고 믿었다.

그런데 지금, 그녀는 여전히 자기 자신으로 있
을 수 있을까.

변호사, 레즈, 게임 스트리머. 기계적으로 단어
를 골라 입력하고 화면을 스크롤하던 손이 멈춘
다. 링크는 남초 사이트의 게시물로 연결된다. 그
녀의 인터뷰 사진 아래 논란이 되었다가 사라진
게시물의 캡처된 이미지가 첨부되어 있다.

　└ 이 변호사년 여친 열세 살 어린 스트리머인
거 실화?

　　└ 확실하냐? 어떻게 앎?

　　└ 아웃팅했다고 지랄 난다. 쓰니 조심

　　　└ 여친도 커밍아웃함 ㅇㅇ

　　　　└ ㅇㅈ

　　　　└ 누구임?

　　└ 확실하지도 않은 사람 가해자 만들어 언론

플레이해서 꿀 빨더니 나락...

└ 내로남불 오져

└ 레즈 스트리머 치면 몇 명 없어 dddddd

댓글들을 읽어 내려가다 말고 게시물 상단의 작성일을 확인한다. 이미 두 주 전에 작성된 게시물이다. 새로운 창에 다른 커뮤니티를 띄운다. 앞선 검색어를 입력한다. 아무것도 나오지 않는다. 온갖 SNS에 접속해 다시 검색을 시작한다. 특별한 것은 없다. 또 다른 창을 연다. 어깨가 무겁고 허리가 뻐근하게 저려온다. 나는 휴대폰 화면에서 눈을 떼지 않은 채 자리에서 일어난다. 내가 찾아내려는 것은 쉽게 나타나지 않는다.

그만두는 편이 낫다는 걸 안다. 그럼에도 늘 멈추지 못했다. 내가 발견하지 못한다 해도 그것이 존재하지 않는다는 확신을 얻을 수는 없었다. 습관적으로 화면을 끌어내려 새로고침을 할 때마다 피드 안에 새로운 게시물이 쏟아진다. 가만히 들여다보고 추적해가지 않으면 무엇을 말하는지, 누구를 향한 말인지 알 수 없다. 크리스마스의 풍경들 틈으로 무자비하게 흘러드는 온갖 이미지와 메

시지. 누군가 듣기를 바라는 혼잣말, 누가 들어도
상관없는 비밀, 누구도 반응하지 않는 절규, 세상
을 바꾸는 분노, 도저히 바로잡히지 않는 부정의,
너무 많은 연대, 너무 많은 단절, 연결되고자 하는
마음과 연결되어야 한다는 강박…… 그런데 누굴
까. 그녀와 나에 대해 알고 있는 사람은.

*

　그녀를 처음 만난 건 오래된 레즈비언 바였다.
친구가 아르바이트를 하고 있지 않았다면 내 발로
찾아갈 일이 없는 장소였다. 저녁 타임 아르바이
트생의 지각으로 연장 업무를 하게 된 탓이었다.
친구는 어색해하는 내게 신경을 쓰려 애썼지만 저
녁 손님이 들고부터는 다소 분주했다. 논알콜 칵
테일을 앞에 두고 핸드폰만 들여다보고 있는 내
게 누군가 말을 걸어왔다. 집 앞에 놀러 나온 것 같
은 가벼운 원피스에 얇은 카디건 한 장을 걸친 그
녀는 마치 바의 주인장인 것처럼 보일 정도였지
만 사장이 아니라는 것은 알고 있었다. 그녀는 자
신이 십 년째 단골이고, 사장의 각별한 친구이며,

아르바이트생들과도 모두 가깝게 지내는 사이라
고 했다. 바는 손님도 많지 않고 레즈비언이 아니
고서야 드나들 리 만무하다며 바의 분위기를 두고
실컷 흠을 잡았다. 그저 혼자 바에 앉아 있는 게 어
색했을 뿐인데 내가 주변 눈치를 보고 있다고 느
낀 모양이었다. 그 공간에 대한 애정 없이는 할 수
없는 농담에 한결 안심이 됐다.

　바의 과거와 내 친구를 주제로 대화는 공백 없
이 오갔다. 마침내 지각한 아르바이트생이 도착했
고, 친구는 업무를 인계하며 내가 대화를 나누고
있는 단골손님을 제대로 소개했다. 그제야 화장기
없는 얼굴에 단정한 정장을 입고 결연하게 말을
잇던 얼굴이 비로소 그녀의 얼굴에 겹쳐 보였다.

　"혹시 변호사 필요하면 연락하세요. 물론 연락
할 일이 없어야겠죠."

　농담을 던지며 대화를 주도하던 느긋한 표정은
쉽게 뇌리에서 지워지지 않았다. 먼저 자리를 뜨
는 내게 장난처럼 내민 명함을 나는 화장대로 쓰
는 낮은 서랍 위 눈에 띄는 자리에 놓아두고, 종종
포털 사이트에 그녀의 이름을 검색해 기사나 인터
뷰를 찾아 읽으며 그녀의 SNS를 지켜봤다. 급기야

나는 친구를 핑계로 자주 바에 얼굴을 내비쳤고, 그녀가 나타나 혼자인 내게 말을 붙여주기를 바랐다. 동경에 지나지 않는 마음은 아니었다. 나는 확신했다. 돌이켜보면 확신을 필요로 했던 마음이기는 하지만.

"너도 참, 나이 한참 많은 연상한테 끌리는 거, 오이디푸스 콤플렉스도 아니고 엘렉트라 콤플렉스도 아니고, 레즈가 하면 조롱할 말도 없네."

대단한 의미가 있는 말은 아니었다. 그저 그런 방식으로 이기죽댈 수 있는 보잘것없는 권리가 있다고 믿었으므로, 틈만 나면 이성애니 헤테로니 하는 단어를 주워섬기게 됐을 뿐이었다. 하나 마나 한 소리를 한다는 타박에 "정치적 관용구가 다 그렇지" 하며 무신경하게 답한 친구는 오이디푸스 얘기는 대충 알겠는데 엘렉트라는 누군지도 모르겠다며 휴대폰을 집어 들었다.

"이거 봐라, 레즈도 남자만 알고 여자는 몰라. 이성애가 문제가 아니네. 남근중심주의가 문제지. 아닌가, 아무리 헤테로여도 애비한테 그런 감정이 생길 수가 없기 때문 아니야?"

내 연애에 배가 아픈 거냐며 아무 말이나 내뱉

으며 웃었지만, 알고 있었다. 내게 화가 나 있었다
는 걸. 아니, 그녀에게 실망했다는 걸. 아니, 내 선
택을 존중했기 때문에. 아니다. 이미 마음을 돌릴
수 없다는 걸 알기에. 그 모든 걸 솔직히 말할 수
없는 자신을 무력하게 느꼈다는 걸. 친구는 내가
그녀와 이별한 뒤에야 내 마음을 달래듯이 말했
다. 그 어떤 관계도 모두 끌어안고 평등을 실현하
는 게 사랑이지만, 어떤 사랑은 애당초 불평등하
게 시작된다고. 내가 내 선택을 어리석었다 말한
것도 아닌데, 친구는 내게 잘못이 없다는 말을 거
듭 들려주었다.

*

"대체 이게 무슨 일이래. 우리가 지금 갈게."

"오지 마. 자고 있을 거라 생각하고 보낸 거야."

"아니야, 우리 초저녁부터 자다 깨서 떡볶이 먹
으면서 영화 보고 있어."

"있잖아 그럼……, 내가 거기로 가도 될까? 실은
나 지금 밖이야."

잠시 정적이 흐른다. 그들이 와야 할지, 내게 오

라고 말해야 할지 목소리를 낮춰 의논을 하는 게 분명하다. 발끝으로 바닥을 쿡쿡 찍을 때마다 얼어서 뭉쳐 있던 흙이 풀어진다. 뺨과 종아리가 얼얼하다. 쉽사리 결정하지 못하는 모양이다. 나는 벤치에서 엉덩이를 털고 일어나 작은 놀이터를 벗어난다.

"걱정하지 마. 택시 타고 갈게."

엉겁결에 그러라는 답변이 돌아온다. 도착할 때쯤 연락하라는 당부를 들으며 가장 가까운 도로변으로 향하는 골목에 들어선다. 전화가 끊어진다. 구옥 주택이 빽빽하게 늘어선 골목이 유난히 어둡다. 올려다본 하늘은 희부연 박명으로 오히려 한밤중보다 밝지만, 그 섬약한 빛은 좁은 골목을 밝히기엔 역부족이다. 불빛이 새어나오는 창문은 하나도 없다. 점멸하는 전구의 불빛도, 종소리도 없어서 마치 모두가 깨어 있는 크리스마스라는 개념마저 사라진 장소 같다. 가끔 만나던 고양이들의 기척도, 가벼운 쓰레기가 바람에 날리는 소리조차 들리지 않고, 내 발이 바닥에 마찰하는 미세한 소리만이 울려 퍼지지 못하고 사라진다. 나는 저절로 백룸을 떠올리고 사위를 살핀다. 그러나 나는 이 골목을 꿰고 있고, 몇 걸음만 더 걸으면 편의점 간판이 보일 것이다. 편의점을 끼고 돌아 지금보다 큰 골목 하나를 더 지나면 차들이 달리는 도로가 나올 것이다. 그렇게 생각하자 어두운 골목이 전보다 편안하게 느껴진다. 나는 내가 알고 있는 그 길을 따라가 친구들에게 닿는 순간을 상상한다. 그들은 내가 누구인지 알고, 나 역시 그들을 안다. 그들은 조건 없이 나를 위해 웃고 울어줄 것이다. 내가 그렇게 할 것이듯이. 그들은 내게 말할 것이다. 너는 아무런 잘못을 하지 않았어. 네 현실은 여기에 있어. 누군지 알 수 없는 사람들의 말에 무너지지 마. 그 말들이 얼마나 내게 의지가 되었던가. 언제나 그랬다.

과연 그럴까. 지금 나는 잠시 눈을 감고 시한폭탄을 품은 것 같은 세계를 가까스로 통과해 걷는 중이다. 이대로 가면 길을 잃지 않고 그들에게 닿을 테지만, 그걸로 충분할까. 내가 잘못하지 않았더라도, 그것이 부당하다는 내 주장이 받아들여질까. 만일 모든 일들이 더 크고 복잡하게 비화되어 내게 해를 입힌다면, 그 세계의 나를 지우는 것만으로 충분한 걸까. 끝내 내가 알려 하지 않으면, 현

실로 돌아올 수 있는 걸까. 내가 완전히 눈을 감고
그 세계를 등지는 일이 가능할까. 이쪽도 저쪽도
내게는 모두 현실인데, 이쪽과 저쪽의 틈은 자꾸
벌어지기만 하는 느낌이다.

걸음을 멈춘다. 친구들은 내게 위로를 주겠지
만, 답을 줄 수는 없을 것이다. 받지 않기 위해 저
장해두었던 연락처를 찾아 그녀에게 전화를 건다.
골목 끝 건물 2층 창문에 불쑥 흰 빛이 들어온다.
휴대폰을 더 바짝 귀에 대고 다시 발을 뗀다. 손끝
이 차다.

"자기야, 이 시간에 무슨 일이야?"

자다 깬 듯 깊게 잠긴 그녀의 목소리가 부드럽
게 귓가에 닿는다. 이번엔 그녀에게 내가 필요하
므로, 그녀 역시 내게 줄 수 있는 것이 있을 것이
다. 헤어짐을 되돌리는 일은 없을 것이다.

"언니, 좀 괜찮아?"

조심성 없게 물이 목구멍을 타고 넘어가는 소리
가 들린다. 그녀는 언제나 머리맡에 생수 한 병을
놓아두고는 했다.

"응, 이제 괜찮아."

"정말 괜찮아? 아무런 조치도 취하지 않는 것 같

아서."

"내가 뭐라고 떠들어봐야 소용없어. 그냥 가만히 있는 게 제일 빨리 잊히는 법이니까. 근데 정말 걱정돼서 연락한 거 맞아? 혹시 무슨 일 있어?"

금세 되찾은 맑은 목소리로 그녀는 말한다.

"어서 말해봐. 무슨 일 있는 것 같아. 어디야? 전화로 얘기하기 어려우면 내가 갈까?"

시간을 되감기라도 한 것처럼, 다시 말을 이을 수 없다.

"자기야, 대답해. 지금 어디야?"

시간은 흐를 것이다. 문제는 지나갈 것이다. 더 큰 난관에 봉착하더라도 언젠가는, 어떤 식으로든 해결될 것이 분명하다. 내가 상처받더라도, 누군가에게 상처를 주더라도. 맞서거나 도망치거나. 자발적으로든 강제적으로든. 출구는 있다. 다만 그 출구로 나선 결과가 탈출이 아닌 새로운 미궁으로 이어질 뿐이다. 그 어떤 누구도, 자신이 누구였는지 기억하는 채로는 미궁을 견딜 수 없게 될 뿐이다.

에세이

✳

우리는 이다음의 지옥도
찾아내고 말 테니까

나는 이 오래 지속된 한계에 대해 묘사하고자 한
다. 그리고 지금은 내 것이 된 그 힘으로, 그 힘에
담긴 언어를 사용해서, 관심 있는 사람이면 누구
라도 나의 이런 '삶'이 어마어마한 걸림돌 아래 놓
여 있었다는 것을 확신할 수 있게 되기를 바란다.

— 샬럿 퍼킨스 길먼*

사고로 유산을 겪고 다리 하나를 절단한 여성과
출산 후 우울증에 걸린 여성이 있다. 한 여성은 신
체적 장애로 인해, 다른 여성은 온전한 휴식을 제

* 샌드라 길버트 · 수전 구바, 『다락방의 미친 여자』, 박오복 옮
김, 북하우스, 2022.

외한 지적이며 사회적인 활동을 금지하는 처방을 받아 집 안에 갇힌다. 전자는 남편의 새 넥타이에 사로잡히고, 후자는 방을 뒤덮은 오래된 벽지에 시선을 빼앗겨 점점 더 심각한 신경쇠약에 빠져든다. 한 여성은 집보다 척박한 땅에서 위자료로 끝내 남편의 목숨을 받아낼 수 있기를 기도하고, 다른 여성은 스스로를 벽지 속에 갇혀 있다 해방된 상상적 존재와 동일시하며 기절한 남편의 몸 위를 기어간다.

데칼코마니처럼 쌍을 이루는 두 여성 인물의 서사는 각각 이선희의 「계산서」와 샬럿 퍼킨스 길먼의 「누런 벽지」를 요약한 것이다. 이선희 작품의 탁월함을 설명하기 위해 영미 페미니즘 문학사에서 손꼽히는 대표적인 텍스트의 권위를 빌리려는 의도는 없다. 그저 신체적이며 정신적인 감금 상태에 놓여 있던 여성의 불안이 극단적이고 파괴적인 광증으로 치닫고야 마는 내러티브의 유사성을 넘어, 두 소설이 구조적 차원에서도 놀라울 만큼 서로 닮아 있다는 사실을 외면하기 어려웠다.

「누런 벽지」는 「계산서」가 발표된 1937년보다 50여 년 앞선 1892년에 세상에 나왔다. 그리고 길

먼은 「계산서」가 세상에 나오기 두 해 전인 1935
년에 사망했다. 길먼의 영이 아메리카 대륙을 떠
나 동북아시아의 작은 나라에서 소설을 쓰는 여성
에게 깃들었다는 믿음은 미신적이다. 그러나 때로
이런 이야기가 시공간과 개별 역사를 초월해 거듭
쓰였다는 것이 의미하는 바를 생각하면 빙의된 소
설가의 이야기가 차라리 합리적이라는 생각이 든
다. 그럴 리가. 귀신에 씐 게 아니고서야 이렇게나
비슷한 소설을 쓸 수 있을 리가 없다고 믿고 싶을
뿐이다. 이것이 유독 여성 작가들이 호러에 특출
한 재능을 보이는 이유인지도 모른다. 그럴 수는
없다. 차라리 간절하게 믿고 싶은데 도저히 믿을
수 없기 때문이겠지. 가부장제의 친절한 보살핌
속에서 서서히 미쳐가는 여자의 이야기를 나 역시
얼마든지 상상할 수 있으니까. 작가의 말에 이렇
게 덧붙일 수도 있을 것이다. 이것은 나의 이야기
다. 길먼에서 이선희를 거쳐 내가 있기까지 세상
의 모든 것이 몰라보게 변했는데, 가부장제의 유
산을 떠안은 여자들의 운명은 질기게도 대물림되
고 있다. 그리고 지구상 어딘가에는 자신이 미쳐
가고 있다고 소리칠 수 있다는 가능성에도 눈뜨지

못한 채 살아가는 여성들이 있을 것이다.

내가 이렇게 말하면 누군가는 코웃음을 칠 게 분명하다. 그들은 여성도 남성과 똑같이 시민으로서 누려야 할 모든 권리를 동등하게 누리게 되었으면서 언제까지 낡은 피해의식에 사로잡혀 살아갈 것이냐고 반문한다. 결혼과 출산을 인질처럼 붙들고서 왜 여전히 자신들을 약자라고 주장하느냐고 날을 세운다. 「여인 명령」 속 젊은 날의 숙채도 유원과 밤길을 걸으며 어머니의 인생보다는 제 인생이 조금 자유로워졌다고 생각했을까.

「여인 명령」은 근대화된 식민지 조선을 배경으로 한다. 식민지 체제의 경험은 국가적인 비극이었지만, 이선희의 소설이 집중하고 있는 지식인 도시 여성의 삶은 일견 눈에 띄게 진보한 것처럼 보인다. 숙채에게 자유연애, 교육과 새로운 경제 활동의 기회 등으로 표상되는 근대화된 서울은 고향과는 다른 동경의 대상이다. 그러나 이 소설 속에서 숙채가 선택한 서울이라는 공간은 끝내 그녀를 몰락의 길로 인도한다. 자유연애를 통한 낭만적인 사랑과 결혼이라는 그녀의 꿈은 유원의 징역살이로 인해 좌절된다. 유원이 존재할 때 선택일 수 있었던 결혼이 그의 부재와 동시에 강요되기 시작한다는 점은 눈여겨볼 만한데, 이는 연애와 결혼의 자유 역시 가부장제의 이데올로기에 종속되어 있다는 방증이기 때문이다. 독립을 위해 상경해 백화점 점원, 여급을 거치며 숙채는 부모와 남성의 보호 아래 있을 때에는 경험한 적 없는 폭력의 피해자가 된다.

근대화된 사회가 제공한 새로운 기회들은 전통적인 가치관을 거부하는 신여성을 등장시키지만, 이제 비단 가부장제뿐 아니라 그와 결합한 자본주의 이데올로기가 자유라는 명목하에 더욱 교묘한 방식으로 여성을 타자화한다. 더불어 본처의 존재를 깨달으며 파국으로 치닫는 김 의사와의 결혼은 일부다처제의 용도 폐기가 혼인 관계에 있어서 여성의 지위를 변화시켰다는 사실을 전면으로 반박한다. 그러므로 김 의사와의 결혼이나 유원에게 아이를 맡기고 죽음을 맞이하는 숙채의 삶이 가부장제로의 퇴행이라는 해석은 적절하지 않다. 새로운 세상은 여성들에게 가부장제로부터 탈주하기를 종용하지만, 그 말에 미혹되었던 여성의 종착지는 "죽음 같은 고독"을 찬양하는 광기 아니면,

죽음을 통해서만 되돌아가는 것이 가능한 가부장
제의 세계이다. 이 소설로부터 거의 한 세기, 나는
가부장제 안팎에서 서서히 몰락해가는 여성을 주
인공으로 한 통속적인 이야기를 백 개라도 써낼
수 있다. 그리고 고백할 수도 있을 것이다. 나는 몰
락하지 않기 위해 그토록 증오하는 가부장제와 타
협하며 살아가는 자신을 저주한다고.

　수십 세기 동안 여성들은 투쟁했고 계속 새로운
권리를 쟁취해왔다. 그러나 여성들의 권리, 지위,
역할, 자유와 평등에 대한 요구는 항상 '남성과 동
등한'이라는 수사 아래 묵살되었거나 묵살되고 있
다. 사실상의 불평등을 괄호치고 기계적인 평등이
가능해진다 한들 이때 여성들이 누리게 된 가치들
이 오직 남성중심주의 이데올로기가 써온 역사의
결과물인 한, 여성들이 이등 시민의 운명에서 벗
어나기란 요원하기만 하다. 그런 세상에서 여성들
은 미치거나 죽지 않으려고, 미쳤거나 죽은 여자
들의 이야기를 멈추지 않고 써온 것이다. 이 광기
와 죽음의 서사는 남성과 동등한 것이 되고자 하
는 여성의 발화가 아니라 인류 보편의 이상을 뒤
흔드는 질문으로 해석되는 날까지 다음에 온 여성

들의 손에 의해 이어질 수밖에 없을 것이다.

그럼에도 나는, 아니 그렇기 때문에, 처음부터 이 질문 잇기의 글쓰기를 위해 한 세기 이후 여성 작가의 시선으로 이선희의 소설을 다시 쓰거나 비틀어 쓰는 일은 없을 거라 다짐했다. 이선희의 시대보다 훨씬 더 은밀하게 여성을 착취하는 작금의 현실을 폭로하는 것이 결코 무의미하지 않다 하더라도, 나는 내 글쓰기가 무엇이 불의인가를 이미 알고 있는 세계가 아닌 현재의 내가 답할 수 없는 질문 속으로 내던져지는 경험이기를 바랐기 때문이다. 그것이야 말로 근대화된 세계를 둘러싼 동경과 절망을 온몸으로 뚫고 나간 이선희의 작가정신을 잇는 일이라고 생각했다.

"유원이는 자기의 숙채가 이렇게 얼굴 꾸미는 재간을 모른다는 것이 한없이 미쁘고 사랑스럽고 또 고마웠다./ 그러나 숙채는 이미 이러한 칭찬을 듣기는 죄 많은 몸이라 얼굴이 빨개지지 않을 수 없었다." 이선희의 문학에서 출발해 나의 질문일 수 있는 이야기가 어디에 있을지 오래 골몰하던 중에 나를 사로잡은 단락이다.

전 세계에서 동시다발적으로 일어난 미투와 페

미니즘 리부트 이후, 수많은 여성들이 다양한 방
식으로 자신의 목소리를 내기 시작했다. 각양각색
의 목소리는 또한 다양한 페미니즘 운동으로 전환
되었고, 그중에 탈코르셋 운동이 있다. 여성에게
만 요구되는 외적인 아름다움과 꾸밈노동이 억압
이 아닐 리 없고, 아름다움의 기준 역시 이데올로
기이므로 나 역시 탈코르셋 운동을 지지하지 않
을 이유는 없다. 그러나 「여인 명령」에 그려진 것
처럼 1930년대 신여성들에게 화장은 전통적인 가
치관에 비추어서는 "죄"이면서 새 시대의 자유이
기도 했음을 떠올리면 한결같은 여성 억압의 기제
와 달리 해방의 이상이 항상 같았던 것은 아니다.
남성 중심의 사회에서 자기 자신을 위한 외적인
아름다움 추구가 구조적으로 불가능하다는 주장
에 동의하면서도, 극단적인 탈코르셋 운동이 이를
실천하지 않는 여성을 여성 인권을 후퇴시키는 부
역자로 여기는 것에는 동의하기 어려운 측면이 있
다. 여전히 여성의 자유를 평가하는 기준에 남성
중심주의가 전제되어 있으므로, 이러한 비판은 일
종의 자가당착일 수밖에 없기 때문이다. 진보적인
여성상의 등장은 여성 해방의 발판이 되는 동시에

언제나 이중의 억압으로 작동하기도 하는 것이다. 더욱이 이제 여성은 비단 남성중심의 이데올로기에만 종속되어 있지 않다. 숙채의 삶에 근대화와 함께 유입된 자본주의가 들러붙었듯이, 우리는 2000년대 초반까지만 해도 비판과 경계의 대상이었던 신자유주의에 모든 삶을 점령당했다. 유연한 능력주의는 페미니즘과도 어렵지 않게 결탁해 가부장제의 억압에서 벗어나기 위해 남성의 경제력 없이 살아갈 수 있도록 부동산과 주식에 투자하라고 여성들을 부추긴다. 자발적인 돌봄과 사랑을 어리석은 것으로 치부하고 홀로 살아가라는 명령은 그러한 삶이 누구를 착취하고, 억압할 것인가를 회의하지 않는다. 남성이 존재하지 않는 안전한 사랑의 이상을 레즈비어니즘에 투사할 때 안전하지 않은 레즈비언들은 레즈비어니즘에서 소외된다. MTF 트랜스젠더의 육체가 전통적인 여성상을 재현하려 하기 때문에 여성혐오적이라고 말할 때 이들의 존재는 산 채로 유령이 된다.

　온갖 이념과 계급이 분화를 가속화한 세계에서 이제 한 개인의 정치적 성향을 명확히 설명하기란 거의 불가능한 일처럼 보인다. 진보나 보수의 개

넘은 어디까지나 상대적이며, 한 개인의 정치 성
향 내에서도 진보성과 보수성은 복잡하게 얽혀 있
기 때문이다. 이념과 제도정치, 생활정치의 불일
치는 끊임없이 개인의 정치적 모순을 야기한다.
신념에 삶을 일치시키려는 의지는 중요하지만, 복
합적인 정치적 입장들을 절대로 완벽하게 일치시
킬 수는 없다. 선택은 불가피하지만, 특정한 선택
을 일관된 성향으로 이해하는 정치적 주체는 스스
로의 정치적 분열을 은폐와 자기기만으로 봉합시
킬 위험에 상시적으로 노출되어 있다. 어쩌면 이
제 페미니즘이 상대해야 하는 적은 페미니즘이 승
할 때마다 가해지는 가열한 백래시만큼이나 그에
맞서기 위해 스스로의 분열을 감추려 하는 페미니
즘의 욕망이 아닐까.

이 글을 읽고 누군가는 내게 물을지도 모른다.
그렇다면 여성 해방은 언제 도래하는가. 여성 해
방의 이상은 존재하지 않는가. 적어도 현재 내가
내린 답은 이렇다. 여성 해방의 유토피아는 없다.
페미니즘에 있어서 유토피아란 도래하는 순간 디
스토피아일 뿐이어서, 페미니즘은 도리어 유토피
아의 도래를 계속해서 후퇴시키는 동력이어야 한

다고.

이십 대 중반쯤 서양철학에 심취했던 시기가 있다. 방대한 지식과 정교한 관념이 복잡하고 뒤죽박죽인 세계를 일관되게 꿰뚫는 지적 쾌감은 정말로 압도적인 것이어서, 나는 자주 그것에 비추어 내 글쓰기를 이해하거나 설명하려 애썼다. 그런 철학에 대한 경외가 사그라진 건 내가 그 텍스트들을 의도대로 충분히 이해할 자신이 없었던 이유도 있지만, 무엇보다 세계를 장악하는 철학자의 야심찬 언어를 어느 순간부터 권력 지향적인 것으로 느꼈던 탓이 크다. 완고한 이상은 아름답지만, 그 아름다움을 유지하기 위해 예외 상태를 쉽게 허락하지 않는다. 그제야 비로소 내가 이 세계를 이해하기 위해 선택한 것이 어째서 문학이었는가를 깨달았던 것 같다. 이상을 차지하고픈 욕망을 저지하며 밀고 나아가는 것. 페미니즘이 또한 그런 것이기에, 나는 부끄러움 없이 주저하고 헤매며 스스로를 배반하기도 하는 이야기를 쓴다.

지금 이선희의 소설을 다시 읽은 내게 그녀가 어떤 작가인지를 묻는다면, 이전에 그녀의 문학을 평가하던 언어들을 모두 잊었다고 말할 것이다.

내게 이선희는 '지속된 한계'를 벗어던지기 위해 새로운 지옥을 찾아 나선 여성이었다고 답할 것이다. 소설을 쓰는 내내, 그저 그 지옥을 함께 걷고자 했다.

해설

*

백룸: 알고 있지만 보이지 않고
그러므로 믿어야만 걸어나갈 수
있는 곳에 대하여

선우은실
(문학평론가)

'간츠펠트'—보이지 않는 공간

텅 빈 방이 있다. 그 방의 한가운데로 들어서면 한 벽면에 놓인 짧은 계단이 보인다. 계단이 다다르는 곳에는 2차원의 그림처럼 보이는 면面이 있다. 면 안쪽으로 빛이 유동한다. 그런데 이 2차원의 면은 사실 부피를 가진 공간이다. 계단을 따라가면 면 바깥에서 공간의 '안'으로 들어갈 수 있다. 나는 계단을 걸어 올라 면 안으로 들어선다.

사방의 흰 벽에 빛을 쏴 입체감을 주는 이 공간에 들어선 채로 계단 쪽을 향해 나 있는 '바깥'을 바라본다. 방금 밖에서 걸어 들어왔음에도 내가 아는 밖은 더 이상 보이지 않는다. 정확히 말하면 밖은 더 이상 '밖'처럼 보이지 않는다. 또 다른 텅 빈 면 같을 뿐이다. 바깥이 존재하고 있음을 방금 전의 경험으로 알고 있음에도 그렇다.

이곳에서 '보이지 않음'은 구체적으로 무엇을 의미하는가. 보이지 않는 상태는 믿음에 대한 다른 수행성을 촉구한다. 분명 바깥에서 안으로 들어갔음에도, 더 이상 밖이 보이지 않는 공간에서 밖은 '그것이 있음을 믿음으로써' 존재한다. 보이지 않는 것에 대한 믿음이 있어야 저 바깥으로 걸어나갈 수 있다. 그런데 적어도 이 공간에서, 이 단순한 걸음은 순탄하게 수행되지 않는다. 공간 안쪽의 구성 때문이다. 공간 안에 서 있는 사람은 이제 '보이는 대로' 믿을 수 없어서, 보이는 것 이외의 것을 느껴야만 한다. 발아래의 면을 딛고 선 채서서히 양옆으로 움직여본다. 양옆에는 면이 있다. 그러나 앞뒤는 뚫려 있다. 즉, 앞뒤가 뚫린 정육면체 공간에 나는 있다. 위아래 양옆 네 개의 면이 존재하고 있음에 의존한다. 내가 걸어 들어온 곳으로는 다시 나갈 수 있다. 이곳과 그곳을 연결하는 계단이 있다. 그러나 뒤로는 무작정 걸어나갈 수 없다. 그곳은 낭떠러지다. 이것이 이곳의 규칙이다.

공간 안쪽을 휘젓고 다니다 보면 어느 쪽이 좌우인지, 앞뒤인지 알 수 없게 된다. 단지 어떤 쪽으로는 더 이상 길이 없으며 어떤 쪽으로는 낭떠러지가 있다는 것만을 알고 있다. 움직임은 더욱 조심스러워진다. 막혀 있는 벽조차도, 그 안에 오래 머물다 보면 '벽'처럼 보이지 않는다. 보이지 않는 것의 범주가 늘어난다. 벽은 뚫린 공간처럼 보이고, 낭떠러지는 길처럼 보이며, 길이 난 공간은 막혀 있는 듯 보인다.

보이지 않는다는 것은, 보는 것이 아니라 만지고 더듬는 감촉으로서 이곳을 경험해야 함을 의미하며, 이미 내가 (밖이 있음을) 알고 있지만 보이지는 않는 어떤 사실(바깥)을 믿어야만 길을 찾을 수 있음을 의미한다. 그러나 오래 있다 보면 사위를 헤아리는 것이 불가능한 채 이곳에 몇 가지 규칙이 있음을 인식할 수 있을 따름이다. 따라서 어디로든 가야만 알 수 있는 '길 찾기'는, 위치 감각을 상실한 상황에서 막히거나 떨어지는 곳이 어디에든 있을 수 있음을 상상하게 한다는 점에서 어디로도 갈 수 없게 한다.

*

이것은 뮤지엄 산Museum San의 프로그램 가운데 '제임스터렐관'에 위치한 작품 '간츠펠트 Ganzfeld'에 대한 이야기다. 이 작품이 관객을 감상의 대상인 작품 '안'으로 이동시킴으로써 작품에 대한 의미나 그것을 향유하는 방식에 대한 성찰을 유도했을지는 몰라도, 내가 경험한 것은 그뿐만은 아니었다. 보이지 않는 것을 믿는 것, 이 바깥에 세계가 있음을 믿는 것, 이 세계의 규칙을 헤아리되 그것에 장악되지 않는 일을 어떻게 실천할 수 있는가에 관한 것. 내가 그 안에서 경험한 것의 정체는 그랬다. 그리고 이것은 단연, 이선희와 천희란의 작품이 보여주고 있는 여성의 세계 인식과 닮아 있으며, 내가 여성으로서 겪는 세계에 대한 감각을 비추는 것이기도 했다.

'백룸'의 규칙―세계의 규칙

천희란의 소설 제목이기도 한 '백룸The back-room'은 여성과 세계의 관계성을 성찰하기에 유용한 개념이다. 소설 「백룸」의 화자 '나'가 플레이하는 게임의 한 종류이기도 한 '백룸'은 게임이나 인터넷 매체를 중심으로 전개되는 일종의 도시 괴담 모음을 의미하는 '크리피파스타'의 하위 항목 중 하나다.

'백룸'에는 몇 가지 규칙이 있다. 우선 현실의 인간이 현실과 외부를 잇는 틈 어딘가로 떨어지며 이야기가 시작된다. 이곳은 무한한 공간으로 이루어져 있으며 누런 벽으로 둘러싸인 방, 텅 빈 사무실, 동굴, 심해와 같은 곳으로 펼쳐진다. 이곳에서 '나'는 어디 있는지 모를 출구를 향해 계속해서 방을 건너간다. 그런데 이곳에 어떤 생물이 사는지 '나'는 알지 못한다. 오직 경험으로 알 수 있는 것은 그 생물이 매우 공포스러운 형상을 하고 있는 데다, 실제로 위협을 끼친다는 사실이다. 완전히 낯설지도 그렇다고 익숙하지도 않은 공간에서 '나'는 다시 현실 세계로 돌아가기 위해, 정체 모를 생물체로부터 이유 없이 가해지는 죽음의 위협을 피해 출구를 찾아야 한다.

이러한 '백룸'류의 게임은 소설의 설정상 인기 있는 게임의 한 장르일 뿐만 아니라, 실제 현실에서도 꽤 주목받는 공포 게임의 한 콘셉트다. 왜 소설 속 시청자들은, 또 소설 바깥의 현실을 사는 우리들은 이러한 콘셉트의 게임에 몰입하는가?

공간을 장악하지 못한 채 한껏 무력해진 이가 우연적 요소에 의해 가차 없이 죽임당하는 곳에 외따로 떨어졌을 때 어떻게 살아남을 것인가.

'백룸' 게임의 관건인 이 명제는 곧 우리 삶의 화두와 닮아 있다. 이 게임의 공간과 규칙은 우리가 초월적으로 우리 삶을 목격할 수 있는 하나의 장면으로 제출된다. 이것이 이 소설 속 인물로 하여금, 또 현실의 우리로 하여금 '백룸'에 열광하게 하는 이유다.

공포스러운 — 백룸

'백룸'은 어떻게 현실을, 또 소설의 내용에 기반하건대, 어떻게 여성과 세계의 관계를 비추는가? 백룸이 자아내는 '공포'에서 시작해보자. 공포는 장악하지 못하는 두려움에 의해 발생한다. 전지전능한 주체, 이성적이고 합리적인 방식으로 세계를 장악해나가는 주체는 실존하는 것이라기보다는 하나의 상像이다. 인간은 자신을 '주체'로 사유함으로써 미지의 세계를 '앎'의 영역으로 포획하는 역사를 거쳐왔다. 다시 말해 '주체의 앎의 체계'로 포섭되고 장악되는 세계는 더 이상 '미지'가 아니다. 모름으로써 어디에서 무엇이 튀어나올지 모르는 공간이 아니며, 앎으로 하여금 파악되고 통제되는 공간으로 재편된다. 이런 관점은 전능한 인간의 실존적 경험에 기반하여 발생한 세계에 대한 인식이 아니라, 그렇게 세계를 파악함으로써 '전능감'을 자기 자신에게 부여하는 시도 속에 구축되는 인식이다.

고쳐 말하면, 세계에 대한 인식 혹은 세계와의 관계 설정, 그에 따른 세계의 구조와 질서란 인간이 스스로 자신을 지시함으로써 권력과 자격을 획득하고자 함에, 세계를 장악하는 방식으로 '부여된 규칙'이다. 이때 규칙에 어긋나는 공간과 존재는 '탐색되어야 하는 것'일 뿐만 아니라, 통제되어야 하는 것으로 의미화되곤 한다. 그런데 이러한 '미지의 존재'에 대한 객체화 행위는 사실 주체가 해당 존재로부터 두려움을 느끼고 있다는 것을 수긍하고 있음을 되비치는 것이기도 하다. 주체가 통제할 수 없는 존재는 기존의 인식 범주로는 해석되지 않고, 기존 규범이 만들어낸 규칙과 관습을 위반하며, 규칙 '바깥'에 있다. 이러한 존재는 공포스럽다. 주체가 설정한 세계의 규칙의 근간을 흔들기 때문이다. 어떤 여성이 '악녀'의 범주로 간주되는 것이 대표적인 예다. 기존의 가부장 중심의 주체 규율에 부합하지 않는 여성은 승인되지 못할뿐더러, 기존 체제의 언어로는 해명 불가능하다는 점에서, 승인이 필요 없으며 통제되지 않는 '위험한 자율성'을 가진 존재로 의미화된다. 이런 여성은 '나쁘거나', '방종하고', '공포스러우며', '미쳐 있다'. 가부장제의 기율을 폭로하는 많은 여성 서사에서 '악녀'의 변형으로서 공포스럽고 미쳐 있는, '이성理性'으로 파악 불가능한 여성을 그려내는 까닭도 여기에 있다.

이제, ('백룸'식의) 공포라는 키워드를 거쳐 이 책에 수록된 세 편의 소설 속 여성을 두루 떠올리는 일은 자연스러워 보인다. 먼저 이선희의 「계산서」에서 '나'를 보라. '나'는 출산으로 다리 한쪽을 잃고 자신의 다리와 교환되는 것으로서 남편의 다리를, 나아가 죽음을 교환하기를 원하는 '광증'에 휩싸여 있다. '가정 내 여성'의 몫이 곧 가부장 남성의 목숨값과 다르지 않음을 계산하는 셈법은 그야말로 무시무시한데 남성의 몫이 결코 여성에 의해 침범당할 수 없는 것임을 규율 삼는 사회라면 더욱 그렇게 느낄 것이다. '가부장에 복무하는 아내' 바깥을 향하는 여성의 욕망은 사회 규율을 위협한다.

「계산서」와 비교할 때 「여인 명령」에서는 공포스러운 분위기가 대단히 강조되지는 않는다. 다만 기존의 기율을 파열시키며, 그러한 과정에서 수많은 이들의 죽음을 삶의 징검다리 삼는다는 점에 주목하자. 숙채는 '죽음을 부르는 여성'이다. 언뜻 여성의 자유/방종/처벌과 구원의 이분법적 구도 속에 연애와 사랑을 각각 낭만적으로 위치시키는 듯한 이 서사 한가운데 '죽음'이 짙게 자리하고 있다. 숙채가 자신을 구원할 진실된 사랑을 갈구해나가는 과정이 이 서사의 표면적인 흐름이라 할 때, 그것이 숙채와 그 주변 인물들의 가차없는 죽음으로 결론 맺어지고 있다는 점에서 전연 낭만적이지 않다. 즉 이들이 갈구하는 '사랑의 구원'이란 배반되었을 경우 죽음으로서만 값할 수 있다.

나아가 숙채를 둘러싼 각 인물―유원, 김 의사, 김 의사의 본처―을 엮는 것은 표면적으로 애틋한 '사랑'일지언정 궁극적으로는 '제도'라는 것 또한 놓치지 말아야 한다. 「계산서」에서 서로의 애정이 '균등한 신체의 값'으로서 산정되어야 한다고 주장했듯, 「여인 명령」에서의 연애와 사랑 한가운데 놓인 것은 정념이 아니라 서로에 대한 법률적 결속력이다. 이러한 계약 관계에서 한쪽의 계약 파기란 양쪽 계약자의 자격 상실, 죽음으로 귀결된다. 이런 점에서, 숙채 주변 인물 및 숙채 자신의 죽음은, 가부장제 규율에서 헌신을 요구하는 사회에 청구하는 값으로서 제시된다. 그러니 이 소설이 가부장에 헌신하지 않고 오로지 교환 관계로서 제도를 이용할 뿐인, '죽음을 셈하는 여성'의 공포스러운 서사가 아니라 할 수 있을까.

백룸의—무한 반복되는 '방room'

한편 천희란의 소설 「백룸」의 서늘함은 공포스러운 분위기에 부합하되, 더 나아가 '백룸'의 반복 재생산되는 '틀'을 강조한다. 게임 스트리머인 '나'를 둘러싼 세계는 뚜렷하게 '무엇'이라고 말할 수 없는 방식으로 '나'를 옭매고 버겁게 한다. 이는 '나'의 게임 플레이에 대한 염증에서도 드러난다. '나'는 무한 반복되고 생성되는 공간에서 형체를 예측할 수 없는 괴물이 튀어나온다는 지극히 단순한 '백룸' 게임의 규칙을 알고 있으면서도 게임을 플레이할 때마다 놀란다. 그것은 시청자들에게는 다른 스트리머와 분별되는 '나'의 캐릭터로 인식되지만 '나'에게 그 사실이 달갑지만은 않다. 예측되는 플레이의 상황이 반복됨에도 자신이 놀라는 모습을 바라는 사람들이 있으며 비슷한 게임을 계속 추천한다는 데서 '나'는 이 모든 것을 알면서도 변화하지 못하는 자신의 상황에 회의감을 느낀다.

이미 패턴을 알고 있지만 여기에서 빠져나올 길 없어 보이는 '나'의 상황은 그야말로 '백룸' 플레이 그 자체다. 끊임없이 반복되고 예측되는 상황과 지겨워하고 놀랄 것을 알고 있음에도 반복하지 않을 수 없는 규칙 위에 올라서 있는 것. 그 상황은 '나'를 질식하게끔 만드는 세계의 구성 요소다.

인물이 플레이하는 게임이 인물이 세계에 의해 장악되고 파악되는 방식과 유사하게 비춰지고 있다고 할 때, 게임이 지닌 유희성과 예술성 사이를 가늠하며 '행위성'을 강조하는 『게임: 행위성의 예술』*의 한 부분을 참고하는 것이 유익해 보인다. 이 책을 참조해 말하건대, 우리가 게임을 통해서 만들어내는 일정한 '규칙의 세계'는 꼭 게임 그 자체만의 것은 아니며 예술을 사유하는 방식과 닮아 있다.

가령 우리는 예술을 경험할 때 "모종의 규정들을 준수"한다. 예컨대 우리가 예술 작품을 본다는 것은 그것을 구성하는 재료 이상으로 그것을 둘러싼 규범을 경험하는 것이다. 이 책의 예시에 따르면, "회화를 경험하려면 그것을 정면에서 바라보

---

* C. 티 응우옌 지음, 이동휘 옮김, 워크룸프레스, 2022.

아야" 하는데, 이는 "그것이 그저 캔버스 위의 물
감이라는 물질적 사물 이상의 것"임을 말해준다.
이렇게 특정한 것을 공통의 규범으로 사유하게 하
는 "사회적 실천"에 의해 이 행위는 의미를 획득한
다. 이때 작용하는 규칙을 '규정적 틀perscriptive
frame'이라고 한다.

그런데 이 '규정적 틀'은 예술을 경험하는 규칙
으로 적용될 뿐만 아니라, 우리 삶의 일상을 영위
하는 과정에서 학습되는 것이지는 않은가? 응우
엔의 논의를 통해 주목하고 싶은 점은, 공통의 규
범이 특정 행위성과 그에 따른 의미를 만들어내
듯, 인간이 만들어낸 일정한 규범성이 인간의 행
위와 그에 대한 의미를 부여해왔으며 그것의 축소
된 반영으로서 '예술' 및 '게임'의 룰이 세워진다는
것이다. 사회의 규칙을 익히고 그에 따라 특정한
알고리즘의 인지 과정을 거치고 사고의 회로를 만
드는 일은 '보이지 않'지만 우리의 삶을 통과하며
'보이는 것'으로 현현된다. 다시 말해, 우리는 어떠
한 게임적 행위성을 통해 우리가 곧 그런 방식으
로 삶을 다루는 동시에 그런 방식'의' 삶의 형식에
담겨 있음을 수행적으로 드러낸다.

　이런 관점을 소설 「백룸」에 비춰보자. '나'가 플레이하는 '백룸' 게임의 1인칭과, '세계' 속에 놓여 살아가는 '나'의 삶은 그리 달라 보이지 않는다. '나'는 어느 날의 게임 방송에서 커밍아웃한 적이 있다. 그녀는 자신이 하려는 게임의 주인공이 레즈비언으로 그려졌다는 사실이 pc함에 경도되어 게임의 완결성을 해치는 요소였다고 지적받는 상황에 대해, 레즈비언이 단지 상상되지 못함으로써 없는 듯이 여겨질 뿐, 이미 있는 존재라는 사실을 언급한다. 그녀의 존재 자체가, 세계가 규격화하는 '인간'의 조건에 부합하지 않기 때문에 마치 '백룸' 속의 크리피한 존재들, 플레이어를 위협하는 어떤 존재처럼 상상되지만 사실은 자신 또한 플레이어의 한 명으로서 지속적으로 반복되어 재생산되는 세계 속에서 삶을 수행하는 존재에 다름 아니라는 것이다.

　그런데 세계는 지속적으로 이미 '있는 것', '보이는 것'을 '보이지 않는 것'으로 취급하는 '일상적 규범성' 위에서 특정 존재를 자꾸만 지우고, 그것을 다루는 일정한 '규범성'을 지속한다.

　'나'의 삶은 바로 그 규범성 위에서 반복적으로

삭제되며 자리하는데 이는 '나'와 전 애인 사이의 사건에서 두드러진다. '나'의 전 애인인 연상의 변호사는, '나'를 자신이 세운 규칙 위에서 일정하게 반복해서 위치시키려고 한다. 능력 있고 포용력 있는 자신을 위해 돌봐지는 존재로서 '나'를 끊임없이 언명한다. 그런 구속이 얼마간 이성애를 중심으로 한 관계에서 능력 있는 남성, 그의 가치를 보증하는 여성으로 반복 학습돼왔음을 고려할 때, 이러한 성 규범으로부터 벗어나 있는 듯한 관계 자체만으로 결코 이상성이 도래하는 것은 아님을 소설은 지시한다. 다시 말해 이런 일정한 규범성이 반복적으로 적용되는 것이 '나'의 커밍아웃 이후에도 지속되는 삶이라면, '나'에게 삶이란 여성, 청년, 레즈비언이라는 각각 다른 '방room'에서 결코 해소되지 않는 위협이 여전히 도사리는 경험을 반복하는 '백룸' 플레이처럼 느껴지고야만다.

출구: 다시 처음으로 돌아가서, 그러나 규칙을 바꾸어

지금까지 살펴온 대로라면, 「계산서」와 「여인 명령」 그리고 「백룸」의 여성들을 둘러싼 세계는 결코 출구 없는 백룸일 뿐인 것 같다. 그러나 그것이 전부일까? 우리는 '백룸'의 규칙에 '출구 있음'이 전제돼 있다는 점을 다시 떠올려야 한다. '백룸'과 마찬가지로, 세계가 우리가 저마다의 플레이어로 참여하고 있는 일종의 게임이라면, 우리는 우리가 만든 룰 속에서 어떤 식으로든 그 게임을 완수하는 것을 목표로 한다. 그러므로 만약 삶이 백룸과 같은 유의 결코 장악되지 않는 룰 속에 철저히 복무하는 게임과 다르지 않은 것이라 하더라도, 이곳에서 우리는 반드시 '출구'를 향하고 있다.

한편 게임과 '흡사한' 방식으로 우리가 삶을 상상한다고 할 때 정말로 깨우쳐야 하는 것은 '규칙 속에서 어떻게 목표를 완수할 것인가'가 아니라, '어떤 규칙이 이 행위성을 제한하는가'에 있다. 삶이 게임과 다른 점이 있다면, 삶의 규칙은 그저 주어진 것이 아니라 규칙 자체를 파괴하거나 제안할 수 있다는 것이다. 게임은 우리가 어떤 규칙과 규율을 삶의 수행으로서 확인하고 재생산하는가를 확인하는 하나의 '가상 세계'로서 의미가 있고, 그런 점에서 게임에 비춰 다시 삶을 운용한다는 것은 그 규칙의 수정 가능성을 시도하는 것을 의미할 테다.

　다시 글의 맨 처음으로 돌아가, '간츠펠트'를 떠올려보자. 우리는 우리가 만들고 승인하고 때로는 거부하기를 원하는 어떤 세계 '안'에 들어와 있다. 우리는 이것이 세계의 전부가 아님을 알며, 이 시공간 안에 얼마간의 규칙이 있으며 그것을 따라야 함을 안다. 또한 이 공간 안에서 얼마간 방향감각을 잃음으로써 이 안의 규칙을 균질하게 적용할 수 없음 또한 알고 있다. 그러나 우리는 이 바깥에도 세계가 있다는 것을, 이미 알고 있는 그러나 더는 보이지 않는 세계를 상상하고 믿어야만 지금 눈앞에 '보임으로써 믿어지는 것' 너머로 나아갈 수 있다. 지금까지의 문장에서 사용된 '세계'에 '가부장제'를, '규칙'에 '젠더 규범'을 대입해도 이 문장은 크게 오류 없이 읽힐 것이다. 그러나 각각은 틈 없이 일치하는 개념은 아니다. 단지 이렇게 하

나의 개념 덩어리로 현실을 투영시켰을 때에만 상
상할 수 있는 세계도 있는 법이다. 바로 이것, 비유
를 통해 세계를 사유하는 힘을 우리는 이선희와
천희란, 두 작가의 서사에서 경험한다.

백룸

초판 1쇄 2023년 9월 26일

지은이 이선희, 천희란
펴낸이 박진숙 | **펴낸곳** 작가정신
편집 황민지, 박하영 | **디자인** 이현희 | **마케팅** 김미숙
홍보 조윤선 | **디지털콘텐츠** 김영란 | **재무** 이수연
표지 및 본문 디자인 석윤이
인쇄 및 제본 한영문화사

주소 (10881) 경기도 파주시 회동길 216 2층
대표전화 031-955-6230 | **팩스** 031-955-6294
이메일 editor@jakka.co.kr | **블로그** blog.naver.com/jakkapub
페이스북 facebook.com/jakkajungsin
인스타그램 instagram.com/jakkajungsin
출판 등록 제406-2012-000021호

ISBN 979-11-6026-325-1 03810